SCIENCE FICTION

Herausgegeben
von Wolfgang Jeschke

PHILLIP MANN

DAS AUGE DER KÖNIGIN

Science Fiction Roman

Deutsche Erstveröffentlichung

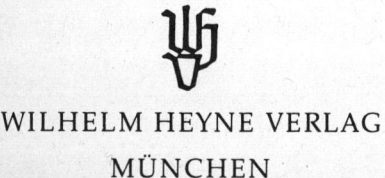

WILHELM HEYNE VERLAG
MÜNCHEN

HEYNE SCIENCE FICTION & FANTASY
Band 06/4213

Titel der englischen Originalausgabe
THE EYE OF THE QUEEN
Deutsche Übersetzung von Hans Maeter
Das Umschlagbild schuf Pete Lyon

Redaktion: Wolfgang Jeschke
Copyright © 1982 by Phillip Mann
Copyright © 1985 der deutschen Übersetzung by
Wilhelm Heyne Verlag GmbH & Co. KG, München
Printed in Germany 1985
Umschlaggestaltung: Atelier Ingrid Schütz, München
Satz: Schaber, Wels
Druck und Bindung: Elsnerdruck GmbH, Berlin

ISBN 3-453-31190-6

*Meiner Mutter,
Audrey Mann*

EINFÜHRUNG

*von Dr. Tomas Mnaba,
Direktor des Contact Linguistics Institute auf Camellia*

Marius Thorndyke ist tot.

Und hier muß ich sofort zur Vorsicht raten, denn wenn wir beim Contact Linguistics Institute eines gelernt haben, so die Einsicht, daß die Erde kein Maßstab ist, mit dem wir die bekannte Galaxis messen können. Wenn ich ›tot‹ sage, so meine ich damit nur tot auf eine irdische Weise. Er atmet nicht. Sein Körper existiert nicht mehr.

Wenn man jedoch den Seiten seines Tagebuches glauben darf, so hat es den Anschein, als ob irgend etwas von Marius Thorndyke in der reichen Psychosphäre von Pe-Ellia weiterlebt, und daß dieses ›Irgend etwas‹ die Zukunft unserer eigenen Welt und unsere interstellaren Verstöße beeinflussen wird. Mehr als das kann ich nicht sagen. Wir müssen geduldig sein und warten, bis ein neues Schiff der Pe-Ellianer zu uns kommt.

Vor drei Monaten, am 24. Oktober 2076, erhielt ich Thorndykes abgestoßene Reisetasche. Sie wurde mir von zwei Männern zugestellt, die ich nie wiederzusehen erwartet hatte: den Pe-Ellianern Jet und Koch.

Sie trafen am späten Abend ein. Ich arbeitete in meiner Bibliothek auf Camellia, und, wie es der Zufall wollte, sah ich gerade von meiner Arbeit auf und blickte in den Garten, als ihre Reisekapsel auftauchte. Sie schimmerte gegen die dunklen Bäume wie eine riesige geisterhafte Perle. Ich sah, wie sie rasch herausstiegen und wie ihr Fahrzeug verschwand, mit einem leisen Plop, wie ich wußte, das klang, als ob ein toter Vogel zu Boden fiele. Wenn man dieses Geräusch einmal gehört hat, kann man es nie mehr vergessen.

Ich war zu überrascht, um mich rühren zu können, und erst als sie den kleinen Rasen überquert hatten und vor der Terrassentür hockten und an das Glas klopften, begriff ich wirklich, was geschehen war. Ich ließ sie so rasch wie möglich herein, und Jet schloß die Vorhänge hinter sich.

»Geheimbesuch. Niemand darf davon wissen«, sagte er, und ich erinnerte mich, daß er dazu neigte, alles zu dramatisieren.

Die beiden Pe-Ellianer standen vor mir – reichlich gebückt, sollte ich dazusetzen, denn mein Haus auf Camellia ist keine Kontaktstation und lediglich nach normalen Erdmaßstäben gebaut. Ihre Augen blinzelten rasch aufwärts und sie streckten mir ihre offenen Handflächen in der einfachsten und mir vertrauten pe-ellianischen Begrüßungsgeste entgegen. Sie füllten den Raum mit ihrem dumpf-süßen Geruch.

Wir begrüßten einander wie alte Freunde, die wir ja auch waren.

Kochs Haut schien von einem dunkleren Grün, als ich es in Erinnerung hatte, und ich spürte, daß eine gewisse Traurigkeit von ihm ausging. Jet dagegen schien noch vitaler als sonst, und er schlug seine Handrücken aufeinander, eine Geste, die starke Erregung ausdrückt.

»Meine erste Reise außerhalb von Pe-Ellia«, sagte er, »aber nicht meine letzte.«

»Wir bringen schlechte Nachrichten«, sagte Koch, »Taucher Thorndyke ist vor kurzer Zeit seinen letzten Gang zum Schmelztiegel gegangen. Er war zumindest in Frieden mit sich. Bevor er seinen Gang antrat, gab er uns diese Tasche und bat uns, sie dir persönlich zu übergeben. Das haben wir getan.« Damit hob Koch die Ledertasche empor und setzte sie mit einem kräftigen Schwung auf meinen Schreibtisch. »Es ist ein Brief darin.«

Nachdem die Aufgabe erfüllt war, entspannten sich die beiden Pe-Ellianer. Sie hockten sich auf den Boden und stützten ihre Handflächen auf die Knie. Beide starrten mich abwartend an.

Offensichtlich erwarteten sie, daß ich die Tasche öffnete.

Diese Reisetasche war ein fester Bestandteil von Thorndykes Gepäck gewesen, seit ich ihn kannte. Sie war ihm auf Orchid geschenkt worden und besaß eine Callis-Schließe. Ich war froh, als ich sah, daß die Schließe nicht versiegelt war. Sie ließ sich leicht öffnen.

In der Tasche befand sich ein Brief, der an mich adressiert war.

Ich legte ihn für den Augenblick beiseite. Als nächstes nahm ich vorsichtig einen CLI-Codierer* heraus, den ich mitgenommen hatte, als wir beide nach Pe-Ellia aufgebrochen waren. Seine Anzeigen strahlten hell und sagten mir, daß alle Stromkreise normal funktionierten. Unter dem Codierer befand sich eine Schachtel mit Bandaufnahmen, jede Spule von meiner Hand numeriert und datiert. Als nächstes kamen meine Zeichnungen und botanischen Notizen. Alle waren sorgfältig geordnet. Schließlich, auf dem Boden der Tasche, befanden sich vier graue Kladden, Thorndykes Tagebücher. Ich hob sie heraus und bemerkte, wie verfleckt und abgestoßen sie waren.

Alles war mir zurückgegeben worden. Alle Aufzeichnungen und Unterlagen unseres Besuchs auf Pe-Ellia, auf deren Besitz Thorndyke bestanden hatte, als ich abreiste, hatte er sie zurückgeschickt. Er hatte sein Versprechen gehalten.

Ich wandte mich dem Brief zu. Er war in Thorndykes Handschrift abgefaßt.

Der Brief ist, genaugenommen, Thorndykes letzter Wille und Testament, und das Buch, das Sie jetzt lesen, ein Versuch, einige seiner letzten Bitten zu erfüllen.

Der Text des Briefes lautet wie folgt:

Auf Pe-Ellia
Am Flußufer
Datum unsicher

Lieber Tomas,
Als erstes muß ich Deine Verzeihung erbitten. Ich wollte Dir niemals weh tun, doch als es endgültig so weit war, daß Du Deine Zelte abbrechen wolltest, sah ich keine andere Möglichkeit. Wenn Du die Seiten meines Tagebuches liest, wirst Du, wie ich hoffe, klarer erkennen, welche Kräfte an mir arbeiteten, und was für Mächte in mir lebten. Als ich darauf bestand, daß Du bei Deiner Abreise alle unsere Aufzeichnungen und Unterlagen über Pe-Ellia bei mir zurückließest, so geschah das lediglich, um mich zu schützen. Ich fürchtete, daß zu großes Aufsehen auf der Erde Einfluß auf mein Leben hier haben könnte. Erinnerst Du Dich an Winterwind und

---
* CLI = Contact Linguistics Institute

seine ernste Art, uns zu erklären: ›Denken ist lebendig!‹ Und natürlich hatte er recht ... und das Leben ist dem so geistesverwandt. Doch es bestand kein Grund für meine Unhöflichkeit. Ich hätte die Dinge besser regeln können.

Es ist mein Wunsch, daß Du die Tagebücher veröffentlichst. Ich möchte, daß Du damit die größtmögliche Breitenwirkung erzielst. Ich will, daß jeder Mensch auf der Erde weiß, was mit mir geschehen ist, und sich eine Vorstellung von den Konsequenzen unserer Begegnung mit Pe-Ellia machen kann.

Ich hoffe, daß Du meine Handschrift lesen kannst. Meine Hände sind steif geworden, und ich habe Harlekin gebeten, mir zu helfen, doch er hat die Faust eines Kindes. Seltsam, nicht wahr, daß sie eine so große Zivilisation geschaffen haben, ohne jemals das Bedürfnis zu verspüren, eine Schriftform ihrer Sprache zu schaffen.

Veröffentliche alles, was ich geschrieben habe. Bitte füge alles Redaktionelle hinzu, von dem Du glaubst, daß es die Geschichte verständlicher oder kohärenter machen könnte. Ich habe große Schwierigkeiten dabei gehabt, mich auf Einzelheiten zu konzentrieren, und muß Dich bitten, die Verbindungsteile für den Leser hinzuzufügen. Erinnere Dich an meinen Rat an Tina Bertram, als sie von Bindweed zurückkam und behauptete, diese Kreatur zu lieben, mit der sie gearbeitet hatte. Ich habe ihr gesagt: ›Schreibe über sie! Über ihre Grinde, ihre Schorfe, ihre Größe, ihre Schmerzen, ihre Säfte und alles andere!‹

Tu das gleiche für mich. Mit anderen Worten: schone mich nicht! Du brauchst nicht zu glauben, daß Du Deinem alten Lehrer und Freund Nachsicht schuldest. Das würde niemandem nützen. Sei Du selbst, Tomas: ausgeglichen und gerecht!

Gott segne Dich, Tomas! Von einem alten Atheisten wie mir mag das seltsam klingen, aber das ist es, was ich jetzt fühle. Ich möchte, daß du weißt, wie tief unsere Freundschaft in mir geblieben ist, bis zum Ende. Ich möchte Dich mir als Chef des CLI vorstellen, und wie viel Du mit all den neuen Zivilisationen zu tun haben wirst, die sich in Deine Aufmerksamkeit drängen, nachdem die Pe-Ellian-Barrieren nun gefallen sind.

Ich will schließen. Wenn meine Erinnerung mich nicht trügt, wird es in den Laternen-Balladen *so gut ausgedrückt:*

Ich würde dir mehr sagen, wenn die Zeit
mir Zeit dazu gäbe,
Doch die Zeit hält mich am Ärmel fest
– ich darf nicht säumen.

Wenn Du diese Zeilen liest, befinde ich mich bereits im Schmelztiegel. Jet und Koch haben versprochen, diese Sachen zu Dir zu bringen.
Harlekin läßt Dich grüßen.
Winterwind ist vor einundzwanzig Tagen gestorben.
Genug.

Marius Thorndyke

Thorndykes Bitte, seine Tagebücher vollständig und ohne Kürzungen zu veröffentlichen, ist klar; die Durchführung seines Wunsches dagegen erwies sich als etwas schwierig.

An dem Abend, an dem ich die Tagebücher erhielt, las ich sie von Anfang bis zum Ende durch. Ich muß zugeben, daß mich ihr Inhalt schockierte und enttäuschte. Als Thorndyke mich nach achtzehntägigem Aufenthalt auf Pe-Ellia wieder zurückschickte, nahm ich an, daß er unter einem geistigen Schock litte und irgendwann wieder zur Besinnung kommen würde. Nach meiner Rückkehr zu Camillia und Erde erwartete ich Tag für Tag eine Nachricht, durch die er mich entweder zurückrufen oder seine Rückkehr ankündigen würde. Hätte ich auch nur geahnt, daß er beabsichtigte, mit der Bevölkerung Pe-Ellias zu ›verschmelzen‹, wäre ich auf jeden Fall geblieben, ungeachtet der Konsequenzen.

Aber man kann Geschichten nicht neu schreiben. Mit den Tagebüchern vor mir habe ich mich hingesetzt und lediglich versucht, sie in ein erzählerisches Rahmenwerk einzuordnen. Bei dieser Aufgabe wurde mir sehr viel Hilfe durch Jet und Koch zuteil, die vier Tage lang bei mir blieben. Sie waren in der Lage, mir Einzelheiten des pe-ellianischen Lebens zu erklären, die ich nicht verstand. Auf meine Bitte hin diktierten sie mir Passagen, die ich in dieses Manuskript eingefügt habe.

Was dabei herauskam, ist kein umfassendes Bild von Pe-Ellia. Das muß warten. Der Kommentar, den ich den Tagebüchern hinzugefügt habe, ist lediglich dazu gedacht, sie zu ergänzen und zeitweilig einen anderen Standpunkt darzulegen. Thorndyke und ich haben vieles gemeinsam erlebt, wie das Bankett, zum Beispiel, doch unsere Auslegungen dieser Erlebnisse weisen grundlegende Unterschiede auf.

Die Tagebücher selbst sind genau so abgedruckt worden, wie sie geschrieben wurden. Es war Thorndykes lebenslange Gewohnheit, alle persönlichen Notizen handschriftlich niederzulegen. Die Lesbarkeit seiner Schrift läßt bei den letzten Eintragungen seines Tagebuches merklich nach. Es gab jedoch kein einziges Wort, das nicht zu entziffern gewesen wäre.

Stellen Sie sich also diese Tagebücher so vor, wie ich sie erhielt. Vier von der Zeit mitgenommene, verfleckte, graue Bände. Sie haben steife Seiten, was für die Arbeit draußen günstiger ist. Die Seiten sind mit Ringen zusammengefaßt, und das Papier ist unliniert. Jeder Band enthält achtzig Seiten.

Die Thorndyke-Tagebücher

MARIUS THORNDYKE HATTE VON ANFANG AN MIT DEM PE-ELLIA-KONTAKT ZU TUN. ER BEFAND SICH NACH LANGJÄHRIGER ARBEIT BEI DER CLI SEIT ZWEI JAHREN IM RUHESTAND UND LEBTE IN SEINER PARISER WOHNUNG, ALS DAS ERSTE SCHIFF VON PE-ELLIA AUF DER ERDE EINTRAF. ALS FÜHRENDER KONTAKT-LINGUIST WURDE ER SOFORT DAVON IN KENNTNIS GESETZT, UND MAN TRAF DIE NÖTIGEN VORBEREITUNGEN, UM IHN MIT EINER SONDERMASCHINE ZUM RAUMFAHRTZENTRUM IN WASHINGTON ZU FLIEGEN.

ICH HIELT ES FÜR RICHTIG, DIESEN BERICHT MIT DEN NOTIZEN ZU BEGINNEN, DIE ER AN JENEM ERSTEN TAG GEMACHT HAT. SIE SIND NICHT TEIL DER TAGEBÜCHER, DIE MIR VON PE-ELLIA ÜBERBRACHT WURDEN.

2. April 2076. Gott mag wissen, was los ist. Ganz Paris scheint ein einziger, gigantischer Verkehrsstau zu sein. Auf den Straßen wird behauptet, daß die Erde angegriffen wird, doch ich glaube das nicht. Ich habe mit außerirdischen Intelligenzen gesprochen, und falls es einer, die mächtig genug ist, die Erde anzugreifen, gelungen sein sollte, unsere Verteidigungssysteme zu durchbrechen, würden wir alle jetzt auf dem Rücken liegen wie tote Fliegen. Oder unsere blau, braun und grün schimmernde Erde würde dunkelrot glühen.

Aber irgend etwas Entscheidendes ist geschehen.

Alle Nachrichtenverbindungen sind zusammengebrochen. Aus den Fernsehempfängern ertönt nichts anderes als die ›Marsaillaise‹ – und das hilft niemandem weiter.

Zeit, zu gehen.

(13.15 Uhr) Die Stille im Flugzeug ist unbeschreiblich nach dem Tumult von Paris. Ich bin der einzige Passagier. Es herrscht auch Ruhe hier. Ich habe gerade ein Videoband gesehen, und die Situation ist mir klarer geworden.

Irgend etwas ist im Staat Utah gelandet.

Wie, das weiß niemand, doch dieses Etwas hat es geschafft, an allen unseren Warnstationen vorbeizugleiten und nicht eher entdeckt zu werden, bis es von einem Ingenieur, der im Lagrange 5-Torus arbeitete, tatsächlich gesehen wurde. Das ist nun *wirklich* unglaublich. Auf jeden Fall: er bekam einen Heidenschreck, als er diesen grünen Ballon auf sich zukommen sah. Er funkte sofort eine Meldung zur Erde. Die Erde setzte sich mit dem Mond in Verbindung und jemand drückte auf den Alarmknopf.

Die Daten kommen noch immer herein. Die Garfield-Peitsche ist kein Spielzeug, mit dem man in seinem Hinterhof spielt. Und wer, außer einem Schwachsinnigen, würde nicht einsehen, daß eine Spezies – welche auch immer –, die unsere Verteidigungssysteme umgehen kann, auch in der Lage ist, die Peitsche zu neutralisieren?

Es sieht alles sehr finster aus. Ich weiß, daß Chicago zerstört worden ist, und der Sender von Porte Verde auf der anderen Seite des Mondes, verstummte mitten im Satz. Es soll auch in Brasilien einiges passiert sein, doch ich weiß noch nicht was.

Wir haben eine Verbindung mit Utah herstellen können; die Signale kommen durch, doch die Bildqualität ist unter aller Kritik. Alles, was ich sehe, ist etwas Grünes gegen einen grellweißen Hintergrund.

Jetzt ist das Bild völlig auseinandergefallen, und ich muß auf den Nägeln kauen und warten.

(23.30 Uhr) Utah. Da ist es also. Grün und glänzend und so reif wie ein Granny Smith-Apfel. Das Licht der Scheinwerfer, die es von allen Seiten anstrahlen, läßt es fast zerbrechlich wirken.

Es ist eins der größten Artefakte, die ich je gesehen habe. Man hat mir erklärt, daß es einen Durchmesser von 876 Metern hat und sich von Minute zu Minute ein wenig zusammenzieht oder ausdehnt.

Doch seine Größe ist nicht das Wesentliche. Was uns frappiert, ist die Tatsache, daß es nicht gelandet ist, sondern zehn Zentimeter über dem Boden schwebt. Warum?

Tomas Mnaba wird morgen von Camellia kommen, und Ceto de Pendragolia ist bereits auf dem Weg von Tiger Lily. Celia Buxton hat sogar ihre Bücher im Britischen Museum im Stich gelassen, um zu uns zu stoßen. Andere treffen Stunde um Stunde hier ein, so daß sich ein ziemlich beeindruckendes Experten-Team des CLI hier versammelt. Wir haben ein provisorisches Hauptquartier eingerichtet.

Wir sind uns jedoch alle darüber im klaren, daß die Initiative nicht bei uns liegt und daß wir die Entwicklungen abwarten müssen.

Ich komme gerade von einer militärischen Einsatzbesprechung zurück. Die Soldaten halten sich zurück. Anscheinend war die Zerstörung von Teilen der Erde und des Mondes nicht das Werk dieser Aliens, wie wir angenommen hatten. Es war eine Nebenwirkung des Einsatzes unserer eigenen Garfield-Peitsche. Ich habe bereits bekanntgeben lassen, daß ich zu dieser Frage eine Besprechung unter den führenden Leuten erwarte.

Jetzt sitzen wir hier und warten. Wir hoffen alle, daß die grüne Kugel Leben enthält, denn dann können wir mit der Kontaktaufnahme beginnen, und das ist schließlich unser Geschäft. Wir alle spekulieren, daß das, was dort draußen dicht über dem Boden schwebt, von jenem Kind unserer Theorien zu uns gesandt wurde, der Spezies X.

(07.15 Uhr) Kontakt.
Irgend etwas hat uns eben auf englisch angesprochen. Ein schwarzer Punkt ist in der glatten Oberfläche der Kugel erschienen und hat sich zu einem Loch erweitert. Eine Tür öffnete sich wie ein ovaler Mund. Irgend etwas bewegte sich dort. Wir konnten es nicht erkennen, und alle unsere elektronischen Instrumente fielen aus. Doch hörten wir die Stimme laut und klar. Ein wenig metallisch. Nicht unangenehm.

»Wir kommen in Friedfertigkeit, suchen keine Gewalt oder die Beendigung von Leben. Wir möchten mit dem sprechen, den ihr Marius Thorndyke nennt.«

Ende der Mitteilung.

Jetzt blickten alle Augen auf mich.

KOMMENTAR

Die Geschehnisse jenes Tages sind, dessen bin ich sicher, noch klar in unser aller Erinnerung. Ich war auf Camellia, als die Nachricht von dem außerirdischen Besucher durchkam. So genoß ich die Ereignisse auf der Erde sozusagen aus der Vogelperspektive.

Es gibt nur drei Punkte, die ich hinzufügen möchte, um Thorndykes Schilderung abzurunden. Der erste bezieht sich auf die Garfield-Peitsche.

Zu dem Zeitpunkt, an dem Thorndyke seinen Bericht schrieb, galt die Garfield-Peitsche noch als eine Waffe, die der höchsten Geheimhaltungsstufe unterlag, und bis heute hat noch niemand öffentlich bekannt, was für ein Glück die Erde hatte, den Einsatz der Peitsche selbst zu überleben.

Die Peitsche ist das militärische Kind jener Garfield-Gleichungen, die es uns ermöglichen, von einem Sternsystem zum anderen zu reisen. Mit Hilfe von Schwerkraftgeneratoren werden Raum-Zeit-Wirbel erzeugt, die gegen spezifische Objekte gerichtet werden können. Diese ›Rückstaus‹ können jedoch, wie Frankenstein, nicht rückgängig gemacht werden, wenn sie einmal geschaffen wurden. Die Verwerfung der Raumstruktur ist permanent.

An jenem schicksalsschweren Tag, als das Schiff der Pe-Ellianer in die Erd-Umlaufbahn einschwenkte, wurde die Peitsche aktiviert. Wie wir später erfuhren, konnte das Schiff der Pe-Ellianer aufgrund seiner Beschaffenheit davon nicht beschädigt werden. Der Schlag der Peitsche wurde deflektiert. Ein geringer Teil der abgelenkten Ladung streifte den Mond. Ein noch kleinerer Teil wurde von der Erde absorbiert. Die Hauptladung verließ unser Sonnensystem. Hätte die Hauptladung die Erde getroffen, wäre das ihr Ende gewesen.

Der zweite Punkt betrifft Thorndykes Beziehung zu den Militärberatern bei der Raumfahrtbehörde. Die Geschichte der Feindschaft zwischen dem CLI und dem militärischen Zweig der Raumfahrtbehörde muß noch geschrieben werden. In gewisser Weise wurde die geistige Grundhaltung, auf welcher das CLI basiert, zu dem Zweck entwickelt, die Militärstrategen zu bekämpfen. Thorndyke lebte nämlich in der ständigen Angst, daß die Arbeit des CLI für den militärischen Nachrichtendienst mißbraucht werden könnte.

Wenn auch niemand behaupten würde, daß Thorndyke Pazifist war, zeigte er doch eine tiefe Abneigung gegen jegliche Entwicklung von Waffensystemen im Raum. Trotz seiner Argumente errangen die Militärstrategen jedoch einen Sieg nach dem anderen. Thorndyke begann das CLI als einen Vorposten der Vernunft zu betrachten. Einer der Gründe dafür, daß das CLI auf Camellia begründet wurde, war, daß es so weit von der Erde entfernt ist.

Während der Jahre meiner Bekanntschaft mit Thorndyke entdeckte ich in ihm einen wachsenden Pessimismus. Er gelangte zu der Überzeugung – und das wird von diesen Tagebüchern bestätigt –, daß die Erde keine Zukunft hat. Er gestand mir einmal, daß er das menschliche Gehirn als ein verderbliches Organ betrachte. ›Unausgeglichen‹ war der Ausdruck, den er benutzte. Er glaubte, daß die rationalen Teile unseres Gehirns von unseren dunkleren, primitiven Instinkten beherrscht würden – Instinkten, die während des harten Konkurrenzkampfes im Schlamm der Urzeit eine gewisse Berechtigung gehabt haben mochten, in der Gegenwart jedoch nicht nur völlig fehl am Platze, sondern verhängnisvoll waren.

Das Paradoxe an Thorndyke war – und er war sich dessen durchaus bewußt –, daß er selbst einen stark ›instinktiven‹ Typus darstellte, und einen gelegentlich recht aggressiven.

Schließlich will ich noch kurz etwas zur Spezies X sagen. Dies war die Code-Bezeichnung, die wir beim CLI benutzten, um die mächtige, doch unsichtbare Rasse zu benennen, die zumindest theoretisch in der Lage zu sein schien, Richtung und Ziel unserer Raumerforschung zu bestimmen. In einem späteren Kapitel beschreibt Michiko Hakoshima den Ursprung dieses Konzepts.

Die erste volle Eintragung in Thorndykes pe-ellianischem Tagebuch datiert erst vom 23. April, lediglich drei Tage vor unserer Abreise. Thorndyke verliert kaum ein Wort über die Ereignisse, die sich während der dazwischenliegenden drei Wochen abspielten; zweifellos war er zu stark beschäftigt, um mehr als die offiziellen Memoranden und Berichte zu schreiben. Von den Notizen, die er während dieser Periode machte, sind die meisten fragmentarisch.

Die Ereignisse jener drei Wochen sind von grundlegender Bedeutung, da sie dazu beitrugen, Thorndykes Anschauungen zu formen, während der Abreisetag näherrückte. Nachstehend ein kurzer Aufriß der wichtigsten Geschehnisse.

Jose Borges, Vorsitzender der medizinischen Abteilung des CLI und Direktor des kriminalmedizinischen Institutes von London war am 3. April vor Ort, als das pe-ellianische Schiff sich öffnete. Er beschreibt diesen Vorgang so:

Wir befanden uns etwa fünfhundert Meter von der Kugel entfernt. Soldaten bildeten einen Kordon um sie herum. Wir waren in Wohnwagen untergebracht, die über Nacht eingeflogen worden waren. Glücklicherweise hatte jemand ein gewöhnliches optisches Fernglas mitgebracht, mit dem wir versuchten, Einzelheiten des Schiffes zu erkennen. Wir hatten festgestellt, daß alle elektronischen Beobachtungsgeräte stark verzerrte Aufzeichnungen lieferten und von unerklärlichen Ausfällen betroffen waren. Selbst das Fernglas war nur teilweise brauchbar, da die Kugel ständig aus der Brennweite zu gleiten schien.

Die Sonne stand bereits hoch am Himmel, als die Tür sich öffnete. Wir konnten Bewegung feststellen. Wir hatten den Eindruck, daß das Alien humanoid und von beträchtlicher Größe war, doch konnten wir keinerlei Einzelheiten erkennen. Wir sahen bestimmt nicht die grünscheckige Färbung der Haut und die ›Platten‹, die ein so markanter Faktor im Erscheinungsbild der Pe-Ellianer sind.

Die Stimme war klar. Als Thorndyke die Stimme vernahm und hörte, wie sie seinen Namen nannte, blickte er uns verwundert an. Dann zuckte er die Achseln, wie um zu sagen: ›Na schön, einer muß schließlich gehen‹, und schritt langsam auf das fremde Schiff zu.

Er erreichte die Sicherheitskette der Soldaten. Er trug noch seinen Morgenmantel.

Der kommandierende Offizier, der seine Männer die Waffen in Anschlag hatte bringen lassen, als die Tür sich öffnete, versuchte jetzt, Thorndyke zurückzuhalten. Es kam zu einer Auseinanderset-

zung, die den beobachtenden Pe-Ellianern ihre erste unmittelbare Lektion in englischer Umgangssprache gab.

Schließlich packte der Offizier Thorndyke bei den Aufschlägen seines Mantels, doch Thorndyke stieß ihn zurück. Der Offizier stolperte und fiel auf den Hintern. Bevor er sich wieder aufgerappelt hatte, lief Thorndyke bereits auf das pe-ellianische Schiff zu.

Aufgrund dieser Behinderung war es nicht möglich, irgendwelche Aufzeichnungen von diesem ersten Kontakt zwischen der Erde und Pe-Ellia zu machen. Aber später erstattete Thorndyke darüber Bericht vor der Raumfahrtbehörde:

Als ich auf die grüne Kugel zuschritt, fühlte ich eine seltsame Schwere in den Beinen, und ein Kribbeln wie von Ameisen. Meine Sicht wurde verschwommen, und ich mußte schließlich stehenbleiben, da ich nicht mehr erkennen konnte, wohin ich meine Füße setzte. Ich wußte, daß ich ziemlich nahe bei dem Schiff war, da sein Grün mich einzuhüllen schien. Ich wollte nicht dagegenstolpern. Und noch weniger wollte ich unbeabsichtigt hineintreten und von seiner Substanz umgeben werden. Ich konnte den Pe-Ellianer nicht sehen. Ich rief: »Ich bin Marius Thorndyke. Wünschen Sie mit mir zu sprechen?«

Mehrere Minuten lang kam keine Antwort. Dann hörte ich eine kraftvolle Stimme, die aus einer Entfernung von nur wenigen Metern zu kommen schien. Sie sagte: »Willkommen, Marius Thorndyke. Es ist uns eine Ehre, Ihre Bekanntschaft zu machen. Ich bin von Pe-Ellia. Ich heiße Ruhe-nach-dem-Sturm. Ich lade Sie ein, sofort mit mir nach Pe-Ellia zu reisen. Dort gibt es welche, die mit Ihnen sprechen wollen, und wir haben Ihnen eine Menge zu sagen.«

Ich wollte ihm antworten, als ich spürte, daß plötzlich eine starke Übelkeit in mir aufstieg, und ich taumelte zurück. Das Gefühl der Übelkeit klang rasch ab, als ich mich von dem pe-ellianischen Schiff entfernte. Mein Blick wurde ebenfalls wieder klar, obwohl die Sonne mich blendete.

Dieser Bericht wurde mündlich am Nachmittag des Tages abgegeben, an dem der erste Kontakt stattgefunden hatte.

Auf dieser Konferenz der Raumfahrtbehörde verlangte

Thorndyke, daß dem CLI absolute Autorität für den pe-ellianischen Kontakt gegeben würde. Dieser Forderung wurde stattgegeben.

Als ich von Camellia auf die Erde kam, war bereits eine volle Kontaktoperation im Gange. Ceto de Pendragolia hatte einige seiner Geräte aufgebaut. Lars Frendrum formulierte geschäftig Zivilisierungswahrscheinlichkeiten aufgrund der mageren Informationen, die wir bis dahin herausbekommen hatten. ›Polly‹ Perkins arbeitete in ihrem mobilen Laboratorium und versuchte, unter Anwendung aller technischer Tricks die Fotos zu entziffern, die wir von dem Pe-Ellianer und seinem Schiff aufgenommen hatten. Ich übernahm die Leitung der linguistischen Sektion. Zu dem Zeitpunkt besaßen wir nichts, worauf wir zurückgreifen konnten, mit Ausnahme der wenigen Worte des Pe-Ellianers, die bereits erwähnt wurden. Wir konnten nicht sagen, ob diese Worte wirkliche Sprache waren oder eine Aufzeichnung. Jacob Mendelsohn, mein Assistent und Spezialist für die Physiologie der Lautproduktion, stellte unser Dilemma richtig dar, als er sagte: »Wir wissen ja nicht einmal, ob die Pe-Ellianer einen Mund haben.«

Ceto de Pendragolia regte sich am meisten auf. Seine Instrumente waren völlig unbrauchbar und gaben ihm ständig widersprüchliche Werte an.

»Marius«, sagte er, »du mußt zum Schiff zurückgehen. Tut mir leid, daß du dich krank fühlst, und so weiter, aber ich fühle mich auch krank. Du mußt ihm sagen, daß sie abstellen sollen, was immer sie da in Betrieb haben mögen, damit ich etwas von ihnen aufnehmen kann. Okay? Wenn sie das tun, fühlst du dich vielleicht auch wieder besser.«

Thorndyke erklärte sich einverstanden. Er besprach sich kurz mit Jose Borges, dem medizinischen Experten für die Ausbildung von Kontakt-Linguisten, und ging dann auf die pe-ellianische Kugel zu.

Ich zitiere aus Thorndykes Bericht an die Raumfahrtbehörde:

Als ich auf das pe-ellianische Fahrzeug zuschritt, spürte ich wie zuvor einen Anfall von Taubheitsgefühl und Übelkeit, doch war ich diesmal darauf vorbereitet. Ich wandte einige der Geistesübungen an, die von den Medizinern des CLI vorbereitet worden waren, um meinen Magen zu beruhigen und meine Beweglichkeit zu erhalten. Sie halfen mir. Ich war bei vollem Bewußtsein, als die Tür sich öffnete. Ich wartete nicht auf ein Wort des Pe-Ellianers, sondern rief: »Mir ist übel. Irgend etwas, das von Ihrem Schiff ausgeht, macht mich krank. Außerdem möchten wir Sie sehen, doch das können wir nicht. Alle unsere Instrumente sind blind. Wir glauben Ihnen, daß Sie in Freundschaft zu uns gekommen sind. Können Sie uns helfen?«

Darauf bekam ich einen Erstickungsanfall und begann trocken zu würgen. Von den Menschen, die mich beobachteten, wurde mir später erklärt, daß ich auf die Knie gefallen sei. Undeutlich hörte ich einen Schrei von dem pe-ellianischen Schiff. Dann herrschte Stille, und dann tönte aus der Stille ein Flüstern, das lauter und lauter anschwoll, bis es zu einem Dröhnen wurde. Ich dachte, meine Trommelfelle würden platzen. Ich hatte den flüchtigen Eindruck, daß die Zeit umgekehrt wurde und daß der Raum sich um mich herum neu ordnete. Farben verschoben sich durch das Spektrum. Das pe-ellianische Schiff wurde zu einer riesigen Tomate, und der helle Boden unter meinen Knien verwandelte sich zu schwarzer Asche. Alles löste sich in Monochromie auf und verblich wenige Sekunden darauf.

Stille. Ich bemerkte, daß ich die Augen fest zugepreßt hatte und daß meine Übelkeit abgeklungen war.

Als ich die Augen öffnete, konnte ich sehen.

Dort war mein Pe-Ellianer, er wirkte so hart wie Flaschenglas und glänzte wie lackiert. Er hockte in der Öffnung des Raumschiffs und starrte mich an. Mein erster Gedanke war der an eine gigantische gescheckte Anmeise, denn er streckte mir seine Arme entgegen.

Dann blinzelte er und seine Augen verdrehten sich aufwärts, und ich war wieder ich selbst.

Und im gleichen Augenblick, als Thorndykes Übelkeit verflog, begannen überall auf der Erde die Instrumente wieder normal zu funktionieren. Eine Minute lang sahen wir den Pe-Ellianer deutlich vor uns, dann stellte er sich auf die Füße, und die ovale Tür seines Raumschiffes schloß sich.

Danach entwickelte sich alles sehr schnell.

Nachdem unsere Technik von ihren Störungen befreit war, erschienen laufend Berichte auf den Fernsehbildschirmen der Erde. Die Panik, die in einigen Teilen der Erde aufgelodert war, erlosch. Gerüchte wurden durch klare Fakten ersetzt.

Es wurde zu einer Art Routine, daß Thorndyke an jedem Vormittag mit dem Pe-Ellianer zu einem kurzen Gespräch zusammenkam. Der Pe-Ellianer bestand darauf, daß keins dieser Treffen länger als fünf Minuten dauerte, und niemand außer Thorndyke durfte in die Nähe des Schiffes kommen. Obwohl wir alles hören und sehen konnten, was geschah, war die Verbindungslinie unerträglich dünn.

Die folgende Aufzeichnung von Thorndykes fünftem Gespräch mit Ruhe-nach-dem-Sturm illustriert die Schwierigkeiten, die sich ergaben, wenn er mit dem Pe-Ellianer kommunizierte, und die Technik, die er für den Kontakt anwenden mußte. Jede Kommunikation begann damit, daß der Pe-Ellianer jeden, früher gesprochenen Satz, wiederholte.

RUHE: *Ich danke Ihnen, denn Sie zu treffen, ist eine Freude. Mein Name ist Ruhe-nach-dem-Sturm. Ich möchte Sie einladen, mit mir zu meinem Heimatplaneten Pe-Ellia zu kommen. Sie können jetzt eintreten.*
THORNDYKE: *Halten Sie die Luft der Erde für wohlriechend?*

(Dreißig Sekunden Pause)

RUHE: *Er-träg-lich.*
THORNDYKE: *Seit wann wissen Sie von unserer Existenz?*

(Sechzig Sekunden Pause)

War es eure Rasse, die unsere ... ah ... Raumschiffe deflektiert hat?
RUHE: *Sie war es. Sie können jetzt eintreten und nach Pe-Ellia kommen.*
THORNDYKE: *Warum habt ihr eine unserer Städte zerstört?*
RUHE: *Wir zerstören nichts. Wir deflektieren alles.*
THORNDYKE: *Werden Sie Ihre ...*

RUHE: *Wir sind in friedfertiger Mission hier und suchen keine Gewalt oder das Beenden von Leben.*
THORNDYKE: *Wer sind Sie?*

(Fünfundsechzig Sekunden Pause)

RUHE: *Ich bin Ruhe-nach-dem-Sturm. Sie können jetzt eintreten ...*
THORNDYKE: *Werden Sie herauskommen und uns besuchen?*
RUHE: *Ich ... Wir ...*

(Das Loch in der Wand der Kugel schließt sich)

An jedem Tag lud Thorndyke den Pe-Ellianer ein, herauszutreten, und an jedem Tag wurde seine Einladung zurückgewiesen.

Bei dem neunten Gespräch wurde Ruhe-nach-dem-Sturm von einem zweiten Pe-Ellianer begleitet, den er Thorndyke als ›Rakete‹ vorstellte. Es war von Anfang an ersichtlich, daß Raketes Englisch erheblich flüssiger war. Auf die Aufforderung, die Erde zu besuchen, antwortete er: »Das dürfen wir nicht. Auf der Erde lauern Gefahren. Damit meine ich nicht Krankheiten und Bakterien. Damit könnten wir leicht fertigwerden. Das wäre nichts. Aber da sind andere Gefahren, die uns ins Gesicht starren. Tut mir leid, Freund.«

Trotz aller Einladungen von den bedeutendsten Städten der Erde wollten die Pe-Ellianer ihr Schiff nicht verlassen.

Schließlich erklärte Thorndyke sich einverstanden, mit den Pe-Ellianern zu gehen, doch stellte er zwei Bedingungen: Erstens, daß ich ihn begleiten sollte, und zweitens, daß eine Delegation der Pe-Ellianer sich formell mit einigen Führern der Erde treffen sollte. Dem wurde schließlich zugestimmt. Thorndyke beschreibt den Empfang in seiner dritten Tagebucheintragung:

Während dieser Treffen und Gespräche führten wir unsere Arbeit im provisorischen Hauptquartier des CLI ohne Unterbrechung fort, obwohl der massive Zustrom von Informationen, den wir nach dem zweiten Treffen erwartet hatten, ausblieb. Es gelang uns, ein paar Sequenzen der pe-ellianischen Sprache aufzuzeichnen, die Ruhe-

nach-dem-Sturm und *Rakete* miteinander austauschten, und wir verschlangen sie wie hungrige Hunde. Wir analysierten die Größe und Hautfärbung der Pe-Ellianer. Wir theoretisierten über ihr offensichtliches Fehlen äußerer Genitalien. Wir studierten ihre Stimmabdrücke und zogen Schlüsse auf ihre Skelettstruktur, so weit es uns möglich war. Doch als all diese Erkenntnisse zusammengerechnet wurden, war das Ergebnis recht mager. Jede Nacht saßen wir mit Thorndyke zusammen und versuchten eine Strategie für das Treffen des nächsten Tages auszuarbeiten.

Für Thorndyke wurden die Tage zu einer Serie von Konferenzen, Diskussionen mit der Raumfahrtbehörde, Presse-Interviews und offiziellen Communiqués. Wir waren verblüfft über seine Belastbarkeit. Er unternahm während dieser Zeit nur zwei kurze Reisen nach Brasilien und Chicago.

Trotz all dieser Anforderungen schien Thorndyke ruhig und gelassen zu bleiben. Er war geduldig und höflich und beantwortete Fragen mit einer Zurückhaltung, die uns alle in Erstaunen setzte.

Lediglich Michiko Hakoshima, die Mathematikerin, die ihn länger kannte als die meisten von uns, sah das Warnlicht, das ihr verriet, daß Thorndyke am Ende seiner Kraft angelangt war. Sie sprach mit einigen von uns darüber, vor einer Debatte der Raumfahrtbehörde über die Schäden, die durch den leichtfertigen Einsatz der Garfield-Peitsche hervorgerufen werden können, und warnte uns, »den Druck von dem Eisernen Herzog zu nehmen, da auch er nur ein Mensch sei«.

Am nächsten Tag, mitten in einer Debatte, blieb er plötzlich mitten im Satz stecken und klagte über Kopfschmerzen. Wir alle wußten, was das bedeutete, und waren bereit. Janet Bodley nahm seinen Platz auf dem Podium ein, und die Debatte wurde ohne Störung fortgesetzt.

Thorndykes erste pe-ellianische Tagebucheintragung beginnt zu diesem Zeitpunkt.

THORNDYKES TAGEBUCH:
ERSTE EINTRAGUNG

23. April 2076.   Heute, nach all der Hetze, all den Debatten und Konferenzen und Gesprächen der letzten Wochen, habe ich endlich Erschöpfung vorgetäuscht und bin vom Raumfahrtzentrum in Washington in die Stille und Abgeschlossenheit meiner kleinen Wohnung in Paris geflohen. Und ich bin froh, die alte Tür hinter mir schließen zu können. Alle Menschen, die mich kennen, mußten lächeln, als ich mich bei den Mitgliedern der Raumfahrtbehörde mit Kopfschmerzen entschuldigte. Ich habe in meinem ganzen Leben nur sehr selten Kopfschmerzen gehabt, sie jedoch seit langem als privaten Euphemismus gebraucht, um den Menschen, die um mich waren, zu verstehen zu geben, daß ich wütend war, oder müde, oder ohne jeden erkennbaren Anlaß explodieren konnte, oder endlich allein sein wollte. Ceto de Pendragolia und Janet Bodley haben sich bereit erklärt, mir während der nächsten Tage alles abzunehmen, und ich habe keine Angst, bis zu unserem Abflug gestört zu werden. Die beiden sind darin versiert, mit allen Regierungsstellen und allen Beamten der Raumfahrtbehörde fertig zu werden, und außerdem kann ihnen die Praxis nicht schaden.

Dies ist der erste Moment der Ruhe, den ich hatte, seit die Pe-Ellianer in den erdnahen Raum eindrangen, um sich ganze zehn Zentimeter oberhalb der weißen Salzwüste von Utah niederzulassen.

Was für eine Geschichte!

Doch ich bin traurig wegen der Zerstörung Chicagos und der Millionen Hektar von brasilianischem Regenwald und der Vernichtung des wunderbaren Porte Verde auf der anderen Seite des Mondes.

Ich habe mir die Spuren der Vernichtung angesehen. Ich hielt es für meine Pflicht, sie zu sehen. Brasilien bietet einen so grauenhaften Anblick, wie ich ihn nicht noch einmal erleben möchte. Es ist, als ob jemand eine gigantische Harke genommen, sie wieder und immer wieder durch den wuchernden Dschungel gerissen und Furchen von dreißig Kilometern Breite zurückgelassen hätte. ›Peitsche‹ ist ein sehr passender Name für diese Waffe.

Chicago wies eine seltsame Schönheit auf. Hier ist die Zerstörung sehr spezifisch, ohne irgendwelche Kontamination zu hinterlassen. Das Zentrum der Stadt ist eine geronnene Lavapfütze mit einem Durchmesser von etwa zweihundert Metern, verziert mit gefrorenen Wellenringen und Blasen. Hinter dieser Pfütze stehen noch Hochhäuser, in die Richtung geneigt, in die sich der Mahlstrom drehte. Sie wirken wie entlaubte Kiefern nach einem Feuer. In einem Viertel muß es zu einem seltsamen, lokal begrenzten Phänomen gekommen sein, denn hier sind die Gebäude in Glasstümpfe verwandelt worden. Eins von ihnen ist zu einer Silizium-Spirale verdreht worden.

Der Mond sieht noch immer aus wie der Mond, wurde mir versichert.

Doch ich ließ alles mit schwerem Herzen zurück. Wie lange mag es dauern, bevor wir alles in die Luft jagen? Und was ist mit unserer Kontaktsuche? Manchmal wirkt das Banner unseres Idealismus auf mich wie Arroganz. Vielleicht sollten wir den Laden einfach zumachen und zu Hause bleiben. Würde es das Universum ärmer machen? Ich bezweifle es.

Jetzt habe ich Zeit, nachzudenken, und endlich dämmert mir die Wahrheit. Man hat Kontakt mit uns hergestellt. In vier Tagen werden Tomas Mnaba und ich zu einer Reise aufbrechen, die sicherlich eine der wichtigsten Entdeckungsfahrten seit Columbus darstellt, oder zumindest, seit die *Lotus Chariot* die Garfield-Tasche durchstieß und irgendwo in der Nähe von Proxima Centauri wieder auftauchte.

Leben. Intelligenz. Wir haben es damals entdeckt, bei jenem ersten wirklichen Raum-Sprung, und jetzt klopft Intelligenz an unsere Tür.

Seit Jahren habe ich von so etwas geträumt. Als ich das Contact Linguistics Institute gründete, geschah das in der Hoffnung, daß so etwas irgendwann geschehen möge. Ich wollte, daß wir bereit wären für den Augenblick, wo der Große und Unergründliche vor uns stehen würde.

Warum bin ich dann nicht glücklicher? Bin ich durch den tagtäglichen Kleinkrieg so abgestumpft worden, daß ich den Blick für das größere Projekt verloren habe? Doch was immer der Grund sein mag, es ist nicht zu bestreiten, daß ich, der Privilegierte, der von der mit Sicherheit mächtigsten Rasse in unserer Ecke der Galaxis namentlich angefordert wurde, jetzt kaum etwas spüre.

Aber vielleicht bin ich nur müde. Die letzten Wochen sind reichlich hektisch gewesen.

Ich amüsiere mich über mich selbst; ich fummele herum wie eine alte Frau, halte mich mit Nebensächlichkeiten auf, suche Papiere zusammen und verlege sie dann wieder, rege mich über Kleinigkeiten auf. Ein Glück, daß meine Kollegen mich jetzt nicht sehen können. Sie hätten ihren Glauben an den Eisernen Herzog verloren.

Ich tröste mich mit dem Gedanken, daß nichts jemals verschwendet wird und daß selbst die Leere ihren Platz in der Schöpfung hat. Eine neue Ordnung ist im Werden.

Vor zwei Jahren, als ich mich von meinem Posten beim CLI entbinden ließ, glaubte ich, an der Carson-Krankheit zu sterben. Doch ich habe sie durchgestanden, hinke nur ein wenig und fühle mich jetzt so wohl, wie es erwartet werden kann. Trotzdem muß ich der Tatsache ins Auge sehen, daß diese Reise möglicherweise meine letzte sein könnte und ich keine Gelegenheit mehr habe, mich von meinen Freunden auf Orchid zu verabschieden oder in den Sümpfen von Banyon zu angeln. Eins werde ich jedoch vorher zu Ende bringen: die Übersetzung des letzten Kapitels von *Seliica*. Ich habe sie bereits fertig im Kopf.

Heute morgen habe ich den endgültigen Entwurf der *Tapista Peru* durchkorrigiert, nachdem ich fünf Jahre lang an diesem Manuskript gesessen hatte. Es befindet sich jetzt in der Setzerei. Beim Aufräumen meines Schreibtisches gerieten mir ein paar alte Übersetzungen der *Laternen Balladen* vom Planeten Persimmon in die Hände. Sie sind nicht so schlecht, wie ich geglaubt hatte, und wert, wieder ans Licht des Tages gebracht zu werden.

Diese Aufgabe wird den ganzen morgigen Tag in Anspruch nehmen. Es ist keine notwendige Arbeit, außer in dem Sinn, daß sie dazu beiträgt, eine Karriere abzurunden. Ich kann mir dessen natürlich nicht sicher sein, doch halte ich es für sehr unwahrscheinlich, daß ich auf die Erde zurückkehre, es sei denn, in einem Vacuo-Sack. Doch wir werden sehen.

Aber es ist nicht der Gedanke an den Tod, der mich bedrückt. Wir Kontakt-Linguisten leben in so enger Verbindung mit dem Tod, daß wir ihn als Freund bezeichnen können, oder doch zumindest als einen guten Bekannten. Ganz bestimmt machen wir uns keinerlei Illusionen. Erinnert ihr euch noch an Darion Weismueller und Varia Paresvetsova? Sie kamen von einer der brillantesten Kontaktsuchen aller Zeiten zurück. Sie hatten zwischen zwei kriegführenden Rassen Frieden gestiftet. Sie traten in das Kasino des CLI auf Camellia, nachdem sie die medizinische Untersuchung hinter sich gebracht hatten, und wir alle waren dort versammelt, um sie willkommen zu heißen. Ich kann noch heute ihre Gesichter vor mir sehen. Sie lachten wie Kinder. Darion sagte: »Ich bin froh, daß ihr alle hier seid«, und Varia setzte hinzu: »Das macht es perfekt.« Dann bestellte er sich ein Bier, und sie einen Milchshake, und beide starben.

So einfach.

So richtig.

Da ist keiner unter uns, der nicht auf die gleiche Art gehen wollte, durch ein einfaches Zurückziehen aus dem Leben. Ich bezweifle jedoch, daß mir dieses Glück beschieden sein wird. Nein, es ist nicht die Angst vor dem Tod oder vor dem Sterben, die mich bedrückt. Ich bin von etwas bedrückt, das in der innersten Natur dieser Suche liegt ... – und ich schwöre, daß ich nicht weiß, was es ist.

Doch ich will dieses Problem für den Augenblick ruhen lassen und mir einen Kaffee machen und mich dann über die *Seliica* setzen. Morgen, nach einer guten Nacht voll Schlaf, sehe ich die Dinge vielleicht klarer.

Eben fällt mir auf, daß ich ein neues Tagebuch begonnen habe, obwohl das alte noch halb leer ist. Das muß irgendeine Bedeutung haben.

KOMMENTAR

Als ich während dieser letzten hektischen Wochen mit Thorndyke arbeitete, war ich überrascht darüber, wie unermüdlich er arbeitete und wie zerstreut er gleichzeitig wirkte. Ich habe inzwischen erkannt, daß er sich in einem Schockzustand befand, und daß seine administrative Routine und Genauigkeit eine Art Reflexhandlung darstellten. Ich glaube nicht, daß er ganz begriffen hatte, was geschehen war. Wir anderen waren ausnahmslos ein wenig benommen und entschuldigten uns dafür. Hier war endlich die Kontakt-Mission, über die wir erheblich länger als eine Dekade gesprochen, diskutiert und für die wir Pläne gemacht hatten. Thorndyke gab natürlich die richtigen Worte von sich, doch ich bemerkte, daß er, sowie sich eine spekulative Diskussion entwickelte, sich sofort zurückzog und sich den pragmatischen Aufgaben von Zeitplänen, Berichten und Konferenzen zuwandte. Als er in seine Pariser Wohnung zurückkehrte und ›die alte Tür hinter sich‹ schloß, muß ihm, wie sein Tagebuch beweist, die überragende Bedeutung des Geschehens klar geworden sein.

Die *Lotus Chariot* war das erste Schiff, das mit einer menschlichen Besatzung an Bord nach dem Ge-Ess-Prinzip aus unserem Sonnensystem hinaus gelangte. Dies geschah am 1. Mai 2036. Unter den Leuten, die für die Mannschaft ausgewählt wurden, befand sich ein junger Mann von einundzwanzig Jahren, der sich bereits als Analog-Linguist einen Namen gemacht hatte: Marius Thorndyke.

Bei der Schilderung dieses Ereignisses in seiner Einführung zum ersten Band der *Grammaria Galactica,* schreibt Thorndyke:

Wir konnten nicht ganz daran glauben, daß die Garfield-Sprung-Spiralen funktionieren würden. Trotz der erfolgreichen Versuche mit Affen und Mäusen kam uns doch alles wie der Teil eines Märchens vor. Nach den Sternen greifen! Wir lachten lieber, als daß wir zugegeben hätten, daß es wahr sei. Doch hier waren wir nun, drangen in immer weitere Umlaufbahnen vor, bereit für die richtige Orientierung, in einem sanft glühenden Schiff. Mars war wie eine

Kirsche, die man fast durch das Fenster pflücken konnte. Der Raum begann sich um uns herum zu verwerfen. Den Sternen wuchsen Schweife. Wir hofften im günstigsten Fall auf einen raschen Tod, im ungünstigsten auf eine Ewigkeit in dieser Vorhölle. Es gab einen harten Ruck, wie bei einem Zug, der zu plötzlich in einem Bahnhof stoppt, und als ich aus dem Fenster blickte, sah ich keinen Mars, keine Sonne, sondern an ihrer Stelle das restrukturierte Sternbild von Proxima Centauri.

Während der Monate, die wir unterwegs waren, gewöhnten wir uns an den Ge-Ess-Sprung. Wir reisten weit herum, entdeckten Leben und fotografierten es, damit auch alle anderen es sehen konnten. Es bestand natürlich keine Möglichkeit, uns vor unserer Rückkehr mit der Erde in Verbindung zu setzen.
   Es war damals, als ich auf den ersten fremden Planeten hinabblickte, Garfields Planeten, daß ich die Struktur dessen zu planen begann, was später das Contact Liguistics Institute genannt werden sollte.

Die Carson-Krankheit verläuft nur selten tödlich, ist jedoch äußerst schmerzhaft. Thorndyke zog sich diese Krankheit während eines Aufenthaltes auf Banyon zu und verbrachte drei Wochen mit den Beinen in einer Gefrierkammer. Er wurde vollkommen wiederhergestellt, und ich konnte während der Zeit, die wir auf Pe-Ellia verbrachten, keinerlei Behinderung bei ihm entdecken.

Thorndykes außergewöhnliche Sprachbegabung war bereits legendär, als er zum CLI stieß. Er hatte das Glück, mit einem Talent bedacht worden zu sein, das er scherzhaft als seine ›Papageien-Begabung‹ bezeichnete. Er konnte Laute und Intonationen mit einer fast unheimlichen Genauigkeit wiedergeben. Diese Befähigung machte ihn zu einem ausgezeichneten Übersetzer. Von seinem Temperament her war er jedoch nicht dafür geeignet, als Kontakt-Linguist Feldarbeit zu leisten. Orchid, ein Planet, für den er eine starke Zuneigung entwickelte, war seine erste Solo-Kontakt-Expedition. Die *Seliica,* auf die in seinen Tagebüchern häufig Bezug genommen wird, ist das große Epos der Archadianer. (Thorndykes Kosename für die dominierende Rasse auf Orchid.)

Die *Laternen-Balladen* von Persimmon sind wahrscheinlich das fremdartigste Werk von Aliens, das Thorndyke übersetzt hat. Die Balladen sind die Dichtung einer Rasse, deren Angehörige lediglich rudimentäre Sehorgane besitzen. Sie halten Kontakt miteinander und orientieren sich mittels komplizierter Serien von Rufen. Diese Rufe sind alle Variationen des Themas ›Wo bin ich gewesen und wohin gehe ich‹. Die Balladen warnen vor Gefahren und übermitteln auch Nachrichten.

THORNDYKES TAGEBUCH:
ZWEITE EINTRAGUNG

24. April.
  Bis das Steigen aufhört und wir
  Die buckeligen Wolken sehen, wie roh gehauene Stufen,
  Und an ihrem Ende die versinkende Sonne.

Das sind die letzten Zeilen der *Seliica*. (Passend?)

Gestern nacht konnte ich nicht schlafen. Die Zeit zerrinnt mir zwischen den Fingern wie Wasser. Schließlich, um halb fünf, nahm ich eine Schlaftablette. (Eine halbe, genaugenommen – ich bin noch immer zerstreut.) So kam ich zu einem Halbschlaf, hatte Halbträume. Mein Gehirn besitzt dieses seltsame Erinnerungsvermögen, das ich schon bei früheren Gelegenheiten erwähnt habe. Geschehnisse der Vergangenheit spulen sich darin ab wie ein Film.

Als erstes sah ich die liebe Michiko, die um zwei Uhr früh durch die Gassen des CLI auf Camellia lief und schrie: »Es paßt alles zusammen!« Sie hielt zwei Stöße Papier in ihren Händen, und als sie meine Villa erreichte, hämmerte sie gegen die Tür, bis die Nachbarn aus ihren Türen stürzten, um zu sehen, was passiert war. Ich trat als letzter heraus.

»Es paßt alles zusammen!« schrie sie und fiel in Ohnmacht.

Dann war Martin Routham bei uns, wedelte mit seinen Armen wie eine Windmühle und schrie: »Los, Marius, du schaffst es! Los, Marius!«

Ich schien in einer Art Rennen zu laufen und jemand war dabei, mich einzuholen. Ich blickte über die Schulter zurück, und da war Ruhe-nach-dem-Sturm, blau und weiß, der mich mit ausholenden Schritten verfolgte. Und bei ihm war der lange Kerl, rot und schwarz, der sich Rakete nennt.

Beide grinsten von einem Ohr zum anderen, und ich konnte ihre schwarzen Gaumen sehen, und die harten Knochenwülste, die sie an Stelle von Zähnen haben.

Grinsen? Ha!

Wir umrundeten die letzte Biegung, und ich fragte mich, ob ich noch bis zum Ziel durchhalten würde, als ich aufwachte.

Ich lag schweißgebadet zwischen zerwühlten Laken.

Den Rest der Zeit bis zum Sonnenaufgang verbrachte ich damit, in der *Seliica* zu lesen.

Morgen abend haben wir einen Empfang in Washington. Ich habe keine Lust hinzugehen. Die Pe-Ellianer wollen bestimmt nicht hingehen und haben sich nur durch Erpressung dazu bereitgefunden. Tomas wird nicht dort sein. Armer Kerl. Er mußte nach Camellia zurückkehren und ist erst um 02.00 Uhr GMT wieder zurück auf der Erde.

Er hat sich zu sehr eingesetzt. Ich habe ihm immer wieder gesagt, daß er etwas langsamer machen soll, aber genauso gut hätte ich zu der Tür sprechen können. Er kann zeitweise ziemlich stur sein. Schließlich gibt es nichts, was wir tun könnten. Die Pe-Ellianer haben das Sagen, wie es mein Großvater ausgedrückt hätte.

Sie erklären immer wieder, daß alles gut gehen wird, und daß wir uns ›nicht in Not‹ befinden. Sie haben das sogar so oft gesagt, daß ich mich frage, ob *wirklich* alles gut gehen wird. Vielleicht ist dies alles eine gigantische Falle, wie es dieser Astrologe in Amsterdam immer wieder verkündet, und man wird uns in irgendeine gräßliche Hölle verschleppen und die Erde erpressen.

Das zumindest wird nicht geschehen – und ich spreche hier nicht von den Absichten der Pe-Ellianer.

Sowohl Tomas als auch ich haben Papiere unterschrieben, in denen wir alle Institutionen der Erde jeder Fürsorgepflicht für uns entheben. Selbst wenn die Pe-Ellianer uns in einen Zoo stecken und an uns langsame Vivisektion praktizieren sollten, würde die Erde keinerlei Zugeständnisse machen.

Nicht daß die Erde in einem solchen Fall überhaupt etwas tun könnte.

Wir werden also ganz allein dort draußen sein.

Die Raumfahrtbehörde hat um Zusicherung gebeten, daß uns nichts geschehen würde, und sie auch erhalten. Als ich Ruhe-nach-dem-Sturm fragte, wann wir zurückkehren würden, antwortete er: »Wenn das, was nötig ist, abgeschlossen ist.« Das war mir nur ein schwacher Trost.

Es ist interessant, am Empfängerende einer Kontakt-Suche zu sein. Das Wissen, daß die Pe-Ellianer uns beobachten, veranlaßt mich, mich selbst genauer unter die Lupe zu nehmen. Zeitweise komme ich mir wie ein Fremder vor. Das ist wohl der Preis, den man dafür zahlt, Kontakt-Linguist zu sein.

Ich bin nicht mehr der Marius, der ich bei der Beerdigung auf Orchid war. Und ich bin auch nicht mehr der Marius, der einst autistischen Kindern Musik vorspielte, um festzustellen, ob bei ihnen eine andere Art von Sprache vorhanden ist.

Mutabilität. Gesichter starren mich aus der Vergangenheit an. Und ich bin wieder in meinem Traum.

Ich habe viel Erfahrung mit Träumen. Wie oft habe ich über ihre Logik nachgedacht.

Während ich beim Frühstück saß, stellte ich im Geist eine Liste von fünf Punkten zusammen, die sich mit diesem Pe-Ellia-Kontakt befassen.

Erstens: Die Pe-Ellianer müssen uns seit geraumer Zeit kennen. Linguistik-Analyse deutet auf eine Periode von einhundertfünfzig ($\pm$ fünfzig) Erdjahren hin. Ich denke, es könnte ein noch längerer Zeitraum sein.

Zweitens: Sie sind auf ein Stichwort hin gekommen. Die Erde war auf einen Zusammenstoß vorbereitet.

Drittens: Sie hätten uns vernichten können, haben es jedoch nicht getan, was bedeutet, daß sie entweder nicht aggressiv veranlagt sind, oder daß sie uns intakt brauchen. (PS: Beide Hypothesen könnten zutreffend sein.)

Viertens: Sie scheinen etwas von uns zu wollen.

Fünftens: Sie wollen mich. Warum *mich*?

Was die Antwort auf die letzte Frage betrifft, so habe ich nicht einmal den Schimmer einer Ahnung, außer der auf der Hand liegenden Vermutung, daß ich der einzige noch Lebende der bekannten Menschen bin, die eng mit dem Kontakt-Programm verbunden waren. Aber es muß da eine Regel geben, und wo eine Regel ist, muß es auch Logik geben.

Ich grübele noch immer über meine letzte Begegnung mit Rakete. Ich versuche herauszufinden, was ein pe-ellianisches Individuum ausmacht. Wir haben uns ausreichend über die Farbmuster ihrer Haut unterhalten. Die Bedeutung dieser Musterung (falls sie überhaupt eine Bedeutung haben sollte) ist ein Problem, das wir meiner Ansicht nach erst werden lösen können, wenn wir sie bei ihrem gesellschaftlichen Zusammenleben erleben. Gott weiß, daß zwischen ihm und Ruhe-nach-dem-Sturm kein größerer Unterschied der Erscheinung bestehen könnte. Doch teilen sie dieselbe Zurückhaltung. Ich könnte natürlich völlig falsch liegen, doch habe ich das Gefühl, daß Rakete anders sein könnte, sehr viel mehr ... sehr viel mehr – *was*? Fröhlicher, möchte ich annehmen. Vielleicht denke ich das nur, weil er sich so viel mehr Mühe gibt, wie wir zu sein. Auf jeden Fall gibt er sich mehr Mühe mit unserer Sprache und macht den Eindruck, mehr *dabei* zu sein. Das macht ihn natürlich verwundbarer. Er ist der Sprung in der eisglatten Oberfläche.

Als ich ihn mit ›fortgeschrittenem‹ Englisch auf die Probe stellte, wirkte er verwirrt und ich sah, wie sein Gehirn arbeitete. Dann zog sich das Leben aus seinem Gesicht zurück, und es wurde wieder ausdruckslos. Und ich hielt zwar noch den Handschuh, aber nicht mehr die Hand. Als ich sagte: »Die Exhortationen der Macher unseres Planeten besagen, daß ihr euch am Riemen reißen und versuchen solltet, unsere Mores zu lernen, indem ihr euch mit uns assoziiert«, stand er stocksteif, und seine Hände machten seltsame Gesten, und er beugte sich auf mich zu, als ob er etwas sagen wolle. Einen Augenblick lang glaubte ich, daß ich ihn hätte, und daß wir jetzt ›rohes‹ Pe-Ellianisch hören würden, und sei es auch nur ein Schrei der Frustration. Doch dann senkte sich wieder der Schleier herab. Seit dem Augenblick ist Rakete wie ein lebender Toter. Ob es morgen anders sein wird? frage ich mich.

Ich *bin* interessiert, doch ist es eher ein rein akademisches Interesse. Ich genieße das Puzzle, doch habe ich es aufgegeben, auf jene erschütternde Einsicht zu hoffen, die die gesamte Schöpfung enthüllt und sie uns zu Füßen legt. Man kann auch auf zu viel hoffen, bis die Hoffnung selbst schließlich zur Bürde wird. Als ich jünger war, war ich dazu bereit. Es hat eine Zeit gegeben, wo ich sofort aufgesprungen wäre, um dem Ruf der Pe-Ellianer zu folgen. Ich wäre ihnen mit ausgebreiteten Armen entgegengestürmt.

In der Stille fällt es mir leichter, zu schreiben und mir ins Gesicht zu blicken. Ich bin der Erde und aller Kämpfe müde. Meine einzige Freude sind jetzt Übersetzungen.

Das stimmt nicht. Das ist Affektiertheit. Mir macht ein Kampf noch immer Spaß. Doch ich bin verstört.

Wo sind sie, diese Pe-Ellianer?

Ich könnte die vernichtenden Hammerschläge einer monströsen fremden Intelligenz begreifen. Ich könnte den Barbarismus einer überlegenen Technologie verstehen. Ich könnte sogar die Süße moralischer Überlegenheit ertragen, die uns mit erhobenem Zeigefinger droht. Doch diese sind nicht von jener Art.

Sie sind scheu und kühl. Sie benehmen sich, als ob sie Angst vor uns hätten. Sie wollen nicht zu uns kommen, und wenn sie sich doch einmal bereitfinden, ihre kühle, grüne Kugel zu verlassen, sind sie still und zurückhaltend, so daß ein Gespräch mit ihnen genauso ergiebig ist, als wenn man mit den Puppen in der Auslage eines Modegeschäfts zu sprechen versuchte.

Das allein macht sie einzigartig. Ich habe noch nie eine Spezies getroffen, die nicht mit uns sprechen wollte. Sowie der Graben des Unbekannten und der Angst überquert ist, treten wir auf den Marktplatz. Die Zurückhaltung der Archadier war eine lebendige Zurückhaltung im Vergleich mit diesen Stockfischen.

Das ist es! Das ist einer der Gründe, warum ich bedrückt bin. Ich bin enttäuscht. Sieh mal an.

Ich habe die *Seliica* an den Verlag gesandt. An den *Laternen-Balladen* muß ich noch mehr arbeiten. An ihren seltsamen Gesängen erkennen wir die Beschränkung von Übersetzungsmöglichkeiten. Falls sie jemals in Buchform erscheinen sollten, werden sie aus zehnmal soviel Fußnoten wie Text bestehen. Ich habe Celia Buxton gebeten, den phonischen Text auszuarbeiten.

Ich werde den Rest des Tages mit Packen verbringen. Allein bei dieser Frage haben die Pe-Ellianer genaue Anweisungen gegeben. Sie sagten, daß man uns alles zur Verfügung stellen würde und wir nichts anderes mitnehmen sollten als das unbedingt Notwendige. Ich frage mich, warum. Sie brauchen sich doch bestimmt keine Sorgen um Übergepäck zu machen.

Notwendiges und das, was man nicht missen möchte. Ich habe mich schon früher auf diese Art hereinlegen lassen. Ich werde Luxusartikel mitnehmen. Zigarren, eine altmodische Gummiwärmflasche, wie man sie in London noch immer kaufen kann, Rasierklingen und eine Menge Bleistifte. Vielleicht werfe ich sogar eine Rolle Toilettenpapier mit hinein. Oder auch zwei. Den Rest werde ich Tomas überlassen. Er ist mit der Führung des Protokolls beauftragt, und man kann sich darauf verlassen, daß er alle von uns benötigten technischen Geräte besorgt.

Ich bin froh, daß er sich bereit erklärt hat, mitzukommen. Wir werden ein gutes Team abgeben. Seine Gründlichkeit wirkt beruhigend wie ein Sicherheitsnetz. Er wird die Punkte auf die ›I's‹ setzen, obwohl ich noch immer schneller bin, wenn es darum geht, eine Sprache in den Griff zu bekommen. Vor allem aber ist er absolut loyal und kennt mich gut. Ich werde mich sehr auf ihn verlassen. Umgekehrt kennt er auch mich und vertraut mir. Er weiß, daß ich ihn immer aus der Klemme ziehen werde.

Also los!

KOMMENTAR

Hätte ich Gelegenheit gehabt, diese Tagebuch-Eintragung zu lesen, bevor wir die Erde verließen, wäre ich äußerst beunruhigt gewesen. Einige von Thorndykes späteren Handlungen auf Pe-Ellia werden verständlicher, wenn man die Geistesverfassung in Betracht zieht, die sich in seinem Tagebuch schon vor der Abreise abzeichnete. Ich denke dabei nicht an seine Bemerkungen über den Tod oder an die leichte Depression, die sich in Worten ausdrückt, wie ›man kann zu sehr hoffen...‹ Eine solche Depression ist nicht selten bei Leuten, die sich auf eine Kontaktsuche begeben, und Thorndyke hätte sich dessen genauso bewußt sein müssen wie ich. Ich spreche hier von seiner offensichtlichen Voreingenommenheit. Eine der Grundregeln, die in dem Handbuch der Kontakt-Linguisten festgelegt sind, lautet:

Ziehen Sie keine voreiligen Schlüsse. Eine fremde Rasse ist nicht dazu da, Ihre Vorurteile bestätigen zu helfen. Sie müssen immer, zumindest jedoch während der Anfangsphase einer Mission, grundsätzlich allen Versuchungen von Vorliebe und Abneigung aus dem Wege gehen.

Thorndyke hatte diese Regel selbst aufgestellt, als er das Handbuch abfaßte. Ein Kontakt-Linguist ist ein neutraler Beobachter, der versucht, sich ein objektives Bild zu verschaffen. Und hier nun ist Thorndyke, der die Pe-Ellianer mit ›Stockfischen‹ vergleicht und sie klassifiziert, bevor er sie kennengelernt hat. Wenn er die Grundregeln befolgt hätte, würde er sich mit mir zusammengesetzt haben, der schließlich sein Partner für dieses Unternehmen war, um das Problem durchzusprechen. Falls das Problem sich als unlösbar herausgestellt haben sollte, hätte er sich weigern müssen, den Auftrag zu übernehmen. So einfach ist das. Im CLI-Codex gibt es nur wenig Raum für private Vorurteile. Oder, falls ihm das nicht gepaßt haben sollte, hätte er um eine längere Vorbereitungsfrist bitten können.

Das wäre zwar eine schwere, doch keine unmögliche Entscheidung gewesen. Als er Leiter des CLI war, mußte Thorndyke solche Entscheidungen fast jeden Tag treffen. Ich kann daraus nur schließen, daß Thorndyke sich bereits zu diesem frühen Zeitpunkt außerhalb der normalen Grenzen des Codex der Kontakt-Linguisten stehend betrachtete.

Es gibt noch eine andere Sache, die in Beziehung zu dieser steht, und darüber haben Thorndyke und ich diskutiert. Thorndyke bezeichnete einen Pe-Ellianer ständig als einen ›Er‹. Auf einem volkstümlichen Niveau hat so etwas kaum eine Bedeutung. Es ist schließlich eine im Menschen tief verwurzelte Tendenz, unbelebten Objekten wie Schiffen, Bergen, ja sogar Sonne und Mond ein Geschlecht zuzuschreiben. Ein Kontakt-Linguist kann sich solche Freiheiten jedoch nicht leisten. Die Art dieses Geschlechts ist eine äußerst komplexe Frage, die weit über die irdischen Konzeptionen von ›er‹ oder ›sie‹ hinausgeht. Die normale CLI-Praxis besteht darin, besondere Termini zu verwenden, wenn man von einer Spezies unbestimmten Geschlechts spricht. Die Pe-Ellianer fallen zweifellos in diese Kategorie.

Wenn Thorndyke die normale Praxis befolgt hätte, so hätte er die Form *ta* für das Singular verwenden müssen, wo er bei uns ›sie‹ sagen würde, *ta-de* als Possessivpronomen, *tas* als Pluralform und *tas-den* als Pluralform des Possesivpronomens. Diese Terminologie wird in allen amtlichen Dokumenten benutzt, die sich auf die Pe-Ellianer beziehen.

Ich sprach mit Thorndyke über diese Frage, nachdem ich ihn bei einer der Debatten bei der Raumfahrtbehörde die ›Er‹-Form benutzen gehört hatte. Er erklärte mir auf seine freundliche Art, doch ›meiner Großmutter nicht beibringen zu wollen, wie man Eier auslutscht‹. Er behauptete zu wissen, was er tue, und wolle ›die Raumfahrtbehörde nicht mit seinem Wissen blenden‹. Ich betrachtete das als eine unbefriedigende Antwort und sagte ihm das auch. Wie es sich herausstellte, verfiel Thorndyke meiner Ansicht nach nicht dem Fehler, den Pe-Ellianern ein Geschlecht zuzuschreiben, und das sollte seine Beziehungen zu einem Pe-Ellianer, der Menopause-Harlekin hieß, einigermaßen komplizieren. In dem vorliegenden Dokument habe ich mich aus Gründen der Klarheit dazu entschlossen, Thorndykes Praxis zu folgen, wie sie in seinen Tagebüchern niedergelegt ist, und alle Pe-Ellianer mit ›Er‹ zu bezeichnen.

Michiko Hakoshima lebt jetzt als Pensionistin auf Camellia. Sie hat freundlicherweise die nachfolgende Erklärung aufgesetzt, die diesem Buch beigefügt werden soll. Ich habe sie gebeten, mir zu schildern, welche Rolle sie bei der Entdeckung der Spezies X gespielt hatte.

Ich war einer der ersten Mathematiker, die beim CLI kurz nach seiner Gründung im Jahr 2037 eingestellt wurden. Eins der ersten Projekte, dessen statistische Wahrscheinlichkeitsberechnung auszuarbeiten mir aufgetragen wurde, betraf das Zusammentreffen mit einer uns technologisch überlegenen Rasse. Dies entwickelte sich zu einer langfristigen Arbeit. Die, nachdem der Ge-Ess-Transformator zur normalen Ausrüstung geworden war, sich rasch ausweitende Forschung, brachte es mit sich, daß neue Informationen und dadurch neue Möglichkeiten ständig in meine bereits überbeanspruchten Computer gefüttert wurden. Marius drängte nicht auf eine rasche Antwort.

Ein anderer Teil meiner Arbeit befaßte sich mit der Vektoranalyse, und hier wurde mein Interesse an einem sehr spezifischen Problem geweckt. Die Garfield-Gleichungen sind sowohl subtil als auch präzise. Genau auf den Ge-Ess eingestellt, garantieren sie einwandfreie Funktion. Ein Kilometer oder zwanzig Parsecs Verschiebung erfordern dieselbe Gleichung als Basis. In einer sehr frühen Phase jedoch, als wir gerade die ersten Fühler in die Galaxis auszustrecken begannen, traten seltsame Variationen auf. Und es gab keine mathematischen Erklärungen dafür. Ich habe mit Marius darüber gesprochen, und er sagte, daß es irgendeinen Fehler in der Grundgleichung geben müsse (Garfields eigene Mathematik!), und forderte mich auf, alle Ableitungen und Schlußfolgerungen noch einmal durchzurechnen. Das legte ein ganzes CLI-Team lahm, und ich denke nicht, daß Marius weiß, wie nahe daran ich war, dem Verein zu kündigen. Doch ich habe es nicht getan.

Die Arbeit nahm mehrere Jahre in Anspruch.

Währenddessen traten weitere Variationen auf. Manchmal waren sie unbedeutend, nicht mehr als .0007 Bogensekunden, doch andere waren erheblich, bis zu einem ganzen Grad, und das konnte bedeuten, sich ins Herz der Sonne zu manövrieren.

Ich erklärte Marius, daß die Gerfield-Gleichungen so sicher seien wie das Fundament einer Kathedrale, daß die Variationen jedoch beängstigend würden. Diesmal hörte er mir zu. Unsere Forschung erhielt das Siegel der höchsten Geheimhaltungsstufe. Geld, Personal und Computerzeit wurde uns in märchenhaftem Ausmaß zugewiesen. Innerhalb weniger Wochen hatte ich ein System entdeckt und einen Fixpunkt gefunden. Raumtaschen tauchten auf, in die wir nicht vordringen konnten. *Jeder Versuch, in sie einzudringen, wurde abgelenkt. Wie, durch wen oder was, wußten wir nicht. Ein unbemanntes Raumschiff wurde auf direktem Kurs in eine dieser Taschen geschickt. Als es zurückkehrte, erkannten wir an den Fotounterlagen, wo es gewesen war. Es war um fünfundvierzig Grad abgelenkt worden! Die Schlußfolgerung war unvermeidlich. Unsere Raumerforschung wurde eingeschränkt.*

Ich kehrte zu meiner früheren Arbeit zurück, der Erforschung einer Wahrscheinlichkeit, auf eine Rasse zu stoßen, die höher entwickelt war als die unsere. Die Tatsachen starrten mir ins Gesicht. Gemäß der Wahrscheinlichkeitsrechnung sollten vierzehn Prozent der Planeten, die wir bereits entdeckt hatten, sich dem elektronischen Technologiezeitalter nähern oder es bereits erreicht haben. Von diesen sollten zwölf Prozent den Raumflug entwickelt haben. Bisher war jedoch die höchstentwickelte Technologie, die wir entdeckt hatten, die von Tiger Lily, wo die Marmel-Rasse gerade die Dampfmaschine erfunden hatte. Wir hätten inzwischen auf die Spezies X stoßen müssen. *Diese Folgerung war uns allen klar.*

Marius' Geschichte, die schildert, wie ich durch die Straßen von CLI gerannt bin, trifft im Wesentlichen zu. Ich war im Bett, als die letzten Werte durchgegeben wurden, und ich vermute, daß sie mir zu wichtig erschienen, um mir die Zeit zu nehmen, meinen Morgenmantel überzuwerfen. Marius' Haus befand sich in der Nähe der Computer-Sektion, wo ich wohnte. Ich lief im Nachthemd zu ihm. Es war Sommer, wie ich zu wissen glaube. Ich kann mich nicht erinnern, ohnmächtig geworden zu sein. Ich bin nicht der Typ, der dazu neigt, in Ohnmacht zu fallen.

Diese beiden Berichte über Ablenkungen und Technologie wurden zusammen mit der nächsten Zusammenkunft der Raumfahrtbehörde vorgelegt. Es entwickelte sich eine erregte Debatte, die auf Thorndykes Verlangen hin im monatlichen CLI-Bulletin vom Dezember 2069 in vollem Wortlaut veröffentlicht wurde. Die Auswirkungen dieser Debatte und die Aufmerksamkeit, die ihr zuteil wurde, waren umfassend. Wie groß war die Erregung, daß eine mächtige und geheimnisvolle Rasse mit uns in Verbindung treten wollte. Gleichzeitig kam aber auch Furcht auf. Es wurde eingestanden, daß die Spezies X eine Gefahr für die Erde und ihre Interessen darstellen könnte. Das war eins der Hauptargumente, die benutzt wurden, um die Entwicklung der Garfield-Peitsche mit allen Mitteln voranzutreiben.

Der verstorbene Dr. Martin Routham war ein guter Freund Marius Thorndykes. Beim CLI hatte er den Posten des Chefs der technischen Hilfssektion bekleidet und war hauptsächlich für die Entwicklung des leichten biokristallinen Encoders verantwortlich gewesen. Dieses Gerät ist heute Teil der Standardausrüstung des CLI und das wichtigste Instrument bei jeder Aufzeichnung eines Kontakts. Es war so ein Encoder, den Thorndyke mir nach unserem Besuch auf Pe-Ellia zurückgeben ließ. Er ist in der Lage, sowohl akustische als auch optische Signale aufzuzeichnen. Er besitzt eine weite Toleranz für Temperaturen und kann die härteste Belastung beim Feldeinsatz ertragen. Die für einen Kontakt-Linguisten vielleicht wichtigste Eigenschaft dieses Geräts ist jedoch, daß es mit bio-kristallinen Eigenreferenz-Schaltungen bestückt ist, die dem Encoder die Fähigkeit verleihen, immense Quantitäten widersprüchlichen Materials zu absorbieren, bevor seine Logik-Einheiten überladen werden.

›Fortgeschrittenes‹ Englisch besteht aus der willkürlichen Zusammenstellung von formellen Konstruktionen mit Slang-Formulierungen. Der Gebrauch ›fortgeschrittener‹ Sprache ist ein sehr akkurater Index dafür, wie weit jede gegebene Sprache wirklich verstanden wird. In diesem Fall tat Thorndyke noch etwas mehr, um herauszufinden, wie gut der Pe-Ellianer unsere Sprache beherrschte. Er verwendete ›fortgeschrittenes‹ Englisch, um Rakete zu verwirren, in der Hoffnung, dadurch einen Vorteil über ihn erringen zu können.

Thorndykes dritte Tagebucheintragung wurde in der Nacht nach dem Empfang im Raumfahrtzentrum von Washington geschrieben. Sie ist in der dritten Person abgefaßt. Das ist bei Schriften des CLI nicht unüblich, da sie es dem Verfasser gestattet, sich von dem Geschriebenen zu distanzieren. Diese Form wird häufig gebraucht, wenn der Verfasser vorhat, ein ihm schmerzliches persönliches Erlebnis zu schildern.

THORNDYKES TAGEBUCH: DRITTE EINTRAGUNG

25. April. Das Extrazimmer im Raumfahrtzentrum, das für den Empfang außerirdischer Gäste benutzt wurde, war so geschmackvoll wie möglich hergerichtet worden, wenn man berücksichtigt, daß die Ausstatter keine Vorstellung vom Geschmack ihrer verehrten Gäste, der Pe-Ellianer, hatten. Sie hatten sich dafür entschieden, die Wände mit grünen Girlanden zu schmücken, und ein großer, grüner Perserteppich war auf dem Hartholzboden ausgerollt worden. Abgesehen von den Dekorationen war der Raum ein raffiniertes Gerät. Die Kandelaber, die in den vier Ecken und in der Mitte des Raums von der Decke hingen, hatten nicht nur die Aufgabe, Licht zu spenden. In ihnen waren Mikrophone und Kameras untergebracht, die alles aufzeichneten, was hier geschah. Sie enthielten auch dünne Rohre, durch welche die Atmosphäre des Raums in Sekundenschnelle abgesogen oder ihre Zusammensetzung verändert werden konnte, falls sich das als notwendig erweisen sollte. Auch die Decke war mehr als nur eine Decke. Sie konnte gehoben und gesenkt werden, um den jeweiligen Gästen eine für sie angenehme Höhenproportion zu bieten. Da die Pe-Ellianer groß waren, war sie jetzt auf zwei Drittel ihrer Maximalhöhe angehoben. Die starke Doppeltür, die selbst einem englischen Schloß keine Schande bereitet haben würde, war eine hermetisch schließende Luftschleuse. Die innere Tür konnte nicht geöffnet werden, wenn die äußere nicht fest geschlossen war, und umgekehrt. Es gab noch weitere Sicherheitsvorkehrungen, doch diese waren gut verborgen: Gasmasken in den Schränken, Atemfilter, Feuerlöscher, und so weiter. Der Raum besaß keine Fenster, obwohl das nicht erkennbar war, da der größte Teil seiner Wände von schweren Vorhängen verdeckt wurde.

Marius Thorndyke mochte diesen Saal nicht, obwohl er ihm völlig vertraut war. Sein Milieu war der natürliche, freie Raum, doch da er Realist war, akzeptierte er, daß in Räumen wie diesem wichtige förmliche Treffen stattfinden.

Er stand an einem der langen Tische, die entlang einer Wand des Raums aufgestellt waren und eine reiche Auswahl von Delikatessen aller Küchen der Welt boten. Er erinnerte sich an die zwei einzigen früheren Gelegenheiten, wo dieser Raum dazu verwendet worden war, außerirdische Gäste zu bewirten. Für die Brandungs-Water von Thalassa, einem Schwesterplaneten der Erde, der ihr so sehr glich, wie es überhaupt vorstellbar war, hatte das Essen zumeist aus Aalen bestanden. Viele Jahre nach ihnen waren die Pointer-Leute von dem eisigen Planeten Neige hier gewesen. Für sie hatte man die Raumtemperatur bis auf wenige Grade über dem Gefrierpunkt von Wasser abgesenkt. Thorndyke erschauerte bei der Erinnerung daran. Doch beide Kontakte waren gut verlaufen. Beide Rassen hatten das unbestreitbare Vorhandensein des ihnen fremden Planeten Erde verhältnismäßig gelassen akzeptiert. Jetzt also sollte dieser Raum zum dritten Mal zu dem für ihn vorgesehenen Zweck benutzt werden, und die Temperatur und Luftfeuchtigkeit waren ziemlich hoch.

Außer Thorndyke befanden sich nur achtzehn Personen in ihm. Der Präsident der Raumfahrtbehörde war anwesend und schien unter der Hitze zu leiden; Marie Cortes, die die Öffentlichkeitsarbeit leitete und in jeder Situation blendend aussah; Ceto und Janet, die während Tomas' Abwesenheit gemeinsam für die Führung des CLI verantwortlich sein würden; der Vizepräsident der Vereinigten Staaten, der Präsident von Mexico, der Präsident der Vereinigten Staaten von Afrika und der Vorsitzende der NUES. Die letzteren standen ruhig in einer Ecke beisammen und kosteten die chinesischen Schweinerippchen. Der Generalsekretär der UN und der UN-Sekretär für den Schutz von Wildtieren gingen auf dem großen grünen Teppich langsam auf und ab. Es waren auch acht Reporter anwesend. Es waren die glücklichen, die bei der Auslosung der Zulassungen richtig gezogen hatten. Sie mußten nebenher als Kellner fungieren. Das waren alle. Der Raum wirkte fast menschenleer.

Die Pe-Ellianer hatten darum gebeten, daß nicht mehr als neunzehn Personen anwesend sein sollten. Thorndyke lächelte, als er sich die Katzbalgerei vorstellte, die sich unter der glatten diplomatischen Oberfläche abgespielt haben mußte, als entschieden wurde, wer die begehrten Einladungen erhalten sollte.

Musik klang auf. Die Hymne der Raumfahrtbehörde ertönte und signalisierte das Eintreffen der Ehrengäste. Alle Gesichter wandten sich der mit dunklem Holz verkleideten Tür zu. Die Menschen, die innerhalb eines weißen Kreises standen, der mit Klebestreifen auf den Teppich markiert war, traten eilig heraus.

Über der Tür glomm ein rotes Licht auf, das anzeigte, daß die Außentür geöffnet worden war. Nach wenigen Sekunden erlosch es wieder und wurde durch ein grünes Licht abgelöst. Die breite Tür schwang feierlich auf.

Es waren fünf Pe-Ellianer, die hereintraten. Sie hielten einander an den Händen, und einer von ihnen schien Schwierigkeiten zu haben, seine Beine gerade zu halten. Thorndyke kam es vor, als ob der Mann an einem schweren Fall von Raumschock litte. Keiner von ihnen war unter dreieinhalb Metern groß. Bekleidet waren sie mit einem kurzem, grauen Überwurf, der lediglich aus einem großen Stoffquadrat bestand, in das man nur ein Loch für den Kopf geschnitten hatte. Er reichte ihnen lediglich bis zu den Hüften und unterstrich eher noch ihre Nacktheit. Ihre kahlen Köpfe glänzten im Licht der Kandelaber.

Thorndyke bewunderte die Uniformität ihrer Hautmarkierungen und die tiefe, glänzende Farbe, welche die Platten ihrer Haut füllten. Nicht zwei von ihnen waren sich gleich, und doch wirkten sie alle einander ähnlich. Thorndyke erkannte Ruhe-nach-dem-Sturm wieder und erschrak über die Blässe seiner Haut. Er schien unter Atemnot zu leiden. Der Führer, der ein wenig größer war als die anderen und dessen Gesicht durch einen knochigen Wulst oberhalb seiner Augen zerklüftet wirkte, schien leise vor sich hinzusingen, als er die anderen zu dem auf den Teppich markierten weißen Kreis führte. Sie stellten sich kreisförmig auf und hockten sich dann nieder. Die gelben Augen des Führers blickten direkt in Thorndykes Augen. Sie schienen durch Thorndyke hindurchzusehen.

Die Musik ging zu Ende, und Stille breitete sich über den Raum. Der Präsident der Weltraumbehörde hüstelte leise und trat vor.

»Im Namen aller Völker der Erde heiße ich Sie auf unserem Planeten willkommen und biete Ihnen unsere Freundschaft an.« Er trat zurück.

Stille. Der Führer der Pe-Ellianer sagte ein paar Worte auf Pe-Ellianisch ohne den Kopf zu bewegen, und Ruhe-nach-dem-Sturm stand auf. Er hielt dabei die Hände der beiden neben ihm sitzenden Pe-Ellianer fest umklammert. Er sprach in Pe-Ellianisch, anscheinend zu jedem seiner Begleiter nacheinander, denn jeder von ihnen antwortete ihm, unter Verwendung der gleichen Worte, soweit Thorndyke es beurteilen konnte. Dann atmete Ruhe-nach-dem-Sturm tief durch und richtete sich feierlich auf. Er sprach mit steifen, harten Lippen.

»Wir kommen in Frieden. *(Pause)* Nicht um Gewalt zu üben oder Leben zu beenden. Wir werden *(Pause. Tiefer Atemzug)* mit dem von euch sprechen, der Thorndyke genannt wird. Er ist uns bekannt. Für immer und *(Pause. Tiefer Atemzug)* ewig. Amen.«

Der Mund von Ruhe-nach-dem-Sturm schloß sich, und sein Kopf sank auf das graue Tuch herab, das seine Brust bedeckte. Sein Körper blieb steif aufgerichtet, als ob er in einer Zwinge steckte.

Dies war die schmerzvollste Rede gewesen, die Thorndyke jemals erlebt hatte. Er fühlte, daß jedes Wort um den Preis von Blut erkauft worden war. Und er bedauerte, daß er die Pe-Ellianer gezwungen hatte, an diesem Empfang teilzunehmen. Er hätte ohne Aufsehen mit ihnen gehen und jede Initiative ihnen überlassen sollen.

»Amen«, sagte der Präsident von Mexico. Zögernd kam das Echo von allen anderen Kindern der Erde.

Der Pe-Ellianer, der unter Raumschock zu leiden schien, als sie eingetreten waren, begann jetzt konvulsivisch zu zittern. Der Führer fiel vornüber auf seine Knie und warf die Arme rückwärts, um das Gleichgewicht zu halten. Sein Kopf schnellte mit hartem Ruck zurück, und er rief etwas auf Pe-Ellianisch. Dann begannen alle Pe-Ellianer gemeinsam zu heulen.

Thorndyke wußte, was kommen würde. Er spürte das Knistern in der Luft. Er begann die Geistesübungen zu absolvieren, die Jose Borges ihn vor seiner zweiten Begegnung mit den Pe-Ellianern gelehrt hatte. Doch sie blieben wirkungslos. Die Übelkeit traf ihn wie ein harter Körperhaken. Er krümmte sich zusammen, sein Magen schien in Flammen zu stehen, und er sah die anderen Menschen zu Boden fallen. Im gleichen Augenblick sprangen die Pe-Ellianer auf und stießen dabei einen lauten Schrei aus. Die Doppeltür krachte auf. Die Pe-Ellianer hielten einander noch immer bei den Händen, als sie aus der Tür stürzten und verschwanden.

Mit ihrem Abgang klangen die Krankheitssymptome sofort ab.

Zwei Stunden später, als er in seinem Zimmer im Raumfahrtzentrum saß, dachte Thorndyke über diese Dinge nach. Er war zwischen Erregung und Furcht gefangen.

Spezies X.

Pe-Ellia.

Ich hoffe, daß Ceto gute Aufzeichnungen gemacht hat. Wir werden alle Hilfe brauchen, die wir kriegen können.

Amen.

KOMMENTAR

Auf irgendeine Weise war dieser Zusammenbruch des pe-ellianischen Dekorums genau das, was Thorndyke gewollt hatte. Ein paar Sekunden lang, als die Pe-Ellianer die Kontrolle über sich verloren hatten, war es ihm gelungen, durch die eisige Ruhe hindurchzublicken, in die sich die Pe-Ellianer bei allen früheren Gelegenheiten geflüchtet hatten. Zu jenem Zeitpunkt hatten weder er noch ich auch nur die geringste Vorstellung davon, was diesen Zusammenbruch der Pe-Ellianer hervorgerufen hatte und was den Übelkeitsanfall aller anwesenden Menschen ausgelöst haben mochte. Erst viel später, als wir auf Pe-Ellia waren, entdeckten wir, daß dies alles Nebenprodukte von etwas waren, das die Pe-Ellianer Mantissa-Herrschaft nennen. Der Schwindel, von dem die Pe-Ellianer anscheinend befallen worden waren, war nicht das Symptom von transformationaler Ataxia, einer Koordinationsstörung, die umgangsprachlich als Raumschock bekannt ist. Das scheint ein Zustand zu sein, der ausschließlich Menschen befällt. Bei einigen Menschen (nicht bei allen) erleidet das zentrale Nervensystem durch die Ge-Ess-Transformation einen solchen Schock, daß das Gehirn desorientiert wird. Wenn man unter Ataxia leidet, kann es passieren, daß man ein Bein hebt, wenn man eigentlich die Faust ballen wollte. Die Sprache wird undeutlich und inkohärent. Normalerweise klingen diese Symptome jedoch nach wenigen Stunden wieder ab.

Ich bat Koch und Rakete, mir den Zwischenfall bei dem Empfang zu erklären. Hier ist Kochs kurze Antwort:

»Ah, ihr Erdbewohner. Wenn ich mich jetzt konzentriere, kann ich noch immer den Schmerz von Aufsteigendem-steinernen-Herzen (dem Führer der Pe-Ellianer bei dem Empfang) spüren. Er ist noch immer hier, ist Teil deines Lebens. An jenem Tag ist schwerer Schaden angerichtet worden. Wir von Pe-Ellia zählen mehr Balacas, mehr von uns, die zum Schmelztiegel gegangen sind, als du erraten kannst. Ist dir nicht aufgefallen, daß du Ruhe-nach-dem-Sturm nie mehr wiedergesehen hast? Und du hast auch nie nach den anderen gefragt. Die Schreie haben Pe-Ellia erreicht. Mantissa streckte seine Hand aus, wie du sagen würdest, und rettete die Situation. Ehre sei ihm, denn er rettete auch eure Macher, und unsere Mission konnte weitergeführt werden, wie es vorgesehen war.«

Rakete sagte: »Still. Selbst hier auf Camellia ist es nicht sicher, von solchen Dingen zu reden, und es ist kein Mantissa in der Nähe.«

Mehr wollten sie nicht sagen. Zu einem späteren Zeitpunkt erklärte Winterwind, wie im Tagebuch vermerkt ist, wie sich das Erleben der Erde auf die Pe-Ellianer auswirkte, die an jener ersten Begegnung teilnahmen.

Wir näherten uns dem Abreisetag. Thorndyke machte mir Vorhaltungen, daß ich mir zu viel Arbeit zumute. Das ist nicht wahr. Ich habe mir große Sorgen darum gemacht, daß wir so völlig unvorbereitet nach Pe-Ellia aufbrechen würden, und betrachtete es als meine Pflicht, so viele Informationen wie möglich zusammenzutragen. Und einen passenden Encoder zu beschaffen ist nicht etwas, das man bis zur letzten Minute aufschieben kann.

Hier eine Aufstellung unserer hauptsächlichen Informationsquellen für Pe-Ellia, die ich beim Aufbruch erstellt habe:

(1) Visuelle und akustische Aufzeichnungen aller Kontakte mit den Pe-Ellianern.
(2) Linguistisch-kulturelle Analysen aller oben genannten Unterlagen.
(3) Medizinisch-physiologische Analysen aller bereits bekannten Pe-Ellianer, durchgeführt vom Gerichtsmedizinischen Institut in London.
(4) Ausschnitte aus allen Presse- und Fernsehmeldungen der Erde, die sich mit dem Besuch der Pe-Ellianer befassen.
(5) Synopsis aller wichtigen Artikel, die über die Pe-Ellianer veröffentlicht wurden.
(6) Laufende Notizen und Vorschlag für Katalogisierung.

Dies mag eine einigermaßen komplette Liste sein, und sie folgt, so weit es möglich ist, der normalen Kontakt-Prozedur. Das Problem, das mich am meisten bedrückt, ist jedoch, daß unsere sogenannten Ergebnisse im Grunde genommen auf Vermutungen beruhen und nicht auf Tatsachen. Kommentar kann niemals die harte Analyse ersetzen. Ein paar Beispiele mögen reichen, um diesen Punkt zu illustrieren. Hier ist der Schlußabsatz des Berichts, der vom CLI Sprachen-Team verfaßt wurde.

Die Sprache Pe-Ellians scheint aus einer Mischung von Gestik und Stimme zu bestehen. Die Gestik scheint einen emotionellen Modifikator zu bilden und wird nur selten, so weit wir es beurteilen können, unabhängig vom gesprochenen Wort verwendet. Ein Katalog von fünf Gesten und ihrer projizierten Werte ist registriert worden. Die gesprochene Sprache scheint polytonal zu sein. Es gibt jedoch erhebliche Unterschiede der Aussprache zwischen den Individuen. Ob sich diese Unterschiede aus einem Dialekt ergeben oder Manifestationen individualisierter Artikulationen sind, können wir noch nicht sagen. Es wurde festgestellt, daß gewissen Phrasen, die einer ritualistischen Funktion zu dienen scheinen, immer auf dieselbe Weise ausgesprochen werden. Ein vorläufiges Pe-Ellianisch –

Englisches Glossarium von Sätzen und Redewendungen befindet sich bei den Unterlagen.

Wir konnten zu der Zeit nicht wissen, daß das, was wir auf der Erde hörten, eine rein zeremonielle Sprache war, die nicht für normale Kommunikation verwendet wird. Sie besteht hauptsächlich aus Zitaten.

Die medizinischen Notizen sind zum großen Teil deskriptiv und befassen sich mit Farbmustern der Haut, Atemrhythmen und so weiter. Das Londoner Institut für Gerichtsmedizin kommentiert:

Unser Versuch eines langen Grundlinien-Scans erwies sich als Fehlschlag. Irgendeine Kraft verhinderte alle unsere Versuche, aus der Entfernung unter die Haut der Pe-Ellianer einzudringen. Unsere Bitte, körperliche Untersuchungen an ihnen vornehmen zu dürfen, wurden zurückgewiesen oder zumindest ignoriert. Infrotrot-Scan ließ das Vorhandensein eines Pulses im Unterleib der Pe-Ellianer erkennen. Das könnte auf eine Gebärmutter hindeuten. Wir halten die Größenunterschiede der Pe-Ellianer für wichtig, und einige Beobachtungen scheinen darauf hinzudeuten, daß die Größe den Rang bestimmt.

Eine provokative Bemerkung des Londoner Gerichtsmedizinischen Instituts war, daß die Pe-Ellianer wahrscheinlich von einer den Eidechsen ähnlichen Lebensform abstammen.

Der kürzeste Bericht war der der Physiker. Seit es dem pe-ellianischen Schiff gelungen war, unbemerkt die Warnstationen des Verteidigungssystems der Erde zu passieren, rätselten Physiker und Ingenieure daran herum, durch was es angetrieben wurde, und aus welchem Material es bestand. Jeder elektronische Scan und jede Sondierung verlief ergebnislos. Der letzte Satz ihres Berichts stellt kleinlaut fest:

Wir schließen daraus, daß die pe-ellianische Technologie fortgeschrittener ist als die unsere, aber auch auf anderen Grundlagen beruht, deren Natur wir selbst in ihren Ansätzen zu begreifen derzeit nicht in der Lage sind.

Am 26. April, um 12.00 Uhr GMT begann unsere Reise. Unser Aufbruch ist das Thema von Thorndykes nächster Tagebucheintragung.

THORNDYKES TAGEBUCH:
VIERTE EINTRAGUNG

26. April. Was war es, das Armstrong sagte? ›Ein kleiner Schritt für einen Menschen ...‹ Fühlte mich ein wenig wie er, als ich in die Kugel einstieg. Weltbewegende Augenblicke, die nach menschlichen und gewöhnlichen Maßstäben gemessen werden. Und so soll es auch sein. Die Ewigkeit ist definitiv als ein Sandkorn erkennbar, und ein Schritt trägt mich zu unbekannten Welten.

Ich erschauere noch immer in Ehrfurcht vor den Ausmaßen dieser Kugel. Das ganze Pentagon in Kugelform gebracht ... fahlgrün, leicht glühend. Absolut lautlos.

Nein, es ist nicht ihre Größe. Es ist die Tatsache, daß sie nicht auf dem Boden aufgesetzt hat, was mich mit Staunen erfüllt. Drei Wochen lang hat sie dort geschwebt und unsere Schwerkraft aufgehoben.

Ich muß mich mit der Tatsache abfinden, daß jede Zivilisation, die in der Lage ist, ein Raumschiff von einer Million Tonnen Gewicht, exakt zehn Zentimeter über dem Boden der Erde in der Schwebe zu halten, nicht ganz schlecht sein kann.

Während ich auf die Kugel zuschritt, begann ich leise zu pfeifen. Die Wirkung der Wölbung der Kugel war unheimlich. Sie reflektierte das Geräusch nach allen Seiten, nur nicht zu mir zurück. Es war, als ob ich in einem Vakuum pfiffe ... und wenn man genauer darüber nachdenkt, war es in etwa das, was ich tat.

Ich war überrascht, daß niemand erschien, um uns zu begrüßen. Die Türöffnung war natürlich überaus groß, und wir schritten einen erleuchteten, grünen Tunnel entlang, um in das Schiff zu gelangen. Ich trug meine Reisetasche, und Tomas hatte den Encoder und einen Koffer bei sich. Wenn jemand uns so gesehen hätte, er hätte annehmen können, daß wir zum Angeln gehen wollten.

Niemand von der Erde hatte die Erlaubnis erhalten, uns zu verabschieden. Ich fragte mich beinahe, ob die ganze Angelegenheit nach dem Debakel von gestern abend nicht abgeblasen werden würde. Aber kein Wort. Und kein Rakete und kein Ruhe-nach-dem-Sturm. Während wir uns der Kugel genähert hatten, war die Tür aufgeglitten. Irgend jemand mußte Wache gehabt haben. Ich vermute, daß alles nach Plan lief, mit oder ohne ein Willkommen.

Sie halten uns auf Distanz, wie Biologen mit einer Pinzette. Haben sie wirklich Angst vor uns? Sind wir so gefährlich? Ha, zeige mir die Macht, die in zwei kleinen Männern steckt. Sieht man in uns die Repräsentanten einer kriegslüsternen Spezies, bei denen anzunehmen ist, daß sie Bomben an den Bauch geschnallt tragen?

KOMMENTAR

Thorndyke machte die oben angeführte Eintragung wenige Minuten nachdem wir an Bord des pe-ellianischen Fahrzeugs gegangen waren. Er ging auf und ab, die Kladde in der linken Hand, und klopfte mit dem Bleistift gegen seine Zähne. Ich kann mich auch erinnern, daß er die Bleistiftspitze gegen die ›Haut‹ des Schiffes drückte, als die Tür sich geschlossen hatte. Er wirkte aufgeregt und wie ein Gefangener: eine explosive Mischung.

Folgend ist eine Aufzeichnung, die ich an jenem Morgen machte:

Temperatur: 23,5 Grad Celsius. Luft schwer und ein wenig parfümiert. Duftnote nicht genau zu definieren – Tomatenstauden vielleicht. Recht angenehm.

Wir sind seit dreißig Minuten im Schiff, und bis jetzt hat sich noch nichts gerührt. Falls wir inzwischen gestartet sein sollten, so habe ich nichts davon gespürt, und auch Thorndyke nicht. Dreißig Sekunden nach unserem Eintritt hat sich die Tür hinter uns geschlossen. ›Geschlossen‹ ist ein sehr irdischer Begriff. Es wäre richtiger, zu sagen, daß die Stelle, durch die wir eingetreten waren, undurchsichtig wurde und nahtlos mit den Wänden dieser Kammer verschmolz. Ich erinnere mich, einmal im cryogonischen Laboratorium von Helsinki die Superunterkühlung eines Beckens voll Wasser erlebt zu haben. Das war so ähnlich. In einem Moment war das Wasser noch glasklar, und wir konnten die Schrift auf dem Boden des Beckens erkennen, im nächsten war seine Oberfläche so hart und weiß wie eine Eierschale. Jener Wechsel war von einem Röhren begleitet worden, die Schließung des Raumschiffs geschah völlig lautlos.

Die Kammer, in der wir uns befanden, hatte die Form einer Blase mit flachem Boden. Alles hier hat dieselbe fahlgrüne Farbe. Es gibt keine Fenster. Keine Lichtquelle ist auszumachen, doch alles scheint ein wenig zu leuchten, und wir können gut sehen.

Der Durchmesser unseres Raums beträgt sieben Meter. Seine Höhe läßt sich nicht abschätzen. Die Krümmung der Wände wirkt verwirrend. Er könnte fünf Meter hoch sein oder auch zwanzig, obwohl ich glaube, daß der Raum sphärisch ist.

Unsere Stimmen sind gedämpft.

Entlang der gekrümmten Außenwand des Raums steht eine breite, niedrige Bank, und in seiner Mitte befindet sich ein Tisch. Der Tisch wirkt, als wenn er gleich einem Pilz aus dem Boden gewachsen sei. Tisch und Bank bestehen aus dem gleichen grünen Material wie die Wände. Thorndyke hat sie mit einer Haut verglichen, und das trifft auch einigermaßen zu, obwohl sie sich meiner Ansicht nach mehr anfühlen wie das laminierte C-plex Material, das für Raumanzüge verwendet wird. Die Wände fühlen sich warm an. Dies könnte Lebenswärme sein.

Thorndyke hat gerade gemeint, daß das Schiff ein riesiger Raum-Wal sei, und wir zwei Jonasse. Ich halte das strenggenommen für unmöglich, und Thorndyke hat zugegeben, daß es ein Scherz sein sollte. Doch sind wir uns beide darüber klar, daß diese Vorstellung ein Stück poetischer Wahrheit enthält. Wir sind verschlungen worden, und wir befinden uns auf einer Reise, deren Ziel wir nicht kennen.

Sonst gibt es in der Kammer nichts, das man beschreiben könnte. Unsere Koffer nehmen sich inmitten dieser spartanischen Eleganz entschieden fehl am Platz aus.

Der Raum würde sich ausgezeichnet als Laboratorium für Experimente mit Entzug von Sinneseindrücken eignen.

(12.38 Uhr) Ein Fenster öffnet sich in der Wand. Wir blicken beide hinaus und sind nicht überrascht, als wir entdecken, daß wir uns noch auf der Erde befinden. Das Fenster unterbricht die Monotonie und läßt unsere Kammer weniger wie eine Zelle wirken. Die Wände werden heller... ihr Grün hat jetzt eine grelle Färbung, und wir heben ab. Ich kann keinerlei Bewegung fühlen, doch ich kann sehen, daß die Erde unter uns wegfällt wie ein Teller... ich kann ihre Krümmung erkennen... wir scheinen in einer Spirale zu steigen... kein Gefühl von Beschleunigung, doch ich sehe, daß wir uns bewegen... Anti-Schwerkraft oder eine andere Kraft dieser Art muß uns tragen.

Der Himmel verdunkelt sich von tiefem Blau zu Schwarz.
Die Luft ist mit Elektrizität geladen. Ich...

Hier hört die Aufzeichnung auf. Zu meiner ewigen Schande muß ich gestehen, mein lebenslanges Training vergessen und wie ein Kind bei seinem ersten Zoobesuch gegafft zu haben – und dabei völlig vergaß, irgend etwas aufzuzeichnen.

Thorndyke war genauso benommen und legte seine Eindrücke erst eine ganze Weile später nieder. In seinem Tagebuch erscheinen sie direkt nach seiner Beschreibung unseres Eintritts in das pe-ellianische Schiff. Der Bericht wurde am Tag nach unserer Ankunft auf Pe-Ellia geschrieben, das heißt, am 27. April.

THORNDYKES TAGEBUCH:
FÜNFTE EINTRAGUNG

Es ist leicht, hinterher klüger zu sein, doch ich wußte tatsächlich, daß etwas geschah. Es war kein körperliches Gefühl, sondern eher ein Bewußtwerden, daß mein Gehirn – oder besser gesagt, mein Verstand – aufgepellt wurde. Ich hatte nicht das Gefühl, daß es sich dabei um einen feindseligen Akt handelte, nicht einmal um einen wirklich vorsätzlichen. Er kam mir eher wie ein zufälliges Nebenprodukt meines Streifens gegen irgendeine titanische Macht vor.

Als Junge, erinnere ich mich, habe ich einmal in der Kathedrale von York gestanden, als die Orgel gerade eingeschaltet wurde. Nichts veränderte sich, doch ich spürte, daß die Luft plötzlich geladen war. Die Ladung mußte irgendwohin entweichen und löste sich auf, als die ersten Orgeltöne erklangen. Solche Erlebnisse hinterlassen einen Eindruck, den man ein Leben lang nicht wieder loswird. Im Schiff erfolgte die Auflösung in der Form eines kurzen visuellen Ausfluges. Innerhalb der Zeit, die ein Kameraverschluß braucht, um sich zu öffnen und wieder zu schließen, fanden Tomas und ich uns frei im Raum stehend.

Ich blickte auf und sah ›durch‹ das ganze Raumschiff hindurch. Es wirkte wie das Gitterwerk einer Bienenwabe mit einer Million Zellen, und in der Mitte stand eine Gestalt.

Lassen Sie es mich auf eine andere Art beschreiben. Ich glaubte, eine glänzend polierte Silberkugel anzustarren, und das Bild, das von ihr widergespiegelt wurde, war verzerrt und gewaltig, doch es war nicht mein Bild.

Eine Jakobsleiter führte in die Höhe, und dort oben, an ihrem Ende, war ... – Gott?

Nein, das kann ich nicht sagen. Wieder muß ich Erinnerungen aus meiner Jugend zurückrufen. Ich war dabei, als Ericson seine Ionen-Analyse des Turiner Grabtuches durchführte, und wir sahen die seltsame Gestalt darauf strahlen wie silberiges Feuer. Ich erinnere mich auch an das Gesicht Christi in einer byzantinischen Kuppel, das in reflektiertem Sonnenlicht glühte. Dieses Wesen, das ich sah, was immer es sein mochte, war sowohl unendlich groß als auch unendlich weit entfernt. Es war verschwommen und undeutlich, als ob ich es durch Wasser sähe. Ich hatte nicht das Gefühl, daß Augen mich anblickten, nur von Gegenwart.

An den Rändern der Gestalt dehnten sich die festen Konturen der Zellenwände aus wie ein gigantisches Spinnennetz, und innerhalb dieser Wände sah ich Pe-Ellianer reglos hängen.

Der Kameraverschluß klickte wieder zu.

Ich starrte noch immer zur grünen Decke empor. Ich empfand vielleicht genau dasselbe wie Garfield, als er Enten Brotstücke zuwarf und die sich ausbreitenden Wellenringe auf dem Wasser beobachtete und dabei plötzlich die Verschiebung der Zeitzentren erkannte und zum ersten Mal die Grundzüge der Gleichungen sah, auf denen die ganze moderne Raumfahrt aufbaut. Aber wo war meine Entdeckung? Gott weiß, daß ich seit vielen Jahren meinen Verstand bis zur Neige ausgeschöpft habe und meine Leistungen kenne, doch noch nie habe ich so ein Gefühl kennengelernt. Ich habe die Euphorie gekannt, doch nie die Substanz gesehen. Ich erlebte den reflektierten Triumph eines momentanen kreativen Impulses, der mich emporriß und mich einen flüchtigen Augenblick lang zum Erglühen brachte. Ich war das Staubkorn im Sonnenstrahl.

KOMMENTAR

Was Thorndyke sah, habe ich nicht gesehen. Ich sah nur die Sterne.
 Die Gestalt, die Thorndyke gesehen hat, war zweifellos die eines Mantissa. Doch die Tatsache, daß Thorndyke es für richtig hielt, seine Empfindungen anhand religiöser Bilder zu erläutern, sagt uns eine Menge über ihn und über seinen Geisteszustand während der Reise.
 Im Rückblick auf das Ereignis müßte ich die Schlußfolgerung ziehen, daß sein Erleben real war, doch das, was er sah, eine Reflexion unserer eigenen Gedanken darstellte. Denn trotz all seines Leugnens und seines glühenden Atheismus sah Thorndyke das Bildnis eines ihm bekannten Gottes. Ich sah nur die kreisenden Sterne. All dies hilft dabei, zu erklären, warum ich dies jetzt niederschreibe, und warum, wie ich zu Beginn feststellte, Marius Thorndyke tot ist.
 Diese Reise war Thorndykes Reise, und ich war nur ein zufälliger Begleiter. Ich glaube, daß der Mantissa sich auf Thorndykes Psyche eingestellt hatte. Wenn ich nach oben geblickt haben würde, und sei es auch zum richtigen Zeitpunkt, hätte ich sicher auch nur die Sterne gesehen.

Was mich betrifft, so fand ich das Erlebnis beängstigend. Ich bin oft im Raum gewesen, wie alle Kontakt-Linguisten, jedoch immer mit dem beruhigenden Rückhalt eines C-plex-Raumanzugs und einer Strombatterie. Diesmal fühlte ich mich nackt.

Meine Knie gaben nach, und ich sank zu Boden, als die Wände zurückkehrten. Ich erinnere mich, daß ich mich zu Thorndyke umwandte, um zu sehen, wie es ihm erging, und sah, daß er gerade aufgerichtet stand, beide Arme zur Decke emporgereckt. Er erzählte mir weder dann noch zu irgendeiner Zeit während unseres Aufenthaltes auf Pe-Ellia, was er gesehen hatte. Ich nahm an, daß sein Erlebnis dem meinen sehr ähnlich war.

Ich setzte mich auf die umlaufende Bank, um mich zu erholen, und Thorndyke ging hin und her. Er wirkte wie berauscht.

Als ich mich innerlich beruhigt hatte, galt mein erster Gedanke dem Encoder. Ich überprüfte seine Zellen und Stromkreise und war erleichtert, daß nichts beschädigt zu sein schien. Ich versuchte, Thorndyke zu schildern, was ich gesehen hatte.

Das schien ihn aufzuregen, und er bat mich, ihm alle mir verfügbaren Informationen über unseren Auftrag zu geben. Immer wieder sagte er: »Was wollen sie? Hinter was sind sie her?«

Wenig später erhielten wir unseren ersten und einzigen Besuch von einem Pe-Ellianer während unseres Aufenthalts an Bord dieses Schiffes.

Seine Ankunft wurde uns durch ein Vibrieren in der Luft angekündigt – genau so, wie wir es erlebt hatten, bevor die Wände verschwanden. Ich spannte die Muskeln an.

Die Sektion der Wand unmittelbar vor mir glühte ein wenig heller, und ich konnte eine Gestalt hinter ihr erkennen. Dieses Mal vergaß ich nicht, den Encoder einzuschalten. Das Folgende ist eine Aufzeichnung dieses Treffens.

MNABA: ... Thorndyke kann es ebenfalls fühlen. Er richtet sich auf und blickt zur Decke hinauf. Ich habe auf die Wandsektion gedeutet, die aufglüht. Sie glüht sehr hell. Ich sehe, daß sich etwas bewegt.

Thorndyke hat mir eben einen Wink gegeben, den Encoder einzuschalten. Diesmal schlafe ich nicht. Hinter der Wand ist eine Gestalt – ein Pe-Ellianer, nach der Größe zu urteilen. Einzelheiten sind schwer auszumachen. Es ist, als ob man jemanden ansieht, hinter dem die Sonne steht.

Ich spüre eine leichte Brise, und das Vibrieren ist beinahe unangenehm. Ich spüre, wie mein Haar sich sträubt. Die Wand öffnet sich, löst sich auf. Ich bin nicht sicher ... aber ein Teil der Bank scheint verdampft zu sein.

Ah, es ist Rakete. Er befindet sich in seinem Larvenstadium, offenbar irgendwie gestützt. Seine Augen sind geschlossen. Sein Atem ist ruhig. Offensichtlich steht er unter dem Einfluß einer Droge oder befindet sich im Trancezustand.

RAKETE: Gentlemen, bitte setzen Sie sich. Dieses Treffen ist nicht formell, sondern soll lediglich Ihrer Information dienen.

(Seine Stimme ist trocken und holperig)

THORNDYKE: Wir heißen Sie willkommen. Wir haben uns schon gefragt, wann sich jemand sehen lassen würde.

(Pause)

RAKETE: Was soll jemand sehen lassen?

THORNDYKE: Das ist nur eine Redensart: uns aufsuchen, herkommen, wissen Sie, uns einen Besuch machen.

RAKETE: Sie meinen, daß Sie mich erwartet haben? Haben Sie denn schon vorher gewußt, daß ich kommen würde?

THORNDYKE: Nein, ganz und gar nicht. Machen Sie die Dinge nicht noch komplizierter. Wir sind keine Propheten. Wir haben lediglich angenommen, daß Sie nicht zu den Leuten gehören, die zwei Gäste allein herumsitzen und Daumen drehen lassen würden. Können Sie uns sagen, was vor sich geht?

MNABA: Was ist eben passiert, als die Wand plötzlich verschwand?

(Lange Pause)

RAKETE: Man hat mir aufgetragen, Sie über die Vorbereitungen in Kenntnis zu setzen, die für Ihr Eintreffen auf Pe-Ellia getroffen worden sind, und mich nach Ihren derzeitigen Wünschen zu erkundigen. Erstens: Wir werden in etwa vierzig Erden-Minuten auf Pe-Ellia eintreffen. Wir haben für Sie Umweltbedingungen geschaffen, in denen Sie sich zu Hause fühlen werden. Zweitens: Nach der Ankunft wird Professor Winterwind sich um Sie kümmern, der auch alle weiteren Arrangements übernehmen wird. Drittens: Fühlen Sie sich hier wohl? Kann ich Ihnen irgendwelche Erfrischungen anbieten, Gentlemen?

MNABA: Nun, ich bin weder hungrig noch durstig, falls es das ist, was Sie ...
THORNDYKE: Ich möchte aufs Klo.
RAKETE: Urinieren oder Stuhl lassen?
THORNDYKE: Urinieren.
RAKETE: Sie können Ihr Geschäft erledigen, wo immer Sie wollen.
THORNDYKE: Hier?
RAKETE: Auf dem Boden. Man wird sich darum kümmern.
THORNDYKE: Würden Sie das tun?

(Pause)

RAKETE: Nein. Aber wenn ich Sie wäre, dann schon.

(Pause)

Wenn es weiter nichts gibt, werde ich jetzt zurückgehen, Ihnen bon voyage und einen glücklichen Aufenthalt auf dem Planeten Pe-Ellia wünschen.
MNABA: Das scheint das Ende der Audienz zu sein. Er ist zurückgetreten und die Wand hat sich bereits hinter ihm geschlossen. Ihr Glühen verglimmt. Thorndyke steht mit dem Rücken zu mir.
THORNDYKE: Alles für die Sache der Wissenschaft und der Brüderlichkeit.
MNABA: Thorndyke uriniert auf den Boden der Kammer. Er ist fertig und tritt zurück. Die kleine Pfütze breitet sich gleichmäßig aus und zerteilt sich nicht in Rinnsale. Der Boden scheint vollkommen eben zu sein. Die Oberfläche der Lache erbebt, als ob eine Brise über sie hinwegführe, und jetzt – ist sie einfach verschwunden! Verdampft! – aber da ist keine Hitze. Absorbiert? Nicht ein Tropfen Flüssigkeit ist zurückgeblieben. Thorndyke hockt auf den Knien und überprüft es.
THORNDYKE: Das nenne ich Hygienetechnik.

Diejenigen unter den Lesern, die nicht mit den Einzelheiten der Kontakt-Praxis vertraut sind, mögen vielleicht über Thorndykes Benehmen erstaunt sein. Sie sollten es nicht sein. Es ist ein Axiom der Kontakt-Philosophie, daß man eine Menge über eine Zivilisation erfahren kann, wenn man lernt, wie sie ihre eigenen körperlichen Abfallprodukte und die ihrer Industrie behandelt. Das ist ein interessantes Experiment, das gewöhnlich Studenten der Kontakt-Linguistik aufgegeben wird, damit sie die Kulturen der Erde nach einer Analyse der Verwendung und Beseitigung ihrer Abfallprodukte zu bewerten lernen.

Als Rakete und Koch mich besuchten, kamen sie auf diese Episode an Bord des Schiffes zu sprechen. Anscheinend waren die Pe-Ellianer von Thorndykes Vorführung sehr erheitert. Der Mantissa-Reaktor zerlegte die Bestandteile des Urins in ihre Atome und drückte sie durch die Haut des Raumschiffes in das Vakuum des Raums. Obwohl wir es damals noch nicht wußten, wurde jeder Aspekt unserer Umwelt durch den Mantissa der Kugel gelenkt. Die Beseitigung des Urins bereitete ihm genauso wenig Schwierigkeiten wie die Herstellung der Luft, die wir atmeten.

Für den Rest dieser kurzen Reise diskutierten und analysierten wir, so gut wie es uns möglich war, all die Informationen, die wir über die Pe-Ellianer bis dahin besaßen. Thorndyke praktizierte die wenigen Worte der pe-ellianischen Sprache, die wir aufgezeichnet hatten, besonders die Grußformel, die sie am häufigsten zu gebrauchen schienen.

Unsere Ankunft auf Pe-Ellia verlief genauso, wie Rakete es vorausgesagt hatte. Genauso, wie wir nichts von unserem Start gespürt hatten, spürten wir auch nichts von der Landung. Keine Fenster taten sich auf, die Wände verdampften nicht, und es gab keinen Ruck, der uns verriet, daß wir aufgesetzt hatten. Wir spürten nur das inzwischen bekannte Vibrieren der Luft. Das sagte mir, daß etwas bevorstand.

Plötzlich schien die Luft frischer, und das Licht innerhalb der Kammer wurde sanfter. Thorndyke berührte mich an der Schulter. Ich wandte mich um und entdeckte, daß die Tür des Raumschiffs sich geöffnet hatte. Ich hatte vor der falschen Wandsektion gestanden.

Die nächste Eintragung in Thorndykes Tagebuch befaßt sich mit unserer Ankunft und unserer ersten Begegnung mit Professor

Winterwind. Thorndyke verwendet in diesem Teil seines Tagebuchs die Gegenwartsform, obwohl er Geschehnisse aufzeichnet, die mehrere Stunden (oder sogar Tage) zurückliegen. Die Manipulation von Zeitformen bei Aufzeichnungen gehört zur Ausbildung eines Kontakt-Linguisten. Es ist jedoch nicht allgemein bekannt, daß Thorndyke mit einem beinahe fotografischen Erinnerungsvermögen gesegnet war und ihm die Vergangenheit immer viel näher lag, als für die meisten von uns.

THORNDYKES TAGEBUCH:
SECHSTE EINTRAGUNG

Ich komme mir wie ein Narr vor: Hier stehe ich und starre eine grüne Wand an. Irgend etwas geschieht dort draußen. Mnaba spürt es ebenfalls. Er blickt sich um, ein wenig blaß im Gesicht, in der Hoffnung, die ersten Zeichen einer Veränderung zu entdecken. Ich begnüge mich mit einer mikroskopischen Analyse jenes Teils der Wand, wo sich meiner Meinung nach die Tür befunden hat, als wir hereintraten, muß jedoch eingestehen, daß ich mich vielleicht irre. Das Problem bei Kreisen besteht darin, daß sie denen, die sich innerhalb von ihnen befinden, keine Fixpunkte bieten, sondern nur einen kontinuierlichen Horizont, der ständig versucht, hinter einem herumzukriechen.

Meine Geduld wird belohnt. Die Wand öffnet sich wie ein Auge. Da sind Grün und Blau hinter ihr, und der warme Geruch von Erde nach einem Regen, der Geruch von Haufen welker Blätter an langen, warmen Herbsttagen.

Wir nehmen unsere Koffer und steigen aus.
Es ist nicht gelandet!
Es schwebt etwa einen Menschenschritt über dem Boden. Wollen sie uns auf den Arm nehmen? Tomas hat die Luft mit der Nase geprüft und weicht jetzt zur Seite, um mir den Vortritt zu lassen. Ah, die Privilegien des Alters und der Autorität. Ich fühle mich versucht, einen altmodischen Kniefall zu vollziehen und allen Wartenden zuzurufen: »Hier bin ich, warzenbedeckt und auch sonst nicht sehr schön. Erwartet keine alberne geschraubte Rede über die welterschütternde Begegnung zweier großer

Spezies. Ich bin mehr Wilder als Wissenschaftler. Und außerdem stört mich die zehn Zentimeter hohe Stufe, die ihr höflicherweise belassen habt.«

Ich trat sie hinab. Der Boden fühlte sich weich an. Die Erde ist mit einem Teppich saftiger, dickblättriger Pflanzen bedeckt. Gut für den Pflug. Ein Mann könnte hier eine gerade Furche ziehen, und die Luft läßt mir das Wasser im Mund zusammenlaufen.

Wir befinden uns auf einer Lichtung in etwas, das wie ein Dschungel aussieht. Über mir ist die Wölbung des großen, kugelförmigen Raumschiffs, und über ihm der Himmel. Ich kann nicht die geringsten Spuren entdecken. An dem Raumschiff, meine ich. Seine perlgrüne Haut wirkt wie frisch poliert. Am Himmel schweben weitere Kugeln – unsere Ehreneskorte – aufgerichtet wie Beeren an einem Zweig.

Gefährliche Früchte.

Ich kann in der Wand des Dschungels keine Lücke entdecken. Keine Straßen. Keine Transporter. Tomas ist zu mir getreten, und wir eilen unter dem gigantischen Schiff heraus. Wir haben es eilig fortzukommen, weil wir fürchten, daß es zu schnell abheben und uns mit seiner monströsen Heckwelle in den Raum saugen könnte. Ich merke, daß ich in dieser Treibhausluft zu schwitzen begonnen habe.

Weit zu unserer Linken, am Rand des Dschungels, bewegt sich etwas. Es ist ein Pe-Ellianer. Er wird von zwei Pe-Ellianer-Jungen begleitet. Ich glaube zumindest, daß es Jungen sind, sie sind so klein und schlank.

Er ist stehengeblieben und hebt jetzt langsam die rechte Hand, die offene Handfläche uns entgegengestreckt. Eine weise und freundliche Geste. ›Seht, keine Waffen‹. Doch mir drängt sich der Gedanke auf, daß die PeEllianer vielleicht ambidextrös sind.

Ich hebe die rechte Hand in Erwiderung des Grußes. Mnaba winkt und schaltet den Encoder für Bild- und Tonaufzeichnung ein. Ich schätze, daß die Pe-Ellianer etwa dreihundert Meter entfernt sind. Sie kommen rasch auf uns zu. Trotz der Größe des erwachsenen Pe-Ellianers sind seine Bewegungen harmonisch und kraftvoll. Ich fühle mich an die Grazie und die Kraft eines galoppierenden Pferdes erinnert.

Professor Winterwind, nehme ich an. Rasch rufe ich mir die wenigen pe-ellianischen Sätze ins Gedächtnis, die ich mir gemerkt hatte. Ich werde mit einer Begrüßungsformel experimentieren.

Sie sind plötzlich sehr nahe, und mir wird die enorme Größe dieser Kreaturen bewußt. Die Pe-Ellia-›Jungen‹ sind etwas größer als ich, und ich bin über eins achtzig groß, ohne Schuhe und bei angehaltenem Atem. Professor Winterwind ist jedoch wie ein gigantischer, gescheckter Baum. Ich schätze ihn auf gut dreieinhalb Meter. Von seiner Sorte gibt es nur wenige auf der Erde.

Die kleineren sind stehengeblieben und lassen Winterwind allein weitergehen. Er blinzelt auf eine Art, die, wie ich weiß, Freundlichkeit ausdrücken soll, doch es liegt auch etwas von einer Herausforderung darin. Ob ich mich rasch daran gewöhnen werde, daß sie ihre Augen aufwärts schließen? Natürlich werde ich mich daran gewöhnen. Ich habe ungewöhnlichere Dinge erlebt, und liebe sie sogar.

Jetzt steht Winterwind vor uns. Ich werde ihn zuerst sprechen lassen.

»Willkommen. Ich bin Professor Winterwind.«

Eine angenehm lebhafte Stimme, deren sorgfältig einstudierter Akzent auf gutes Herkommen und Bildung schließen läßt. Eines stelle ich fest, und das ist von höchster Wichtigkeit: Winterwind ist *hier*. Er ist *anwesend*. Er *existiert*. Oh, wie erleichtert ich mich darob fühle. Ich bin mir einer vitalen, komplexen Persönlichkeit bewußt, die für sich selbst verantwortlich ist. Ich erwähne das, um den Kontrast zwischen diesem Pe-Ellianer und jenen aufzuzeigen, denen wir bisher begegnet sind, Ruhe-nach-dem-Sturm und seinesgleichen, die mir so wirklich vorkamen wie die Puppen von Bauchrednern.

Tomas Mnaba und ich verbeugen uns höflich in Beantwortung seiner freundlichen Begrüßung.

»Ich danke Ihnen. Und möge Ihr nächster Wechsel Ihnen Symmetrie bringen«, sage ich und zehre von einer lebenslangen Ausbildung und Erfahrung, um alle Nuancen und Pfiffe der pe-ellianischen Sprache richtig zu bringen. So weit ich weiß, ist dies ihre am meisten verwendete und respektvollste Grußformel.

Er starrt mich an, und langsam dämmert es mir, daß ich sehr kräftig in ein Fettnäpfchen getreten bin. Seine unteren Lider gleiten aufwärts, und die Augen werden zu Schlitzen. Sein massiger Kopf rollt im Kreis. Die kleineren Pe-Ellianer wenden uns ihre Rücken zu. Eine komplexe Interaktion spielt sich vor unseren Augen ab. Seine Geste ist neu für mich. Das Zusammenpressen der Augenlider zu einem Schlitz bedeutet Überraschung. Dessen sind wir uns einigermaßen sicher, da wir es einige Male auf der Erde beobachten konnten. Doch das Rollen des Kopfes ist mir unverständlich. Wollen wir hoffen, daß es eine friedliche Geste ist.

Entweder ist meine Begrüßungsformel unvollständig, was ich nicht glaube, oder sie ist unangebracht, was sehr wohl möglich wäre. Wir werden es herausfinden. Gott sei Dank nimmt Mnaba alles auf. Ich sehe ein, daß ich irgend etwas tun muß, um die Situation zu retten.

Ich sage auf englisch: »Mein Name ist Marius Thorndyke, und dies ist mein Freund und enger Mitarbeiter Tomas Mnaba. Falls ich bei meiner Begrüßung irgend etwas gesagt haben sollte, das verletzend ist, so tut es mir aufrichtig leid. Ich hatte nicht die Absicht, Ihnen zu nahe zu treten.« Gesprochen wie ein Diplomat.

Winterwind hatte aufgehört, mit dem Kopf zu rollen. Seine Augen sind geschlossen, und er klatscht scharf in die Hände.

»Es ist vorüber«, höre ich ihn murmeln, und seine Augen öffnen sich. Er wirkt sehr ernst. Es liegt fast eine gewisse Komik in seiner Ernsthaftigkeit.

»Und ich nehme Ihnen nichts übel«, antwortete er. »Ich schätze Ihren Versuch, sich in unserer Sprache auszudrücken, und Ihre Aussprache ist bemerkenswert gut, doch sollten Sie wissen, daß eine solche Grußformel zwischen uns unmöglich ist. Jene, die laufen wollen, bevor sie gehen können, werden stürzen. Eine Bemerkung, die auf uns beide zutrifft. Ich bin neu auf diesem Gebiet, und Sie erinnern mich daran, daß ich mich davor hüten muß, irdischem Handeln pe-ellianische Motive beizumessen. Lassen Sie uns gehen!«

Er wendet sich um, beinahe brüsk, und geht auf den Dschungel zu. Uns bleibt keine andere Wahl, als ihm zu folgen. Die kleineren Pe-Ellianer haben unser Gepäck aufgenommen und folgen uns im Gänsemarsch.

Seine kleine Ansprache und Predigt war seltsam, wenn nicht sogar ein wenig selbstgefällig. Wie oft passiert es schon Menschen, die eine fremde Sprache erlernen, daß sie einen Wortschatz und Stil von einem Niveau erreichen, der zu ihrer Persönlichkeit paßt? Trifft das auch auf die Pe-Ellianer zu? Auf jeden Fall hat es sich erwiesen, daß wir es hier mit einem maßgeblichen Mitglied dieser Rasse zu tun haben. Sein Mangel an Humor ist allerdings nicht gerade ermutigend. Aber, wie ich bereits zuvor gesagt habe und zweifellos wieder sagen werde, werden wir die Dinge auf uns zukommen lassen.

Mit diesem weisen Wort: gute Nacht.

KOMMENTAR

›Und möge Ihr nächster Wechsel Ihnen Symmetrie bringen.‹ Dieser Satz bezieht sich auf das Zentralereignis des pe-ellianischen Lebenszyklus', das Abwerfen der Haut. Pe-Ellianer hören niemals auf zu wachsen, und folglich hängen Alter und Größe unmittelbar zusammen. Jede der aufeinanderfolgenden Phasen im Leben eines Pe-Ellianers wird durch die Haut bestimmt, die sich nach einem Wechsel enthüllt, und es ist die Hoffnung jedes Pe-Ellianers, daß sein siebenter Wechsel ihm ›Symmetrie‹ bringen wird. Wir haben in unserer Sprache kein wirklich zutreffendes Äquivalent für das pe-ellianische Wort *Straan,* das ich mit ›Symmetrie‹ übersetzt habe. Zu diesem Konzept sollte ›Harmonie‹ hinzugefügt werden, und etwas wie ›Schwangerschaft‹. *Straan* ist für einen Pe-Ellianer das äußere und sichtbare Zeichen geistiger und seelischer Erfüllung.

Uns war damals die Komplexität dieses Planeten nicht bewußt, und erst allmählich (wie diese Seiten zeigen werden) gelang es uns, etwas von der tiefen Bedeutung von *Haut* und *Färbungen* für die pe-ellianische Philosophie zu verstehen.

Während wir durch den Dschungel gingen, fragte Thorndyke, aus welchem Grund seine Grußformel unangebracht gewesen sei. Die folgende Aufzeichnung dieses kurzen Gesprächs illustriert nicht nur die Bedeutung, die Pe-Ellianer jeder Begrüßung zumessen, sondern auch die Arten von Problemen, mit denen wir bei Pe-Ellianern fertig werden mußten

THORNDYKE: Was ich noch immer nicht begriffen habe, und was Sie mir auch noch nicht klargemacht haben, ist, wo genau ich einen Fehler begangen habe. Ich meine, jener Satz, jene Wortstruktur, schien mir die gängigste Grußformel unter Ihnen zu sein, etwas wie das ›Wie geht es Ihnen?‹ bei uns. Können Sie mir sagen, aus welchem Grund sie, wenn ich sie anwende, unangebracht ist?

(Winterwind nickt bedächtig. Die Erde und Pe-Ellia haben diese Geste der Zustimmung gemeinsam.)

WINTERWIND: Ich fürchte, Sie werden das nicht verstehen, bevor Sie nicht längere Zeit bei uns zugebracht haben.
THORNDYKE: Ich bin bereit, das Risiko einzugehen. Probieren Sie es doch.

(Winterwind scheint sich ein wenig in sich zurückzuziehen. Er nimmt etwas von dem Ausdruck an, den wir bei Pe-Ellianern auf der Erde beobachtet haben. Sein Tonfall wird ein wenig steif.)

WINTERWIND: Ich will Ihnen sagen, was ich Ihnen sagen kann, doch dürfen Sie mir nicht zu viele Fragen stellen. Der Zeitpunkt ist nicht passend.
THORNDYKE: Einverstanden.
WINTERWIND: Diese Begrüßung, die man auch als ein Gebet bezeichnen könnte, darf nur zwischen Pe-Ellianern ausgetauscht werden, die eine gemeinsame Evolution besitzen. Es ist eine Grußformel, die von jemandem, der das letzte *Straan* erreicht hat, einem anderen entboten wird, welcher diesen Wechsel erwartet. Es ist keine gängige Grußformel auf unserem Planeten. Ich habe sie nur zweimal in meinem Leben empfangen, und das geschah zu ganz besonderen Gelegenheiten, denn meine Symmetrie ist noch nicht vollständig, obwohl ich bereits sechs sehr harte Wechsel hinter mich gebracht habe.

THORNDYKE: Ist es eine Redewendung, die einem Kraft und Gesundheit verleihen soll?
WINTERWIND: In hohem Maße sogar.
THORNDYKE: Etwa so, wenn wir sagen: ›Gott sei mit dir?‹

(Pause)

THORNDYKE: Ich begreife aber noch immer nicht, warum wir es so oft gehört haben.
WINTERWIND: Aus zwei Gründen. Erstens: Die Reise zur Erde und ihrem Hinterland war sehr anstrengend und erforderte eisernen Gemeinschaftsgeist. Zweitens: die meisten der Pe-Ellianer, die zur Erde reisten, hatten zumindest die erste Stufe der Symmetrie erreicht. Sie gehören zur Blüte unseres Volkes. Wir nehmen an, daß es bei Ihnen genauso ist. Das ist alles. Ich kann nicht weiter von dieser Sache sprechen. Das Thema hat seine Gefahren.

Winterwind weigerte sich, weiterzureden und drängte sich durch den Dschungel. Thorndyke versuchte nicht, ihm Fragen zu stellen. Genaugenommen sprach auch er kein Wort mehr; er war von Winterwinds Vermutung zum Schweigen gebracht worden: ›Wir nehmen an, daß es bei Ihnen genauso ist‹, die nur bedeuten konnte, daß er Thorndyke zur Elite der Menschheit rechnete. Die Pe-Ellianer hatten anscheinend, was Thorndyke betraf, eine moralische Entscheidung getroffen. Thorndyke, der sein Leben lang dagegen gekämpft hatte, in Kategorien eingeordnet zu werden, und stolz darauf war, als Einzelgänger zu gelten, fand sich jetzt der ›Blüte‹ der Erdbevölkerung zugerechnet. Eine Tatsache, die, wie mir Thorndyke später anvertraute, die Regeln unseres Aufenthalts auf Pe-Ellia ziemlich drastisch verändern sollte.

In den Tagebüchern gibt es keinen Bericht über unseren Marsch vom Raumschiff durch den Dschungel zu dem ›Landhaus‹, in dem wir schließlich leben sollten. Dieser Marsch war nicht ohne Bedeutung. Die folgende kurze Schilderung ist meinen Encoder-Aufzeichnungen entnommen.

Die Durchquerung des Dschungels erfolgt auf einem schmalen Pfad, der gerade breit genug ist, um zwei nebeneinandergehenden Personen Platz zu bieten. Der Pfad ist klar auszumachen und scheint in ständigem Gebrauch zu sein. Es gibt nirgends Spuren von Straßen oder einem Eisenbahnnetz. Aus der kraftvollen Art, mit der die Pe-Ellianer vorwärtsschreiten, glaube ich schließen zu können, daß die Beine das Haupttransportmittel dieser Spezies sind. Genauso, wie ihre Raumschiffe mit Leichtigkeit über dem Boden schweben können, deutet die physische Stärke, der sich diese Kreaturen erfreuen, darauf hin, daß sie sich in einer Phase post-technologischer Einfachheit befinden. Vielleicht ist ihre Energiequelle etwas so Einfaches wie für uns der Hebel – vielleicht.

Ich hoffe, daß der Pe-Ellianer mit dem Tempo etwas heruntergeht. Thorndyke ist schon ins Schwitzen gekommen, und auch ich, der ich jünger bin als er, habe Schwierigkeiten mitzuhalten. Eines, das uns beiden das Vorwärtskommen erschwert, ist die wuchernde Vegetation. Zu beiden Seiten des Pfades steht eine Wand aus miteinander verfilzten Pflanzen. Im Prinzip scheint es zwei Arten davon zu geben: die schlanken Bäume, die ohne Verästelung in die Höhe schießen und an ihrer Spitze eine Krone aufweisen, die an eine Palme erinnert, und niedrige, dichte, schirmartige Büsche. Die letzteren hängen häufig in unseren Pfad. Die Blätter der hohen Bäume sind durchsichtig, und wir marschieren in fahlgrünem Dämmerlicht. Ich werde an die Tropen der Erde erinnert.

Winterwind scheint Vergnügen daran zu finden, beim Gehen die Schirmpflanzen zu streifen. Er hebt seine Arme und berührt ihre großen fleischigen Blätter mit den Fingerspitzen. Wenn immer er das tut, schwingen die Zweige zurück, und Thorndyke muß sich sehr vorsehen, daß sie ihm nicht ins Gesicht schlagen. Für Winterwind befinden sich diese Blätter in einer angenehmen Höhe, für uns jedoch sind sie verdammt widerlich. Ich beobachte, daß die Pe-Ellianer, die uns folgen, sich nichts daraus machen, wenn die großen Blätter auf sie zurückschnellen. Aber zumindest regnet es nicht.

Wir sind jetzt seit zwanzig Minuten unterwegs. Eine große Anzahl der Bäume hat einen erheblich größeren Umfang als die am

Rand der Lichtung. Der Pfad ist jetzt etwas breiter, was unserem Vorankommen förderlich ist.

Wir haben eine weitere Lichtung erreicht, auf der fremdartige Tiere spielen. Still. Sie scheinen keine Angst vor uns zu haben. Der Eindruck ist sehr schön. Hier strömt das Sonnenlicht ungehindert herab, und wo seine Strahlen auf Pflanzen fallen, scheinen sie von innen zu glühen.

Da. Jetzt sind die Tiere verschwunden. Ohne irgendeinen Warnruf haben sie sich herumgeworfen und sind im Gebüsch verschwunden.

Winterwind ist äußerst hilfsbereit. Wann immer wir einen neuen Busch oder Baum oder ein neues Insekt entdecken, nennt er uns mit sehr klarer Aussprache seinen Namen auf Pe-Ellianisch. Ich habe sie alle aufgezeichnet. Er hat gerade die sehr interessante Bemerkung gemacht, daß ihre Namen für uns von großem Wert sein werden, wenn wir die pe-ellianischen Geschichten verstehen wollen. Er spricht zu uns ein wenig so, als ob wir seine Lieblingsschüler seien, und er unser Lehrer. Das stimmt sogar in gewisser Hinsicht, aber ist das der Grund, warum wir hier sind?

Wir sind wieder stehengeblieben, und Winterwind demonstriert uns, wie man die Blätter streichelt. Er beginnt an ihren äußeren Enden und dreht dabei seine Hand nach innen, wobei er die Handfläche langsam senkt, bis seine ganze Hand über das Blatt fährt. Ich versuche es, wobei ich mich auf die Zehenspitzen recken muß. Es ist ein angenehmes Gefühl. Die Blätter sind widerstandsfähig, und das Gefühl ist nicht unähnlich dem, beim Streicheln einer Katze, die dabei einen Buckel macht. Wenn die Hand das Zentrum des Blattes erreicht, wo die Blattrippe verläuft, spürt man ein deutliches Vibrieren, als ob ein winziger Stromfluß freigesetzt würde.

Thorndyke fährt mit der Hand über ein Blatt, so wie Winterwind es uns gezeigt hat, und dann noch einmal in umgekehrter Richtung. Er zuckt zurück, als ob er gestochen worden wäre. Und er ist tatsächlich gestochen worden. Seine Handfläche ist mit hunderten kleiner, roter Punkte bedeckt.

Thorndyke sagt, daß sie höllisch weh tun, doch die Pe-Ellianer versammeln sich um ihn, mehr interessiert als beunruhigt, wie es scheint. Winterwind nimmt Thorndykes Hand und drückt sie fest auf das Blatt. Er reibt Thorndykes Hand kräftig von der Spitze zum Zentrum des Blattes. Er wiederholt das mehrere Male, als ob er versuchte, einen hartnäckigen Fleck zu entfernen. Thorndyke sagt, daß der Schmerz verschwunden ist, doch Winterwind preßt seine Hand weiter gegen das Blatt.

Was für ein Anblick! Der gescheckte, herabgebeugte Körper des Pe-Ellianers, der Thorndyke turmhoch überragt und ihn festhält wie eine besorgte Mutter ihr dreijähriges Kind, das sie dazu bringen will, sich die Hände zu waschen. Ich glaube, daß Thorndyke etwas davon spürt. Er blickt mich verlegen an.

Jetzt ist Thorndyke wieder frei. Der Schmerz ist offensichtlich abgeklungen, doch der Hautausschlag ist geblieben. Winterwind betrachtet Thorndykes Hand sehr genau, als ob er aus den Handlinien läse, und nickt dann.

Sehr ernsthaft erklärt er, daß Thorndyke keinen Schaden davongetragen habe, sondern allein die Pflanze. Thorndyke beantwortete das mit einer unverständlichen Bemerkung über eine Klapperschlange und eine Schwiegermutter – ich weiß nicht recht, was er damit meinte.

Wir sind weitergegangen. In unserem Führer hat eine leichte, doch spürbare Veränderung stattgefunden. Er spricht weniger. Er hat aufgehört, die Namen von pe-ellianischen Lebensformen zu benennen, obwohl wir gerade mehrere wunderbare Schmetterlinge und eine ganze Armee grellgrüner Ameisen gesehen haben.

Thorndyke hat jetzt um eine Rast gebeten. Er ist offensichtlich ziemlich erschöpft, genau wie ich, doch ich glaube, daß er vor allem ein paar Fragen stellen will. Ich habe bemerkt, wie er darauf zustrebte: wie er mit der Faust in seine Handfläche schlug, immer wieder vor sich hinmurmelte.

Thorndyke versucht herauszufinden, warum die Grußformel, die er benutzte, unkorrekt war. *(Text bereits zitiert.)*

Beide schweigen. Professor Winterwind wirkt düster, seine Augen sind verschleiert, er scheint in sich gekehrt. Es liegt etwas Beängstigendes, wie ich finde, in dieser Kombination von humanoider Gestalt, immenser Größe und offensichtlicher Intelligenz. Die Stimmungen dieser Kreatur haben ein ziemliches Gewicht.

Thorndyke ist lediglich wütend auf eine Art, die ich schon häufig an ihm beobachtet habe. Er will sich streiten. Doch mit Winterwind kann man sich nicht streiten. Ich möchte voraussagen, daß Thorndyke heute irgendwo allein dasitzen wird, über alles mögliche nachgrübelt und Notizen in seine grauen Kladden macht.

Wir gehen schweigend. Die Hitze nimmt weiter zu, und die Luft unter den Bäumen ist drückend. Vor etwa fünf Minuten bog der Pfad nach rechts ab und führt seitdem am Ufer eines träge dahinziehenden Flusses entlang. Sein Wasser scheint klar, doch ich kann den Grund nicht erkennen. Ich habe Fische springen sehen.

Ich erkenne eine Lichtung voraus – mit Bänken, einem Tisch und etwas, das wie ein Haus aussieht.

Obwohl ich es zu jener Zeit nicht voraussehen konnte, empfand Thorndyke offensichtlich von Anbeginn an eine starke Antipathie gegenüber Professor Winterwind. Man kann nun darüber spekulieren, wie anders alles ausgegangen sein könnte, wenn sie sich vom ersten Moment an verstanden hätten.

Die nächste Eintragung in Thorndykes Tagebuch befaßt sich mit unserer Ankunft beim Haus und seiner ersten Begegnung mit Menopause, der später als ›Harlekin‹ bekannt wurde. Chronologisch gehört diese Eintragung an diese Stelle, doch glaube ich, daß Thorndyke Teile davon viel später schrieb, möglicherweise erst, nachdem ich Pe-Ellia bereits verlassen hatte.

THORNDYKES TAGEBUCH:
SIEBENTE EINTRAGUNG

Seltsame Begegnungen

Was erwartet man von einer überlegenen Kultur? Das ist eine Frage, die leicht zu stellen ist, und eine, die in sich Widersprüchlichkeiten enthält. Schon das Konzept von Überlegenheit, die man einer Kulturform zuordnet, führt auf direktem Weg zum

Faschismus und all den mit ihm verbundenen Übeln, von denen eines die Zerstörung von Kultur ist. Also wollen wir die Kultur von unserer Liste streichen.

Was also wollen wir von diesen Pe-Ellianern halten? Sind sie den Menschen überlegen? Und wenn ja, auf welche Weise?

Mein ganzes Leben lang habe ich gegen das Konzept von *Überlegenheit* gekämpft. Ich habe immer daran geglaubt, daß jeder seine Gaben besitzt, und daß man nichts damit erreicht, Menschen dahingehend zu kategorisieren, daß es eine Klasse gibt, die erfolgreich ist und deshalb hat, und die andere, die nicht erfolgreich ist und deshalb nicht hat. Wegen dieser Ansicht, die jedem Laien geläufig ist, bin ich zum Außenseiter gestempelt worden, da ich einer der Erfolgreichen bin.

Wenn ich in Begriffen der Technologie denke, kann ich diese Pe-Ellianer dann als überlegen bezeichnen? Ich fürchte, daß mir nichts anderes übrig bleibt. Sie sind nicht nur ›fortgeschrittener‹, womit ich sagen will, größer und schneller. Sie verwenden Prinzipien, die wir noch nicht einmal kennen. Wir leben im Zeitalter von Pferd und Kutsche, sie in dem des magnetischen Transits. Und ihre Technologie scheint ihnen so gleichgültig zu sein, daß ich zu bezweifeln beginne, ob sie überhaupt etwas ist, das wir als Technologie bezeichnen würden, oder etwas anderes, etwas völlig anderes.

Was ist dann also mit ihrem Intellekt?

Sie sind klug, darüber gibt es keinerlei Zweifel, doch habe ich nicht den Eindruck, daß Genialität Unzulänglichkeiten kompensiert. Aristoteles und Shakespeare könnten sie aus dem Stand überholen. Ihre Intelligenz manifestiert sich lediglich in ihrer Fähigkeit, unsere Sprache zu erlernen, und ich glaube entdeckt zu haben, daß sie mehrere Erden-Sprachen kennen. Sie ist außerdem mit etwas verbunden, das ich mangels eines zutreffenderen Ausdrucks Spiritualität nennen muß.

Warum bedrückt mich das?

Sie lehren mich doch etwas, was das Wort spirituell bedeutet. Sie leben hier und anderswo. (Damit meine ich nicht den Zombie-Zustand.) Wenn ich mit den Pe-Ellianern zusammen bin, habe ich immer das Gefühl, daß ihr kreatives Leben sich irgendwoanders abspielt, und daß sie sozusagen auf Sparflamme kochen, wenn sie mit mir zusammen sind. Sie hüten ein Geheimnis, dessen Natur ich nicht einmal erraten kann. Ich habe noch nie zuvor so etwas erlebt. Nein, nicht einmal auf meinem geliebten Planeten Orchid, auf dem ich mehr Reinheit fand, als ich begreifen konnte.

Gleichzeitig aber sind die Pe-Ellianer äußerst unhöflich, und es wird mir eine Freude sein, es ihnen zu sagen. Sie treiben uns durch den Dschungel, bis wir schweißdurchtränkt sind, sie halten uns Moralpredigten und erwarten von uns, daß wir ihre Sitten verstehen, ohne sich die Mühe zu machen, sie uns zu erklären. Sie mögen intelligent sein, doch ich würde sie sofort aus dem CLI entlassen, wegen Unfähigkeit, gar nicht zu reden von ihrer Überheblichkeit.

Doch vielleicht liegt der Fehler bei mir? Werde ich zu alt für solche Expeditionen?

Kann ein Verstand sich abnutzen wie ein Paar Schuhe?

Natürlich kann er das. Die Geschichte kennt einige hunderte Beispiele von Männern, die in ihren jungen Jahren kreativ waren, und als Greise zahnlos mümmelten und ihre genialsten Werke zerstörten.

Und so ist es auch heute. Zum größten Teil war der Marsch durch den Dschungel ein Vergnügen. Ich wurde zwar ein wenig müde dabei, doch darauf kommt es nicht an. Im großen und ganzen fühlte ich mich jünger. Die Schwerkraft ist hier spürbar geringer als auf der Erde – um soviel, daß ich mit federnden Schritten gehe. Ich hätte damit zufrieden sein sollen, die Namen der Vögel und der Bienen zu lernen. Statt dessen versuchte ich, unter die Oberfläche zu kriechen und traf dabei auf Abstraktion und Verwirrung.

Ich habe daran genausoviel Schuld wie Winterwind, denke ich, doch es deprimiert mich trotzdem. Auf jeden Fall folgten wir dem Lauf eines Flusses, der murmelte und rauschte, und gelangten schließlich auf eine Lichtung. Das erste, was ich dort sah, war das Haus. Sie hatten es zur Hälfte in den Boden versenkt.

Das Obergeschoß und das, was wohl das Dach sein sollte, befanden sich über der Erdoberfläche, doch selbst sie waren kubistischen Transformationen unterzogen worden, so daß parallel nicht mehr parallel war und aus Ecken Facetten wuchsen. Die Giebel des Daches standen in einem so spitzen Winkel, wie er besser zu einem Kirchenschiff gepaßt hätte, und ihre Spitzen waren mit den Bäumen des Dschungels *verwachsen*. Ich erkannte auch, daß die Hauptpfeiler Fortsetzungen von Baumstümpfen waren. Das ist Biotechnik der höchsten Stufe.

Die Tür unseres Hauses war über eine Rampe erreichbar, die in steilem Winkel in die Erde hinabführte. In der Spitze des Giebels befand sich ein durch Streben geteiltes Fenster, das jedoch in keine Dachkammer führte. Durch eine optische Illusion, die ich nicht verstand, schien man durch das Fenster ins Unterholz zu blicken. Die Funktion eines Schornsteins war ihnen offensichtlich ein Rätsel geblieben. Der Schornstein, der aus einem verbogenen Ofenrohr bestand, hing dreißig Zentimeter oberhalb des Daches in einem Baum. Das Mauerwerk des Hauses veränderte sein Aussehen, wenn man sich ihm näherte. An einer Ecke schienen die Steine zu verschwimmen.

Erstaunlich. Ich fühlte mich an eine Theaterkulisse erinnert. Nichts war wirklich. Offensichtlich spielte sich das Leben in der Tiefe ab, und diese ganze Angelegenheit stellte eine Konzession an unseren vermeintlichen Geschmack dar.

»Gefällt es Ihnen?« fragte Winterwind.

Ich nickte, da ich vermutete, daß er an seiner Schöpfung beteiligt gewesen war.

»Wir haben versucht, es Ihren Gewohnheiten anzugleichen«, sagte er mit einem Tonfall, den ich für stolz hielt, »und Ihnen gleichzeitig eine Vorstellung davon zu geben, wie wir leben und wie wir die Dinge sehen.«

»Seit wann haben Sie unsere Zivilisation studiert?« fragte ich.

»Seit einem Wechsel. Ah, aber Ihre Lebensgewohnheiten verwirren mich. Ich habe mich hauptsächlich auf Ihre Sprache und einen Teil Ihrer Geschichte konzentriert. Ich habe den Eindruck, daß die Erdenbewohner sehr zur Nostalgie neigen, also habe ich versucht, Ihnen ein Symbol Ihrer Nostalgie zu geben. Sollten Geißblatt und Klematis neben der Haustür emporranken?«

Winterwind muß sich irgendwo ein paar alte Weihnachtskarten besorgt haben. Doch was immer ihre Mittel der Informationsbeschaffung sein mögen, sie sind ausgezeichnet. Winterwind sagt, daß er uns seit zweihundert Jahren studiert. Das heißt, seit der Zeit der Postkutsche, als es bei uns noch keine Flugzeuge gab. Es ist eine Welt, von der wir uns längst keine Vorstellung mehr machen können. Dieses Haus stammt aus jener Welt, und die Pe-Ellianer verstehen es nicht mehr als wir.

Rein zufällig berührte ich einen der Pseudosteine der Hauswand. Ich war nicht überrascht, als ich entdeckte, daß er sich genauso anfühlte, wie die Wand ihres Raumschiffes.

Während ich das Haus betrachtete, erschien ein zweiter Pe-Ellianer. Er tauchte plötzlich aus dem Fluß auf, reckte seinen Kopf über das Ufer und rief: »Herzlich willkommen.« Er kroch aus dem Wasser an Land und stand tropfend naß vor uns. Seine Bewegungen waren so geschmeidig und fließend, daß sie mich an Winterwind erinnerten, als er auf uns zugetrabt war. Dieser Pe-Ellianer war fast so groß wie Winterwind, doch waren die Farbtöne seiner Haut erheblich dunkler.

Er ging zum anderen Ende der Lichtung, wo ein kleiner Wasserfall über Felsen schäumte. Zwischen ihnen war ein schmaler Sims, und er setzte sich so darauf, daß die aufstäubende Gischt seine Haut leicht besprühte.

»Willkommen auf Pe-Ellia«, sagte er. »Wir haben Ihre Ankunft mit großer Ungeduld erwartet.«

»Dies ist Schwärze-der-Nacht«, stellte Winterwind ihn vor. »Jedenfalls ist das die nächstbeste Übersetzung, die mir für seinen Namen einfällt. Er ist Historiker und könnte einer Ihrer Lehrer werden.«

Als Name ist das ein ziemlicher Mundvoll. Nennen Sie mich Jett«, sagte der Pe-Ellianer, reckte sich und entblößte die Zähne, etwa so, wie es eine Katze tun würde.

Tomas und ich verneigten uns.

Die Verärgerung, die ich über Winterwind wegen unserer Diskussion über pe-ellianische Grußformen verspürt hatte, verschwand. Mit der Ankunft dieses geistreichen und wachen Pe-Ellianers wurde das Leben erheblich interessanter.

Ich verspürte Bewegung über mir.

Ah, am allerschrecklichsten
Sind die ungesehenen Dinge,
Lauernde Schattengestalten.
Kinderängste, die den Mann befallen.

Winterwind blickte empor.

»Ich möchte Ihnen Menopause vorstellen«, sagte er. Rückblickend kann ich nur sagen, daß seine Art der eines Gastgebers entsprach, der einen ungebetenen und unerwünschten Gast vorstellen muß.

Menopause.

Was soll ich dazu sagen? Ich bin sogar jetzt noch benommen. Ich werde ihm später gerecht werden. Jetzt war alles, was ich sah, die Kontur eines Pe-Ellianers. Lang und dünn lag er bequem auf einem Baumast, so bequem in der Tat, daß er ein Teil des Baums zu sein schien. Doch das ist noch nichts. Sein Körper glühte, und seine Augen waren Kugeln von gelbem Feuer. Er starrte mich an und blinzelte träge, als ob er eine Aufnahme mit einem langsamen Film machte. Ich habe gesagt, daß sein Körper glühte. Er schien in Platten, Segmente und Schuppen aufgeteilt, und an der Trennlinie jeder Platte befand sich eine helle, rotpulsierende Linie. Es waren diese Trennstellen, von denen das Glühen ausging.

Was ich hier anstarrte, kam mir fremdartiger vor als alles, mit dem ich jemals konfrontiert worden war. Neben dieser Kreatur wirkte Winterwind wie ein Dorfpfarrer. Wenn ich von einem Blitz getroffen worden wäre, würde ich mir nicht stärker der Gegenwart roher, direkter Macht bewußt gewesen sein.

Der Bann wurde durch die Ankunft eines weiteren Pe-Ellianers gebrochen. Er kam die Rampe heraufgelaufen, die aus dem Innern des Hauses emporführte. Er trug eine lange Schürze, die auf dem Boden schleifte, und rieb sich die Hände auf eine Art, die mich an meine Mutter erinnerte, wenn sie beim Kochen mit Mehl hantierte und versuchte, es sich von den Händen zu entfernen. Er schien kleiner als die anderen Pe-Ellianer und etwas rundlicher.

»Habe Ihre Stimmen gehört«, sagte er. »Kam so rasch ich konnte. Ist alles bereit.« Selbst seine Stimme klang rundlich.

»Und dies«, sagte Winterwind, »ist Koch. Er wird sich bemühen, die Speisen zu finden, die Sie mögen, und ist verantwortlich für alles, was mit Ihrem physischen Wohlbefinden zu tun hat. Sie werden ihn deshalb sehr häufig sehen.«

Koch schüttelte uns die Hand und erstaunte mich dadurch, daß er knickste. Offensichtlich hatte er die Gebräuche der Erde sehr gründlich studiert. Doch kaum hatte sich meine Hand über der seinen geschlossen, als er sie heftig zurückstieß. Dann umspannte er mein Handgelenk und drehte meine Handfläche nach oben. Er musterte sehr eingehend die Einstiche, die fast nicht mehr zu sehen waren und die ich inzwischen vergessen hatte, wie ich zugeben muß.

Unter den Pe-Ellianern fand ein kurzer Wortwechsel statt, und schließlich drohte Koch mir mit dem Zeigefinger.

»Unartiger Junge«, sagte er. Seine Stimme klang tadelnd, und seine Haltung erinnerte mich an ein drei Meter großes Kindermädchen.

Befriedigt ließ er meine Hand sinken. »Und nun, alles was Sie wollen, wird gemacht. Kein Problem.« Er lachte, wackelte dabei mit den Händen neben seinen Ohren und nickte mit dem Kopf.

Alle lachten nun. Mit Ausnahme von Menopause, und ich wurde an Puppen auf einem Jahrmarkt erinnert. Vielleicht ist das Lachen für die Pe-Ellianer, genau wie für uns, ein Mittel, um Nervosität zu überwinden.

In der Mitte der Lichtung stand ein niedriger, runder Tisch, umgeben von mehreren Bänken und einem Stuhl. Der Pe-Ellianer, der Koch genannt wurde, nahm wieder meine Hand, führte mich zu dem Stuhl und drückte mich darauf nieder.

»Sie müssen müde sein, armer Mensch. Ruhen Sie sich aus. Ich wollte Ihnen Träger entgegenschicken, doch Winterwind wollte nichts davon hören. Er meinte, Sie würden den Spaziergang genießen. Haben Sie ihn genossen?«

Ich glaube, ich habe genickt.

Um die Wahrheit zu sagen, war ich müde. Ich bin auch jetzt müde. Das Alter macht sich bemerkbar.

Sobald ich mich gesetzt hatte, verteilten sich die Pe-Ellianer – Winterwind, Koch und Jett – auf die Bänke. Ich blickte in ihre Gesichter, die nichts von ihren Gedanken verrieten, und wollte plötzlich allein sein. Ich wußte jedoch, daß ich vorher das Tomas

Mnaba-Problem lösen mußte. Der arme Tomas. Sie hatten ihn völlig links liegen lassen und mit nicht mehr Respekt behandelt als meinen Schatten.

Tomas hatte natürlich kein Wort darüber verloren. Er ist viel zu höflich und viel zu korrekt, um einen Skandal zu machen. Er stellte sich hinter meinen Stuhl, und ich hörte das leise Summen des Encoders, der jeden Ton, jede Bewegung aufzeichnete.

Ich wandte mich zu Tomas um und sagte: »Sie scheinen anzunehmen, daß du überhaupt nicht vorhanden bist. Ich glaube, wir sollten diesen Irrtum korrigieren.« Tomas schüttelte den Kopf, um zu sagen, daß er keinen Skandal wollte.

Wenn ich jedoch eins im Umgang mit Aliens gelernt habe, so ist es, daß die alte Maxime: ›Beginne so, wie du weitermachen willst‹ universelle Geltung hat. Ich sah also keinen Grund, und sehe auch heute noch keinen, warum bei diesem Unternehmen andere Regeln gelten sollten als bei irgendeinem anderen.

Ich wandte mich den Pe-Ellianern zu, die mich mit einem Ausdruck, von dem ich hoffte, daß er Erstaunen darstellte, anblickten.

»Sie mögen bemerkt haben, daß ich von einem Mann meines Heimatplaneten begleitet werde. Gestatten Sie mir, ihn vorzustellen: Tomas Mnaba. *Professor* Tomas Mnaba. Abgesehen von der Hilfe, die er mir hier sein wird, ist Professor Mnaba ein Wissenschaftler von höchstem Rang auf seinem eigenen Gebiet und verdient, daß man ihm den gleichen Respekt und das gleiche Entgegenkommen zollt wie mir. Und zu dem Entgegenkommen gehört auch ein Stuhl, meine ich.«

Diese kleine Rede rief zunächst absolute Stille hervor, und dann einen Wortschwall der Pe-Ellianer, die alle gleichzeitig zu reden versuchten. Koch wandte sich abrupt um, raffte seine voluminöse Schürze auf und stürzte die ins Haus führende Treppe hinab. Sekunden später kam er wieder zum Vorschein und brachte einen Stuhl mit, eine exakte Kopie der drehbaren Schreibtischsessel, die wir beim CLI benutzen. Er stellte den Stuhl zwischen die Bänke, auf denen Winterwind und Jett saßen, und lud Tomas mit einer zeremoniellen pe-ellianischen Floskel ein, sich zu setzen. Tomas war verlegen. Als er sich gesetzt hatte, machte Winterwind ein schnaubendes Geräusch in seiner Nase, was das pe-ellianische Äquivalent zu einem Räuspern sein muß. Als Winterwind sprach, betonte er seine Worte so scharf, daß es klang, wie wenn jemand Kieselsteine in einen Brunnen wirft.

»Wir entnehmen Ihrem Tonfall, daß Sie unzufrieden sind. Wir verstehen nicht ganz, welchen Grund es dafür gibt. Falls wir unhöflich gewesen sein sollten, möchten wir uns dafür entschuldigen. Zu unserer Verteidigung möchten wir anführen, daß wir, wenn wir ihn vorgestellt hätten, nach unseren Höflichkeitsregeln sowohl ihn als auch Sie respektlos behandelt hätten. Sie, Professor Thorndyke, weil Sie der Ältere sind. Und Sie, Professor Mnaba, weil Sie der Jüngere sind. Wir vermuten, daß Sie einst Student von Professor Thorndyke waren. Wenn wir Sie namentlich vorgestellt hätten, so würden wir damit angedeutet haben, daß Sie darauf aus sind, Professor Thorndykes Position einzunehmen, und wir alle wissen, daß die Zeit dazu noch nicht gekommen ist. Titel und Positionen als solche haben keinerlei Bedeutung für uns. Respekt vor dem Älteren ist alles. Es lag nicht in unserer Absicht, Sie zu beleidigen, und wir bieten Professor Mnaba die Gastfreundschaft Pe-Ellias an. Wir werden diesen Fehler nicht wiederholen.«

Seine Antwort überraschte mich. Nachdem Tomas und ich ihm gedankt und versichert hatten, daß unsere Egos keinen Schaden erlitten hätten, fragte ich: »Warum werden Sie, wenn Titel bei Ihnen keine Bedeutung haben, *Professor* Winterwind genannt?«

»Weil ich hier der Älteste bin und wir annahmen, so ein Titel würde dazu beitragen, daß Sie sich mehr zu Hause fühlen. Es gibt in Ihrer Sprache wirklich keine Bezeichnung für das, was ich bin.«

Jetzt war es an mir, still zu sein. Jett stand auf und klatschte in die Hände. Wir hörten ein Platschen vom Fluß, und dann hechtete ein junger (kleiner) Pe-Ellianer ans Ufer und lief auf uns zu.

»Dies ist einer meiner Schüler«, sagte Jett. »Erlauben Sie mir, ihn vorzustellen. Er heißt Halte-die-Augen-geschlossen-damit-du-niemals-die-Dunkelheit-fürchtest.«

Während er sprach, öffneten sich die Augen des jungen Pe-Ellianers weit, und er murmelte ein paar Silben. Er neigte den Kopf, wandte sich um und ging zum Flußufer zurück. Er wollte gerade ins Wasser springen, als Jett ihn zurückrief.

»Wohin gehst du?« fragte Jett auf englisch.

»In den Tod«, antwortete der kleine Pe-Ellianer und wandte sich wieder ab.

Tomas verfolgte alle Vorgänge sehr aufmerksam. Er sprach jetzt zum ersten Mal.

»Solche übertriebenen Beweise entehren uns alle.«

»Richtig«, sagte Jett und sagte ein paar leise Worte zu seinem Schüler, der steif aufgerichtet am Ufer stand. Der junge Pe-Ellianer entspannte sich. »Ich habe die Schande von ihm genommen«, sagte Jett lächelnd.

Winterwind schnaubte durch die Nase. »Wir müssen sehr behutsam vorgehen.«

Koch klatschte in die Hände. »Ich möchte vorschlagen, daß wir trinken, bevor das Kind in den Brunnen fällt«, sagte er, und wie auf ein Stichwort tauchte ein junger Pe-Ellianer aus dem Niedergang auf, der ein Tablett mit Gläsern und eine Karaffe mit einer bernsteinfarbenen Flüssigkeit in den Händen trug.

Ich bin kein Weinliebhaber, und als er die Flüssigkeit in die Gläser goß, fiel mir ein, daß sie wie Urin aussah – dieser Vergleich ist nicht besonders originell. Und in dem Augenblick, als er geboren wurde, hoben alle Pe-Ellianer den Kopf und starrten mich an. Keiner von ihnen trank.

Darüber muß ich nachdenken.

KOMMENTAR

Das Zitat, das Thorndyke verwendet, um Menopause einzuführen, stammt aus einer Geißblatt-Sammlung von Balladen und Straßengesängen, die *Erinnerungen an den Obstgarten* genannt wird. Alle Gesänge beschäftigen sich mit den Wechseln, die ein Bewohner des Planeten Geißblatt im Laufe seines Lebens durchmacht. Seltsamerweise haben viele Spezies, die wir aufgesucht haben, die Vorstellung, daß das Leben in Phasen verläuft. Die meisten der Gesänge dieses Bandes befassen sich mit Pubertät und Jugend. Der von Thorndyke zitierte Gesang ist jedoch eine

Ausnahme. Er schildert eine Reihe von Abenteuern, die ein Junge während einer nächtlichen Wanderung durch den Wald erlebt. Man sollte sich dabei der Tatsache bewußt sein, daß die auf dem Geißblattplaneten lebende Lethern-Rasse lediglich über rudimentär ausgebildete Sehorgane verfügt und hauptsächlich von ihrem Tastsinn abhängig ist. Für sie ist die Welt mit schrecklichen Schattengestalten erfüllt.

Wie an späteren Stellen des Tagebuches erkennbar wird, sind die Vorstellungen der Pe-Ellianer vom Tod sehr unterschiedlich von denen, die auf der Erde vorherrschen. Als Koch und Jett mich besuchten, fragte ich Jett, warum er uns den Namen seines Schülers genannt und ihn dadurch zum Selbstmord gezwungen habe. Jett antwortete:

Du hast den richtigen Ausdruck gewählt, als du von übertriebenen Beweisen sprachst. Ich wollte, daß du begreifst, welche Bedeutung ein Name für uns hat, deshalb hielt ich es für richtig, Fürchte-die-Dunkelheit zu opfern. Ich war über deine Reaktion überrascht, begriff sie jedoch. Ich weiß, daß junges Leben für euch eine größere Bedeutung hat als für uns. Als ich den Namen meines Schülers nannte, erhob ich ihn damit auf unser Niveau, und das darf nicht sein. Ihm blieb wirklich keine andere Wahl, als Selbstmord zu begehen oder sich aus der Gesellschaft auszuschließen.

Thorndykes Bemerkung über die Wein/Urin-Assoziation ist von Bedeutung. Dies war für ihn der erste Hinweis, daß die Pe-Ellianer Telepathen sein könnten. Natürlich hatte ich zu dem Zeitpunkt keine Ahnung, warum die Pe-Ellianer sich so seltsam benahmen.

Thorndyke trank den Wein und entschuldigte sich dann. Es war klar, daß er allein sein wollte. Koch führte uns ins Haus hinab und machte uns mit allen Gegebenheiten bekannt. Thorndyke beschreibt das in einem späteren Teil seines Tagebuches sehr ausführlich. Zu diesem Zeitpunkt gibt es jedoch eine kurze Schilderung der vier maßgeblichen Pe-Ellianer, die wir bis jetzt kennengelernt hatten. Diese Beschreibungen haben mehr die

Form von Notizen, und eine, die von Menopause, kommt mir fast wie der erste Entwurf eines Gedichts vor. Doch soviel ich weiß, wurde dieses Gedicht niemals geschrieben.

THORNDYKES TAGEBUCH:
ACHTE EINTRAGUNG

Winterwind

Vor fünf Minuten hat er vor mir gestanden.

Obwohl ich zu der Erkenntnis gekommen bin, daß Winterwind selbstherrlich und eingebildet ist (und ich schäme mich ein wenig, mich dessen selbst schuldig bekennen zu müssen), muß ich trotzdem zugeben, daß er auf eine eigenartige Weise schön ist.

Er ist der größte Pe-Ellianer, dem ich bisher auf diesem Planeten begegnet bin. Er hat, wie ich bemerkte, eine charakteristische Haltung. Er steht leicht vorgeneigt, den Kopf vorgereckt, eine Hand an den Rücken gepreßt. Es ist etwas Raubtierhaftes in dieser Haltung. Sein Körper ist völlig starr, nur die Augen und seine schwarzen Lippen bewegen sich. Dann bricht er seine Pose abrupt ab und schreitet mit eleganten, fließenden Bewegungen auf der Lichtung umher. Ich werde mir seines Körpergewichts und der Muskelkraft, die zu seiner Beherrschung nötig ist, bewußt. Einmal traf ich ihn, als er am Flußufer stand und ins Wasser starrte. Ich wurde an die Statue eines Indianers erinnert. Wie alle Pe-Ellianer hat er ziemlich breite Hüften, die ihn schwerfällig wirken lassen würden, wenn nicht seine natürliche Grazie und Körperkraft wäre. Es sind jedoch die Farbmuster seiner Haut, die einem am meisten ins Auge fallen.

Winterwinds Hautmuster sind die klarsten. Stellen Sie sich Pergament vor. Ein cremiges Weiß, das eine leichte eierschalenfarbene Musterung aufweist. Das ist die Grundfärbung seiner ganzen Haut und sie bedeckt, so weit ich es beurteilen kann, den ganzen Körper mit Ausnahme der Fußsohlen, die schwarz sind. Natürlich habe ich nicht versucht, irgendeine körperliche Untersuchung vorzunehmen, doch ich habe schließlich Augen im Kopf. Nun stellen Sie sich vor, daß ich auf dieses Pergament

Linien von einem etwas dunkleren Braun ziehen würde. Die Linien verlaufen horizontal und vertikal, doch nicht in starrer Ordnung. Sie folgen den Konturen des Körpers. Die definieren das, was ich an anderer Stelle die ›Platten‹ seiner Haut genannt habe. An den Stellen, wo die Linien zusammenstoßen, bilden sich unregelmäßige Quadrate. Das Gesamtmuster wirkt harmonisch, ohne von starrer Gleichmäßigkeit zu sein.

Innerhalb dieser Quadrate befinden sich Muster. Sie könnten das Werk eines Meister-Tätowierers sein, doch bin ich überzeugt, daß sie natürlich sind. Sie sind schwarz, von einer samtigen Schwärze. Sie weisen die Proportionen und Ausgewogenheiten chinesischer Schriftzeichen auf, denen sie merkwürdigerweise irgendwie ähneln. Alle diese Muster sind einander ähnlich, und alle stellen Variationen über drei gebogene Linien dar. Nicht zwei der ›Platten‹ sind identisch, und darin unterscheidet sich Winterwind von den Pe-Ellianern, denen wir auf der Erde begegnet sind.

Ich habe Winterwind gefragt, ob die Musterungen seiner Haut irgendeine Bedeutung hätten, etwa wie eine Schrift. Er lachte über diese Vorstellung und sagte, sie besäßen eine sehr große Bedeutung, doch nicht die einer Schrift. Die Pe-Ellianer scheinen keinerlei Schrift zu besitzen, und wenn doch, so habe ich nirgends einen Hinweis darauf finden können. Doch ich glaube ihn zu verstehen. Ich bin sicher, Winterwind wollte mir damit sagen, daß seine Haut eine ästhetische Bedeutung habe. Ich komme immer mehr zu der Überzeugung, daß es für diese Leute eine enge Verbindung zwischen dem gibt, das wir Ästhetik nennen würden (was sie nicht tun), und was wir als Moral bezeichnen (was bei ihnen ebenfalls nicht zutrifft). Auf jeden Fall scheinen diese Hautmusterungen etwas mit Gesundheit in all ihren physischen und geistigen Aspekten zu tun zu haben. Wenn ich auf meine gelblichen und schwieligen Füße und meine mageren Beine hinabblicke, bin ich beinahe überzeugt, daß die Pe-Ellianer recht haben.

Eines Abends beschäftigte Mnaba sich mit der Hypothese des Gerichtsmedizinischen Instituts, daß die Pe-Ellianer von Reptilien abstammen. Das mag vielleicht zutreffen, doch sind sie auf jeden Fall warmblütig. Bis jetzt wissen wir nicht, wie sie geboren werden, und haben keinerlei Kenntnisse über ihre Fortpflanzungsorgane. Wir müssen uns beide davor hüten, oberflächliche menschliche Hypothesen über die Pe-Ellianer aufzustellen, die auf unseren Annahmen über Reptilien basieren. Und das meine ich sowohl im moralischen als auch im physikalischen Sinn.

Doch kehren wir zu Winterwind zurück. Sein Körper ist absolut haarlos, und er begreift die Funktion einer Behaarung nicht. Er scheint ihr zu mißtrauen. Warum? Ich grübele darüber nach. Weil es sich auf die all-wichtige *Haut* bezieht.

Winterwinds Kahlheit ist augenfällig. Sein Kopf glänzt in der Sonne. Die wunderbaren Hautmuster zeichnen sich hart und scharf ab. Wenn man in seiner Nähe ist, scheint sein Körper Energie, Leben und Intelligenz abzustrahlen. Wenn er steht oder geht, zeichnet sich das Spiel seiner Muskeln unter der Haut ab. Wenn er sitzt, wirkt er entspannt. Ich glaube, daß nicht ein einziges Gramm überflüssiges Fett an seinem Körper ist.

Er ist wunderbar, muß ich zugeben, und würdevoll.

Die Würde ist, wie ich vermute, das Ergebnis einer gewissen Spannung, die zwischen uns herrscht. Seine Haltung ist patrizierhaft und ruft in mir Widerstand wach. Er wirkt so mißbilligend. Er gibt mir das Gefühl, daß ich sorgsam auf mein Benehmen achten müßte. Er ist patriarchal.

Oh, ich weiß, daß ich zu weit gehe, und ich weiß, was Tomas zu mir sagen würde, aber ich kann mir nicht helfen, ich fühle nun einmal so. Ich muß ständig auf der Hut sein, daß ich nicht eine Grenze überschreite, die ich noch nicht verstehe. Ich habe so ein Gefühl nicht gegenüber Jett oder gegenüber dieser Seltsamkeit inmitten des Eigenartigen: Koch.

Gott allein mag wissen, was Winterwind von mir denkt. Ich habe bereits zwei oder drei kleinere Auseinandersetzungen mit ihm gehabt. Diese haben jedoch durchaus ihren Wert gehabt, denn es ist eine feststehende Tatsache, daß man mehr über einen Mann erfährt, wenn man ihn in einem Erregungszustand erlebt, als wenn er schläft. Das ist ein unversal gültiges Gesetz.

Ich habe bemerkt, daß Winterwinds Färbung sich verändert, wenn er in Erregung gerät. Er reagiert als Ganzes, verändert seine Färbung nach Rosa oder Braun hin. Die Wirkung ist so ähnlich wie bei einem menschlichen Baby, von dem behauptet wird, daß es mit dem ganzen Körper lacht oder weint.

Jett

Jett sagte mir in einem unkontrollierten Augenblick, daß seine Haut schmerze. Als ich ihn um Einzelheiten bedrängte, sprang er in den Fluß (seine bevorzugte Form, sich einer unangenehmen Situation zu entziehen) und suchte uns mehrere Tage lang nicht mehr auf.

Doch hat seine zufällige Bemerkung uns eine Menge enthüllt. Die Linien, die seine Platten markieren, sind schwarz und scharf gepreßt, wie Gitterstäbe, die einen Gefangenen einsperren. Es fehlt ihnen die fließende Eleganz der Markierungen Winterwinds, oder das schlampige, ein wenig zerdrückte Aussehen der Linien Kochs. Wo die Markierungen Winterwinds wie die Filigranzeichnung eines Meistergraveurs wirken, zeigt Jett verwaschene Flecken, als ob ein Kind einen Farbpinsel in die Faust genommen und damit herumgekleckst hätte. Trotzdem weist Jetts Haut Symmetrie auf, und ich will auf keinen Fall sagen, daß er auf irgendeine Art unordentlich oder häßlich wirkt. Es liegt eine gewisse Spannung in seinem Aussehen, eine Spannung zwischen der Stärke der Linien und der Grobheit der Markierungen. Auf eine gewisse Weise sieht er ›männlicher‹ aus. Im Gegensatz zu ihm wirkt die feine Ziselierung von Winterwinds Haut beinahe dekadent.

Ich beginne bereits, die Pe-Ellianer nach ihrer Haut zu beurteilen, und meine Bewertungsmaßstäbe sind sowohl ästhetischer als auch moralischer Natur. Ich könnte mich auf dem richtigen Weg befinden. Ich könnte aber auch geradewegs in die Irre gehen. Die Zeit wird es erweisen, wie Jett ständig zu sagen pflegt.

Die Hautpartien zwischen Jetts schwarzen Linien sind bläulich. Wenn er geschwommen ist, scheint er zu glühen. Er liebt die Gischt und kennt kein größeres Vergnügen, als unter dem Wasserfall zu sitzen, die Arme erhoben, so daß das Wasser über seine ganze Haut fließen kann.

Er trabt eher, anstatt zu gehen, wobei er seine Arme vor dem Körper herabhängen läßt, als ob er zu jeder Zeit für einen Kopfsprung bereit sein wollte. Ich könnte mir Jett beim Ringkampf vorstellen. Die Muskeln, die seinen riesigen Kopf halten, sind stärker entwickelt als die Winterwinds. Das könnte auf verschiedenartige Lebensweisen hindeuten.

Während ich dies schreibe, begreife ich die Beziehungen zwischen Jett und Winterwind noch nicht. Zweifellos ist Winterwind der Senior und Jett ihm untergeben. Andererseits aber scheint Jett ein durchaus unabhängiges Leben zu führen. Er vermittelt den Eindruck, als ob er bei uns sei, nicht weil das seine Aufgabe ist, sondern weil er an uns interessiert ist. Er ist uns als Historiker vorgestellt worden, und ich nehme mehr oder weniger an, daß dies seine Funktion bei uns ist. Nämlich all das für die Nachwelt festzuhalten (was immer die Pe-Ellianer darunter verstehen mögen), was bei unseren Treffen für sie von Wert sein könnte. Später, wenn sich alles etwas beruhigt hat, werde ich ihn dazu befragen.

Koch

Als ich auf Banyon war, hatte ich eine Geliebte, die ich Nitro nannte. Nun habe ich ein bisher sorgsam gehütetes Geheimnis gelüftet. Ah, das waren die guten, wilden Jahre, und es gäbe viele Geschichten darüber zu erzählen. Auf jeden Fall kam Nitro eines Nachts in mein Camp und erklärte mir, daß sie ›von ihrem Volk zu der Ehre auserwählt worden sei, meine Gefährtin zu werden‹. Sie sagte, sie wolle so viel wie nur möglich über die Erdenfrauen lernen, damit sie sich nach ihrem Vorbild formen und dadurch ihre Aufgabe richtig erfüllen könne. Ich lieh ihr Bücher und Zeitschriften und beobachtete fasziniert, wie sie versuchte, sich ihre gelben Lippen rot zu schminken und ihre bis zu den Knöcheln reichende blauschwarze Mähne so zu kämmen, daß sie über ihren Rücken fiel und nicht ihren ganzen Körper umhüllte wie ein Umhang, sah ihr zu, wie sie versuchte, sich in ein Kleid zu zwängen und über das Problem nachdachte, wie man einen gespaltenen Huf in einen Schuh bekommt.

Schließlich, und das ist merkwürdig, gelang es ihr, mehr *essentiell* feminin zu sein als viele Erdenfrauen, die ich gekannt hatte, und ich war sehr glücklich mit ihr.

Ich erwähne dies hier nicht, weil es mir Spaß macht zu reden oder weil ich mich an der Erinnerung delektieren will, sondern weil ich etwas Ähnliches bei Koch bemerke. Nicht, daß hier irgendeine Form von Sexualität eine Rolle spielte. Allein die Vorstellung macht mich schaudern. Koch ist fast drei Meter groß und etwa so sexy wie eine Billardkugel. Aus seinem Verhalten läßt sich schließen, daß er sich die Mühe gemacht hat, die Frauen der Erde gewissermaßen zu analysieren. Die Quelle seines Wissens kenne ich nicht, doch ist mir klar, daß er keine Vorstellung davon hat, was eine Frau wirklich ist. Nitro hatte zumindest dort einen gewissen Vorteil. Sie war die weibliche Form ihrer Spezies und unterschied sich in fundamentalen Dingen in keiner Weise von anderen Frauen, die ich gekannt habe. Im Vergleich dazu ist Koch eine Groteske.

Seine Stimme scheint höher zu klingen als die von Winterwind und Jett. Das könnte ein weiteres Symptom seiner Anpassungsbemühungen sein.

Seine Haut ist rosig. Mir erscheint diese Farbe als nicht besonders gesund. Die ›Platten‹ seiner Haut sind groß und unregelmäßig. Er ist der einzige Pe-Ellianer, bei dem ich jemals gesehen habe, daß er sich kratzt. Innerhalb der ›Platten‹ befindet sich ein Muster in tiefem Grün, das wie eine Blume wirkt, bei der einige Blütenblätter fehlen. An seinen Beinen sind die Muster undeutlich geworden und das dunkle Grün überwiegt. Aus der Ferne wirkt es, als ob er Stiefel trüge. Das Grün breitet sich auch in seinem Gesicht aus, so daß es etwas scheckig wirkt. Ich werde ihn sehr genau im Auge behalten, um zu sehen, ob ich irgendwelche Veränderungen feststellen kann.

Er ist der mit Abstand freundlichste der Pe-Ellianer. Er scheint das Zusammensein mit uns wirklich zu genießen, und ich habe ihn dabei erwischt, daß er uns belauschte. Er versucht, neue Worte auszuprobieren, und ich habe in seinem Englisch Spuren meines Akzents festgestellt. Er lacht viel auf diese seltsame peellianische Art, obwohl ich mir nicht immer sicher bin, was er so lustig findet.

Er hat sich von mir berühren lassen. Ich hatte erwartet, daß seine Haut so sanft sei wie ein dauniges Blütenblatt, doch sie ist rauh und trocken. Ich fragte ihn, ob die Haut Winterwinds und Jetts genauso sei, und er sagte, er wisse es nicht. Als ich die Markierungslinien berührte, zuckte er ein wenig zusammen. Er hat mich gebeten, niemand davon zu erzählen. Vielleicht würde Winterwind glauben, daß er sich zu weit aus seiner Reserve gewagt habe. Ich werde sein Vertrauen nicht enttäuschen.

Koch verwirrt unsere Vorstellung von den Geschlechtern. Warum denke ich an ihn ständig als ›er‹. Es muß an seiner Größe und seiner Kahlheit liegen. Der Gedanke an eine drei Meter große, kahlköpfige Frau ohne Busen ...

Ich habe es. Etwas, das mich von Anbeginn an gestört hat. Alle Pe-Ellianer, die wir bisher kennenlernten – nun, Winterwind und Jett zumindest –, haben sich nach einem männlichen Vorbild modelliert. Warum das so ist, weiß ich nicht. Vielleicht hielten sie es für passender. Vielleicht ist es ihnen überhaupt nicht bewußt. Wenn sie jedoch darüber nachgedacht haben sollten, haben sie sicher angenommen, daß wir uns dabei wohler fühlen würden. Ich muß in diesem Punkt vorsichtig sein. Sie sind keine *handelnden Männer,* sondern haben *sich der Männlichkeit angeglichen.* Alle außer Koch.

Ich frage mich, ob Tomas das bemerkt hat. Ich muß mit ihm darüber sprechen.

KOMMENTAR

Thorndykes Beziehung zu der Banyonianerin, die er Nitro nennt, war wirklich ein wohlgehütetes Geheimnis. Ich habe seine Schriften über die Kultur Banyons durchgesehen und dort nur den folgenden kurzen Hinweis gefunden:

Die mimetischen Fähigkeiten der Banyonesen sind wirklich unglaublich. Sie hören und sehen aufmerksam zu und versuchen dann nachzuschöpfen. Das geschieht auf eine freundliche Weise, nicht als Parodie, und das Resultat ist irgendwo zwischen der Erde und Banyon und, wie ich finde, absolut angenehm. Die Banyonesen sind die erste Rasse, die wir angetroffen haben, von der man behaupten kann, daß das Eindringen von Aliens für sie keine Bedrohung darstellt. Sie sind geborene Kontakt-Linguisten mit der natürlichen Fähigkeit, zu begreifen und sich anzupassen.

Thorndyke hat niemals erwähnt, daß er Kochs Haut berührte. Was die Frage des Geschlechts betrifft, so hat er mich einmal gefragt, ob ich die Pe-Ellianer für eher männlich oder eher weiblich hielte. Ich antwortete ihm, daß sie, wenn man biologische Erwägungen außer acht ließe, etwas von männlichem Gehabe übernommen zu haben schienen, der Grad dieser Übernahme jedoch minimal sei. Die Pe-Ellianer waren damals – und sind es bis heute geblieben – für mich hervorragende Beispiele von Neutren, da sie weder männlich noch weiblich sind, jedoch eine Verbindung von beiden darstellen.

Ich schnitt diese Frage Jett gegenüber an, während ich auf Camellia über den Tagebüchern saß. Er antwortete:

»Ah, Sex, wie ihr das nennt. Ihr von der Erde denkt sehr viel daran. Ihr akzeptiert ihn nicht nur. Wir von Pe-Ellia wissen viel von Liebe und Ekstase. Wir singen oft von Geburt. Von der Berührung kühler Finger kennen wir alles. Wir kennen Unterwerfung und das Aufquellen der Leidenschaften. Nach unseren Maßstäben habt ihr keine Ahnung davon. Ihr vereint euch nicht auf dieselbe Art, wie wir es tun, und ihr kennt auch keine süßen Träume.

Wir mußten vorsichtig mit euch umgehen, genauso, wie wir unseretwegen vorsichtig sein mußten.

Alles Wissen ist durch einen Mantissa auf uns gekommen. Wir haben viele Jahre darüber gebrütet – es absorbiert und absorbiert, bis wir bis zum Rand davon angefüllt waren. All unser Wissen war zwar gefiltert, doch ausgeglichen. Wenn wir euch eher männlich erschienen sind, so war das reiner Zufall. Vielleicht seid ihr von der Erde mehr männlich als weiblich. Bestimmt habe ich nicht versucht, männlich zu sein. Und auch Winterwind nicht. Das wäre schmerzvoll gewesen. Wir sind Pe-Ellianer – nichts weniger.«

Koch setzte hinzu:

»Ich war die einzige Frau. Ich habe es versucht. Ich hatte nichts zu verlieren. Es tut mir leid, daß ich mir nicht größere Mühe gegeben habe.«

Ich komme zu der Schlußfolgerung, daß die Frage des Geschlechts fast einzig und allein in Thorndykes Gehirn vorhanden war. Aus Gründen, die später klar werden, bewegte er sich bereits jenseits der Erde. Ich habe schon früher seinen Widerstand gegen die Befolgung der normalen CLI-Praxis erwähnt. Ihm hätten genau wie jedem anderen die einer solchen Einstellung innewohnenden Gefahren zu Bewußtsein kommen müssen. Tatsächlich waren sie ihm auch bewußt, doch hielt er es für richtig, seinen eigenen Neigungen zu folgen.

THORNDYKES TAGEBUCH:
ACHTE EINTRAGUNG
(Fortsetzung)

Menopause

Tiger, Tiger, in hellen Flammen,
Du hast mich etwas gelehrt, ein inneres Geheimnis,
                    als ich dich zum erstenmal sah,
Dort warst du, lagst auf einem Ast wie leuchtendes Laub,
Drei Meter Feuer. Sie sollten dich Tiger nennen.
Weißt du, was du mich gelehrt hast?
Was es bedeutet, ein Alien zu sein.
Neben dir wirken Koch und Jett und Winterwind so hausbacken wie alte Kleider.
Du bist so unbeschreiblich anders, wie etwas Festes,
                    das keinen Schatten wirft.
Wenn ich dich anblicke, werde ich mir selbst fremd.
Fühle die Windungen meines Gehirns.
Blicke gleichzeitig hinein und hinaus.
Doch du paßt nicht hinein, weißt du das? Du gehörst
                    nicht hierher.
Du bist ein Outsider unter Insidern.
Deine Gegenwart verhöhnt dieses rationale, intellektuelle,
    kühle und feierliche Zusammentreffen von Zivilisationen.
Du bist ein neues Blatt im Herbst.

Später: Habe Winterwind nach Menopause befragt, und er hat sich für ihn entschuldigt. Sagte, es stünde denen frei, die sich in der Menopause befänden, zu gehen, wohin es ihnen beliebt, und zu tun, was ihnen gefällt. Er sagte, er hoffe, daß Menopause uns nicht erschreckt habe. Ich fragte ihn auch, warum er Menopause genannt würde, und er sagte mir, daß es dieses Wort sei, das der Bedeutung am nächsten käme, die in etwa ›Wechsel des Lebens‹ war. Er schien nur widerwillig über ihn zu sprechen. Ich wechselte das Thema, bevor er mir erklärte, daß wir schon erheblich länger hier sein müßten, um das begreifen zu können. Ich frage mich, ob Winterwind unsere unverhohlene Neugier fremdartig findet. Die Pe-Ellianer zeigen erstaunlich wenig Neugier über die Erde. Vielleicht kennen sie uns schon zu gut.

Hier ist meine Spekulation über Menopause, was immer sie wert sein mag. Menopause erlebt zweifelsohne irgendeinen Wechsel. Die Pe-Ellianer teilen ihr Leben nach Wechseln ein. Ich vermute, daß Menopause kurz davor steht, seine Haut zu wechseln.

Ich habe den deutlichen Eindruck, daß Menopause nicht in Winterwinds Kalkulationen paßt, und daß Winterwind wünscht, er würde verschwinden.

Gleichzeitig habe ich aber auch das Gefühl, Menopause fühlt, daß er in allem irgendeinen Vorteil für sich sieht, und zu erwarten ist, daß er bei uns bleibt. (Was für eine Menge ›Fühlen‹ in diesem Satz, und wie wenig Substanz.)

Frage: Soll ich Tomas von meinen Spekulationen berichten? Ich denke nicht. Ich habe ihn nach Menopause befragt, und er scheint zu glauben, daß er zu einer anderen Spezies gehört. Vielleicht spielt er ein geduldiges Wartespiel und wartet, bis Winterwind bereit ist, darüber zu sprechen. Er scheint an Menopause weniger interessiert als an Jett oder Winterwind. Das finde ich unglaublich. Gewiß hat Tomas nicht den mit Erkenntnis verwandten Schock verspürt, den ich an jenem ersten Tag auf der Lichtung erlebt habe.

Später: Kann nicht schlafen. Meine Phantasie geht mit mir durch ... wirre Erinnerungen an meine Kindheit, halb geformte Ideen, die in Ablagerungen der Vergangenheit stecken, wilde Spekulationen.

Mein Kopf ist ein Koffer voller alter Kleider, und jemand wühlt darin herum. Holt die seltsamen alten Bräuche heraus. Hält sie ins Licht. Betrachtet die Löcher und die abgeschabten Stellen.

Ich fühle mich, als ob ich zerspringen würde. Irgend etwas ist dort draußen. Jenseits des Flusses, jenseits der Lichtung. Steht Winterwind mit brennenden Augen dort?

Genug der Spekulation! Ich brauche Schlaf. Doch da ist eine Frage, über der ich schlafen muß.

Werden unsere Gedanken belauscht?

Gute Nacht.

KOMMENTAR

Wie wir später sehen werden, wurde diese Zwangsvorstellung, daß seine Gedanken überwacht würden, für Thorndyke überaus wichtig und führte zu seinem ersten ernsthaften Bruch mit Winterwind.

Heute glaube ich, daß das, was Thorndyke in jener Nacht erlebte, wahrscheinlich die Gegenwart von Menopause war. Jett und Koch waren zutiefst schockiert, als ich das erwähnte. Ich will damit nicht sagen, daß er wirklich ›auf die Jagd‹ ging. Ich sehe es eher als ein Nebenprodukt von Menopauses Interesse an Thorndyke – ein Interesse, das Thorndyke bereits dokumentiert hat.

Beim Ordnen seiner Tagebücher hat Thorndyke gewisse Schwierigkeiten, die einzelnen Stadien unseres tatsächlichen Eindringens in das pe-ellianische Leben zu beschreiben. Die folgende Eintragung ist den Tagebüchern beigefügt worden, um ihrem Inhalt eine gewisse Kontinuität zu geben.

THORNDYKES TAGEBUCH:
NEUNTE EINTRAGUNG

Das Haus

Ich bin ein gefühlvoller Mensch und habe niemals versucht, diese Tatsache zu verbergen. Wenn ich hier am Tisch sitze, einen fremdartigen Wein trinke, fremdartige Geräusche aus dem Dschungel herüberschallen höre, in diese fremdartigen Gesichter blicke, deren jedes seine eigene Individualität und Intensität besitzt, fühle ich mich mehr allein als je zuvor in meinem Leben.

Es ist kein Heimweh nach der Erde. Darunter habe ich nie gelitten. Ich bin mir selbst entfremdet ... und das ist der einsamste Zustand, in den ein Mensch geraten kann.

Ich blickte zu dem Baum auf und entdeckte zu meiner Erleichterung, daß der, den sie Menopause nannten, fort war. Eine wirkliche Erlösung. Er ist das Seltsamste, was ich je erlebt habe. Ich habe nicht gehört, wie er gegangen ist.

Als ich so dort saß, fühlte ich, wie ich mich nach innen wandte. Ich hörte ihre Worte, beobachtete ihre sorgfältige, angelernte Betonung, doch ihre Worte waren lediglich ein Hintergrund, vor dem ich mich selbst sah. Ich warnte mich, vor Depressionen auf der Hut zu sein, die wie ein Vakuum sind. Ich bin sicher, daß Tomas Mnaba erkannte, was mit mir geschah. (Manchmal kennt er mich besser, als ich mich selbst kenne.) Und er, dieser gute Kerl, tat den ersten Schritt.

»Ich fürchte, daß die Reise uns mehr mitgenommen hat, als wir glaubten«, sagte er.

Die Pe-Ellianer verstanden seine Worte nicht. Sie zwitscherten miteinander, und Koch machte Gesten, die ich als einen Ausdruck von Sorge interpretierte.

Tomas ist zu höflich gewesen. Er war in eine falsche Kommunikationsrichtung gelockt worden und hatte das dritte Gebot des Kontaktens vergessen: *Rede nicht um den heißen Brei herum.* Sei offen, um Mißverständnisse zu vermeiden. Sage, was du zu sagen hast.

»Ich möchte ein paar Stunden ruhen«, erklärte ich.

Ich war froh, daß die Pe-Ellianer erleichtert erschienen.

»Ruhen Sie, so lange Sie ruhen wollen«, sagte Winterwind. »Unser Zeitplan ist so locker, daß man glauben könnte, wir hätten gar keinen. In drei Stunden wird es dunkel, und dann haben wir sieben Stunden Nacht. Falls Sie Nahrung benötigen sollten, kann Koch sicher...«

Ich unterbrach ihn durch eine Handbewegung.

»Vielleicht will Mnaba essen. Ich nicht. Mir reicht der Wein. Vielen Dank.«

Und das war's.

Der junge Pe-Ellianer, der den Wein gebracht hatte, kam aus dem Haus und versuchte, mich beim Arm zu nehmen, als ob ich eine hinfällige alte Frau wäre. Meine Reaktion, seinen Arm sofort abzuschütteln, mag rüde gewesen sein. Aber wenn schon. Wir, die wir unter dem Mikroskop leben, haben auch einige Rechte.

Wenn ich jetzt bequem in meinem Zimmer sitze, fühle ich mich viel besser. Das Alleinsein hat wieder seine geheimnisvolle Zauberkraft bewirkt.

Wie es bei einem Kontakt-Linguistik-Unternehmen immer der Fall ist, verrät das, was eine andere Spezies für uns bereitstellt, eine ganze Menge über sie und wie gut sie einen versteht. Dieses Haus/Bau ist ein Tribut an die Intelligenz und die Voraussicht der Pe-Ellianer. Das Dach dagegen ist eine Idiotie. Ich habe das Gefühl, daß sie uns im Grund genommen verstehen und uns gleichzeitig in ihre Welt einführen möchten. Wie seltsam, daß ein Haus ein so redegewandter Lehrer sein kann. Ich habe mir alle Mühe gegeben, mir nicht anmerken zu lassen, daß ich mich darüber freute. Ich versuchte ihnen eher den Eindruck zu vermitteln, daß ich das alles als selbstverständlich ansehe.

Nach dem Glas Wein auf der Lichtung übernahm Koch die Initiative. Er ist ein eigenartiger Kerl. Er raffte seine Schürze wie ein Mädchen seine Ballrobe raffen würde, und führte uns in das Loch hinab.

Wie ein Grab, dachte ich, doch der Gedanke hielt nicht lange vor. Ich berührte die Wand des Tunnels, und sie pulsierte vor Leben. Ich mußte sofort an eine überragende, umfassende Technologie denken. Vielleicht eine Superplastik auf biochemischer Grundlage.

Die Wände des Tunnels waren grün, jedoch nicht undurchsichtig. Hinter ihnen konnte ich das Wurzelwerk der Bäume erkennen. Ich sah den Bau irgendeines pe-ellianischen Tieres; wie es aussah, kann ich jedoch nicht sagen, da es nicht zu Hause war.

Als wir tiefer hinabgelangten und das hereindringende Licht schwächer wurde, begannen die Wände zu glühen. Zumindest nehme ich an, daß dem so war. Licht kam von überall her, doch ich konnte nie die Lichtquelle entdecken. Das Licht war grünlich, wirkte jedoch alles andere als melancholisch. Hinter einer Wand entdeckte ich etwas wie Ameisen. Sie schienen auf der ganzen Oberfläche umherzuwimmeln, alle fieberhaft damit beschäftigt, Borkenstückchen zu der geschwollenen, weißen Wurst hinabzuschaffen, die ich für ihre Königin hielt. Und wieder bin ich überrascht von der grundlegenden Ähnlichkeit aller Lebensformen, einschließlich dieser erhabenen Pe-Ellianer. Sie haben offensichtlich Freude daran, die Vorgänge in der Natur zu beobachten, genau wie wir.

Als wir uns etwa vier Meter unter der Erdoberfläche befanden, blieb Koch stehen.

»Wir betreten jetzt das eigentliche Haus«, sagte er. »Wir haben es nach dem Vorbild einer menschlichen Hand entworfen, einer Hand, die auf ihrem Rücken liegt und in einer Geste der Freundschaft geöffnet ist. Verstehen Sie?«

Er streckte seine Hand aus, die gut doppelt so groß war wie die meine.

»Darin sind wir uns ähnlich.«

Das stimmte und stimmte auch nicht. Es ist wahr, daß sich unsere Hände in Form und Funktion gleichen, doch meine Hand ist von tiefen Linien durchzogen, während die seine aus einer Unmenge von Facetten besteht. Sie öffnet und schließt sich wie die meine, doch wo meine Handfläche fest bleibt, wenn ich die Hand schließe, wird die seine weich und nachgiebig und bildet eine lose Hauttasche in ihrer Mitte.

Koch vermittelt den allgemeinen Eindruck, daß er alles tun will, was uns Freude macht, daß er Harmonie zu entdecken versucht, wo immer sie sich finden läßt. Ich muß zugeben, daß ich die Grundidee seines Hausplans gut finde und daß ich ihn als Führer mag. Wir gingen jetzt den Daumen der Hand entlang, und das Licht wurde heller. Während seine Intensität zunahm, wurden die Wände undurchsichtig. Wir gingen jetzt eine kurze ebene Strecke entlang. Vor uns erschien eine Membrane. Hinter ihr konnte ich ein seltsames Lichterspiel erkennen.

»Das ist unsere Vordertür«, sagte Koch. »Sie öffnet sich, wenn Sie sie berühren und schließt sich sofort wieder hinter Ihnen. Auf diese Weise halten wir die kleinen Biesterchen draußen. Bitte, berühren Sie sie!«

Ich tat es, und die Membrane öffnete sich wie eine Irisblende.

Wir traten hinein. Das Licht war hier erheblich heller, doch ich konnte noch immer nicht erkennen, aus was für einer Quelle es kam.

»Wir gelangen jetzt in die Handfläche. Dies ist der Raum, in dem wir Konferenzen abhalten können, essen und Vorlesungen durchführen. Gefällt er Ihnen?«

Ich weiß, daß ich nicht antwortete, und bin sicher, daß Mnaba genauso vor Verwunderung erstarrt war wie ich. Sobald wir in die Handfläche eingetreten waren, konnten wir die Quelle des eigenartigen Lichts erkennen. Es war die Decke.

Der Raum befand sich direkt unter dem Fluß. Die Decke war das Flußbett. Das flackernde, silberige Licht war Sonnenlicht, das durch das Wasser schien.

Die Wirkung auf den Raum war einzigartig. Die Lichtmuster ließen Boden und Decke miteinander verschmelzen. Wir wurden zu Schatten, zu Geistern, genauer genommen, mit leuchtenden Silbergesichtern.

»Gefällt er Ihnen?« fragte Koch noch einmal, und ich entdeckte einen Unterton in seiner Stimme, den ich für Stolz hielt.

»Er ist einzigartig«, sagte ich und wußte, wie unzureichend so eine Feststellung war. Doch Koch schien damit zufrieden.

»Wir dachten uns, daß Sie gerne ein Beispiel unserer ...« – er machte eine Pause, schien nach dem richtigen Wort zu suchen – »... unserer Malerei sehen würden. Ich werde es wieder ausschalten, dann können wir besser sehen. Dieses Licht ist nur zum Meditieren gedacht, nicht als Arbeitsbeleuchtung.«

Koch trat zu einer Wand, an der sich eine Schalttafel mit flachen Knöpfen befand, die von eins bis zehn numeriert waren. Knopf Nummer 5 glühte in kirschrotem Licht.

»Wenn man einen der obersten Knöpfe drückt, kann man den Fluß nicht nur sehen, sondern auch hören. Mögen Sie?«

Ich schüttelte den Kopf. »Ich glaube es Ihnen auch so.«

Koch drückte den Knopf Nummer 2, und sofort verdunkelte sich die Decke, bis alles, was wir sehen konnten, Lichtvenen waren, die wie flüssiger Marmor aussahen. Wände und Decke nahmen eine Färbung von einem tieferen Grün an. Jetzt konnten wir den Raum klar sehen.

Er hat sechs Seiten.

Wir waren durch den Daumen hereingekommen, und die Tür befindet sich in der Mitte einer Wand. Vier der anderen Wände weisen ebenfalls Türen auf, die, wie ich vermute, zu Gängen führen, die die Finger der Hand repräsentieren. Eine Wand ist ohne Tür, und ich nehme an, daß sie das Handgelenk darstellt. In der Mitte der Handfläche befindet sich ein großer ovaler Tisch, um den Polsterstühle arrangiert sind. Die Wirkung ist archaisch, beinahe die Welt von König Artus Tafelrunde.

Etwas abseits davon und ziemlich deplaziert wirkend entdeckte ich meinen alten Sessel, den ich in meiner Pariser Wohnung glaubte. Koch sah, wie ich zusammenzuckte, als ich ihn entdeckte.

»Wir haben uns die Freiheit genommen, ihn so genau, wie es uns möglich war, zu kopieren. Ein paar vertraute Gegenstände helfen einem, sich selbst in der fremdartigsten Umgebung ein wenig zu Hause zu fühlen.«

Ich war mir darüber klar – genau wie auch Mnaba –, daß Koch hier von der Seite 18, Abschnitt 5, des Handbuchs für Kontakt-Linguisten zitierte. Ich bin froh, daß sie es gelesen haben. Das gibt uns etwas Gemeinsames.

Neben meinem Sessel stand ein hochlehniger Stuhl aus Rohrgeflecht und Bambus.

»Wir haben dasselbe für Professor Mnaba getan.«

Die beiden nebeneinanderstehenden Sessel hatten eine starke Aussagekraft. Der Unterschied zwischen den Sesseln dokumentiert den Unterschied zwischen uns beiden. Mein Sessel, voller verborgener losgerissener Federn und von vergossenen Drinks verfleckt, wirkt wie ein altersschwacher, räudiger Bär. Wahrscheinlich steckt ein kleines Vermögen an verstreuten Münzen in seinen Ritzen. Tomas' Stuhl dagegen ist elegant. Der Bambus hat die Färbung polierten Kupfers. Seine Linien sind klar und fest. Er ist sachlich, bequem, elastisch und unauffällig, wenn man von den scharlachroten Perlen absieht, die in die Armlehnen eingearbeitet sind und einen Abakus bilden. Tomas' Stuhl ist ein Stuhl für alle Gelegenheiten.

»Haben wir es gut gemacht?« fragte Koch.

»Sehr gut.« Und das war ehrlich gemeint.

»Jetzt denke ich wieder daran, daß Sie sagten, Sie seien müde, und will Sie nicht länger aufhalten. Sie können sich alles in Ruhe betrachten. Wir haben versucht, Ihnen soviel wie möglich von dem zu bieten, was Ihnen vertraut ist, und Ihnen trotzdem ein paar pe-ellianische Überraschungen zu bereiten, die, wie wir hoffen, Ihrem Geschmack entsprechen.«

Er deutete zur gegenüberliegenden Wand.

»Das ist der Zeigefinger, der Finger des Meisters, und er deutet zu Ihren Privaträumen, Professor Thorndyke.«

Mnaba und ich wandten uns ab. Wir wollten nicht, daß Koch unser Lächeln sah. Gutgemeinte Initiative zu kritisieren ist wie das Beschneiden von Knospen im Frühling.

»Der Mittelfinger ist für Mr. Mnaba – Verzeihung, Professor Mnaba. Und der dritte Finger ist mein Reich. Dort befindet sich meine Küche, das Waschhaus und mein privates Zimmer. Sie können mich jederzeit herausrufen, wenn Sie etwas wünschen, Tag und Nacht, das spielt keine Rolle. Okay?«

Wir nickten.

»Dort drüben, was Sie als den kleinen Finger bezeichnen könnten, befindet sich der Durchgang zur Stadt. Dort halten Ihre Eisenbahnzüge. Ich fürchte, daß er im Augenblick gesperrt ist, weil wir nicht genügend Zeit hatten, alle Verbindungen anzuschließen. Sollte jedoch in einigen Wochen geöffnet sein. Dann können Sie reisen, wohin es ihnen beliebt. Nun, was war noch?«

Er blickte im Raum umher und zählte die Punkte einer Liste an seinen Fingern ab.

»Ah ja, diese da.« Er deutete auf ein paar blaue Scheiben, die in allen Ecken des Raums angebracht waren und glühten wie kleine Himmelssegmente.

»Das sind Ihre Rufknöpfe. Wenn immer Sie irgendein Problem haben sollten oder etwas wünschen, brauchen Sie nur zu drücken, und wir sind zur Stelle. Sie finden diese Dinger überall im Haus. Also gut, ruhen Sie sich aus oder sehen Sie sich um, ganz wie es Ihnen beliebt.«

Mnaba und ich nickten.

Er verneigte sich steif. Eine japanische Geste, und in seiner Lage eine komische Geste. Seine lange Schürze knickte sich dabei auf dem Boden. Sein Gesicht beugte sich dabei nahe zu dem meinen herab, und ich nahm zum ersten Mal den unverwechselbaren Geruch eines Pe-Ellianers wahr. Der Geruch ist nicht unangenehm. Süßlich, ein wenig wie verflogenes Parfüm, doch mit einer unterschwelligen Dumpfheit wie von Pilzen. Wenn diese Duftnote beherrschend würde, wäre der Geruch äußerst unangenehm.

Wir beide verneigten uns, kamen uns dabei ein wenig albern vor, möchte ich hinzusetzen, und Koch zog sich in seinen Küchenbezirk zurück.

Als er gegangen war, trat Tomas an die Schalttafel für die Deckenfunktionen. Er drückte auf Knopf 7, und sofort war der Raum mit dem Rauschen und Wispern des Flusses erfüllt, und die Decke kochte in gewundenen silbernen Wellen.

»Möchte mir das mal genauer ansehen«, sagte er und stieg auf den glänzend polierten Tisch. (Er zog vorher die Schuhe aus.) Wenn Tomas sich auf die Zehenspitzen stellte, konnte er die Decke gerade erreichen. Er klopfte mit einem Fingerknöchel dagegen, doch man hörte keinen Laut.

»Genau wie bei den Wänden«, rief er.

Er rieb mit der Handfläche über die Decke.

Ein Schatten, eine Form, ein Fisch mit langen, fiederigen Kiemen kam herabgeschwommen, um nachzusehen, was es gab. Tomas riß seine Hand zurück und grinste mich verlegen an. Der Fisch stieß mit der Nase gegen unsere Decke. Er starrte uns volle drei Sekunden lang an, dann begann er, die durchsichtige Fläche zu untersuchen.

Es gab natürlich keinen Zweifel darüber, wer sich hier in einem Aquarium befand.

»Ich werde mich ein wenig umsehen«, sagte ich zu Tomas, der noch immer auf dem Tisch stand und ziemlich albern wirkte. Er nickte.

Jenseits der Tür, die von der Handfläche zu meinen privaten Räumen führte, liegt ein kurzer Korridor, der steil aufwärts führt und nach rechts abbiegt. Diese grünen Wände sind trügerisch, und ich stellte fest, daß ich die Wände berühren mußte, um meine Orientierung wiederzufinden, nachdem ich die Tür passiert hatte. Ich ging weiter durch den Korridor und konnte leise das Rauschen des Wasserfalls hören. Ich umrundete die Biegung und stand vor einer weiteren runden Tür, an der sich ein kleines Schild mit meinem Namen befand.

Ich hatte eine Vorahnung dessen, was mich hinter der Tür erwartete. Auf ihrer Oberfläche zeichneten sich Wellenformen ab. Das Rauschen des Wasserfalls war hier lauter.

Ich berührte die Tür, und sie drehte sich auf wie ein Strudel.

Ich stand plötzlich mitten in einem Wasserfall. Der Fluß toste mit brecherartigen Wellen die Decke entlang und stürzte dann in silbernen und blauen Kaskaden an einer Zimmerwand herab. Durch den Wasservorhang konnte ich die Lichtung sehen. Jett und Winterwind saßen noch immer dort. Sie schienen in eine intensive Konversation versunken.

Doch das Tosen des Wassers war ohrenbetäubend. So rasch ich konnte, suchte ich nach der Schalttafel und drückte die Knöpfe für Ruhe und Festigkeit.

Ich befand mich in meiner Pariser Wohnung. Ich blinzelte, und mir kam der Gedanke, daß ich mich in einem exotischen Traum befände. Der Wasserfall verschwand. Mein alter Honeysuckle-Teppich war unter meinen Füßen. Mein Schreibtisch stand dort. Aufgeräumt. (Ein sicheres Zeichen dafür, daß ich mich nicht wirklich in Paris befand.)

Ich sah mich rasch um und entdeckte, daß die Pe-Ellianer meine Vierzimmerwohnung zu zwei Räumen komprimiert hatten. Meine Küche war verschwunden (kein großer Verlust), und auch das vergammelte kleine Nordzimmer, das ich euphemistisch als zweites Schlafzimmer bezeichnete. Seit geraumer Zeit hatte ich die Bequemlichkeit eines kombinierten Arbeits-, Wohn- und Schlafzimmers erkannt.

Ich stellte fest, daß das Bad eine recht gut gelungene Nachbildung des meinen war, jedoch ohne die ständige Feuchtigkeit. Das Bett war anders.

Später: Bin gerade von einem Besuch bei Tomas zurück, und er ist sehr zufrieden mit seiner Wohnung – mir kommt sie allerdings eher wie Krankenhausräume vor als wie ein gesunder Platz zum Schlafen, doch das ist seine Sache. Vielfalt bleibt das, was der Dichter sie nennt. Tomas berichtete mir in verwundertem Tonfall, daß seine Zimmer identisch mit seinem Quartier im CLI-Camp auf Camellia seien.

Ich bin ebenfalls sehr zufrieden, doch wenn etwas mit dem Bett nicht stimmt ...

Das verdammte Bett.

KOMMENTAR

Koch hat mir versichert, daß die folgende Geschichte in ihren Grundzügen wahr ist und daß Thorndykes Bett mit einem ›Arzt‹-Mantissa verbunden gewesen sei. Um mit Kochs eigenen Worten zu sprechen: ›Wir wollten, daß ihm nichts fehlte während der Nacht und daß er gut schliefe.‹

Was mich betraf, so betrachtete ich die Geschichte, als sie mir zu Gesicht kam, als reine Erfindung. Ich erinnere mich, daß Thorndyke mich bat, ihn in sein Schlafzimmer zu begleiten und mich auf sein Bett zu setzen. Er fragte, ob ich es als bequem empfände, und ich antworte mit ›ja‹. Er hat mich *nicht* gefragt, ob ich eine Bewegung des Bettes spüre. Zweifellos wollte er lediglich meine Reaktion prüfen. Hätte ich irgend etwas gespürt, hätte ich wahrscheinlich genauso reagiert, wie es Thorndyke getan hat.

So aber diskutierten wir Encoder-Einstellungen und ähnliche Dinge, und ich zog mich schließlich zurück.

THORNDYKES TAGEBUCH:
ZEHNTE EINTRAGUNG

Marius Thorndyke hatte niemals Schwierigkeiten mit Betten.

Der Grund dafür könnte darin liegen, daß er niemals viel über Betten nachgedacht hat. Für ihn waren Betten lediglich etwas, auf das man sich legte, wenn man müde war, und von dem man sich erhob, wenn man ausgeruht war. Der Luxus von Betthimmeln, geschnitzten Bettpfosten, Messing und Federkern-Matratzen hatte ihn nie sonderlich beeindruckt.

Alles, was er von Betten verlangte, war, daß sie hoch genug waren, einigermaßen bequem und – natürlich – solide.

Allem Anschein nach erfüllte das Bett auf Pe-Ellia all diese Ansprüche.

Das erste Anzeichen bevorstehenden Ärgers zeigte sich, als er sich auf den Bettrand setzte, um seine Schuhe auszuziehen. Es hätte eventuell eine durch Müdigkeit hervorgerufene Sinnestäuschung sein können, doch kam es ihm vor, als ob das Bett sich unter seinem Hintern bewegte und den Hintern dann mit einem sanften und allzu intimen Griff umfaßte. Er sprang auf, starrte verwundert auf sein Bett und richtete sich auf wie eine empörte Lehrerin, die ihren Rock glattstreicht, unter den man ihr gegriffen hat.

Man kann nicht wissen, zu was für miesen Tricks so ein Bett fähig ist, dachte Thorndyke und rief nach Mnaba.

Tomas kam sofort. Er trug einen gestreiften Pyjama und hatte einen Morgenmantel übergeworfen. Er hatte wie immer seinen Encoder bei sich.

»Keine Aufregung, Tomas«, sagte Thorndyke. »Dies ist keine Arbeit. Bitte setz dich auf das Bett!«

Mnaba setzte sich.

Er blickte Thorndyke an und fragte sich, was als nächstes passieren würde.

»Fühlst du irgend etwas?« fragte Thorndyke.

Mnaba blickte ihn an.

»Wo?«

»Vom Bett.«

Mnaba tastete mit den Händen über das Laken, drückte so

vorsichtig auf die Matratze, als ob er eine Falle befürchtete, und zuckte dann die Achseln.

»Nichts«, sagte er. »Es ist ein wenig weicher als meins, und der Bezug fühlt sich anders an, aber ...«

»Hast du nichts gefühlt, daß es sich bewegt?«

»Bewegt?«

»Ihr Götter und blinden Fische! Ja, daß es sich bewegt, dich ... dich anfaßt, verstehst du!«

Mnaba schüttelte den Kopf und stand auf.

»Mir hat es nichts getan. Vielleicht bist du eingeschlafen, oder es war ein Anfall von Raumschock. Muskel-Kontraktionen nach Raumflügen sind recht häufig. Manche Menschen haben sogar das Gefühl, an der Decke zu gehen, oder ...«

»Ich weiß alles über Raumkontraktionen. Bei Gott, ich habe sie oft genug gehabt. Und ich weiß, wann ich schlafe, und wann ich wache.«

»Jawohl, Professor.«

»Danke, Tomas. Du warst mir eine große Hilfe.«

»Gern geschehen«, antwortete Mnaba. »Falls es noch irgend etwas anderes gibt, das ich für dich tun kann, brauchst du nur zu rufen.«

Damit nahm er den Encoder auf und ging auf die Tür zu. Thorndyke war sich nicht sicher, doch glaubte er ein leichtes Lächeln auf Mnabas sonst ausdruckslosem Gesicht bemerkt zu haben.

»Gute Nacht, Marius. Und gute Träume.«

»Ja. Und dir das Gleiche.«

Mnaba preßte die Hand gegen die Tür. Sie öffnete sich, und er war verschwunden.

Wieder allein fragte Thorndyke sich, ob er sich nicht geirrt habe. Er starrte das Bett an, und das Bett starrte unbeeindruckt zurück. Es war absolut glatt. Die Falten auf der Stelle, wo Mnaba gesessen hatte, waren völlig verschwunden.

Ach, zum Teufel, dachte Thorndyke, wenn du in Rom bist ... – und er begann seine Hose auszuziehen.

Als er in der Unterhose auf dem Bettrand saß und seine Socken auszog, hatte er keinen Zweifel mehr, daß irgend etwas sanft seinen Hintern massierte. Thorndyke konzentrierte sich auf seine

Beschäftigung. Falls dies eine abartige Form von Raumkontraktion sein sollte, würde sie schon wieder vorbeigehen, wenn er sich auf etwas anderes konzentrierte.

Am schlimmsten wurde es unmittelbar nachdem er ins Bett gestiegen war. Als ob das ein Kommando für Initiative sei, nahm das Bett ihn auf und begann sofort mit einer energischen Massage seiner Arme und Beine.

Thorndyke lag in angstvoller Anspannung wie ein Mann, der von einem blinden Barbier rasiert wird.

Schließlich konnte er es nicht länger ertragen. Er warf die Decke zurück und sprang aus dem Bett. Das Bett glättete sich selbst, eine Geste dreister Unverfrorenheit, wie Thorndyke fand.

»Koch!« schrie er und lief in Richtung Küche.

Koch hörte den Ruf und kam eilig in den Handflächenraum.

»Ist etwas nicht in Ordnung?« erkundigte er sich.

Thorndyke winkte Koch, ihm zu folgen und marschierte in sein Schlafzimmer zurück. Dort angekommen deutete er auf das Bett. »Es bewegt sich«, sagte er. »Ich bevorzuge Betten, die stillstehen.«

Koch blickte ihn nachdenklich an.

»Ich weiß nicht recht, was ich im Augenblick unternehmen könnte«, sagte er. »Sehen Sie, auf eine gewisse Weise ist das Bett lebendig ...«

Er fuchtelte frustriert mit der Hand. »Die Sprache, die Sprache. Ich bin nun einmal kein Linguist, nur ein Wohltäter. Das Bett ist ...« – er suchte nach dem richtigen Wort und lächelte dann: »Es kann denken. Es nimmt Sie wahr und will Sie nur ... entspannen ... wir dachten, es würde Ihnen angenehm sein. Ich schlage vor, daß Sie versuchen, mit ihm zu reden.«

»Ich soll mit einem Bett *reden*?« Thorndykes Stimme war leise und von eisiger Verbindlichkeit.

»Ja«, sagte Koch lächelnd und ohne Thorndykes Stimmung zu spüren. »Versuchen Sie ihm klarzumachen, was Sie wünschen. Bitten Sie es. Es wird versuchen, Sie zu verstehen ... wenn es dann nicht so ist, wie Sie es wünschen, werde ich morgen für Abhilfe sorgen. Wenn alles nichts nützen sollte, könnten Sie ja auf dem Fußboden schlafen.«

Thorndyke wußte nichts mehr zu sagen. Offenbar hatte Koch

das Problem zu seiner eigenen Zufriedenheit gelöst, stellte noch ein paar höfliche Fragen, ob Thorndyke mit den Kontrollknöpfen zurechtkomme, und wie ihm der Wasserfall gefiele, und wandte sich zum Gehen.

»Würden Sie mit dem Bett sprechen?« fragte Thorndyke, als er die Tür erreicht hatte.

»Es würde nicht auf mich hören«, sagte Koch und war fort.

Thorndyke kam sich ein wenig albern vor, als er das Bett nachdenklich betrachtete und sich dann ein wenig mühsam, mit knackenden Gelenken, davorkniete. Er legte sein Ohr an das Bett und lauschte.

Nichts.

»Jetzt hör gut zu, Bett!« flüsterte er, versuchte, seine Gedanken durch eine imaginäre Öffnung in seiner Stirn zu projizieren, und preßte seinen Kopf leicht auf die Decke. »Ich möchte, daß du dich nicht bewegst, verstanden?« Das Bett erzitterte leicht. »Ich möchte, daß du ruhig bleibst. Mich nicht störst.«

Eine Wölbung wie von einem Kissen bildete sich unter seinem Kopf.

»Hör auf damit!« sagte Thorndyke, und Sekunden später fiel die Wölbung in sich zusammen wie ein angestochener Autoreifen.

»So ist es gut«, murmelte Thorndyke. »Ich weiß zwar nicht, wie du funktionierst, aber ich hoffe, du verstehst mich. Ich möchte, daß du völlig ruhig bleibst. Keine Bewegung. Keinen Muckser. Ich werde mich jetzt wieder hinlegen. Also mach keinen Unsinn! In Ordnung?«

Das Bett zitterte nicht einmal zur Antwort.

Thorndyke atmete tief durch und zog vorsichtig die Decke zurück. Das Bett gab seinem Gewicht nach wie jede normale Matratze mit Federkern, und das war alles. Es war außerordentlich bequem. Thorndyke spürte, wie er sich allmählich beruhigte.

Was für ein Tag! dachte er. Was für ein ungewöhnlicher Tag. War ich heute morgen wirklich noch auf der Erde?

Er tastete nach der Tagebuchkladde und dem Bleistift, die er auf dem Nachttisch bereitgelegt hatte, um Notizen zu machen.

Muß diese Angelegenheit festhalten, dachte er. Doch der Bleistift hing nutzlos in seiner Hand.

Er lauschte auf seinen eigenen Atem.

Er fühlte Ruhe um sich. Ihm schien, als ob er Echos aus der Stille hören könnte. Das Bett war zwar ruhig, aber lebendig. Er wurde von der plötzlichen Angst befallen, daß das Bett ihn im Schlaf umklammern könnte wie eine riesige Hand. Diese Angst ließ ihn die Augen aufreißen. Hilflosigkeit und Aussichtslosigkeit führten zu Lachen. Und das Lachen führte schließlich zu Schlaf.

Ich frage mich, ob das Bett das versteht?

KOMMENTAR

So endete unser erster Tag auf Pe-Ellia.

Wie Thorndyke hatte auch ich vorgehabt, alles niederzuschreiben, was geschehen war. Bei diesem Vorhaben kam mir lebenslange Gewohnheit zu Hilfe, denn ich bin immer ein fleißiger Notizenschreiber gewesen. Thorndyke hat oft Bemerkungen über die Tatsache gemacht, daß wir beide ›Federfuchser‹ seien. Während die meisten Menschen heute Bandaufzeichnungen bevorzugen, schwingen wir nach wie vor Schreibblock und Bleistift. Als ich mit meinen Notizen fertig war, spielte ich noch ein paar der Encoder-Aufzeichnungen ab, die ich an diesem Tag gemacht hatte und verglich sie und meine Notizen miteinander. Ich wußte, daß ich mich in ein paar Tagen an die zeitraubende Arbeit machen mußte, unsere Referenzsysteme neu zu ordnen. Der Encoder ist ein sehr gutes Gerät, seine Anwendbarkeit hat jedoch ihre Grenzen. Wenn ein Kontakt-Linguist eine ausreichende Menge von Grundinformationen besitzt, kann er die Katalogisierung seiner Ergebnisse von Anfang an mit einer gewissen Exaktheit festlegen. Das setzt natürlich einen guten und ständigen Informationsfluß über einen Zeitraum voraus, der mindestens so viele Monate umfassen muß, die einen planetaren Umlauf ausmachen.

In unserem Fall wurde diese Bedingung nicht erfüllt, und ich hatte dementsprechend den Encoder so programmiert, daß er nach dem Basisplan Alpha katalogisierte, dem umfassendsten aller Pläne. Wie in der *Grammaria* umrissen, ist der Basisplan

Alpha ein universell anwendbares Programm. Er ist jedoch grobgestrickt und für feine Unterscheidungen unzuverlässig. Ich konnte bereits jetzt erkennen, daß dieses System sich sehr bald als unzureichend erweisen würde. Zum einen ist Basisplan Alpha von einer sorgfältig abgestuften Folge von Fragen abhängig, die zueinander in Beziehung stehen, wie zum Beispiel Klima und Archäologie. Basisplan ist ein Programm, das für Kontakt-Linguisten erarbeitet wurde, die den Fluß von Informationen selbst bestimmen können. Das ist bei uns jedoch nicht der Fall. Wie Thorndyke es ausdrückte: »Es sind die Pe-Ellianer, die den Kuchen aufschneiden, und wir haben uns mit dem zu bescheiden, was sie uns geben, und was wir finden mögen, wenn wir unter dem Tisch nach Brosamen suchen.«

Um den Encoder umzuprogrammieren, würde ich unsere gesamten Klassifizierungen durchgehen müssen, entscheiden, welche von ihnen überflüssig waren, und neue Grundlagen zu finden versuchen. Zum Beispiel: Im Basisplan Alpha ist ›Haut‹ einfach unter ›Biologie‹ klassifiziert. Ihre anderen Gewichtigkeiten werden kaum berücksichtigt. Das mußte in dem Fall selbstverständlich geändert werden. Ich schätzte, daß wir wahrscheinlich eine Frist von drei bis fünf Tagen haben würden, bevor die biokristallinen Zellen wegen der Unzulänglichkeiten von Basisplan Alpha zu streiken beginnen würden. Wir unternahmen den Versuch, quadratische Pflöcke von Informationen in runde Löcher von Logik zu rammen.

Ich dachte über dieses Problem nach und versuchte, einen Weg zu skizzieren, der zu einer Lösung führen konnte, als Koch in mein Zimmer trat. Er erklärte mir, er sei gekommen, um nachzusehen, ob alles in Ordnung sei und ich keine Wünsche hätte, um mir mitzuteilen, daß der morgige Tag als Ruhetag vorgesehen sei. Interessanterweise sagte er mir, daß Winterwind und Jett die Kontaktaufnahme außerordentlich belastend empfunden und entschieden hätten, daß wir mehr Zeit brauchten, um uns einzugewöhnen. Aus Kochs Kommentaren glaubte ich schließen zu können, daß unser Geisteszustand (der Ausdruck, den Koch benutzte) auf irgendeine unerklärliche Weise eine sehr starke Wirkung auf die Pe-Ellianer ausübte. Ich fragte ihn dann, ob er selbst sich auch durch uns beeinflußt fühle. Er machte seine seltsame

Geste des Händewackelns neben den Ohren, die Lachen andeuten soll, und sagte, daß er aus einem härteren Holz geschnitzt sei. Dann ging er wieder, nachdem er mich gebeten hatte, die Mitteilung an Thorndyke weiterzugeben.

Ich hatte bemerkt, daß Koch fröhlich war, in Hochstimmung, jedoch nicht alkoholisiert. Es hatte den Anschein, als ob ein Überschuß an Lebensfreude in ihm aufschäumte.

Ich beschloß, Thorndyke sofort mitzuteilen, was Koch mir gesagt hatte, und nachdem ich den Encoder verschlossen hatte, ging ich zu seinen Räumen. Als Konzession an unsere Bequemlichkeit war sein Apartment mit dem meinen durch einen kurzen Korridor verbunden, welcher, wenn man sich den Grundrißplan der Pe-Ellianer vor Augen hält, eine Verbindung zwischen dem Zeigefinger und dem Mittelfinger darstellte. Als ich mich der Tür seines Schlafzimmers näherte, hörte ich Schnarchen. Ich beschloß, ihn nicht zu wecken, warf aber trotzdem einen Blick hinein.

Der Anblick, wie er mit weit offenem Mund auf dem Rücken lag, war ein Schock für mich. Im Schlaf zeigt sich das wirkliche Alter eines Menschen. Der Thorndyke, den ich kannte, war ein vitaler, immer ein wenig aggressiver Mann mit scharfen, harten, blauen Augen und nervösen, impulsiven Bewegungen.

Was ich auf dem Bett sah, war ein alter Mann, dessen Körper alle Kraft abgezapft worden war. Im Ruhezustand zeigte sein Gesicht einen Ausdruck von Trauer. Linien, die am Tage Lebenskraft ausdrückten, schienen jetzt Sorgenfalten zu sein. Sein flacher Atem beunruhigte mich. Seine Hände, die auf der Decke lagen, bewegten sich mit in leichter Konvulsivität, als ob sie Federn streichelten. Ein alter Mann.

Zum ersten Mal erkannte ich die Möglichkeit, daß Thorndyke, trotz aller gegenteiligen Versicherungen der Pe-Ellianer, diese Reise nicht überleben könnte. Dieser Gedanke löste ein hohles Gefühl in mir aus.

Die eigene Sterblichkeit war wieder das Thema seines Denkens, wie seine nächste Tagebucheintragung verriet.

THORNDYKES TAGEBUCH:
ELFTE EINTRAGUNG

Mein Ehrgeiz ist ...

Bevor ich fortfahre, sollte ich nicht ein wenig innehalten und zugeben, daß eine gewisse Lächerlichkeit darin liegt, wenn ein alter Mann von seinem Ehrgeiz spricht? Es gab einmal eine Zeit ...

Mein Ehrgeiz besteht darin, weiterhin den Mut zu haben, gegen den Wind zu spucken, ohne mir allzuviele Gedanken um die Konsequenzen zu machen. Was heißen soll, daß ich den Ehrgeiz habe, so weiterzumachen wie bisher. Ein Profil des Mutes.

So. Und aus welchem Grund schreibe ich das? Weil ich beginne, über diese hübsche Einbildung auf den Mut zu lachen. Ich beginne zu argwöhnen, daß mein ganzes Leben aus einer gewissen Art von Einbildung bestand. Ein Profil, das ich mir schuf und der Welt zeigte, als ich ein junger Mann war. Seit jener Zeit habe ich meine Rolle mit Schwung und Glanz gespielt und mich kaum um den inneren Menschen gekümmert. Mein Leben ist eine Kurve, und jetzt krümmt sie sich auf mich zurück – als mächtiger Überhang, der selbst von der leichtesten Erschütterung gelöst werden kann und dann auf mich herabstürzt.

Seit Jahren habe ich das Gefühl, daß irgendein großer Knall bevorsteht. Als ich in Pension ging, hatte ich Visionen von einem stillen, zurückgezogenen Lebensabend, den ich mit meinen Freunden, meinen Büchern und meinen Erinnerungen verbringen würde. Das ganze Bild sollte von einer herbstlichen, jedoch noch immer wärmenden Sonne erleuchtet werden.

Natürlich ist es nicht so gekommen. Ich wurde zum Einsiedler. Ich hätte natürlich Freunde um mich haben können, doch Freunde bedeuteten mir nichts mehr. Sie konnten mich nicht auf jenem letzten Weg begleiten, und jeder Besuch und jeder freundliche Anruf trugen nur dazu bei, mir meine endgültige Isolation noch stärker bewußt zu machen.

›Kein Mensch ist eine Insel‹, sagt der Dichter. Oh, was für eine Lüge!

In meiner Kindheit gab es so ein Lied, einen Choral, wie ich glaube, das meine Mutter mir oft vorsang. Einige seiner Worte kommen mir jetzt in Erinnerung. »Atme durch die Hitze unserer Begierden deine Kühle und deinen Balsam. Betäube unsere Sinne, mache das Fleisch fügsam, atme durch Erdbeben, Wind und Feuer!« Und so weiter. Nun bin ich durch das Alter noch nicht so senil geworden, daß ich jetzt beginne, einem Gott nachzujagen, den ich in meiner Jugend verloren und niemals vermißt habe. Das wäre in der Tat sehr schlimm. Doch ich begreife jetzt, daß in der Bescheidenheit eine Tugend liegt, die ich nie verstanden habe. Kühle und Balsam. Und jetzt, wo ich den Wunsch verspüre, bescheiden und einfach zu sein, stoße ich auf Aktivitäten und Gewohnheiten, die sich in einem ganzen Leben angesammelt haben und mir überall im Weg stehen. Ich habe mich so sehr daran gewöhnt, gegen den Wind zu spucken, daß ich bezweifle, noch irgend etwas anderes tun zu können.

Was uns zu Pe-Ellia bringt.

Ich besitze keine besonderen hellseherischen Begabungen, werde jedoch das Gefühl nicht los, daß es mir vorbestimmt war, auf Pe-Ellia zu sein.

Ich muß mich vor der Gefahr einer Romantisierung hüten. Es ist nichts Heroisches in einer Nemesis, genauso wie auch keine Schönheit im Tod liegt. Im Grunde genommen dürften wir nicht einmal sagen, daß eine Rose schön ist, oder ein Berg, oder ein Sonnenuntergang. Natur ist schön.

Sie sind schön.

Das ist alles. Tatsachen.

Und für mich sind Pe-Ellia und das Schicksal miteinander verbunden. Und beide sind Tatsachen.

Während wir bei diesem Thema sind, lassen Sie mich noch eine andere *Tatsache* erwähnen: ich weiß noch immer nicht, warum wir eigentlich hier sind. Natürlich, einmal bin ich hier, weil ich eingeladen worden bin und die Pe-Ellianer der Vorstellung anhängen, daß Alter und Weisheit auf irgendeine Weise miteinander verbunden sind. Dann ist da die Komplikation, die durch Winterwind hervorgerufen wurde, als er von der ›Blüte unseres Volkes‹ sprach. Es liegt mehr darin als Altruismus oder Ehrfurcht vor dem Alter. Die Pe-Ellianer verfolgen mit unserem Hiersein einen bestimmten Zweck, oder auch mehrere, dessen bin ich sicher. Sie haben mich *auserwählt.* Wenn sie einen langfristigen Kontakt anstrebten, hätten sie bestimmt einen jüngeren Mann gewählt. Einen der jungen Burschen vom Institut; jemanden mit einem sprühenden Verstand und dem brennenden Ehrgeiz, sich einen Namen zu machen. Ich hätte ihnen ein halbes Dutzend von der Sorte nennen können. Doch sie wollten *mich.*

Ich wünschte, ich wäre zu Hause geblieben, bei meinen Übersetzungen und den ›Rosen und Bitterkeit‹.

Da haben wir es. Ja, die große, wunderbare *Seliica.* Ich möchte Ihnen einen Vers daraus zitieren. Sie werden Genuß daran finden.

Seliica   Seliicta
Pen'hinnem ma rl Arcta
Rurara   Rurecta
Penlin'na to so Marcta

Rosen und Bitterkeit,
Tribute des Alters.
Traurig ist der Reisende,
Dessen Gelenke steif werden.
Spiegel Zeit. Dunkle Zeit.
Das Gesicht der Jugend
Verblaßt bei dem Anblick.

Was für ein Epos, und von was für einem wunderbaren Volk. Von den Archadiern. Kein Wunder, daß ich sie liebe und so oft im Geist zu ihnen zurückschwimme.

Die Archadier glauben, daß der Himmel jede Sekunde einstürzen kann, und sind deshalb jeder Zeit auf eine Katastrophe vorbereitet. Wenn sie lachen, sprechen sie danach immer ein kurzes Gebet – obwohl sie nicht an den Sinn von Gebeten zu glauben scheinen.

Was soll man von einem Volk halten, das alles, was es erreicht hat, nur als eine Stufe ihres langsamen Abstiegs ins Bedeutungslose betrachtet? Die Entropie hat sie überwältigt, sie jedoch nicht mit Trauer erfüllt. Sie eher resigniert gemacht. Nachdem sie sich mit dem Schlimmsten abgefunden hatten, war Raum geschaffen für einen wilden Humor, der anarchisch und gotteslästerlich war.

Verdammt, haben die es mir schwergemacht! Wann war das? 2053. Das ist eine Geschichte, die ich noch nie ganz erzählt habe.

Da war ich, achtunddreißig Jahre alt und angekotzt von Verwaltungsarbeit nach vierzehn Jahren als Leiter des CLI. Ich konnte es nicht erwarten wegzukommen, wie man so sagt, und Orchid war mein erster Solo-Auftrag. Wie üblich landete ich nach den Marines. Das erste, was mir auffiel, war, daß diese Leute, denen es aus irgendwelchen Gründen nicht einmal gelungen war, das Pferd zu zähmen, nicht sofort auf die Knie fielen und die wundervolle Technik der Erde anbeteten. Man hat uns häufig mit Göttern verwechselt; hier empfing man uns als die Bestätigung seit langem gehegter Befürchtungen. Die Archadianer versammelten sich in kleinen Gruppen auf der Asche, die die Landestelle des Schiffes umgab, und starrten uns schweigend an.

Ich wurde zu dem gebracht, was ihr bestes Haus sei, wie sie mir versicherten – einer weitläufigen, ebenerdigen Hütte, in der jemand umsichtigerweise all die alten Wandmalereien mit brauner Farbe überpinselt hatte.

Gut, ich richtete mich ein und begann mit meiner Arbeit. Die Sprache war nicht allzu schwierig, und es war mein Glück, daß Steven Rollo, der '49 sechs Monate dort verbracht hatte, eine so vollständige Analyse hinterlassen hatte. Eine meiner ersten Aufgaben bestand darin, das Vertrauen der Eingeborenen zu gewinnen. Ich setzte mich mit dem regionalen Häuptling, der Badfar hieß, in Verbindung, und arrangierte ein Treffen.

Die verabredete Zeit kam und verstrich, und erst, als ich vor die Tür trat, um zu sehen, ob ich ihn vielleicht kommen sehen konnte, fand ich ihn dort stehen. Er hatte sich mit etwas eingesalbt, das wie Zwiebelsaft roch, und begann, sobald er meiner ansichtig wurde, mit einer Hand auf den Rücken der anderen zu schlagen. (Diese Geste bedeutete, wie ich später erfuhr, in etwa: ›Ich will dir deine Last abnehmen‹.) Offensichtlich war ihm nicht eingefallen, an die Tür zu klopfen, um mich wissen zu lassen, daß er da sei.

Unter ständigem Händeschlagen trat er herein.

Ich lud ihn ein, sich zu setzen, doch er sagte, er würde lieber stehen.

Ich bot ihm einen Drink an, doch er sagte, er tränke niemals Alkohol, vielen Dank.

Das war, wie ich wußte, eine handfeste Lüge, da ich ihn drei Tage zuvor die Straße entlangtaumeln gesehen hatte.

Ich bekam das Gefühl, obwohl ich den Grund dafür nicht nennen konnte, daß man mich auf den Arm nehmen wollte. Ich beschloß, mit meiner Arbeit weiterzumachen.

Ich fragte ihn, ob ich einige ihrer Bücher und Gemälde sehen dürfe, bitte.

Nein, es täte ihm sehr leid, aber das sei nicht möglich, und außerdem seien sie ohnehin nichts wert; nur ein paar mottenzerfressene alte Schmöker und ein paar Wandschmierereien von einem Amateur.

Gab es eine Bibliothek?

Ja, schon, früher einmal, doch würde sie jetzt als Stall benützt, seit ein paar nette Aliens ihnen gezeigt hatten, wie man ein Pferd dazu bringen konnte, einen Karren zu ziehen.

Ob sie ein Museum hätten?

Sicher, früher, doch jetzt sei es ein Kuhstall.

»So, liegen die Dinge nun mal hier. Schade, daß Sie nicht ein paar Jahrhunderte eher gekommen sind, dann hätten wir Ihnen ein paar Sachen zeigen können.«

Da ich mich nicht leicht entmutigen lasse, bat ich, mir ihre Kühe ansehen zu dürfen. Das brachte ihn für einen Moment in Verlegenheit, doch dann sagte er, daß der Mann, der die Schlüssel habe, fortgegangen und nicht auffindbar sei.

Ob es keinen zweiten Schlüssel gäbe?

Leider nein, entschuldigen Sie vielmals, der sei schon vor mehreren Jahren während des Erdbebens verlorengegangen.

Und so ging es weiter.

Bei einem späteren Besuch schnitt ich wieder die Frage des Museums an und schlug vor, daß wir die Tür aufbrechen sollten. Badfar maß mich mit einem vorwurfsvollen Blick und hielt mir dann einen zweistündigen Vortrag über den Wert von Holz und Privatbesitz.

Bei einer anderen Gelegenheit, ich muß es zu meiner Schande

gestehen, bot ich Badfar Gold an, wenn er mich nur zwei Stunden lang eins der archadianischen Bücher lesen lassen würde. Nichts zu machen. Er sei der Häuptling, und der Häuptling müsse über alle Zweifel erhaben sein.

Und so ging es weiter.

Doch ich wußte die ganze Zeit, daß er log. Es gab sowohl eine Bibliothek als auch ein Museum oder etwas Gleichwertiges, und sie verhinderten ganz bewußt, daß ich sie zu sehen bekam. Immer wieder wurde ich mit irgendwelchen fadenscheinigen Ausreden abgewimmelt.

Nach einigen Wochen dieser Behandlung war ich verzweifelt. Doch ich lernte auch. Ich hatte zum Beispiel gelernt, wie einiges ihrer ungesprochenen Sprache zu verstehen war. Außerdem verlor ich die Verlegenheit, wenn sich auf der Straße eine Menschenmenge um mich versammelte und die Leute mich mit offenem Mund anstarrten, wie eine Horde Dorftrottel. Das war bei ihnen natürlich ein Zeichen dafür, daß sie sich konzentrierten. Badfar war darin am besten, und das mochte der Grund dafür sein, daß er Häuptling war. Einmal ließ ich ihn in mein provisorisches Büro kommen und fragte ihn direkt, was er tun würde, wenn er an meiner Stelle wäre und die Bibliothek sehen wolle. Er ließ den Unterkiefer herunterklappen und starrte mich drei geschlagene Stunden lang an. Ich tat, als ob ich einschliefe, damit ich ihn nicht ständig anblicken mußte. Ich wußte, daß er nicht gehen würde. Schließlich räusperte er sich, spuckte auf den Boden und sagte: »Wenn ich an Ihrer Stelle wäre, würde ich aufhören, Fragen zu stellen. Davon ist noch nie etwas Gutes gekommen.«

Das schlug dem Faß den Boden aus.

Ich begann ihn zu verfluchen. Ich schrie ihn in fünfzehn Sprachen an. Ich beschimpfte ihn so ausgiebig, wie es mir möglich war, in seinem eigenen Dialekt, und erntete lediglich ein Lächeln. Da warf ich ihn hinaus.

Ich trat ans Fenster und schrie hinaus, daß ich Grubenwasser haben wollte. Grubenwasser war das lokale Gesöff. (Und die Grube war die Gemeinschaftslatrine des Ortes.)

Ein vollbusiges junges Mädchen trat herein und brachte mir einen Sack voller Flaschen mit Grubenwasser. Ein Geschenk Mr. Badfars, sagte sie. Ich spuckte auf den Boden, als sie seinen

Namen erwähnte, nahm jedoch den Sack mit den Flaschen an und warf dann die Tür zu.

In jener Nacht ließ ich mich mit Grubenwasser vollaufen. Es ist ein Zeug, das – wenn man sich überwinden kann, es herunterbringen – im Magen Fürchterliches anrichtet. Von draußen hörte ich flüsternde Stimmen. Gesichter starrten zum Fenster herein.

Laß sie doch! dachte ich und trank allein und stoisch weiter.

Daß ich schließlich unter den Tisch fiel, dürfte klar sein. Als ich aufwachte, lag ich im Bett, pudelnackt, und fühlte mich, als ob ein Pferd über mich hinweggaloppiert wäre. Erstaunlicherweise war mein Kopf jedoch völlig klar, und mir kam eine brillante Idee. Ich wollte doch in die Bibliothek gelangen, nicht wahr? Okay, ich würde es ihnen zeigen.

Ich kramte meine Bücher durch und fand eine alte Bibel, eine mit einer Menge Illustrationen. Ich warf einen Umhang über und zog eine der voluminösen Pumphosen an, die auf Orchid als feine Garderobe gelten, und machte mich so auf den Weg zum Haus Badfars, des Häuptlings.

Ich war noch immer ziemlich betrunken, und meine Beine gehorchten mir nicht recht. Wie es das Glück wollte, befand sich Badfars Haus unmittelbar neben dem Eingang zur städtischen Latrinengrube.

Ich irrte mich in der Tür.

Im Fallen erinnerte ich mich noch daran, den Mund fest zuzupressen.

Badfar öffnete die Tür und hielt einen brennenden Kienspan in der Hand. Ich stand vor ihm, tropfend und mit der Bibel in der Hand, die ich glücklicherweise nicht losgelassen hatte. Ich mußte noch schlimmer gestunken haben als er, denn er bedeutete mir, vor der Tür stehenzubleiben, dann ging er zurück, kam mit einem Eimer Sandelholzwasser wieder und leerte ihn über mich aus. Dann überreichte er mir einen trockenen Umhang und eine trockene Pumphose und winkte mir, einzutreten.

Wir setzten uns an einen Tisch und er blickte mich an. Ohne mir Fragen zu stellen, verstehen Sie, er sah mich nur an. Er wartete darauf, was als nächstes passieren würde.

Ich knallte die Bibel auf den Tisch und begann in ihr zu blättern. Schließlich fand ich das Bild, das ich suchte. Es war Jesus am Kreuz, und eine der grausamsten Darstellungen der Kreuzigung, die ich jemals gesehen hatte.

Badfar blickte es im Licht seines Kienspans sehr genau an. Langsam weiteten sich seine Augen. Er starrte auf den am Kreuz hängenden Körper. Auf das Blut, das aus den Händen tropfte, und das von dem Künstler so deutlich wiedergegeben worden war. Auf die wässerigen, femininen Augen. Auf die Dornenkrone, bei deren Darstellung der Künstler sich solche Mühe gegeben hatte, daß man das angeschwollene Fleisch an den Stellen sah, wo die Dornen sich besonders tief eingegraben hatten.

Schließlich hob er den Kopf, sah mich an und runzelte die Stirn. Dann brach er den Schwur, den er ein Leben lang gehalten hatte, und stellte eine Frage.

»Was?«

»Ein Gott, den wir anbeten«, antwortete ich.

Er wurde erregt. Es war das erste Mal, daß ich sein Gesicht anders sah als mit einem Ausdruck von Verschlossenheit, Passivität und Undurchdringlichkeit, den es bei allen Gelegenheiten gezeigt hatte, wenn er mich besuchte.

Er trat zur Tür und rief hinaus: »Kommt her und seht!«

Dann ging er ins hintere Zimmer und ich hörte zwei harte Schläge, als er seine Frauen aus dem Bett stieß.

Von allen Seiten strömten Leute herbei, und kurz darauf war der Raum gedrängt voll. Irgendwoher erschienen zwei Flaschen Grubenwasser und wurden von Mund zu Mund herumgereicht. Alle starrten das Bild an, berührten es, redeten erregt miteinander und lachten. Das war das Seltsamste von allem. Ihre Art zu lachen. Man hätte annehmen können, daß die armselige Christusdarstellung eine Witzzeichnung sei, die aus einer Zeitung ausgeschnitten worden war.

Das meiste, was sie sagten, konnte ich nicht verstehen. Sie sprachen sehr schnell in einem Vulgärdialekt, von dessen Vorhandensein niemand für nötig gehalten hatte, mich aufzuklären. Doch ich verstand einigermaßen, was sie ausdrücken wollten. Sie freuten sich. Sie fühlten sich geschmeichelt. Sie empfanden es als Ehre, daß ich ihnen etwas wie dies zeigte. Ihr Gedankengang war so: Jeder, der so ein Bild des Leidens anbeten kann, jeder, der soviel Zeit und Mühe darauf verwendet, all die Anzeichen und Ausdrücke von Schmerz zu malen, muß wirklich begreifen, worin der Sinn des Lebens liegt.

Ich habe es zu der Zeit nicht geahnt, doch sie nahmen an, daß ich auf irgendeine Weise für das Bild verantwortlich wäre.

Irgend jemand begann zu singen. Der Text des Liedes war in der Sprache, die ich kannte, und hatte einen Refrain, in den alle einfielen. Ich bin nie dazu gekommen, den Text dieses Liedes zu übersetzen, doch sein Inhalt ähnelte der Geschichte von Jonas und dem Wal.

Die Party löste sich auf. Die Leute zogen sich wieder in ihre Häuser zurück. Bevor ich ging, riß ich die Seite mit dem Bild aus der Bibel und befestigte es in Badfars Haus an der Wand.

Als letztes sah ich ihn in jener Nacht vor dem Bild stehen, den Arm um eine seiner Frauen geschlungen, und er grölte den Refrain des Liedes.

Am kommenden Morgen erschien eine Delegation in meiner Hütte und überreichte mir einen Schlüssel. Sie hätten ihn endlich wiedergefunden, sagten sie, nachdem sie überall fieberhaft nach ihm gesucht hätten. Falls ich Lust haben sollte, einen Blick auf den Krempel in ihrer Bibliothek zu werfen, sei ich herzlich willkommen.

Und ob ich dazu Lust hatte!

Und auf diese Weise entdeckte ich eine Perle von unschätzbarem Wert: die *Seliica*.

Warum ich dies alles geschrieben habe? Nun, es ist und bleibt eine Tatsache, daß es für mich eine Quelle der Kraft geblieben ist, diese Leute von Orchid gekannt zu haben. Über sie auf diese Weise zu schreiben (und ich habe noch nie zuvor die genauen Details meiner Treffen mit ihnen geschildert) verleiht mir Kraft und gibt mir das Gefühl, weniger allein zu sein. Ich weiß, wenn ich auf ihrem Planeten wäre, könnte ich mit ihnen sprechen, und sie würden mir zuhören. Sie würden nicht lächeln und mir auch keinerlei Hilfe anbieten. Sie würden mit mir sprechen.

Doch ich bin nicht bei ihnen. Ich bin allein, und für meine Probleme gibt es keine gemeinsame Lösung.

Post scriptum: Kurz nachdem ich das Obige geschrieben hatte, bin ich eingeschlafen. Ich habe mehrere Stunden geschlafen.

Genau wie auf Orchid bin ich mit der Vorstellung von etwas aufgewacht, was ich am Morgen tun sollte, tun mußte.

Im Augenblick möchte ich meinen Traum beschreiben, solange er noch frisch in meiner Erinnerung haftet. Der erste Teil betrifft Orchid, der zweite Teil Pe-Ellia.

Als es für mich an der Zeit war, Orchid zu verlassen, hatte ich bereits die Übersetzung des ersten Teils der *Seliica* abgeschlossen. Ich wollte meinen Freunden ein Geschenk machen, ihnen etwas geben, woran sie Freude haben würden. Ich übersetzte Teile der *Roba'iyāt* von 'Omar Hayyām in ihre gemeinsame Sprache. Es war ein großer Erfolg, denn obwohl sie nicht das Äquivalent für alle Worte besitzen, verstanden sie die Dichtung in ihren Grundzügen und übernahmen Worte aus dem Altpersischen in ihre Sprache.

Als ich meine Sachen zusammenpackte, trat eine kleine Delegation in meine Hütte. Sie überreichte mir ein Geschenk in einer Schachtel. Es war ein Buch. Es besaß einen wunderbaren, künstlerisch gearbeiteten Einband. Früher hatte man mir einzureden versucht, daß auch dies eine Kunst sei, die seit Jahrhunderten ausgestorben war.

Auf jeden Fall war ich in Eile und hatte nicht mehr die Zeit, einen Blick in das Buch zu werfen, sondern bewunderte es lediglich als Kunstwerk. Das freute sie sichtlich. Im Nachhinein erkenne ich, daß mich das mißtrauisch hätte machen sollen. Das Buch war mit einer Callis-Haspel verschlossen (Einem Puzzle-Schloß. Manche dieser Puzzles haben keine Lösung, und das ist eine Quelle archadianischen Humors.) Auf jeden Fall warf ich das Buch in meinen Koffer und lief zum Startplatz, wo die Militärpersonen bereits ungeduldig auf mich warteten. Ich hatte den Abflug ohnehin um mehr als einen Monat verschoben.

Kurz darauf befanden wir uns im Raum und bereiteten uns auf den Garfield-Sprung nach Camellia vor, wo ich mich mit Vertretern der Raumfahrtbehörde treffen sollte. Eilig packte ich das Buch aus und löste rasch das Puzzle des Verschlusses. Die Seiten des Buches waren aus feinstem crèmefarbenem Archolpapier, *doch nicht ein einziges Wort stand auf ihnen gedruckt.* Das Buch war eine leere Atrappe. Dies ist der Zeitpunkt, zu dem mein peellianischer Traum einsetzt.

In meinem Traum zeigte ich das Buch Winterwind und Menopause. Winterwind sah es aufmerksam an und schien die leeren Seiten zu lesen. Menopause nahm das Buch, drückte die Hand auf die erste Seite und fuhr dann mit den Fingerspitzen an den Rändern entlang. Er sprach kein Wort. Dann reichte er mir das Buch zurück. Dann öffnete sich sein Mund auf eine Weise, die so charakteristisch für die archadianische Geste war, daß ich lachen mußte.

Der Anblick seines fein gemeißelten Gesichts mit den starken Wangenknochen und darunter der schlaffe, weit offene Mund war das Bild, das ich vor mir sah, als ich erwachte. Was der Traum bedeuten mag, falls er irgend etwas bedeutet, weiß ich nicht zu sagen.

Die Zeit wird es erweisen. Doch zumindest fühle ich mich jetzt frischer. Ich sitze auf einem Hengst, und obwohl ich keine Ahnung habe, wohin dieser wilde Ritt mich führen wird, fühle ich mich sicherer.

KOMMENTAR

Unser erster voller Tag auf Pe-Ellia begann spät. Ich wurde von einem hartnäckigen Klopfen an meinem Fenster geweckt. Ich stieg aus dem Bett und zog den Vorhang zur Seite – und starrte in das Gesicht eines glänzend gefiederten gelben Vogels. Ich weiß nicht, wer mehr überrascht war, er oder ich. Auf jeden Fall sprang der Vogel erschrocken zurück, wobei sich seine Federn sträubten, dann fuhr er herum und lief mit ungelenken Schritten in den Dschungel.

Mein Fenster führte direkt auf den Dschungel hinaus und war ein vortrefflicher Aussichtsplatz zur Beobachtung des Dschungellebens. Mein Zimmer, der höchste Punkt des Hauses, war über eine Reihe flacher Stufen zugänglich, die direkt vom Handflächenraum abführten. Von diesem Zimmer aus konnte ich klar erkennen, auf welche Weise Teile des Hauses direkt mit der Vegetation verschmolzen waren. Ein Baumstumpf wuchs aus der Wand und war selbst Teil der Wand. Seine Rinde und die Wand bestanden aus dem gleichen Material, wenn sie auch verschieden gefärbt waren. Wo die Wand des Hauses auf den Erdboden stieß, gab es keine Fuge. Ich wußte nicht, wie ich mir das erklären sollte. Es hatte den Anschein, als ob das Haus, das selbstverständlich ein Artefakt war, gleichzeitig ein natürlicher Bestandteil des Baumes war. Ich konnte daraus nur schließen, daß die Pe-Ellianer Meister der Biotechnik waren und Bäumen befehlen konnten, so seltsame Früchte zu tragen.

Mein Studium der Konstruktion des Hauses wurde durch das Eintreffen Thorndykes unterbrochen, der sagte, daß Cornflakes und Kaffee unten bereitstünden, falls ich Appetit auf ein Frühstück hätte. Ich hatte.

Während des Frühstücks besprachen wir die Ereignisse des vergangenen Tages, und ich gab die Mitteilung an Thorndyke weiter, die Koch mir am Abend gemacht hatte. Thorndyke schien darüber begeistert. Er sagte, er habe sich bereits draußen ein wenig umgesehen und sich gefragt, weshalb er niemanden angetroffen habe. Als wir gerade fertig waren, erschien Koch, der von der Lichtung herunterkam.

»Gut geschlafen, Jungens?« fragte er. Ich sagte ihm, daß ich wie ein Toter geschlafen hätte.

Koch verdrehte, entsetzt über diese Vorstellung, die Augen nach oben. Thorndyke verlor kein Wort über sein Bett.

»Okay, Jungens«, sagte Koch und begann, das Frühstücksgeschirr zusammenzuräumen. »So läuft der Laden hier jetzt. Wir Pe-Ellianer stopfen uns ja normalerweise nur einmal am Tag voll. Eine halbe Stunde bevor die Sonne untergeht, und die Mahlzeit kann sich so lange ausdehnen, wie wir etwas haben, worüber wir sprechen können. Während des Tages sprechen wir kaum miteinander, falls wir nicht kurz vor dem Platzen stehen. Für Sie wird natürlich eine Ausnahme gemacht. Sie essen, wann immer Sie wollen. Wenn Sie Hunger bekommen, kommen Sie nur zur Küche und brüllen Sie: Essen! Ich bin immer irgendwo in der Nähe. Und wenn Sie mich nicht finden können, drücken Sie einfach auf eins von diesen Dingern.« Er deutete auf die blauen Scheiben in den Ecken. »Irgend jemand wird dann schon kommen. Für Sie sind auch Gespräche zu jeder Zeit gestattet.«

»Vielen Dank«, sagte Thorndyke.

»Ich sollte Sie aber besser darauf hinweisen, Jungens, daß hier auf Pe-Ellia die Gewährung eines Gesprächs eine Ehrung bedeutet. Okay? Mit mir können Sie natürlich jederzeit sprechen. Ich zähle nicht viel. Ich weiß nicht viel, und ich bin ohnehin auf dem Abstieg, also kommt es mir nicht mehr darauf an.«

Er sagte das völlig ruhig und sachlich.

»Die Leute, an die Sie sich halten sollten, die hier wirklich etwas zu sagen haben, sind Jett und Winterwind.«

»Was lesen Sie zur Zeit?« fragte Thorndyke plötzlich.

Koch blieb stehen, offensichtlich überrascht. Seine Augen schlossen sich zu Schlitzen, und er blinzelte mehrmals. Er hob seine Hände vor die Brust, und die Geste hatte etwas Insektenhaftes an sich. Ein paar Minuten lang stand er so, dann ließ er die Hände wieder sinken.

»Da sehen Sie es«, sagte er. »Wenn Sie das zu Winterwind gesagt hätten, hätte er Ihnen sofort den Mund geschlossen. Bei mir macht das nichts.«

»Tut mir leid. Ich werde es mir merken«, sagte Thorndyke.

»Wie kommen Sie darauf, daß ich überhaupt irgend etwas lese?«

»Nur eine Annahme«, sagte Thorndyke. »Ich kann nicht glauben, daß irgendein Pe-Ellianer nur englisch zu sprechen lernt.«

Koch blickte ihn ein paar Sekunden lang an.

»Sie haben recht. Ich habe mir ein Exemplar von *Incident at Stone Water Creek* von Tex Abalone besorgt. Kennen Sie es? Ist es ein gutes Buch?«

»Gefällt es Ihnen?« fragte Thorndyke.

»Ja«, (genußvoll) »doch es gibt darin vieles, was ich nicht verstehe.«

»Dann ist es sicher ein gutes Buch. Ich habe es nicht gelesen, doch vielleicht Thomas. Er ist ein CowboyundIndianer-Fan.«

Das war natürlich eine glatte Lüge, und ich war ein wenig verbiestert, als Koch sich zu mir umwandte und mit offensichtlichem Genuß sagte: »He, Partner, ich leg' dich schneller um, als du Amen sagen kannst.« Zwei seiner schlanken Finger waren dabei auf meine Kehle gerichtet.

Da ich noch nie in meinem Leben ein Buch dieser Art gelesen hatte, wußte ich nicht, wie ich reagieren sollte. Das einzige, was mir einfiel, war: »Whoa, Silver!« Es schien ihn zufriedenzustellen.

Koch war glücklich. Er nahm die letzten Teller und Tassen und verschwand in seine Küche. Wir konnten ihn singen hören. Wenig später trat er wieder herein. Er trug wieder seine lange Schürze.

»Eins finde ich seltsam«, sagte er. »Diese Cowboys, die sprechen netter zu ihren Pferden als zueinander. So long.« Damit verließ er uns endgültig und trat auf die Lichtung hinaus.

»Falls ich mich nicht sehr irre«, sagte Thorndyke, »wird Koch für uns zu einer Quelle reinster Freude.«

Ich nickte.

»Gut. Hier ist mein Programm für den heutigen Tag«, sagte Thorndyke und erhob sich. »Ich möchte ihn allein verbringen. Es gibt eine Menge Dinge, die ich ordnen muß. Stören Sie mich nur, wenn etwas Außergewöhnliches passieren sollte. Falls Winterwind sich sehen läßt, sagen Sie ihm, daß ich damit beschäftigt bin, die hier übliche Gesprächsruhe einzuhalten.« Er zwinkerte mir zu und ging zu seinem Zimmer.

Ich beschloß, den Tag dafür zu nützen, mich umzusehen. Ich nahm den Encoder mit und versuchte eine primäre Klassifizierung der Flora dieser Region.

Einer Tatsache wurde ich mir sehr rasch bewußt. In der unmittelbaren Umgebung des Hauses gab es lediglich eine sehr beschränkte Anzahl von Pflanzenarten. Innerhalb einer Fläche von vier Quadratmetern zählte ich nur fünf Arten. Statistisch gesehen war das erheblich weniger als ich erwartet hatte, wenn man die offensichtliche Fruchtbarkeit des Bodens in Betracht zog, und den dichten Bewuchs, den wir auf unserem Weg zum Haus gesehen hatten.

Diese erste Untersuchung, die ich in wenigen Metern Entfernung vom Haus durchführte, nahm den ganzen Vormittag in Anspruch. Ich sammelte keine Pflanzen, sondern begnügte mich damit, Skizzen von ihnen anzufertigen – das war außerdem ein Hobby von mir – und Aufnahmen mit dem Encoder zu machen.

Beim Mittagessen fragte ich Koch, ob er mir die Namen der Pflanzen auf Pe-Ellianisch sagen könne, was er auch tat. Thorndyke erschien nicht zum Mittagessen, und Koch fragte nicht nach ihm.

Das Mittagessen bestand aus einem sehr weißen Kuchen, den Koch starrköpfig Brot nannte, und einem krümeligen grünen Zeug, das er als Käse bezeichnete. All das wurde mit einem Sirup hinuntergespült, der nach dem Urteil meiner Geschmacksnerven nicht allzuweit von Pfefferminze entfernt war. Während dieses Mahls zeigte Koch sich ständig besorgt, ob es auch ›erdgemäß‹ sei. Ich sagte, nein, daß jedoch das Frühstück das gewesen sei. Das schien seiner Hochstimmung einen Stoß zu versetzen, und er gestand mir, daß die Zutaten des Frühstücks zusammen mit anderen Dingen (seinen Cowboybüchern, zum Beispiel) von der Erde mitgebracht worden wären, und daß dieses Brot und dieser Käse seinen ersten Versuch darstellten, unsere Art von Nahrungsmitteln zu synthetisieren. Er versprach, sich weiter zu bemühen.

»Die Schwierigkeit liegt darin, Tomas, daß alle Geschmacksnuancen, die Sie mögen, leblos sind.« Ich ahnte nicht einmal, was er damit sagen wollte, bis wir drei Tage später eine pe-ellianische Mahlzeit vorgesetzt bekamen.

Während des Nachmittags fuhr ich mit meinen Untersuchungen fort und entfernte mich dabei in gerader Linie vom Haus. Ich beschloß, eine zweite Fläche von vier Quadratmetern zu untersuchen, die etwa fünfundzwanzig Meter vom Haus entfernt liegen sollte. In etwa zwanzig Metern Entfernung machte ich eine interessante Entdeckung: eine schmale Rinne, etwa vier Zentimeter tief und dreißig Zentimeter breit, in der nichts wuchs. Wenn man das Stück mit einer Rasierklinge herausgeschnitten hätte, man hätte sicher keine sauberere Trennlinie schaffen können.

Pflanzen wuchsen bis hart zum Rand der flachen Rinne, und dann wuchs nichts mehr. Eines aber fiel mir sofort auf: jenseits des Grabens war der Artenreichtum der Pflanzen erheblich größer. Innerhalb einer Fläche von einem Quadratmeter zählte ich zumindest fünfundzwanzig. Es war jedoch die Rinne, die mich wirklich interessierte, und ich begann ihr zu folgen.

Das erwies sich als recht schwierig, denn zeitweise führte sie durch dichtes Gestrüpp, wo Ranken und Schlingpflanzen zu einem dichten Teppich verwoben waren. Ich bemerkte, daß, obwohl in der Rinne selbst kein Halm wuchs, nichts Geäst und Laub davon abhielt, diese Grenze oberhalb der Rinne zu überschreiten. Die Durchschnittshöhe, auf der die ersten Zweige und Schlingpflanzen über den Graben hinwegwucherten, betrug etwa einen Meter. Nachdem ich der Rinne etwa zehn Minuten lang gefolgt war, gelangte ich auf die andere Seite des Hauses und erkannte, daß der Graben einen Kreis beschrieb. Meine Entfernung vom Haus war konstant geblieben.

Als nächstes überquerte ich den Weg, dem wir am vorhergehenden Tag gefolgt waren. Die Rinne war deutlich sichtbar, und ich erkannte, daß wir tags zuvor so ausschließlich an der Lichtung und dem Haus interessiert gewesen waren, die jetzt beide vor mir lagen, daß ich diese kleine Vertiefung übersehen hate. Die Rinne verschwand irgendwo zwischen wuchernden Pflanzen. Ich nahm an, daß sie sich am anderen Ufer des Flusses fortsetzte, obwohl ich das nicht erkennen konnte.

Ich ging behutsam zurück und folgte dem Kreisbogen in der anderen Richtung. Dies führte mich auf einen felsigen Hügel. Genaugenommen war es kein Hügel, sondern eher ein Geröllhaufen. Ich konnte seine Ausmaße nicht erkennen, weil er vom Dschungel überwuchert war. *Die Rinne verlief durch soliden Stein!* Ihre Tiefe betrug hier fast zehn Zentimeter.

Ich kletterte auf die Felsen und hörte das Geräusch fließenden Wassers. Ich stellte fest, daß ich hoch über dem Fluß stand und auf den Wasserfall hinabblickte. Deutlich konnte ich das Dach unseres Hauses erkennen und die Stelle, an der sich Thorndykes Zimmer befinden mußte.

Ich konnte jedoch nicht sehen, was auf das Vorhandensein seines Daches/Fensters hindeuten würde. Ich blickte auf den rasch strömenden Fluß, der hier unter dem Dach des Dschungels hervor ins Freie trat. Auf der anderen Seite des Flusses, an seinem Ufer, konnte ich gerade die Stelle erkennen, wo die Rinne weiterverlief.

Von meinem Aussichtspunkt, auf einem Felsen oberhalb des Flusses hockend, hatte ich einen guten Überblick. Ich konnte eine gewisse Farbverschiebung erkennen. Ich bemerkte, daß das Grün der Vegetation innerhalb einer bestimmten Begrenzung des Hauses satter war als außerhalb dieses Kreises. Und auch die Färbung der Steine war innerhalb des Kreises dunkler.

Nachdem ich alles mit dem Encoder sorgfältig aufgenommen hatte, kehrte ich zum Haus zurück. Alles war still.

Der Tisch war gedeckt.

»Das Abendessen ist serviert!« verkündete Koch, ausgestattet mit seiner Schürze und einer hohen, weißen Kochmütze.

»Howdy«, sagte ich, da ich mich dieser Begrüßungsformel aus einem Film erinnerte, den ich einst gesehen hatte.

»Howdy«, antwortete er. »Nach meiner miserablen Leistung zum Mittagessen habe ich fleißig geübt. Wir haben sieben Gänge. Nach Farbe und Textur geordnet. Ich habe eins Ihrer Kochbücher gelesen und daraus gelernt, daß Farbe und Textur wichtig sind. Habe ich recht, Partner?«

»Nun ja, der Geschmack spielt natürlich auch eine gewisse Rolle«, antwortete ich ein wenig reserviert, weil ich nicht so recht wußte, wie er meine Beurteilung des Mittagessens aufgenommen hatte.

»Hat keinen Pieps wegen Geschmack gesagt«, antwortete er. »Ich habe mir nur so vorgestellt, wenn du die beiden Sachen richtig hinbringst, stellt sich der Geschmack schon von selbst ein, so natürlich wie eine Stute dem Hengst folgt.«

Er machte eine Pause und wartete offensichtlich darauf, was ich zu seiner Wahl der Art seines Lächelns sagen würde.

»Das ist eine recht bildhafte Darstellung«, sagte ich.

»Bäng! Bäng!« antwortete er strahlend. »Wird Professor Thorndyke uns die Ehre geben?«

»Das weiß ich nicht. Aber wenn er nicht kommt, machen Sie sich keine Sorgen deswegen. Er ißt häufig nicht, wenn er arbeitet, und mag es nicht, wenn man ihn stört.«

»Er ist ein rücksichtsvoller Mann«, sagte Koch und knickste. Er ließ sich auf einen der Stühle fallen, die mir gegenüberstanden, und sah mir beim Essen zu. Es war ein freundliches Betrachten.

Das Essen war, was seinen Geschmack betraf, eine angenehme Überraschung, und Koch hatte sich offensichtlich viel Mühe gegeben, um herauszufinden, welche Art von Dingen Menschen mochten. Die Farben reichten von Dunkelgrün, bei einem angenehm festen Kuchen, zu einer braunen Suppe. Den Abschluß des

Mahls bildete Kaffee, der, wie Koch zugab, importiert worden war.

Der einzige Störfaktor bei dem Essen war das Auftauchen von Menopause. Er trat ein, als ich beim zweiten Gang war, der aus einem fahlgrünen Omelette bestand, und setzte sich neben mich an den Tisch. Die ›Narben‹-Linien an seinem Körper schienen kräftiger zu sein als am Vortag.

Ich konnte mir dessen nicht sicher sein, doch ich hatte den Eindruck, daß er mich nicht mochte. Nach all den Monaten, und nach allen Ereignissen, die inzwischen stattgefunden haben, bin ich nach wie vor überzeugt, daß er mir das Gefühl geben wollte, unwillkommen zu sein, ohne es mir allzu deutlich zu zeigen. Er reagierte auf Kräfte, über die er keine Gewalt hatte. Zu der Zeit schrieb ich sein Verhalten den Unterschieden zwischen Menschen und Aliens zu. Als erfahrener Kontakt-Linguist fand ich mich damit ab. Ich stellte jedoch fest, daß er im Vergleich zu Koch oder Winterwind so unverschämt war, daß es oft an Beleidigung grenzte.

Er setzte sich und ›knurrte‹. Das war ein Laut, der zwischen einem herzhaften Räuspern liegt, als wenn jemand im Begriff ist, auszuspucken, und dem warnenden Grollen eines Hundes. Er nahm sich etwas von meinem Teller, kostete es und legte den Rest zurück. Er tauchte seine Finger in meine Suppe.

Koch, stellte ich zu meiner Überraschung fest, schien das alles nicht zu bemerken und schwatzte munter weiter, als ob nichts geschehen wäre.

Wenn er nicht in meinem Essen herumfummelte, starrte Menopause mich an, beobachtete jede meiner Bewegungen und äffte sie einige Male nach.

Kurz vor Beendigung des Essens stand er vom Tisch auf und schrie ein Wort, das ich nicht verstand. Es klang wie ›ktsa‹, und Koch sprang daraufhin sofort auf und ging eilig zur Küche. Kurz darauf war er wieder zurück und brachte eine mit einem Tuch verdeckte Schüssel, die er Menopause überreichte. Menopause knurrte erst ihn an und dann mich, wobei er seine schwarzen Lippen zurückzog und seinen schwarzen Gaumen entblößte.

Ich muß offen zugeben, daß er mir Angst machte. Im Rückblick scheint klar zu sein, daß Menopause irgendeine Entscheidung getroffen hatte, die mich ausschloß, und er mich deshalb als Rivalen um Thorndykes Gunst betrachtete. Mir war jedenfalls bewußt, daß er versuchte, mich zu verunsichern und mir das Gefühl zu geben, ein Außenseiter zu sein.

Nachdem er gegangen war, konnte ich mich nicht mehr auf das Essen konzentrieren. Ich fand Kochs unaufhörliches Geschwätz jetzt beinahe als wohltuend; Koch benahm sich so, als ob Menopause überhaupt nicht dagewesen wäre. Nach dem Essen ging ich in Thorndykes Zimmer, doch er war mit irgendeiner Arbeit beschäftigt, die ihn ganz zu beanspruchen schien. Ich zog mich in mein Zimmer zurück, ging die Notizen über meine bisherige Tätigkeit dieses Tages durch und fragte mich, welche Bedeutung diese seltsame Rinne haben mochte. Ich vermute, daß die Luft Pe-Ellias auf Menschen einschläfernd wirkt, denn ich fühlte plötzlich eine unüberwindliche Müdigkeit. Ich schaffte es gerade, meine Notizen zum Abschluß zu bringen, bevor ich mich auf das Bett fallen ließ und sofort einschlief.

Ich habe all diese Details über unseren ersten vollen Tag auf Pe-Ellia niedergeschrieben, da dieser Tag in Thorndykes Schriften nirgends erwähnt wird. Es ist sehr gut möglich, daß er während dieses Tages seine Betrachtungen über das Haus und den Entwurf des Gedichts über Menopause in die Kladde geschrieben hat. Seine Tagebucheintragungen setzen nämlich erst an unserem zweiten vollen Tag auf Pe-Ellia wieder ein.

THORNDYKES TAGEBUCH: ZWÖLFTE EINTRAGUNG

Ich erwachte beim Anbruch der Morgendämmerung, und die Morgendämmerung gab mir ein Gefühl von Sauberkeit. Ein fahles, lachsfarbenes Licht drang durch die Wände. Ich glaubte zuerst zu schweben. Mein Körper schien mir so leicht wie Wasser, das auf Wasser schwebt. Ich kann mich kaum erinnern, jemals so gut geschlafen zu haben.

Auf meinem Schreibtisch lag ein Stapel beschriebener Papierbogen, so daß ich annehme, am vergangenen Tag recht kreativ gewesen zu sein. Der Tag ist wie im Flug vergangen. Es liegt etwas Seltsames in der Luft dieses Planeten. Sie drängt mich dazu, mir gewisse Dinge von der Seele zu reden, neue Dinge zu entdecken, die ich sagen möchte, von denen ich aber nicht einmal gewußt hatte, daß ich sie sagen wollte. Ich denke, ich werde alle Routineaufzeichnungen Tomas überlassen ...

Jedenfalls, wie ich bereits sagte, erwachte ich bei Anbruch der Morgendämmerung. Ich beobachtete das Bett sehr genau, doch es machte keine Bewegung.

Sie haben sich große Mühe gegeben, meine Toilette zu kopieren. Sie ist genauso wie die in meiner Pariser Wohnung. Selbst das Geräusch bei Betätigung der Spülung ist das gleiche.

Kot.

Ich sah, daß die Spülung sehr gründlich arbeitete (das ist nicht so wie in Paris), und fragte mich, auf welche Weise sie wohl meine Ausscheidungsprodukte beseitigten. Bestimmt nicht durch Atomisierung oder was immer sonst es gewesen sein mochte, was sie im Raumschiff angewendet hatten. Wahrscheinlich leiten sie sie zu einem gerichtsmedizinischen Labor.

Dieses Thema erinnert mich an meinen alten Freund Jerome Wilkinson, der sein ganzes arbeitsames Leben damit zubrachte, außerirdischen Kot zu analysieren. Er ging seiner Spezialisten-Tätigkeit mit der aufopferungsvollen Neugier eines wahren Wissenschaftlers nach.

Eines ist sicher. Diese Pe-Ellianer spülen den ganzen Dreck nicht einfach in die Flüsse und Meere. Das wird auf einigen Planeten noch immer getan und von ihnen sehr wahrscheinlich als rückständig empfunden. Wir sind für sie Elefanten in einem Porzellanladen, nichts anderes. Wir besitzen einen schlechten Stammbaum, um es gelinde auszudrücken. Unsere Wissenschaft ist primitiv und gefährlich. Warum geben sie sich solche Mühe mit uns? Sie könnten uns doch aus rein sanitären Gründen vertilgen.

Habe beschlossen, mir einen Bart stehen zu lassen. Das Gesicht, das mir heute morgen aus dem Badezimmerspiegel entgegenstarrte, überraschte mich durch seine Vertrautheit. Ich weiß nicht, warum es so war, doch hatte ich etwas anderes erwartet. Vielleicht, daß ich jünger aussähe.

Ich hatte gerade meine Morgentoilette beendet, als etwas Überraschendes geschah. Ich hatte beschlossen, auf die Lichtung hinauszublicken. Die Wand verschwand, als ich auf den entsprechenden Knopf drückte, und dort, unter dem Wasserfall, dessen Kaskade er auf sich herabregnen ließ, war Menopause. Er stand mit dem Gesicht zu mir, konnte mich hier drin jedoch offensichtlich nicht sehen. Eine Konzession an das Privatleben. Ich trat nahe an die Wand, und er war nur noch eine Armeslänge von mir entfernt.

Es steht fest, daß er sich häutet. Unter seinen Armen sind Falten loser Haut zu erkennen, und ich kann sehen, daß das Wasser Teile seiner Haut verschiebt. Die Farben scheinen heller zu leuchten, als ob das Wasser seine inneren Feuer massierte.

Auf der Lichtung bewegte sich etwas. Ich sah die hohe Gestalt Winterwinds aus dem Dschungel treten und auf das Flußufer zugehen.

Mit einer Geschwindigkeit, die mich überraschte, da Menopause sich immer sehr langsam zu bewegen schien, sprang er auf die Felsen, die den Wasserfall bildeten (und auch die Außenwand meines Zimmers, wie ich vermute), und hastete halb schwimmend und halb kriechend über die Zimmerdecke hinweg und außer Sicht. Aus seiner Eile schloß ich, daß Menopause nicht gesehen werden wollte, oder daß das Baden von diesen Leuten als Privatissimum betrachtet wird.

Winterwind hatte ihn offensichtlich nicht bemerkt, doch das konnte natürlich auch eine Geste pe-ellianischen Takts sein.

Takt.

Ich habe beschlossen, ein Experiment zu versuchen. Die Lichtung wärmt sich auf. Die Sonne berührt jetzt bereits die Wipfel der Bäume, und der Himmel hat seine perlmuttartige Färbung verloren und wird allmählich bläulich grün. Professor Winterwind wirkt sehr zufrieden. Er hat einen Krug mitgebracht, sitzt am Ufer des Flusses und summt vielleicht vor sich hin.

Da ich im Lauf der Jahre zwar älter, aber nicht weiser geworden bin, will ich einen Streich versuchen, mit dem ich in meiner Kindheit so viel Spaß gehabt habe. Ich werde splitterfasernackt hinausschlendern, völlig ruhig, als ob ich meinen gewohnten Morgenspaziergang unternähe, und mich neben ihn setzen. Bevor ich das tue, möchte ich jedoch feststellen, daß Winterwind trotz aller Bemerkungen über sein Alter kräftig und geschmeidig wirkt. Er sitzt jetzt etwas vorgeneigt und blickt mit seinen goldfleckigen Augen in den Fluß. Ein Fisch springt aus dem Wasser, und Winterwind wirft sich auf den Rücken und wackelt mit den Händen neben seinen Ohren, offenbar höchst amüsiert. Das Fehlen einer Afteröffnung ist verwirrend. Sein Hintern ist nur etwas, worauf er sitzt.

Der Spiegel hätte mich fast von meinem Vorhaben abgebracht. Ich bestehe nur aus Hautfalten und Bauch. Meine Genitalien wirken wie nachträglich angehängt, meine Beine sind gelb und von bläulichen Venen durchzogen, die Füße schwielig, die Arme dünn. Lediglich meine Brust zeigt noch Spuren von Muskeln. *Sic transit gloria mundi.*

ADDENDUM (THORNDYKES)

Marius Thorndyke befand sich in sehr guter Verfassung. Er hatte kein Übergewicht und hielt sich durch Tennis und Schwimmen fit. Es ist interessant, daß er mit keinem Wort sein volles Haar erwähnt, das er nach der während seiner mittleren Jahre herrschenden Mode lang trug und das ihn, abgesehen von den Hautmarkierungen und der Größe, deutlich von Winterwind unterschied, der natürlich völlig kahl war.

Ein Abweichen von der Nacktheit.

Das einzig wirklich Nackte, das ich seit vielen Jahren gesehen habe, ist mein Gesicht. Und in diesem Fall hat Vertrautheit nicht Verachtung ausgelöst, sondern Toleranz. Also ist mir die Erfahrung, nackt durch dieses Apartment zu gehen oder draußen umherzuwandern, absolut neu.

Nacktheit ist ein Haufen verknüllter Kleidungsstücke. Nacktheit ist kaltes Linoleum, Teppichfusseln zwischen den Zehen.

Nacktheit ist der eigene Körpergeruch und fremdartiger Luftzug auf der Haut.

Nacktheit ist so eindeutig wie ein nackter Oberschenkel, Konturen, Ebenen und Passagen.

Nacktheit läßt viel zu wünschen übrig.

Nacktheit ist das Sitzen auf einer Haarbürste.
Nacktheit ist so verwundbar durch Stecknadeln, scharfe Kanten und durch Blicke.

KOMMENTAR

Das Tagebuch gerät an diesem Punkt etwas aus dem Zusammenhang. Es wird klar, daß die hier beschriebenen Ereignisse Thorndyke stark bedrückten. Für die nächste Eintragung benutzt er wie hier die objektive Form der dritten Person.

THORNDYKES TAGEBUCH:
VIERZEHNTE EINTRAGUNG

Bevor Thorndyke den Mut verlieren konnte, trat er durch die Tür und ging den Korridor entlang, der zum Ausgang führte. Nackt zu gehen, kam ihm eigenartig vor. Er fühlte sich verwundbar. Etwas albern. Er spürte schwache Luftbewegungen, die über seinen Rücken und Hintern spielten.

Der Handflächenraum war fast dunkel.

Ohne sich aufzuhalten ging Thorndyke weiter und trat ins Freie. Die Iris-Tür öffnete sich mit einem Klicken, und die warme, nach Vegetation riechende Luft umfing ihn. Es war, als ob ...

Thorndyke überlegte einen Moment lang. Es war, als ob er mit weichen Federn trockengewedelt würde.

Winterwind wartete auf ihn. Er saß noch immer am Flußufer, die Beine im Wasser baumelnd, hatte inzwischen jedoch ein Glas aus dem Krug eingeschenkt und hielt es Thorndyke entgegen, als dieser aus dem Gang trat.

»Die willkommene Sonne ist erschienen«, sagte Winterwind auf Pe-Ellianisch; er sprach langsam und mit sorgfältiger Betonung. Er lächelte.

»Möge Sie Ihre Haut wärmen«, antwortete Thorndyke ohne auch nur eine Sekunde zu zögern. Er wußte, daß dies eine sichere Antwort war. Winterwind hatte sie ihm während des Marsches durch den Dschungel gelehrt. Die Worte waren einfach und rhythmisch und würden sich leicht in einen Schlagertext einfügen, falls Thorndyke jemals zur Erde zurückkehren sollte.

»Ihr Akzent ist bemerkenswert«, lobte ihn Winterwind, der jetzt wieder englisch sprach. »Ich freue mich darauf, Sie Pe-Ellianisch zu lehren.«

»Wann werden wir damit beginnen?«

»Keine Hast. Gewöhnen Sie sich erst einmal ein!«

Thorndyke nahm das Glas, das ihm angeboten wurde, und setzte sich ans Flußufer.

»Auf die Klarheit«, sagte der Pe-Ellianer und hob sein Glas.

»Auf die Freundschaft«, sagte Thorndyke lächelnd.

Er spürte, daß der Pe-Ellianer sich entspannte. Es war ein Zustand stiller Harmonie, ein Treibenlassen mit dem Morgen und mit der Sonne, ein Verschmelzen mit dem simplen Rhythmus des Windes im Laub der Bäume.

Thorndyke ließ die Füße in den Fluß hängen. Der Pe-Ellianer schien nicht zu bemerken, daß Thorndyke keine Kleidung trug. Thorndyke fühlte sich nicht verlegen.

»Vom Aufgang der Sonne bis zu ihrem Untergang«, murmelte er und ließ das rasch fließende Wasser seine Fußballen umspielen, als ob er auf dem Fluß stünde.

»Macht Ihnen das Freude?« fragte Winterwind voller Interesse. »Es ist auch eins unserer Vergnügen. Wir haben sogar einen besonderen Namen dafür. Wir nennen es ›Das Berühren der Gegenwart‹.«

»Was bedeutet das?« fragte Thorndyke.

»Das werden Sie bald feststellen«, antwortete Winterwind und reckte die Arme.

Thorndyke betrachtete seine Füße und dachte über eine Gesellschaft nach, die Philosophie mit dem Eintauchen von Füßen in das Wasser des Flusses verband. Doch was für eine entsetzliche statische Gesellschaft konnte es sein, wo jede Handlung mit Bedeutung und Tradition einbalsamiert wurde.

Thorndyke blickte auf seine Füße. Er erkannte, daß es Jahre her war, seit er seine Füße angesehen hatte. Wirklich, bewußt angesehen. Sie waren knochig und gelb, mit dicken Zehennägeln, die wie Stücke von Meeresmuscheln aussahen, und einer weißen, kalkigen Substanz unter einem der Nägel. Selbst in der Badewanne hatte er seine Füße immer mit einem Minimum an Interesse gewaschen. Und da waren sie nun. Fremde. Lächelten ihm aus dem schäumenden Wasser heraus zu.

»Wollen Sie nicht ein wenig schwimmen?« fragte Winterwind.

»Gibt es hier Haie?« fragte Thorndyke.

Winterwind setzte sich auf und sah ihn ernsthaft an.

»Ich dachte, Haie gäbe es nur im Meer.«

»Das stimmt. Es war nur so eine Redewendung.«

»Es gibt hier keine gefährlichen Fische, falls Sie das meinen sollten, jedenfalls nicht so weit flußaufwärts. Und hier stehen Sie auf jeden Fall unter Schutz. Doch selbst, wenn es hier Haie gäbe, hätten die mehr Angst vor Ihnen als Sie vor ihnen. Das ist so auf diesem Planeten.«

Thorndyke verdaute das und lächelte dann.

»Sie haben mich überzeugt«, sagte er. »Also los!«

Er verlagerte sein Gewicht auf die Hände und beugte sich vor, bis er Übergewicht bekam und klatschend in das aufspritzende Wasser fiel.

Er tauchte unter. Das Wasser sang in seinen Ohren. Er war überrascht, daß er nicht den Boden berührte. Als er sich umdrehte und nach oben blickte, sah er die strömende, silberige Oberfläche des Flusses. Er erkannte, daß er einige Meter stromabwärts getrieben worden war, als er nach einem kräftigen Zug seiner Arme auftauchte und die aufgestaute Luft aus den Lungen blies. Er befand sich am Rand der Lichtung, wo der Fluß wie durch einen Tunnel im Dschungel verschwand. Er schwamm zum Ufer.

Am Flußufer stand ein Baum, dessen Wurzeln weit ins Wasser wuchsen. Thorndyke griff nach einer der Wurzeln; sie war schleimig, doch fest. Er hielt sich an ihr fest, ließ seinen Körper in der Strömung treiben und spürte ihre sanfte Massage.

Die Sonne, die inzwischen höhergestiegen war, warf ihre Strahlen weiter auf die Lichtung und auf das schräge Dach des Hauses.

»Wird heiß werden heute«, rief Winterwind. »Kommen Sie und trinken Sie noch ein Glas! Ich habe auch Brot dabei. Wir können essen und uns dabei unterhalten.«

»Okay«, antwortete Thorndyke und begann, sich an den Wurzeln und Gräsern des Flußufers stromaufwärts zu ziehen. Er erreichte die Stelle, wo er sich ins Wasser hatte fallen lassen, und Winterwind streckte ihm seinen kräftigen, gescheckten Arm entgegen und half ihm heraus.

Thorndyke klatschte auf das Ufer. Er erinnerte sich, wie elegant Jett aus dem Wasser geschnellt war. Winterwind blickte lächelnd auf ihn herab.

»Fühlen Sie sich bequemer ohne Ihre zweite Haut?«

Thorndyke blinzelte und wußte im ersten Moment nicht, was er darauf antworten sollte.

»Meine zweite ... – oh, meine Kleider. Ja, ich fühle mich wohl so. Großartig, um ehrlich zu sein.«

»Wenn Sie Kleidung tragen, ist es, um das da zu verbergen?« Der Pe-Ellianer deutete auf Thorndykes Genitalien. »Oder um es warmzuhalten? Es sieht sehr ... bloß aus.«

»Aus beiden Gründen, vermute ich.«

»Ist es jetzt kalt?«

»Etwas, aber es ist ein recht angenehmes Gefühl. Irgendwie sauber.«

Der Pe-Ellianer betrachtete Thorndykes Genitalien sehr eingehend und blickte dann an sich herab zu der glatten Stelle, wo seine Beine sich teilten. Unvermittelt streckte er die Hand aus, ergriff Thorndykes Penis und hielt ihn fest umklammert. Dann rollte er ihn prüfend zwischen seinen Fingern.

»Nicht sehr kalt«, stellte er fest und ließ ihn los.

Thorndyke, der instinktiv nach seinem Unterleib gegriffen hatte, als der große Pe-Ellianer seinen Penis umfaßte, entspannte sich wieder.

Es war nicht das erste Mal, daß so etwas passierte. Er erinnerte sich an den Planeten Tiger Lily und die Art, wie er dort von den Eingeborenen untersucht worden war. Wie sie in jede Körperöffnung hineinfuhren. Über seine Gänsehaut kicherten, jede Würde mit Füßen traten. Nach seinem Aufenthalt auf Tiger Lily glaubte er, nie wieder in einen Spiegel blicken zu können ... noch weniger zuzulassen, daß ein anderer ihn jemals berührte. Doch er war darüber hinweggekommen.

Thorndyke entspannte sich.

Er glaubte, einen Anflug von Humor in Winterwinds Blick entdecken zu können.

»So etwas ... ich meine, ah ... jemandens ... ah, Penis in die Hand zu nehmen ... ohne dazu die Erlaubnis zu haben ... Ich will sagen, auf unserem Planeten tut man so etwas nicht.«

»Verzeihung«, sagte Winterwind.

Der Bastard amüsierte sich *wirklich.*

»Es ist sehr unangebracht, wollte ich sagen. Ich bin ein wenig zu alt, als daß es mir etwas ausmacht, ich möchte Sie nur darauf hinweisen.«

Winterwind starrte auf das Wasser. Seine Augen waren Schlitze der Konzentration.

»Warum sind Sie ohne Kleidung herausgekommen? Sie schienen ... Aufmerksamkeit erwecken zu wollen. Ich glaubte, Ihren Wünschen nachzukommen.«

Jetzt war Thorndyke an der Reihe, ins Wasser zu starren.

»Ich weiß nicht«, antwortete er schließlich. »Ich denke, Sie haben ausgesehen, als ob Sie sich ohne Kleidung wohl fühlten ... und ich dachte nicht, daß es Ihnen etwas ausmachen oder Sie stören würde, und ich wollte sehen, wie Sie darauf reagieren würden, und ich dachte, es wäre ein freundliches Entgegenkommen meinerseits.«

Winterwind dachte darüber nach. Er brach ein Stück Brot ab und kaute es gründlich. Schließlich, mit noch halbvollem Mund, sagte er: »Es macht mir nichts aus und es stört mich natürlich nicht, und ich schätze die Geste, aber wenn Sie sich angezogen wohler fühlen, sollten Sie sich nicht dazu zwingen, sich uns anzupassen. Das wäre genauso sinnlos, wie es unmöglich ist.«

»Ich fühle mich in diesem Zustand sehr wohl«, antwortete Thorndyke und sah seine Füße an. »Ich wollte Ihnen nur sagen, daß Erdenmenschen es im allgemeinen nicht gern haben, wenn andere an ihnen herumfummeln ... nicht, ohne dazu eingeladen worden zu sein.«

Winterwind nickte. Er schob noch ein Stück Brot in den Mund und nahm einen Schluck aus seinem Glas.

»Wann werden Sie mich dazu einladen?« fragte er.

Thorndyke isolierte seine persönliche Reaktion und verwandelte sie in Asche. Er konzentrierte sich völlig auf die Linguistik des Gesprächs und seine Bedeutung.

»Sie werden niemals dazu eingeladen werden. Das ist unmöglich.«

»Weil ich kein Mann bin?«

»Nein.«

»Weil ich keine Frau bin?«

»Nein.«

»Weil ich ein Alien bin?«

»N ... nein.«

»Weil es geheim ist, persönlich?«

»Ja.«

Winterwind ließ sich zurücksinken.

»Dann kann ich es respektieren. Doch bei uns, sollten Sie wissen, gibt es keinen physischen persönlichen Bereich. Wir sind geschlechtslos und kennen nicht das, was Sie Sex nennen. Für uns hat das persönliche auch eine große Bedeutung, doch ist es die Privatsphäre des ... des Selbst, dessen, was den inneren Kern ausmacht, dessen, was mit uns wächst, wenn wir älter und weiser werden, wenn wir von einem Wechsel zum anderen reifen.«

Er schwieg und zog die Knie unter das Kinn.

»Wenn ich Sie richtig verstehe, ist für Sie das Persönliche sowohl physisch als auch geistig bedingt«, fuhr er nach einer Weile fort. »Es ist mit Ihrem Sexualtrieb verbunden. Als ich Ihr Sexualorgan berührte, bin ich in Ihre persönliche Sphäre eingedrungen, wie es nur eine Geliebte tun darf, die Sie dazu eingeladen haben. Sie glaubten, es sei eine Aufforderung ... daß ich die Absicht hätte, Sie zu ...«

Winterwind wurde verwirrt bei der Vorstellung. Er versuchte, sich mit einem Problem auseinanderzusetzen, dessen Natur er nicht verstand. Er starrte Thorndyke an, und eine fahle Rötung färbte seine Haut. Fassungslos fragte er: »Könnten Sie wirklich glauben, daß ich lieben wollte – ich, dem alles fehlt, was einen Mann ausmacht, oder auch eine Frau?«

Thorndyke saß noch immer wie versteinert.

»Ich habe gar nichts geglaubt«, sagte er knapp. »Ich war überrumpelt, das ist alles.«

Pause.

Plötzlich rollte Winterwind sich auf den Rücken und wackelte mit den Händen neben seinen Ohren. Er stieß eine Reihe von Lauten in der pe-ellianischen Sprache aus, die sowohl ein Gebet als auch ein Fluch sein mochten, machte dann einen Überschlag nach vorn und tauchte in den Fluß. Als er wieder an die Oberfläche kam, lachte er. Es war das erste Mal, daß Thorndyke Winterwind wirklich lachen sah.

Winterwinds ganzer Körper wurde davon geschüttelt, und die crèmefarbenen Teile seiner Haut färbten sich rosig. Sein Mund war offen, und ein wiehernder Laut drang daraus hervor. Er klatschte mit den Handflächen auf das Wasser, eine Geste, die Thorndyke an einen um Fische bettelnden Seehund erinnerte.

Als sein Lachen abgeklungen war, paddelte Winterwind eine Weile im Kreis umher und zog sich dann auf das Flußufer.

»Jetzt ist mir wohler«, sagte er. »Wir Alten sollten immer auf unsere Würde achten.« Dann explodierte er wieder vor Lachen. »Was ist? Was ist?« sagte er. »Haben Sie keinen Humor? Selbst Sie müssen doch einsehen, wie komisch die Vorstellung ist, daß wir beide uns der Wollust ergeben könnten.«

Thorndyke war nicht nach Lachen zumute. Das fremdartige Lachen verstörte ihn, und er war erleichtert, als Koch auf die Lichtung kam, mit einem Tablett, auf dem eine Karaffe Sirup und ein Teller mit aufgeschnittenem Brot standen.

»Ran an den Futtertrog!« rief Koch.

»Essen Sie nur«, sagte Winterwind großmütig. »Und während des Essens müssen Sie mir mehr über Ihr Geschlechtsleben erzählen.«

KOMMENTAR

Ich kann mich an die Ereignisse unseres zweiten Tages auf Pe-Ellia sehr gut erinnern. Ich schlief ziemlich lange und fühlte mich wie Thorndyke außergewöhnlich erfrischt. Nachdem ich mich gewaschen hatte, ging ich in Thorndykes Zimmer, weil ich ihm von der seltsamen Rinne berichten wollte, die rings um unser Haus verlief. Er war nicht in seinem Zimmer. Eine Wand war jedoch durchsichtig, und ich konnte auf die Lichtung hinausblicken. Ich sah drei Gestalten dort. Eine davon war Thorndyke, und er war nackt!

»Ich passe mich den hiesigen Gebräuchen an«, sagte Thorndyke, als ich kurz darauf auf die Lichtung trat. Ich spürte, daß er sehr verlegen war. »Warum tust du es nicht auch?«

Selbst sein Versuch, die Situation humorvoll zu erklären, wirkte gezwungen. Ich lehnte seine Aufforderung ab, akzeptierte jedoch ein Glas Fruchtsaft. Es schmeckte wie Pfefferminze mit einem guten Schuß Anis. Winterwind beobachtete uns aufmerksam. Schließlich sagte er: »Professor Thorndyke und ich haben uns über Intimitäten unterhalten. Er hat mir sehr viel mitgeteilt, worüber ich nachdenken muß. Wir wollen uns an diesem Nachmittag ausruhen. Vielleicht können wir am Abend wieder miteinander darüber reden.«

Er stand auf, sagte etwas auf pe-ellianisch zu Koch, verneigte sich höflich vor uns und ging fort.

Koch begann das Geschirr zusammenzuräumen.

»Heute nacht ist Bankett, Jungens«, sagte er.

Thorndyke erzählte mir von seinem Erlebnis mit Winterwind. Er berichtete in der nüchternen Art des Kontakt-Linguisten: kühl, sachlich und auf die Tatsachen beschränkt. Ich war beeindruckt von seinem Ernst, maß der Angelegenheit jedoch keine große Bedeutung bei. Ich verglich das, was Thorndyke passiert war, auch mit den körperlichen Untersuchungen, die er auf dem Planeten Tiger Lily erlebt hatte, und es kann sicher kaum etwas auf diesem Gebiet geben, das entwürdigender und nachhaltiger ist als das. Kontakt-Linguisten gewöhnen sich daran, daß man ihren Körper untersucht und ihre sexuellen Praktiken im Detail diskutiert. Ich sagte Thorndyke, daß er aus einer Mücke einen Elefanten mache, und daß die Pe-Ellianer sich bisher als nicht anders erwiesen hätten als irgendeine andere Spezies, die wir untersucht hatten. Ich meinte, daß man an der Sache auch etwas Positives sehen könne, da durch sie eine gewisse Verbindung zwischen diesem pe-ellianischen Kontakt und anderen Kontakten hergestellt wurde, mit denen wir besser vertraut waren.

Thorndyke schien beruhigt, und wir gingen zu anderen Themen über. Ich berichtete ihm über meine Entdeckung der um das Haus herum verlaufenden Rinne, und keiner von uns konnte sich ihre Bedeutung vorstellen. Wir verabredeten, ein paar Tage abzuwarten, bis wir mehr von diesem Planeten gesehen hatten, bevor wir mit den Pe-Ellianern darüber sprechen würden.

Unsere Diskussion war offen und freundschaftlich. Allmählich merkte ich jedoch, daß Thorndyke mir nur einen Teil seiner Aufmerksamkeit schenkte. Ich sagte ihm, daß er sich wohler fühlen würde, wenn er angezogen sei, und schlug ihm vor, hineinzugehen und etwas überzuziehen. Er verließ mich spürbar erleichtert. Ich sah ihn erst geraume Zeit später wieder.

Ich vermute, daß die folgenden Zeilen kurz nach seiner Rückkehr in sein Zimmer geschrieben wurden. Auf jeden Fall deuten sie den bevorstehenden Bruch mit Winterwind an, zu dem es am späten Nachmittag dieses Tages kommen sollte.

THORNDYKES TAGEBUCH:
FÜNFZEHNTE EINTRAGUNG

Kühle und Balsam!

Die Ausbildung eines Kontakt-Linguisten hilft einem zwar, doch reicht sie nicht aus. Ich würde am liebsten irgend etwas zerschmettern. Ich habe den Verhaltens-Codex zwar selbst entworfen, den größten Teil davon zumindest, doch die Wahrheit ist: ›Tu, was ich sage, nicht das, was ich tue.‹

Der Kern meines Problems ist sehr einfach zu finden: Eindringen in meine Privatsphäre. Gestern abend hatte ich das Gefühl, daß man an meinen Gedanken herumpickte. Heute geschah es an meinem Körper.

Tomas hat recht. Auf Tiger Lily war es physisch unerträglicher. Das weiß ich. Doch dort wurden die Untersuchungen von Ohs und Ahs begleitet. Körpersäfte wurden mit Nicken und Zwinkern des Erkennens begrüßt. Ich war nicht wie etwas, das auf einer Platte serviert wird. Ich war ein lebendes Wesen, komplex und warm. Selbst ein Fisch kennt Leidenschaft beim Vermehrungsakt.

Es ist das klinische Hantieren, wie mit Gummihandschuh und Pinzette, das mich empört.

Nein, ich irre mich wieder. Es ist das Lachen.

Es ist beides.

Winterwind kennt Leidenschaft nur aus Berichten anderer. ›Bitte zwingen Sie sich nicht dazu, sich uns anzupassen. Das wäre genauso sinnlos wie es unmöglich ist.‹ Wie wahr!

Hat er sich über mich lustig gemacht? War es meine Verlegenheit, die ihn amüsierte? Hat diese nahtlose Kreatur Spaß daran, uns mit einer Zange zu packen und zuzusehen, wie wir uns vor Schmerzen winden? Ich gehe zu weit. Aber wenn ich allein bin, darf ich mir das leisten.

Alleinsein, das ist der Anfang und das Ende von allem. Ich fühle mich von ihm beleidigt.

Auch ich möchte die Privatsphäre meines inneren Selbst schützen. Und das nicht, weil ich älter bin, und ganz gewiß nicht, weil ich weiser wäre; es ist eine Frage der Würde, und das sollte Winterwind erkennen.

Ich muß die Antworten auf einige Fragen finden. Der Frontalangriff ist die beste Methode dazu. Kein langes Herumreden. Gerade heraus. Ich glaube zu spüren, daß dieser Planet geistiges Leben besitzt. Ich glaube, daß ich in eine Falle geraten bin. Ich erinnere mich an den Vorfall kurz nach unserer Ankunft, als man Wein brachte und ich an Urin dachte. Ich erinnere mich an das Bett.

Wozu wir hier sind, wissen wir nicht. Will man langsam unsere Gefühle aus uns herausmelken? Sind wir ihre Pornographie, die gelesen wird wie ein Buch?

Gescheckte, geschlechtslose Aliens, die Cowboyschmöker lesen! Wofür, zum Teufel, halten sie uns?

Ich habe mein Zimmer ›eingeschaltet‹ und finde, daß das Tosen und Schäumen des Wasserfalls meiner jetzigen Stimmung entspricht. Ich beobachte, daß Winterwind, Jett und das Ding, das sie Menopause nennen, sich am Flußufer ausruhen. Jetzt ist der richtige Zeitpunkt. Packe sie, wenn sie es am wenigsten erwarten. Klage sie an und siebe die Wahrheit aus ihrer Verteidigung heraus. Ich werde jetzt meine Anklagen vorbereiten.

KOMMENTAR

Thorndyke kam zu mir, als ich im Handflächenraum lag und etwas ruhte, das Leben im Flußbett durch die transparente Decke des Raums betrachtete. Kampfeslust stand in seinen Augen.

»Sie sind auf der Lichtung. Laß uns hinausgehen und ein paar Antworten verlangen!«

Ich kannte weder den Grund für seine Erregung, noch wußte ich, was er vorhatte. Ich holte den Encoder und folgte ihm. Wir müssen die Lichtung fast laufend erreicht haben und plötzlich aus dem aufwärts führenden Tunnel hervorgeschossen sein.

Die erste Reaktion der Pe-Ellianer war sehr bemerkenswert. Menopause, der neben dem Tisch gehockt hatte, schnellte auf wie eine Feder und sprang in den Baum, in dessen Geäst wir ihn zum ersten Mal gesehen hatten. Er glühte in einem grellen Rot zwischen den dunkelgrünen Blättern und spuckte auf uns herab, während er von einem Ast zum anderen sprang.

Jett, der ausgestreckt im Gras gelegen hatte, setzte sich auf, kam dann auf die Füße und wich ein paar Schritte zurück. Winterwind blieb sitzen, doch zeigte er nicht die lässige Ruhe, die ich sonst an ihm beobachtet hatte.

Es folgt eine Aufzeichnung der Konfrontation:

THORNDYKE: Es freut mich, zu sehen ...
WINTERWIND: Jetzt ist nicht die passende Zeit ...
THORNDYKE: ... zu sehen, daß Sie mich erwarten. Ich habe ein paar Fragen ...
WINTERWIND: Ich wiederhole, daß jetzt nicht die passende Zeit dazu ist. Heute abend beim Essen.
THORNDYKE: *Jetzt!*

(Thorndyke schrie das Wort beinahe. Bevor die Echos verklungen waren, sang Winterwind irgend etwas auf pe-ellianisch. Wir haben damals seine Worte nicht verstanden, später jedoch begriffen, daß er nach einem Mantissa rief. Als Winterwind zu singen begann, fiel Jett auf Hände und Knie nieder und Menopause begann

im Geäst des Baums auf und ab zu springen. Die beiden Kontrahenten starrten einander an. Thorndyke stand mit vorgerecktem Kopf, die Beine gegrätscht, die Hände lose herabhängend. Winterwind, der plötzlich mehr als ein Alien wirkte denn je, hatte seine Augen zu Schlitzen verengt und die Hände vor die Brust gehoben wie eine Gottesanbeterin. Seine Haut hatte die Farbe von Asche angenommen.)

THORNDYKE: Werden wir belauscht?

(Winterwind antwortete nicht.)

Spielen Sie nicht den Unschuldigen! Werden wir abgehört, bespitzelt, heimlich beobachtet? Kontrolliert man unsere Gehirne? Liest man unsere Gedanken? Dringt man in unsere Privatsphäre ein? Wenn ja, so verlange ich, daß man uns das sagt, und daß man uns darüber informiert, aus welchem Grund wir hier sind. Außerdem verlange ich ...

(An dieser Stelle erstarb Thorndykes Stimme. Er stand reglos und starrte Winterwind an, der ohne zu blinzeln zurückblickte. Nur seine Hände bewegten sich. Sie öffneten und schlossen sich wie Klauen, als ob sie von einem gigantischen Puls bewegt würden. Plötzlich stand er auf und stützte beide Hände auf die Tischplatte. Er beugte sich von seiner Höhe zu Thorndyke herab, so daß sein Gesicht nur wenige Zentimeter von dem Thorndykes entfernt war. Winterwind sprach, doch es war nicht die Stimme, die ich bis dahin gehört hatte. Normalerweise klang Winterwinds Stimme energisch und ein wenig nasal. Diese Stimme aber war leise und tief und unheimlich und beunruhigend. Doch ich sah, daß Winterwinds Lippen sich bewegten, und es gibt keinen Zweifel, daß die Worte aus seinem Mund kamen, selbst wenn sie nicht von ihm waren.)

WINTERWIND: Ich werde dies ein für allemal sagen. Weder jetzt, noch in der Zukunft, wird man unsere Privatspähre jemals ... tai koi rai ... Brechen. Zerstören. Vergewaltigen ... Es gibt in Ihrer Sprache nicht den richtigen Ausdruck für das, über das Sie sich beklagen. Ihre Gedanken sind so wild wie Bergbäche; sie bluten ohne jeden Grund. Wir geben uns alle Mühe, sie zu ignorieren, doch es ist nicht leicht. Ich erteile Ihnen eine ernsthafte Warnung ... Sparen Sie sich Ihre Gedanken für sich selbst auf! Klagen Sie uns nicht an. Glauben Sie nicht, daß wir Ihnen auch nur im entferntesten ähnlich sind. Im entferntesten.

Für das, was Sie gesagt haben, könnte ich Ihren Selbstmord befehlen. Vielleicht werden wir später, über dem Essen, diese Frage aufgreifen. *Ende.*

(Winterwind richtete sich auf und hob beide Hände hoch über den Kopf. Für einen Augenblick fürchtete ich, er würde Thorndyke schlagen. Dann entspannte er sich, wandte sich um und verließ die Lichtung. Jett, der während seiner Rede reglos auf dem Boden gekniet hatte, stand jetzt auf, erschöpft wie ein alter Mann. Seine Haut war grau, wie ausgelaugt. Er trat zu Thorndyke, der wie eine Statue stand, und sprach in ruhigem, freundlichem Ton zu ihm.)

JETT: Vielleicht werden wir uns wiedersehen. Meine Anwesenheit war nur ein Akt der Höflichkeit. Ich betrachte meine Verpflichtung als abgegolten.

Er wandte sich um und tauchte nach kurzem Anlauf in den Fluß. Ich sah seinen Kopf nirgends wieder auftauchen. Ich wollte gerade auf Thorndyke zutreten – der meiner Ansicht nach hypnotisiert worden sein mußte, denn er hatte nicht einmal geblinzelt, seit Winterwind zu sprechen begonnen hatte –, als ich ein Rascheln über mir vernahm. Menopause ließ sich von einem Ast zu Boden fallen. Er wandte sich mir zu und knurrte mich an, dann trat er auf Thorndyke zu.

Falls er Thorndyke hätte etwas antun wollen, wäre ich bestimmt nicht in der Lage gewesen, ihn daran zu hindern, doch ich hatte das Gefühl, daß er nichts Böses im Sinn hatte. Er blieb vor Thorndyke stehen, blickte ihm in die Augen und begann dann, sein Gesicht zu lecken. Gleichzeitig sang er eine Melodie, die hoch ansetzte und deren Tonhöhe dann abfiel, ein schneidendes, doch nicht grausam klingendes Geräusch. Ich sah, wie Thorndykes Körper sich langsam entkrampfte. Er begann zu schwanken, und Menopause fing ihn auf und ließ ihn auf einen Stuhl gleiten.

Dann wandte er sich um und blickte mich an. Er schien mit

etwas zu kämpfen, das in seinem Mund saß. Seine Kehle zuckte krampfartig.

»Helfen Sie ihm«, sagte er mit einer Stimme, die wie reißender Stoff klang. Dann sprang er auf den Tisch und von dort aus in seinen Baum und war verschwunden. Ich blickte auf meine Uhr. Nur zwei Minuten waren vergangen, seit wir auf die Lichtung gekommen waren.

Thorndyke war schwach, konnte jedoch gehen. Ich half ihm in sein Zimmer, wo er mich bat, ihn allein zu lassen. Seltsamerweise kam er mir beinahe fröhlich vor. Müde, aber zufrieden. Er sagte etwas wie: ›Die Frage hat ihn wirklich umgeworfen, was?‹, und: ›Mnaba, mein Junge, wir sind unterwegs. Wir haben angefangen.‹ Ich wartete, bis er sich auf das Bett gelegt hatte, dann ging ich aus dem Zimmer. Ich hoffte, daß er sich ausruhen würde.

Die folgenden Zeilen wurden kurz nach der Konfrontation geschrieben.

THORNDYKES TAGEBUCH:
SECHZEHNTE EINTRAGUNG

Ich bekam den Schlag zwischen die Augen. Meine Wut war stark genug, um mich hindurchzutragen. Ich wußte, was ich sagen wollte ... doch dann haben mir diese Pe-Ellianer alles auf den Kopf gestellt ... und ich war wie ein Mann, der seine Wutausbrüche vor dem Spiegel probiert und plötzlich erkennt, daß er gegen sich selbst wütet und sich gezüchtigt fühlt, weil die Worte, die er anderen entgegenschleudern will, auf ihn selbst passen. Das ist es, was sie mit mir getan haben.

Auf welche Weise sie es taten, bleibt mir ein Geheimnis, doch eines ist jenseits jedes sherlockenen Zweifels bewiesen ... Ich werde es sagen. Ich werde es sagen: *Sie sind Gedankenleser, und für sie ist die Macht der Gedanken von überragender Bedeutung, und sie haben Angst vor uns.*

Wenn sie jetzt auf mich eingeschaltet sind, wissen sie, daß ich es weiß. Und da sie schlau etc. sind, wissen sie, daß ich weiß, daß sie es wissen, etc. etc. etc.

Trotz allem glaube ich nicht, daß sie jetzt auf mich eingeschaltet sind. Ich glaube, daß Winterwind die Wahrheit gesagt hat, als er behauptete, sie würden ›sich alle Mühe geben‹, das ›Bluten‹ unserer Gedanken zu ›ignorieren‹. (Dabei fällt mir ein, daß ich Mnaba bitten muß zu überprüfen, wenn ihm das möglich ist, welche Art von Material Winterwind gelesen haben muß.) Ich glaube, ich habe bei ihm einen offenen Nerv berührt, als ich ihn anklagte, in unsere Privatsphäre einzudringen.

Gott weiß, daß ich kaum stillsitzen kann vor Erregung. Zum ersten Mal fühle ich, glaube ich, weiß ich, daß wir wirklich bis über beide Ohren in dieser Sache drinstecken. Zum ersten Mal sehen wir uns einer Spezies gegenüber, für die Ethik die Lebensgrundlage ist.

Stellen Sie sich das vor!

Können Sie sich eine Spezies vorstellen, deren tagtägliches Leben von ethischen Entscheidungen abhängig ist? *Abhängig,* möchte ich betonen. Ich begreife ihr System noch nicht ... doch ich habe ein paar Hinweise entdeckt ... während ich mich in Trance befand, sah ich etwas von der Weise, auf die sie denken. Jeder von ihnen ist ein Universum. Wie ich vermutete, zeigt jeder von ihnen sich durch seine Haut, und jede Haut zeigt das wahre Wesen. Für sie ist Denken eine lebendige, greifbare Macht.

Ich klage Winterwind des Verbrechens der Belauschung an. Der Anklage wird durch meine Wut darüber Kraft verliehen. Ich ›blute aus vielen Wunden wie ein Bergbach‹, wie Winterwind es ausdrückt, und dieser Gedanke brennt ihn wie Säure. Er entwürdigt und erniedrigt ihn.

Sein Schutz ...? Hier kommen wir darauf zu sprechen. Was hat mich gestoppt? Ich war so gut am Zuge. Wurde gerade richtig warm, und *rumms* ... Ich habe den Schlag zwischen die Augen empfangen. Lassen Sie mich versuchen festzuhalten, was geschehen ist.

Sie waren nervös, als wir auf der Lichtung erschienen. Sie wußten alle, daß irgend etwas passieren würde: das war mein erster Hinweis. Ich vermutete, daß ich irgendeine Grenze überschritt. Jedem zukünftigen Kontakt-Linguisten möchte ich an dieser Stelle raten: wenn Sie eine fremde Kultur kennenlernen wollen, müssen Sie entweder mit ihr schwimmen oder auf sie eindreschen. Beides bringt seine eigene Art von Resultaten, und manchmal sind beide Techniken erforderlich. Doch wenn Sie die Drescher-Methode anwenden, laufen Sie Gefahr, durch den Wolf gedreht zu werden – oder Schlimmeres.

Auf jeden Fall wußte ich, daß ich zur Konfrontationstechnik gezwungen war, und daß es keine Alternative gab. Ich entschied mich für einen alten Trick: Laß deinen Gegner niemals zu Ende bringen, was er sagen will. ›Reite ihn über den Haufen‹ war der Ausdruck der Alten für so etwas.

Gut. Also reite ich sie über den Haufen und erkenne, daß meine Unverschämtheit Früchte trägt. Ich beginne ihnen meine Anklagen entgegenzuschleudern. Und plötzlich laufen die Dinge nicht mehr nach Plan. Ich sage ein paar Dinge zu rasch, zu übereilt. Winterwind läßt ein paar pe-ellianische Worte fallen und *rumms!*

Ich sehe die Kraft kommen. Sie kommt von überall her. Sie nimmt mich in ihren Griff mit derselben Sorgfalt, die ein Hund zeigt, wenn er seinem Herrn die Zeitung ins Haus bringt. Der Griff ist so absolut wie eine Verschalung um Beton. Er strömt in mich hinein wie eine Flüssigkeit und härtet aus. Trotzdem höre ich nie auf zu denken, meine Gedanken erhalten eine elektrische Ladung. Winterwind ist ein purpurfarbener Schatten. Er wird von einem Netz aus purpurfarbenen Lichtstrahlen getragen, die vom Haus auf ihn zuströmen, von Jett, von den Bäumen. Über mir ist etwas, das grüne und goldene Blitze aussendet: Menopause.

Ich höre seine Worte, doch nicht Winterwind ist es, der spricht, sondern ein anderer.

Wer? Wer weiß? Ich vermute, daß Winterwinds Worte dazu gedacht sind, mich zu züchtigen, doch das ist nicht ihre Wirkung, sie beleben mich. Ich fühle Gedanken um mich herum, wie Rauchschwaden. Ich kann mich kaum bewegen oder sprechen, und doch möchte ich einen Berg erklimmen, singen, schwimmen, debattieren und Geige spielen – alles gleichzeitig.

Ich beginne zu erkennen, warum sie Angst haben. Unsere Gedanken funktionieren nicht in Übereinstimmung mit ihren Regeln. Sie haben ein Gesellschaftssystem entwickelt, das auf der Rücksicht auf die Privatsphäre der anderen beruht. Wir kommen herein und sind wie Feuer in einer Eishöhle.

Etwas von meiner Euphorie ebbt ab. Ich erkenne die Gefahr,

in der wir uns befinden. Ich habe Winterwind verletzt, der ein Freund zu sein versuchte. Vielleicht wird man uns fortschicken. Zur Erde – oder Schlimmeres.

Ich warte. Wenn ich die letzten paar Stunden rückgängig machen könnte, würde ich es tun? Nein. Aber ich würde vieles anders machen.

KOMMENTAR

Nach diesem Zwischenfall waren wir beide etwas niedergedrückt. Koch rief uns nicht zum Abendessen. Von der Erde importierter Aufschnitt wurde in unserer Abwesenheit auf den Tisch gestellt.

»Sind wir in die Wüste geschickt worden?« fragte Thorndyke.
»Ich fürchte ja«, antwortete ich.

Wir gingen früh zu Bett. Ich wollte diese Angelegenheit nicht eher mit Thorndyke diskutieren, bis die Zeit sie in die richtige Perspektive gerückt hatte.

Der erste Zusammenstoß zwischen Thorndyke und Winterwind war von fundamentaler Bedeutung.

Die folgenden zwei Passagen wurden auf mein Verlangen hin von Jett und Koch geschrieben, als sie mich auf Camellia aufsuchten. Ich bat zuerst Jett zu beschreiben, was aus seinem Blickwinkel gesehen an jenem Tag geschah.

JETT: Ich war Menopause dankbar. Er war unser Blitzableiter. Unvorbereitet und verwirrt wie wir waren, konnte keiner von uns Thorndykes Denken ertragen, bis wir einen Mantissa am Draht hatten. Menopause fing Thorndykes Denken auf, verband es mit dem Baum, mit dem Fluß, richtete es gegen sich selbst, und zwang den Rest in Thorndykes neurologische Öffnung zurück. All das tat er, um uns zu schützen ... was eigenartig war. Wie weise ist der Spruch: ›Fälle kein Urteil während der Menopause.‹ Aber trotzdem wurde Schaden angerichtet.

Winterwind, der jetzt wieder im Schmelztiegel ist, hat für euch mehr geopfert als jeder andere von uns. Er war dem größten Risiko ausgesetzt und der erste, der den Wutblitz auffangen mußte. Das hat ihn beschädigt. Das ist nicht eure Schuld. An jenem Tag sind fünf Eier gestorben.

Als Winterwind rief, rief ich den Mantissa herbei, der euer Haus stützte, und legte ihm meinen Verstand offen. Durch mich hat der Mantissa Winterwind gestützt.

Mein Heim ist einer der Brennpunkte des Waldes. Ich kehrte dorthin zurück und lud alle Ausstrahlungen Winterwinds ein, zu mir zu kommen. Auf einem Planeten wie dem unseren reflektieren selbst die Blumen das Vorüberziehen eines empfänglichen Geistes.

Es war gegen Abend, als Winterwinds Ruf mich erreichte. Er war den ganzen Nachmittag umhergewandert. Er hatte die Mantissa-Kraft fest in sich behalten und nur sehr sparsam von ihr gezehrt. Jetzt mußte er sich mit der Erkenntnis abfinden, daß er Thorndyke nicht unter Kontrolle halten konnte. Er hatte geglaubt, daß sein eigener Wille ausreichen würde, um seine ausbrechenden Gedanken in ihren Grenzen zu halten, seine destruktiven Ideen, und die Träume, die von diesem außergewöhnlichen Mann ausgingen.

Ich und andere, die mit der Leitung des Kontakt-Experiments betraut worden waren, hatten uns gegen Winterwind gestellt, lange bevor ihr eintraft, und wir konnten uns durchsetzen. Wir versicherten uns, daß immer Mantissa-Anschlüsse in erreichbarer Nähe waren.

Doch der arrogante Winterwind, ein unbelehrbarer Hazardeur, wollte nichts davon wissen. ›Offenen Kontakt‹, nannte er es. Er wollte den Reichtum, der aus euren Hoffnungen strömt wie der Duft von Äpfeln im Winter. Er glaubte, daß eure Gehirne, wenn man sie in Ruhe ließ, unter der wohltuenden Massage von Pe-Ellia von ganz allein Disziplin entwickeln würden, und daß es der Sehnsucht nach Einssein, die wir alle in Thorndyke erkannt hatten, schließlich gelingen würde, die dunkleren Seiten seiner Natur zu besiegen.

Trauere um Winterwind, mein Freund.

Das war nicht die Melodie, nach der das Lied erklingen sollte.

Sobald ich den Ruf hörte, verließ ich mein Domizil und setzte mich in Bewegung. Ich kann mich sehr schnell bewegen, wenn es sein muß. Ich nahm einen Transporter und einen Umhang mit. Ich fand Winterwind ausgestreckt unter einem Marn-Baum liegen.

»Bleib ruhig!« sagte ich, denn ich sah, daß er sich in einem schlechten Zustand befand. »Du sendest Strahlen aus wie ein Karitsa. Ich werde dich zu mir nach Hause bringen. Du kannst bei mir baden.« Er wurde dann ruhig, und sein Geist wurde stiller.

»Sechs Wechsel, und noch immer so schwach«, murmelte er.

Ich zog ihm den Umhang über den Kopf, so daß die Arme frei blieben. Als der Stoff sich an seine Haut schmiegte, begann er zu schlafen.

Ich lud den Transporter mit meiner Gedankenenergie auf und schloß seine Spangen um Winterwinds Handgelenke. Sie zogen sich fest, hoben ihn auf. Kurz darauf hing er entspannt in der Schwebe.

Ich führte ihn nach Hause.

Zu Hause ist ein Loch beim Fluß.

Mein Herz-Raum enthält einen Mantissa-Tümpel aus klarem, silbrigem Wasser. Ich führte ihn dorthin und ließ ihn hineingleiten. Wie einen toten Fisch. Der Mantissa tat alles weitere.

Als ich die Tür geschlossen und mein Heim gegen die Außenwelt versiegelt hatte, setzte ich mich zu ihm, doch er war in tiefen Schlaf versunken. Der Mantissa sagte mir, ich solle ihn nicht stören, es sei denn, um die fünf toten Karitsas zu entfernen, die auf der Oberfläche des Tümpels schwabberten.

So war es, Professor Mnaba, und ich hoffe, daß es dir jetzt klar ist. Es tut mir leid, daß man dich von Pe-Ellia fortgeschickt hat, bevor du mich in meinem Haus besuchen konntest. Wir hätten über so viele Dinge miteinander reden können.

Koch war nicht auf der Lichtung gewesen, als es zu dem Zusammenstoß zwischen Winterwind und Thorndyke gekommen war. Ich fragte ihn, ob er trotz seiner Abwesenheit gewußt habe, was dort vor sich ging.

KOCH: Ja, ich habe es gewußt.

Ich wußte es sogar schon vorher, da ich mehr als die meisten anderen mit euch zusammen war.

Außerdem fand ich euch beide Ergänzungen sehr sympathisch. Deshalb sah ich, was kommen würde.

Wie dies? So wie alle Dinge ihre Form haben. Genauso auch Ideen.

Ihr Leute verändert eure Umwelt um euch herum und sagt dann ganz erstaunt, daß ihr es nicht gewußt habt. An dem Tag, an dem du herumgekrochen bist und die Grenzrinne gesucht hast und Thorndyke in seinem Zimmer blieb, habe ich den Himmel beobachtet. Es waren dunkle Flecken da, doch es waren keine Vögel. Und die Wolken trieben voneinander fort, als ob sie an Fäden gezogen würden. Der Himmel bekam ein klareres Blau, und ich fühlte eine Erregung in mir aufsteigen. Deine Suche hat sie hervorgerufen. Kann ich dir irgendwie klar machen, daß wir Pe-Ellianer nicht das Gefühl kennen, das ihr Vorahnung von Gefahr nennt? Wir spüren nur Erregung, das ist die größte Nähe zu eurem Gefühl, die wir erreichen können. Ich spürte damals eine große Erregung und spüre sie noch heute, angesichts dessen, was Thorndykes Tod für Pe-Ellia bedeutet.

Ich beobachtete den Himmel und verfolgte die feine Spur deiner Gedanken. Ich sah, wie das Licht sich zum Boden herabbog, und auf welche Weise es die Form der beobachteten Dinge veränderte. Während Thorndyke schrieb und du spekuliertest, wurde die Luft spannungsgeladen und hätte jemanden töten können, der sehr empfindlich war. Die Landschaft wurde pockennarbig von kleinen Strudeln, die Zeit wurde knotig.

Wir alle haben es gespürt, denke ich, doch ich am meisten, weil es für mich keine Hoffnung gibt. Ich bin keine Konkurrenz für Winterwind und hätte es mir auch nicht gewünscht. Deshalb, weil ich auf mich nicht achtgebe, beobachtete ich euch offen und mit großer Erregung.

Ich sah, auf welche Weise die Luft sich um dich schloß, wenn du dich bewegtest, und auf welche Weise die Wände zurückwichen, wenn du sie berührtest. Manchmal warst du so traurig, daß ich mich danach sehnte, Musik zu spielen...

Als also Thorndyke aus dem Haus gestürmt kam, hatte ich das

Gefühl, einen Teil davon bereits gesehen zu haben und zu wissen, was kommen würde. Hast du schon einmal Wasser beobachtet, bevor es zu kochen beginnt? Kurz bevor seine Oberfläche zu Blasen explodiert, ist sie für einen Augenblick völlig glatt und ruhig. So ist es auch bei den Tieren. Bevor der Rachen sich öffnet, um die Beute zu packen, hält ein Tier eine Sekunde lang den Atem an, und erst dann springt es. Vor dem Sturm gibt es, wie ihr sagt, Ruhe. Zwischen Wellen ist eine Pause, wenn die verbrauchte Welle stirbt und die junge Welle ihre Muskeln ballt. Alles wartet ...
Diese Pause ist sehr ... wichtig.

Dann kamt ihr beiden heraus, und die Pause war vorüber.
Winterwind verraten.
Durch sein eigenes Vertrauen.
Durch seine hemmungslose Sucht nach Symmetrie.
Ich spürte seinen Schrei, als er nach dem Mantissa Loci rief. Spürte (man könnte fast riechen sagen) das Sterben seiner empfindlichen Zellen unter dem Anschlag von Wut. Wußte, wann Jett seinen Geist offenlegte, und wann Menopause eingriff.
Ich war mir auch der Kalibrierung bewußt. Du, Freund Mnaba, bist dank Menopause am Leben. Hast du das gewußt?
Wäre auch nur ein Zehntel der Kraft, die von Winterwind gerufen worden war, auf euch abgeleitet worden, wärt ihr hirnlos wie leere Muscheln geworden. Ich meine, ihr hättet noch immer gut ausgesehen, wärt noch immer in der Lage gewesen, Freude und Wissen zu haben, hättet noch immer eure Form gehabt, wärt jedoch kreativ tot gewesen. Ein erledigtes Werk.
Menopauses Berechnungen waren blitzartig. Er überraschte mich. Ich kannte ihn seit lange vor der Zeit seines letzten Wechsels, und niemand hatte ein solches Potential in ihm vermutet. Thorndyke wurde durch eine Spirale seiner eigenen Wut überwältigt. Das ist sehr seltsam.
Du, Freund Mnaba, warst inzwischen introspektiv geworden, also hat Menopause dich verlassen.
Und das war gut so. Obwohl er dich gerettet hat, glaube ich nicht, daß er allzu sanft mit dir umgegangen wäre.
Als alles gestoppt und die Lichtung abgeschirmt war, manife-

stierte der Mantissa Loci sich, indem er Winterwinds Stimme und Körper benutzte, und sprach.

Die von uns, die daran interessiert waren, hörten zu.

Menopause bewies, daß er weitaus mehr als nur ein Zuschauer war. Von diesem Zeitpunkt an war uns allen bewußt, daß er zu tief in eure Melodie verstrickt war. Da er sich im Zustand der Menopause befand, konnte er weiter in die Zeit vorausblicken als wir anderen. Und das tat er auch, wie ich glaube. Darf ich es erzählen?

Der Tod Winterwinds.

Thorndykes Versuch, sich zu häuten.

Seine Liebe zu unserer Königin.

Sein gemeinsamer Tod mit Menopause-Harlekin.

Alle diese Ereignisse hingen eng miteinander zusammen und hatten bereits begonnen, als Thorndyke Winterwind auf der Lichtung herausforderte.

Und ich, der arme Koch, der ich hätte sein können wie Winterwind und jetzt nur ein armseliger Wohltäter bin und bald selbst meine Reise antreten werde, wünsche alles Gute für unsere beiden Planeten.

Am Tag, der dem Zwischenfall auf der Lichtung folgte, waren wir wieder völlig uns selbst überlassen. Ein junger Pe-Ellianer brachte uns schweigend Essen. Es war eine schreckliche Zeit, was mich betrifft. Ich hatte das Gefühl, daß über uns das Urteil gefällt wurde. Ich fühlte aber auch, daß Thorndyke mit voller Absicht die Grenze überschritten hatte, die von seinem Institut selbst für jeden Kontakt festgelegt worden war. Ich hatte Mitgefühl mit Winterwind, der offensichtlich beleidigt worden war, und wünschte, ich hätte mit ihm sprechen können.

Ich sah ein, daß etwas Übertriebenes in Thorndykes Reaktionen auf Pe-Ellia lag. Während ich zu jener Zeit nicht das Wort ›unausgeglichen‹ benutzt haben könnte, wurde ich von einer schweren Sorge bedrückt, daß er sich viel zu persönlich in die Angelegenheiten Pe-Ellias und mit den Pe-Ellianern verstricke.

In dem entsprechenden Abschnitt des Handbuches für Kontakt-Linguisten wird sehr deutlich auf die Gefahren einer zu engen Identifizierung mit einer fremden Zivilisation hingewiesen.

Der Kontakt-Linguist wird dazu angehalten, sich zwar imaginativ an einer Zivilisation zu beteiligen, sich jedoch zu jeder Zeit seinen Sinn für die eigene Identität zu bewahren. Ein Verstoß gegen diese Regel führt zwangsläufig zu einem Verlust der Objektivität und kann der erste Schritt zum Wahnsinn sein. Es gibt in den Akten amtlich belegte Fälle, wo vertrauenswürdige und hoch angesehene Wissenschaftler plötzlich den Verstand verloren und versucht haben, die eingeborene Bevölkerung zu manipulieren. Die dadurch für eine lokale Zivilisation heraufbeschworenen Gefahren liegen auf der Hand.

Ich spürte, daß Thorndyke einen Kurs steuerte, der ihn dieser Klippe gefährlich nahe brachte. Er begann Partei zu ergreifen.

Am späten Nachmittag saßen wir auf der Lichtung, und ich schnitt dieses Thema an. Den ganzen Tag über hatte Thorndykes Stimmung zwischen jungenhafter und etwas erzwungener Fröhlichkeit und tiefer Niedergeschlagenheit hin und her geschwankt.

Ich fragte ihn direkt: »Hast du eigentlich in letzter Zeit einmal eine Selbstanalyse durchgeführt?« (Kontakt-Linguisten nehmen während der Außenarbeit in regelmäßigen Abständen standardisierte Selbstanalysen vor.)

Er blickte mich mit einem seltsamen Ausdruck an. »Wann führe ich keine Selbstanalyse durch?«

Ich hielt es für besser, mich nicht in einen Dialog dieser Art hineinziehen zu lassen. Ich erklärte Thorndyke, daß er meiner Ansicht nach zu stark mit Pe-Ellia verstrickt wurde, und daß es für seine Aufgabe und für ihn persönlich besser wäre, wenn er mehr Abstand gewinnen und größere Objektivität zeigen würde.

Ich habe mich entschlossen, seine Antwort darauf so wiederzugeben, wie ich sie an jenem schönen, sonnigen Nachmittag am Fluß aufgezeichnet habe.

THORNDYKE: Ich weiß, Tomas, ich weiß. Doch du mußt bedenken, daß ich mein ganzes Leben mit dem Versuch zugebracht habe, objektiv zu sein, abzuwägen und zu messen, und meine Gefühle so zu behandeln, als ob sie Quantitäten in einer algebraischen Gleichung wären. Im Lauf der Jahre ist das für mich zur zweiten Natur geworden. Wenn ein Gefühl in dir aufsteigt: analysiere es! Wenn du bei einem anderen ein Gefühl entdeckst:

analysiere es! Erst jetzt komme ich zu der Erkenntnis, daß ein Gefühl einen Eigenwert besitzen könnte – daß es etwas ist, das allein um des Reitens willen geritten wird. Ja, ein wenig kindisch, nicht wahr? Doch es ist nun einmal so. Ich fühle, daß ich jetzt, wo ein ganzes Leben hinter mir liegt, eine Menge Leben zu tun habe.

Hast du dir einmal darüber Gedanken gemacht, aus welchem Grund alte Männer, deren Geist aktiv geblieben ist, oft junge Mädchen heiraten? Nicht wegen dem Sex ... jedenfalls bei den meisten nicht. Nein, es ist ein Versuch, mit geistigen Gewohnheiten zu brechen. Das Alter ist kaum mehr als Erstarrung. Der Körper, selbst ein schmerzender Körper, spielt nur eine untergeordnete Rolle gegenüber einem Geist, der sich von Gewohnheit eingekerkert fühlt.

Du glaubst sicher, daß wir, als ausgebildete Kontakt-Linguisten, die Menschen sind, deren Geist am weitesten geöffnet ist. Ich meine damit, wenn Reisen den Horizont weitet, so haben wir alles gesehen. Wir haben über das Undenkbare nachgedacht. Man hat mit uns getan ... und wir alle haben mit anderen getan ... du weißt schon, was ich meine. Nun, inmitten all dieser fremden Ären haben wir einen Codex aufgestellt, der uns helfen soll, nicht den Verstand zu verlieren. Bitte mißverstehe mich nicht, Tomas, doch ich glaube, daß dieser Codex richtig ist. Ich glaube an die Worte, die wir für dieses Handbuch schrieben, und stehe zu ihnen. Was wir dabei jedoch nicht ausreichend einschätzten, war die Wirkung langzeitiger Kontrolle auf das Individuum, das diese Kontrolle ausübt. Kontrolle ist ein Krebsgeschwür, das im Gehirn wuchert.

Es ist erwiesen und aktenkundig, daß die besten Kontakt-Linguisten diejenigen sind, die heute einen Auftrag zu Ende führen und schon morgen den nächsten in Angriff nehmen. Erinnerst du dich, wie wir diesen Männern immer zuredeten, drei Monate Urlaub zu nehmen und das Leben richtig zu genießen und niemals verstanden, warum sie das ablehnten?

Der Streß wechselnder Geisteshaltungen macht sich nach einer Weile bemerkbar. Der Codex für Kontakt-Linguisten hat sich als sehr erfolgreich erwiesen. Und weißt du, warum? Weil er alles vereinfacht. Er ist wie eine Droge. Man kann auch von

Objektivität süchtig werden. Und das macht es schwer, gleichzeitig unbefangen und sinnenfreudig zu sein.

Auf eine gewisse Weise bin ich sehr gut dran. Ich bin kein besonders guter Kontakt-Linguist. Nein, versuche nicht, mir zu widersprechen. Meinen Erfolg habe ich dem Glück, einer günstigen Zusammensetzung meiner Gene und dem Instinkt zu verdanken. Meine Bücher sind reine Bibliotheksarbeiten gewesen: Notizen machen, Fakten in Computer einspeichern und gemeinsame Nenner finden. Das ist keine wirkliche Arbeit. Ein geschickter Affe hätte das genauso gut tun können.

Das einzige, worauf ich wirklich stolz bin, sind meine Übersetzungen. Und aus diesem Grund sage ich, daß ich Glück hatte. Die Übersetzungen sind wirklich gut, doch reichen sie nicht aus.

Gelegentlich habe ich einen Funken Freude erhaschen können – wenn ich für einen kurzen Moment unter die Haut einer anderen Kultur kriechen konnte – und das hat mir gezeigt, wie viel ich versäumt habe. Ich habe über die Liebe geschrieben und dabei in einem umfriedeten Garten gelebt.

Als Junge habe ich immer von dem Tag geträumt, wo fremde Rassen sich auf einem weit entfernten Planeten treffen würden. Ich stellte sie mir als edle Wilde vor, als Pflanzen, als Felsen und manchmal sogar als so abartig fremd, daß allein der Versuch, sie sich vorzustellen, zum Wahnsinn hätte führen können. Ich dachte auch an die Schlachten, und an die Krankheiten, und die ... oh, an Millionen Dinge.

Schließlich war es die Literatur, die meine ganze Liebe in Anspruch nahm.

Doch Literatur ist nicht das Leben. Sie kann den Geist auf verschiedene Weise befriedigen, doch Leben ist sie nicht, und jeder Versuch, sie dazu zu machen, ist eine Perversion.

Ich wollte – will – mehr. Doch zu der Zeit, als ich das erkannte – wurde ich alt. Alt. Ich konnte nicht mehr rennen. Mir wurde schwindelig, wenn ich auf dem Rücken eines Pferdes saß. Ich hatte Zweifel an meiner Potenz, wenn ich mit einer Frau beisammen war. Es ist sehr komisch, wenn man es von außen betrachtet, doch im Endeffekt sehr traurig.

Als ich beim CLI ausschied – damals glaubte ich, daß Reisen mir inneren Frieden geben könnte. Erinnerst du dich, wie ich von einem Sternsystem zum anderen gehüpft bin? Ich liebte die Schwierigkeiten und gebe offen zu, daß mir das Reisen leichter fiel, als ständig an einem Ort zu sitzen. Doch ich wollte noch schneller vorankommen. Ich war auf der Flucht vor der Ruhe. Manchmal wünschte ich mir ernsthaft, daß irgendein Halbaffe mir den Schädel einschlagen würde, damit alles vorbei wäre.

Dann starb Routham. Du wurdest Vorsitzender des CLI. Und ich wurde so etwas wie ein Einsiedler, der zwischen Orchid und Paris und Camellia hin und her pendelte. Ich vergrub mich in meine Übersetzungsarbeiten.

Und dann tauchten diese verdammten Pe-Elliäner auf. Gott segne sie, für den Fall, daß sie jetzt mithören sollten. Es war das, worauf ich mein ganzes Leben lang gehofft hatte. Doch es geschah zu spät. Zu spät für mich, glaubte ich. Ich wollte aussteigen. Ich spürte, daß mir eine Menge Leid daraus erwachsen würde, wenn ich mich in diese Sache einließe.

Doch die intellektuelle Herausforderung hatte mich bereits gepackt. Und auch meine Eitelkeit. Doch ich bleibe ich selbst. Unverändert. Mehr von Zweifeln geplagt als je zuvor. Ich kann es nicht ändern, daß ich meiner selbst überdrüssig bin.

Du hast recht, wenn du feststellst, daß ich nicht mit der nötigen Objektivität und dem erforderlichen Respekt vor der Logik handele. Du hast recht, wenn du andeutest, daß ich meiner Aufgabe besser gerecht werden könnte. Doch ich bin nicht der Aufgabe wegen hier. Ich bin meinetwegen hier.

Ich möchte nicht, daß *sie* nach *unseren* Bedingungen abgewertet werden.

Ich möchte, daß *wir* zu dem Niveau *ihrer* Vernunft auf- und abgewertet werden oder was sonst.

Besonders aber möchte ich, daß sie *mich* herumstoßen, mich bessern.

Vielleicht beginnst du jetzt zu verstehen, warum ich mit Winterwind wütend werde. Er spielt mit uns das Kontakt-Linguistik-Spiel, und er ist darin auf eine gewisse Weise sogar brillant. Doch er will einen hübschen, sauberen Kontakt. Von der Art, über die wir theoretisiert haben. Aber das kann nicht klappen. Es ist genauso ungesund wie Sex ohne Samenerguß, wenn du diesen groben Vergleich entschuldigst.

Ich kann nichts von dem, das ich gesagt habe, beweisen, Tomas. Doch das ist es, was ich empfinde. Es gibt hier irgend etwas, das ich haben will. Das weiß ich intuitiv. Etwas, das so erhaben ist ... nein, ich will es nicht Bestimmung nennen, solche Worte vernebeln die Sache nur. Ich kann dir nicht erklären, was gestern geschehen ist. Alles, was ich dir sagen kann, ist, daß ich während der Zeit, in der ich k. o. war, viel mehr *ich* gewesen bin als jemals zuvor. Seltsam, wie?

Kannst du das begreifen?

Nein, natürlich nicht. Und es ist nicht deine Schuld. Thorndykes Ungenauigkeit. Mystischer Jargon. Es fehlt das Vokabular für solche Dinge. Ich werde versuchen, einen Bericht darüber zu schreiben – in Übereinstimmung mit dem Handbuch.

Weißt du, gestern habe ich mich glücklich gefühlt. War trunken vor Glück.

Heute – ich weiß nicht recht. Heute bin ich von Zweifeln zerrissen. Die Initiative liegt nicht mehr in meiner Hand.

Thorndyke blickte mich an und seine Stimme verklang einfach. Nach ein paar Sekunden deutete er mit einem Kopfnicken auf den Fluß, ging zum Ufer und begann sich auszuziehen. Er sprang mit einem lauten Klatschen ins Wasser und kam ein Stück stromabwärts in der Nähe des Wasserfalls wieder an die Oberfläche.

»Ich werde eine kleine Forschungsreise machen«, rief er und begann die Felsplatten emporzuklettern, die den Wasserfall bildeten. Ich erkannte, daß er allein sein mußte, und mir war klar, daß weitere Fragen mich nicht weiterbringen würden. »Genug für heute ...« wie Thorndyke gesagt haben würde.

Während ich ihn emporsteigen sah, erkannte ich plötzlich, wie künstlich der Wasserfall wirkte. Die Felsplatten waren so sorgfältig plaziert wie in einem japanischen Garten. Das führte mich zu der Frage, ob nicht das ganze Gebiet, in dem wir lebten – Haus, Bäume, Pflanzen – und auch alles andere innerhalb der Abgrenzungslinie, die ich entdeckt hatte, Artefakte waren. Ich blickte auf das Gras unter meinen Füßen und erschauerte.

Nachdem Thorndyke gegangen war, saß ich noch mehrere Minuten lang in Gedanken versunken auf der Lichtung. Ich wurde wieder zu mir selbst gebracht, als ich ein elektrisches Vibrieren und ein immenses Pulsieren in der Luft spürte. Nichts rührte sich, und doch schien es, als ob die ganze Natur um mich herum ein gigantisches Trommelfell wäre, das leicht mit den Fingern geschlagen wurde. Ein paar Sekunden lang hatte ich das gleiche Gefühl wie in der Raumkugel, kurz bevor die Wände durchsichtig wurden. Dieses Mal veränderte sich jedoch nichts, und wenig später verebbte das Pulsieren langsam.

Das Leben war wieder normal: der Fluß gurgelte, die wärmende Sonne schob die Schatten weiter auf die Lichtung, und die Vögel nahmen ihren Gesang wieder auf. Nur mir blieb mein rasender Puls. Obwohl ich es damals natürlich noch nicht wußte, war diese Konvulsion in der Luft dadurch hervorgerufen worden, daß Thorndyke die Rinne überschritten hatte, die unsere Zone von dem Rest Pe-Ellias abteilte.

Ich saß einige Minuten lang reglos und versuchte mich zu sammeln. Ich erinnere mich, auf vage Art beunruhigt gewesen zu sein, den Grund dafür jedoch nicht gewußt zu haben.

Ich beschloß nach drinnen zu gehen und an meinen Notizen und Klassifizierungen zu arbeiten, weil ich immer feststellen konnte, daß solche Arbeiten mich beruhigen. Ich bin glücklich dran, daß ich mich immer in Arbeit verlieren kann.

Ein paar Stunden später kam Thorndyke in mein Apartment und verkündete, daß er einen sehr erfrischenden Spaziergang hinter sich habe. Er kaute an einem Sandwich mit Käse und Mixed Pickles, was mich daran erinnerte, daß ich hungrig war.

»Hat irgend jemand nach uns gefragt?« wollte er wissen.

»Nicht daß ich wüßte«, antwortete ich. »Ich habe mich ganz in meine Arbeit vertieft und versucht, etwas System in die Sache zu bringen.«

»Draußen stehen Sandwiches und Schinken und Senf und Bier – deutsches Bier – auf dem Tisch. Würdest du das als eine freundliche Geste betrachten oder nicht?«

»Als freundliche Geste«, sagte ich.

»Bring doch deine Notizen und den anderen Kram mit und laß uns diese Gaben genießen und den Abend in zivilisiertem Gespräch verbringen. Wir wollen versuchen, mehr Sinn in diese peellianische Sprache zu bringen.«

Und das war es, was wir dann taten. Als die Lichter im Handflächen-Raum matter wurden, fühlten wir uns wie in den alten Zeiten auf Camellia, als wir an der *Grammaria* arbeiteten.

Am nächsten Morgen war der Himmel bedeckt.

Ich wurde von Koch geweckt, der mir sagte, daß wir wegen des Regens unser Frühstück nicht auf der Lichtung einnehmen könnten und er deshalb in Professor Thorndykes Zimmer gedeckt habe. Ein frischgebrühter Kaffee warte dort bereits auf mich.

Ich hatte das Gefühl, daß Koch besonders freundlich sein wollte. Dieser Eindruck wurde von Thorndyke bestätigt, der das OK-Zeichen mit erhobenem Daumen machte, als ich in sein Zimmer trat.

Wände und Decke waren vollkommen durchsichtig, doch das Geräusch war abgeschaltet worden. Regen auf Pe-Ellia war wie Regen an irgendeinem anderen Ort. Es war ein heftiger Niederschlag, wie man ihn in England im August kennt. Die Oberfläche des Flusses war wie mit Pockennarben übersät, und das Gras der Lichtung hatte einen fahlen Glanz, was zeigte, daß das Wasser noch nicht vom Boden aufgenommen worden war. Der bedeckte Himmel brachte neue Farben heraus, und das Fehlen der Schatten gab dem Dschungel ein zweidimensionales Aussehen. Ich verkündete meine Absicht, einen Spaziergang zu machen, sowie wir gefrühstückt hätten. Thorndyke sagte, er würde mich begleiten.

»Der Regen macht Ihnen nichts aus?« fragte Koch.

»Nein«, antworteten wir, überrascht über seine Frage. Unsere Antwort schien ihn glücklich zu machen.

»Gut. Also, Jungens, bevor ihr loszieht, habe ich was mächtig Wichtiges bekanntzugeben. Aber jetzt wird erst mal gegessen.«

Und wie gegessen wurde. Ich habe die ambrosianische Wirkung der pe-ellianischen Luft bereits erwähnt. Sie schien unseren Appetit zu steigern. Ich bin normalerweise ein ziemlich mäßiger Esser, und auch Thorndyke ist alles andere als ein Gourmand. Jedenfalls gelang es uns beiden, alles wegzuputzen, was uns vorgesetzt wurde. Nach dem Frühstück kam Koch zu seiner wichtigen Bekanntgabe.

»Heute nacht Bankett. Und was für eins! Willkommens-Bankett, nachdem Sie sich eingelebt und den Boden unter den Füßen haben. Wird Zeit, einen draufzumachen, wie? Okay. Vielleicht sind sogar ein paar neue Gesichter da.«

»Wird Professor Winterwind da sein?« fragte Thorndyke.

»Das hoffe ich. Wenn man ihn dazu überreden kann, wird er kommen. Jett ebenfalls.«

»Gut«, sagte Thorndyke. »Ich möchte die Unstimmigkeiten zwischen uns wieder ausbügeln.«

Koch blickte ihn ernst an. Er runzelte die gescheckte Haut oberhalb seiner Nase und sah Thorndyke in die Augen ohne zu blinzeln. Erst nach einer ganzen Weile sprach er.

»Ich bin sicher, daß kein ernsthafter Schaden angerichtet worden ist.«

So endete unser Frühstück. Koch besorgte uns etwas, das er Planen nannte, und das wir Ponchos nennen würden. Er erklärte uns auch, daß man auf Pe-Ellia Regen als einen Segen betrachtet, und daß alle Pe-Ellianer versuchen, bei jedem Schauer wenigstens einmal den Regen auf ihrer Haut zu spüren.

»Also seien Sie nicht überrascht, wenn Sie ein paar von ihnen treffen – die sich im Regen tummeln – während Sie spazierengehen.«

Unser Spaziergang im Regen verlief recht ereignisreich. Thorndyke gibt eine genaue Schilderung.

THORNDYKES TAGEBUCH: SIEBZEHNTE EINTRAGUNG

Heute spürte ich, als ob es das erste Mal wäre, die reinigende Wirkung des Regens. Ich liebe das Wort ›Reinspülen‹. Darin liegen das Fließen des Wassers, Durchtränken und das saubere Gefühl frischer Laken. Der Morgen war reingespült, und ich auch. Mnaba ebenfalls, denke ich, denn auf seine eigene, stille Art schien er fast überschäumend glücklich. Ich erkannte das an seiner geraden Haltung, an seinem Gang, der Art, wie er durch Farne und herabhängende Zweige strich. Ich tat es genauso.

Beim Gehen spüre ich federnden Humus unter meinen Füßen.

Die schwammigen Fasern haben sich zu elastischen Kissen geformt. Wohin unser Fuß tritt, bleibt sein Eindruck ein paar Sekunden lang erhalten, füllt sich dann wieder aus. Wir folgen einem neuen Pfad. Er ist eine Fortsetzung des Pfades, über den wir hierhergekommen sind. Tomas, der sich mit solchen Dingen beschäftigt hat, kann mir die Namen vieler Pflanzen nennen, die wir auf unserem Weg sehen. Er arbeitet, wie er mir sagte, an einer Karte dieses Gebietes.

Die erste Wirkung des Regens besteht darin, daß alles niedriger ist, zusammengedrückt vom Gewicht des Wassers. Wenn wir uns durch die Büsche zwängen, schütteln sie das Wasser ab, und ihre Zweige schnellen wieder empor. Ich bemerke, daß der Regen auf den Blättern verschiedene Färbungen hervorbringt. Es erinnert mich an die rundgeschliffenen Kiesel, die ich als Junge am Strand gesammelt habe. Naß von der Flut hatten die Kiesel in allen Farben des Spektrums geschimmert. Und wenn sie trockneten, verloren sie ihre glänzenden Farben.

Dasselbe trifft hier zu. Der Regen hat die Farben der Blätter und Stengel der Pflanzen hervorgebracht. Der Streif-Baum, die Baumart, an der ich mich am ersten Tag gestochen hatte, zeigt jetzt wunderbare braune und grüne Venen in seinen Blättern. Sie sind so durchsichtig, daß ich glaube, das Wasser in diesen Venen, vom vegetabilen Herzen heraufgepreßt, gurgeln zu hören, wenn ich unter einem solchen Baum stehe.

Wir entdecken wenige neue Pflanzenspezies, mit Ausnahme von Pilzen. Man kann sie förmlich wachsen sehen.

Wir sahen einen, der etwa die Größe eines Eßtisches hatte. Die Oberfläche seines Hutes war von einem fahlen Grün, mit hunderten dunkler Linien, die sich von der Mitte aus zu den Rändern zogen. Die Unterseite war braun und lamellenartig gefiedert. Vor unseren Augen bog sich der Rand des Pilzes nach unten. Ich wäre nicht allzusehr überrascht gewesen, wenn ein Zwerg unter ihm hervorgetreten wäre und uns eine Touristenführung durch den Wald angeboten hätte.

Kurz nachdem wir diesen ausgereiften Pilz gesehen hatten, stießen wir auf einen jungen, der sich gerade aus dem Boden drängte. Zuerst war er nicht größer als eine aufrecht stehende Essiggurke. Doch je höher er wuchs, desto dicker wurde er auch, bis er wie ein aufgeblähter Eierkürbis aussah. Der Rand des Hutes löste sich mit einem hörbaren ›Plop‹ von seinem Fuß, und nun begann das wirkliche Breitenwachstum.

Tomas war ein leidenschaftlicher Liebhaber von Pilzen, und ich konnte direkt sehen, was er dachte, als sich die frische, cremige Fläche vor uns ausbreitete.

»Vielleicht bei dem Bankett heute abend«, sagte ich.

»Wir wollen es hoffen«, antwortete er.

Kurz nachdem wir den Pilz hatten aus dem Boden wachsen sehen, stießen wir auf unseren ersten Pe-Ellianer. Er stand auf einer Lichtung und hatte offensichtlich im Regen getanzt. Die Mitte der Lichtung war in einen Morast verwandelt. Er stand bis zu den Knöcheln im Schlamm und machte langsame, graziöse Bewegungen mit den Händen. Der Regen, der unvermittelt herabschüttete, prasselte auf seinen kahlen Kopf und seinen nackten Körper. Er erinnerte mich an eine Statue in einem Park.

Als Teil seiner langsamen, regelmäßigen Bewegungen bückte er sich zu Boden, nahm eine Handvoll Schlamm, schmierte ihn sich auf den Körper, rieb ihn mit langsamen Kreisbewegungen in seine Farbmuster. Er bemerkte uns nicht, als wir stehenblieben und ihn anstarrten. Dann sah ich Bewegung in seiner Nähe und entdeckte weitere Pe-Ellianer, die sich im Schlamm wälzten.

»Hast du Lust, mitzumachen?« fragte ich Tomas.

Einmal, als Junge, war ich in einem alten Steinbruch auf einen Schlammtümpel gestoßen. Der Schlamm war von schokoladenbrauner Farbe und tief, und ich spürte eine seltsame Versuchung, ihn zu essen. Ich habe es nicht getan, denn obwohl er wie feinste Schokolade aussah, wußte ich doch, daß es Schlamm war. Statt dessen preßte ich meine Hand hinein, tiefer und tiefer, bis meine Nase die Oberfläche berührte. Das Seltsame war, daß der Schlamm selbst in Armestiefe noch warm war. Als ich fühlte, wie der Schlamm meinen Arm umklammerte und zwischen meinen Fingern hindurchquoll, wollte ich in ihm baden, mich in ihm wälzen.

Als ich die nackten Körper sah, die sich im Schlamm suhlten und aalten, spürte ich einen starken Drang, mich zu ihnen zu legen. Doch wir gingen weiter.

Wir sahen viele andere Pe-Ellianer, und alle schienen sich in einer Art Trance zu befinden. Die meisten von ihnen massierten sich. Wenig später gelangten wir zu einer großen Lichtung, etwa so groß wie die, auf der wir gelandet waren.

Wenn man die Höhe der Bäume als Maßstab nahm, hatte die Lichtung einen Durchmesser von etwa zwei Kilometern, schätzte ich. In ihrer Mitte befanden sich Hunderte von Pe-Ellianern. Sie sprangen im Regen umher und schlugen Purzelbäume. Ein paar von ihnen, bemerkte ich, rissen nasse Grassoden aus dem Boden und zertrampelten sie zu Schlamm. Der Erdgeruch war hier überaus stark: ein Geruch nach grünen Blättern und rinnendem Wasser. Ein Geruch, der die Erde und Pe-Ellia verbindet.

Während wir die Pe-Ellianer auf der Lichtung beobachteten, bemerkten wir, wie der Himmel heller wurde.

»Regen läßt nach«, bemerkte Tomas. Und noch während er sprach, drängte sich eine milchige Sonne zwischen den Wolken hervor.

Die Gestalten auf der Lichtung hielten sofort inne und standen reglos wie Zinnsoldaten. Ich vermutete, daß sie auf diese Weise die letzten Regentropfen mit ihren Körpern auffangen wollten. Der Regen ging in ein dünnes Nieseln über und hörte dann völlig auf. Sofort stiegen Dampfwolken vom Boden auf, die die Gestalten einhüllten.

»Wir wollen zurückgehen«, sagte ich zu Tomas, weil ich nicht die Absicht hatte, bei voller Tageshitze durch den dampfenden Dschungel zurückzugehen. Als wir den Pfad entlangspazierten, brach die Sonne durch die Wolken. Von allen Seiten hörten wir schrilles Heulen. Es wurde lauter und lauter, bis Tomas und ich uns die Ohren zuhalten mußten.

Trotzdem hörten wir das Heulen, als es seinen Höhepunkt erreichte. Ich spürte ein Vibrieren. Ich hatte es schon einmal gespürt. Im Raumschiff.

Die ganze Erde machte beim Höhepunkt des Heulens einen Satz, und wir wurden auf die Knie geworfen. Eine Sekunde lang schien die Luft um uns herum zu sterben. Dann, mit einem Seufzer, kehrte das Leben zurück. Die Pflanzen waren es, die seufzten, glaube ich. Und die Bäume, die alles hängen ließen wie durchnäßte junge Hunde, richteten sich nun, ganze Wasserschauer abwerfend, zu ihrer vollen Höhe auf. Farben, die in dieser Sekunde des Todes verblichen waren, erglänzten wieder. Tomas hatte einen albernen Ausdruck auf dem Gesicht.

»Ist es das, was in dem Moment geschieht, wo das Yin zum Yang wird?« fragte er und errötete dann. Doch es mag eine gewisse Wahrheit darin liegen. Ich habe da meine eigenen Theorien.

Wir gingen nach Hause, und die Luft um uns wurde warm. Die Schatten kehrten wieder, und die Sonne warf grelle Lichtflecken auf uns. Als wir die Stelle erreichten, wo sich die Pe-Ellianer gewälzt hatten, fanden wir dort nichts anderes als eine Schlammpfütze, und selbst die hatte bereits eine harte, aufspringende Kruste.

Die einzigen Pe-Ellianer, die wir während des Rückweges trafen, waren drei, die so farblos wie Albinos waren. Sie liefen mit langausgreifenden Schritten, und wir mußten zur Seite treten, um sie vorbeizulassen. Ich hatte den Eindruck, daß sie uns über den Haufen gerannt und ohne einen einzigen Blick zurückzuwerfen weitergelaufen wären, wenn wir ihnen nicht Platz gemacht hätten. Als sie an uns vorbeihetzten, sah ich, daß ihre Körper von feinen schwarzen Punkten übersät waren. Und daß sie sehr groß waren, selbst für Pe-Ellianer.

Als wir auf unsere Lichtung zurückkamen, wartete Koch dort bereits auf uns. Er war von Kopf bis Fuß mit Schlamm beschmiert.

»Habe schon 'ne ganze Weile darauf gelauert, daß Sie zurückkommen, um zu sehen, ob Sie noch heil sind«, sagte er. »Dachte mir, ich sollte Sie vielleicht fragen, ob Sie für heute abend ein Erd-Menü vorziehen oder lieber pe-ellianisch essen wollen.«

»Wenn du in Rom bist ...« Ich wandte mich Tomas zu.

Er nickte.

»Dachte ich mir«, sagte Koch. »Also pe-ellianisch ... was bedeutet, daß Sie kein Mittagessen kriegen. Wir reinigen unsere Körper immer vor einem Bankett. Gibt einem auch 'ne Menge Winkel und Ritzen, in die man abends die guten Sachen reinschieben kann.«

Man muß uns die Enttäuschung angesehen haben. Entweder das, oder er wollte uns auf den Arm nehmen, denn er sagte: »Okay, Boys, Kaffee steht unten und wartet auf euch. Ich hau jetzt ab, muß mich noch um einiges kümmern. Wenn ich hier nur so rumstehe, geht nichts weiter.« Damit watschelte er zum Flußufer und sprang, ohne seine große Schürze abzubinden, in die Fluten.

KOMMENTAR

Nach dieser kurzen Konversation gingen Thorndyke und ich ins Haus und genossen unseren Kaffee. Thorndyke entschuldigte sich wenig später und ging in seine Räume, und ich beschloß, ein paar Skizzen zu Ende zu bringen, die ich angefangen hatte. Ich ging auf die Lichtung hinaus und legte mir meine Sachen auf dem Tisch zurecht.

Ich hatte etwa zwei Stunden gearbeitet, als Jett erschien. Er schien guter Laune und zu einem Gespräch aufgelegt zu sein, also fragte ich ihn nach den Zeremonien während des Regens und den drei Albino-Pe-Ellianern, denen wir begegnet waren, und nach der seltsamen Art, wie uns die Luft erschienen war. Folgend ist eine bearbeitete Aufzeichnung seiner Bemerkungen dazu:

JETT: Keine Zeremonie. Nicht wie Hochzeit, falls es das ist, was Sie meinen. Nur Spiel und Spaß. Wir toben herum. Verstehen Sie, die Tage, an denen der Regen runterkommt, sind die Tage, an denen wir zusammenkommen und unser Schweigen brechen dürfen. Der Regen ist wie eine Decke, die uns alle zudeckt und vereint. Er kühlt die Haut und greift tief in uns hinein und kühlt die Feuer. Ah, wir sind schon ein seltsames Volk. So vorsichtig und behutsam. Balancieren immer auf einem dünnen Seil. Unser Leben ist eine unaufhörliche Suche danach, wer wir sind und welchen Platz wir im Universum einnehmen. Nicht alles Leben hat einen Platz im Universum, wissen Sie. Einiges davon ist Balacas, bevor es richtig in Schwung kommt. Wenn es zu viele Balacas gibt, wird alles Leben beschmutzt.

Wir haben nicht viel Zeit für das, was Sie Freizeit nennen. Doch wenn die Regen kommen – dann erholen wir uns. Der Regen auf unserer Haut ist so wunderbar wie reife Früchte zu essen, oder wie die Vorstellung, von einem Mantissa in den Armen gehalten zu werden. Wir kennen nicht das, was Sie Sex nennen, doch wir glauben, daß für uns der herniederströmende Regen, der über unsere Venen rinnt, von unseren kahlen Köpfen verdampft, den Boden in Schlamm verwandelt, für uns das ist, was Liebe für Sie bedeutet.

Wenn die Regen kommen, tanzen wir. Wir können nichts dagegen tun. Wir legen uns offen. Wenn andere Pe-Ellianer in der Nähe sind, können sie alle mitmachen. Es gibt keine Bruchgefahr, da der Regen die Haut geschmeidig macht und die Rezeptoren des Gehirns betäubt. Es kann keine Transmission ausgesandt oder empfangen werden. Wir gleiten in den Schlamm, oder aus ihm heraus, wie neu gebrütete Karitsas. Wir gleiten übereinander hinweg wie seifige Hände. Ah, so frei. Vielleicht können wir beim nächsten Regen zusammensein?

MNABA: Was ist Balacas?

JETT: Balacas ist nutzloses Leben. Leben, dem nicht bestimmt war, zur Reife zu gelangen. Leben, das niemals irgendwohin führen kann. Leben, das in der Knospe verhindert werden sollte. Nicht, daß Balacas etwas Schlechtes wäre ... es ist nur etwas Falsches. Wenn es zu viele Balacas gibt, kann das Leben dünn werden, denn Balacas nehmen viel Raum ein ... Balacas können transmittieren, genau wie wirkliches Leben ... Es hat Fälle gegeben, selbst auf Pe-Ellia, wo Balacas so taten, als seien sie wirkliches Leben. Sie haben natürlich keinen Erfolg gehabt. Sowie sie zur dritten Menopause kommen, enthüllt sich die Wahrheit. Wir sehen ihre Haut und dann geht's ab in den Schmelztiegel mit ihnen.

Das ist natürlich recht traurig. Das Leben kann schon recht grausam sein. Ich habe Pe-Ellianer gekannt, die echt aussahen und nach einem Wechsel plötzlich zu Balacas wurden. Koch, zum Beispiel, ist ein Balaca, aber ein harmloser. Er wird in den Mutter-Dotter zurückgeschickt werden, doch noch nicht so bald. Er kann noch sehr viel lehren, und seine Schüler, die zu ihm kamen, bevor er Balaca wurde, halten ihm die Treue.

Ich bin jetzt nach meinem sechsten Wechsel. Wie Sie sehen können, hat jedes Fenster auf meiner Haut ein Auge. Ein bißchen verschwommen zwar, aber auch ich bin so. Ich habe meine Berufung noch nicht gefunden ...

MNABA: Hat Winterwind sie gefunden?

JETT: Ah, ja, Winterwind. Er hofft es zumindest, und wir alle hoffen es für ihn. Wie Sie sehen können, ist seine Haut erstklassig, keine Locken, keine Leerstellen. Falls er keinen Unfall hat, sollte er einen schmerzlosen letzten Wechsel erleben und sich dann auf den Weg machen. Er möchte ein Mantissa der Kreuzwege werden. Ein Kontakt-Mantissa. Gott weiß, daß wir sie brauchen, aber was für eine Qual ... Er hat seit seines glückverheißenden zweiten Wechsels darauf hingearbeitet ... er ist knochenloses Fleisch, mager und süß ... Sie sollten glücklich sein, ihn zu kennen. Und er hat Glück, daß Sie so sind, wie Sie sind, und kamen, als Sie kamen.

MNABA: Sie sprechen in Rätseln.

JETT: Tut mir leid. Aber es ist keine gute Form, von ihm zu sprechen. Vielleicht sollten Sie ihn selbst fragen.

MNABA: Was ist ein Mantissa?

JETT: Sie werden mir wieder vorwerfen, in Rätseln zu sprechen. Wir werden später einen Mantissa sehen. Das ist die beste Antwort.

MNABA: Ich sah vorhin drei Pe-Ellianer laufen. Sie waren fast weiß. Die ganze Haut bestand nur aus Fenstern, ohne Augen. Was waren sie?«

JETT: Oh, Sie haben *die* gesehen. Und es waren nur drei? Sind Sie sicher, daß es nicht fünf waren? Entschuldigen Sie. Dumme Frage. Wenn es fünf gewesen wären, hätten Sie natürlich auch fünf gesehen. Das bedeutet, daß sie während des Rennens verblaßt sind. Lassen Sie mich nachdenken. Sie begannen zu laufen, als sie bei ihrem dritten Wechsel versagten, und jetzt sind sie beim fünften. Sie hätten längst weg sein sollen, doch ein Mantissa hat entschieden, sie zu verschonen. Sie versorgen ihn mit einer Art Energie ... Ich weiß nicht genau, mit was für einer. Sie werden laufen, bis sie umfallen, doch der letzte wird dann vielleicht dem Leben zurückgegeben. Ich hatte keine Ahnung, daß sie hier in der Nähe sind. Vielleicht sind sie von Ihnen angezogen worden. Sie sind sehr mächtige Generatoren, müssen Sie wissen.

MNABA: Sie hätten uns beinahe umgerannt.

JETT: Sicher. Es ist besser, ihnen aus dem Weg zu gehen. Wir machen einen weiten Bogen, wenn wir erfahren, daß sie im Anmarsch sind. Es gibt da eine Geschichte, die ich gehört habe, die behauptet, daß sie vor dem Unglück davonlaufen. Selbst mit ihnen zu sprechen bringt nichts Gutes. Ich will nichts weiter sagen.

MNABA: Nur noch eines. Etwas Wunderbares. Als der Regen aufhörte und die Sonne wieder zwischen den Wolken hervorschien, war es, als ob die ganze Natur ausatmete und dann wieder einatmete. Was war das?

JETT: Ah, Sie haben es gespürt, nicht wahr? Dann sind Sie also nicht so unempfindsam, wie Sie glauben mögen. Ich vermute, daß Sie die Antwort darauf kennen. Nein? Ah, wie soll man es sagen? Sie haben Ihr Leben gespürt. Sie haben den Atem unseres Planeten gespürt. Er ist durch und durch von Leben erfüllt. Die Luft, das Wasser, die Insekten, oh, mehr, als ich sagen kann. Lassen Sie mich nur eines sagen: Wenn der Regen aufhört und wir unsere Gehirne klären: Leere. Dann, wenn die Sonne zurückkommt, atmen wir wieder pe-ellianisches Denken ein, durch unseren Mund und durch unsere Haut. Unsere Welt erneuert uns. Ich bin froh, daß auch Sie das gespürt haben. Es liegt uns sehr viel daran. Und jetzt muß ich gehen, um mich für diesen Abend vorzubereiten. Sie sollten das auch tun. Heute abend werden Sie Pe-Ellia erleben. Heute abend werden Sie es schmecken.

Jett stand auf. Er schien es plötzlich sehr eilig zu haben. Er lief über die Lichtung zum Flußufer, und ohne ein Wort oder einen Blick zurück warf er sich in die Fluten. Trotz seiner Größe hörte man kaum ein Platschen.

Dieses Gespräch hatte mich zwar klüger gemacht, mich jedoch mit mehr Fragen als Antworten zurückgelassen. Besonders hatte mich die Offenheit und Freundschaftlichkeit unseres Gesprächs gefreut. Obwohl es nur sehr kurz gewesen war, hatte ich das Gefühl, daß die Zeit gut angelegt war. Ich fühle mich Jett näher als irgendeinem anderen Pe-Ellianer, den wir kennengelernt hatten. Ich vermutete, daß er die Zeit im Regen genossen hatte.

An diesem Abend, dem Abend des fünften Tages auf dem Planeten, fand das Bankett statt.

THORNDYKES TAGEBUCH:
ACHTZEHNTE EINTRAGUNG

An diesem Abend wurde für uns ein Willkommens-Bankett gegeben. Zumindest wurde es von den Pe-Ellianern als das bezeichnet. Nach meiner Meinung war es ein Versöhnungsbankett, dazu bestimmt, mich und Winterwind wieder zusammenzubringen. Diese Absicht wurde erreicht. Ich nehme an, daß unsere Tage von nun an ruhiger und harmonischer verlaufen werden. Jetzt, während ich dies schreibe, fühle ich eine gewisse Erregung. Das Schreiben wird mich beruhigen.

Die Vorbereitungen der Feierlichkeit begannen etwa eine halbe Stunde bevor die Sonne die Lichtung verließ. Koch erschien, und er wirkte sauber und frisch. Er betrat den Handflächen-Raum durch die Passage, die bis dahin ständig verschlossen gewesen war. Es war die Passage, die vermutlich zu einer Art Untergrundbahn führte. Ich fragte Koch sofort, ob wir das Transportmittel benutzen könnten, und er sagte mir, daß wir kommen und gehen könnten, wie es uns beliebte, sowie das System ›angepaßt‹ worden sei. Ich bedrängte ihn nicht, mir zu erklären, was darunter zu verstehen sei, sondern beschloß abzuwarten. Koch trug in seinen Armen Zweige mit Früchten, die wie Pfirsiche aussahen. Ich fragte ihn, ob ich eine der Früchte haben könne, denn ich hatte einen Bärenhunger, und die Früchte sahen so wunderbar saftig aus.

Koch vollzog sein Kopfschüttelritual, das Überraschung zeigen sollte, und murmelte etwas auf Pe-Ellianisch, das ich nicht verstand. Dann sagte er auf Englisch: »Dies sind keine Früchte, sondern energetisierte Lichter. Die in ihnen enthaltene Energie würde Sie überraschen, wenn Sie hineinbissen. Wahrscheinlich würden Sie sogar getötet werden, denn die Menschen besitzen nur eine geringe Widerstandskraft, wie wir festgestellt haben.«

Mir blieb keine andere Wahl, als diese freundliche Belehrung und Zurechtweisung zu akzeptieren.

»Sehen Sie her«, sagte Koch. Er fuhr mit drei Fingern über die Lippen. Dann berührte er mit den angefeuchteten Fingerspitzen eine Stelle auf seiner Stirn, die etwa fünf Zentimeter oberhalb seiner Nase lag, schloß die Augen und meditierte oder konzentrierte sich drei oder vier Sekunden lang. Als er aus dieser kurzen Trance erwacht war, berührte er jede der Früchte mit den Fingerspitzen. Bei der Berührung flackerte ein rauchiges, unregelmäßiges Licht in jeder der Früchte auf. Das Licht wurde heller und stabilisierte sich zu einem rosafarbenen Glühen. Bald glühten sämtliche kugelförmigen Früchte.

Ich fand ihr Licht sehr angenehm und sagte es ihm. Ich fragte ihn auch nach der Quelle dieser Energie und auf welche Weise er seinen kleinen Zaubertrick zuwege gebracht habe.

»Durch Denken«, sagte Koch. »Genau wie alles andere hier. Ich habe lediglich etwas aktiviert, das bereits vorhanden war. Etwa so, wie wenn Sie ein Streichholz anreißen, nur daß diese Dinger mindestens zwei Tage lang brennen werden. Sie sind ziemlich frisch.«

Er blickte im Raum umher. Ich folgte seinem Blick und stellte erst jetzt fest, daß das von den Früchten abgestrahlte Licht die Wände wellig und venendurchzogen wirken ließ. Sie reflektierten das Licht, doch mehrere Schattierungen waren dunkler, was sie lebend und feucht wirken ließ – wie das Innere einer Mundhöhle.

»Gut«, sagte Koch zufrieden. »Aber durch Herumstehen kommt kein Essen auf den Tisch. Ich muß wieder zu meinen Töpfen und Pfannen.«

Als er sich umwandte, um zu gehen, bemerkte ich, daß das rosige Licht die Markierungen seiner Haut deutlicher machte, als ob die Haut durchsichtig geworden wäre.

Ich setzte mich, genoß die matte Beleuchtung des Handflächen-Raums und rauchte eine Zigarre. Vom Küchentrakt vernahm ich den Klang eines Saiteninstruments. Ich lauschte den Tönen, und falls ich mir irgend etwas dabei gedacht haben sollte, so nahm ich höchstens an, daß dies eine Musik sei, bei der man kocht.

Tomas trat herein. Er sagte mir, daß ich frisch und gesund aussähe und beschrieb mir eine interessante Konversation, die er mit Jett geführt hatte. Außerdem ersuchte er mich auf seine zurückhaltende, höfliche Art, an diesem Abend jede Streitigkeit zu vermeiden. Er hatte eine Theorie, nach der Emotion auf Pe-Ellia eine große Kraft darstellt, die in den Äther dieses Planeten projiziert werde und auf diese Weise Schmerz hervorrufen kann.

Diese Theorie wurde durch Winterwinds Verhalten und seine Rede untermauert. Ich versprach, friedlich zu bleiben.

Tomas schien mit dieser Zusage zufrieden. Er ging in die Küche, wo er Koch vorfand, der ein Musikinstrument spielte – für einen Fisch! Koch hörte sofort auf. Er wurde sehr ernst und forderte Tomas auf, sofort zu gehen. Er sah mich hereinblicken und erklärte, daß jeder äußere Einfluß die Ausgewogenheit des Kochens beeinflussen könne. Tomas zuckte die Achseln über diese Erklärung. Ich zuckte ebenfalls die Achseln und paffte weiter an meiner Zigarre. Ich habe im Laufe der Jahre eine ganze Reihe exzentrischer Köche kennengelernt. Die Tür zur Küche wurde energisch geschlossen, und kein Laut drang mehr heraus.

Ich schlug Tomas vor, daß er in sein Zimmer gehen und den Encoder auf maximale Kreuz-Referenz einstellen solle, da ich sicher war, daß dieser Abend uns eine Unmenge von Material bescheren würde.

»Guter Gedanke«, sagte er und ging pfeifend hinaus.

Tomas pfeift! Ich begann zu befürchten, daß diese rosig glühenden Kugeln nicht nur beruhigend, sondern auch leicht berauschend wirkten.

Das Instrument, das Koch gespielt hat, ist die Schwebe-Harfe. Ich habe ihn sie bereits einige Male spielen hören und war der Meinung, daß dieses Instrument lediglich der Unterhaltung diene. Doch bezweifle ich jetzt, ob es auf Pe-Ellia irgend etwas gibt, das ›lediglich‹ für irgend etwas da ist. Wie wir später an diesem Abend feststellten, gibt es für die Schwebe-Harfe noch weitere Verwendungszwecke.

Jett traf ein, in einer erstaunlichen Aufmachung. Er trug einen Poncho aus schwarzem Samt, der so lang war, daß er am Boden schleifte. Er sagte guten Abend und setzte sich bequem auf eine der Bänke, die in der Nähe des Tisches aufgestellt worden waren. Er zog seinen Poncho zurecht, so daß sein ganzer Körper von ihm bedeckt wurde und nur Arme, Beine und Kopf frei waren. Der schwarze Poncho brachte einen seltsamen Effekt hervor: Jetts Kopf schien über seinem Körper zu schweben, und seine Arme waren zwei rosafarbene Schlangen.

»Ah, es riecht gut hier«, sagte er. Ich muß zugeben, daß ich nichts roch, dennoch nickte ich.

Der nächste, der eintraf, war Winterwind. Erleichtert stellte ich fest, daß er unverändert schien. Er war in Begleitung zweier anderer, sehr hochgewachsener Pe-Ellianer, deren Namen uns als Ungeschändete-alte-Schatz-Grabkammer und Lachgas übersetzt wurden. Wir verkürzten sie sofort auf Tom und Gus, was ihnen zu gefallen schien. Winterwind erklärte uns, daß diese beiden Pe-Ellianer den siebenten Wechsel hinter sich hätten und zur Harmonie gelangt seien, und uns unbedingt in einer ungezwungenen Atmosphäre treffen wollten, da beide auf dem pe-ellianischen Schiff gewesen seien, das zur Erde gekommen war. Ich konnte mich nicht erinnern, sie gesehen zu haben, doch waren auf dem Schiff viele Pe-Ellianer gewesen, von denen wir nichts gewußt hatten. Sie erklärten uns, Mägde Mantissas zu sein. Sofort fragte ich Winterwind, was ein Mantissa sei. Alle vier Pe-Ellianer lachten, und ich erhielt vier verschiedene Antworten.

Jett: »Arzt.«
Winterwind: »Lehrer.«
Tom: »Mechaniker.«
Gus: »Administrator.«

Alle vier sprachen gleichzeitig. Dies war offensichtlich ein Problem, das geklärt werden mußte, und Winterwind sagte mir zu, morgen Fragen zu diesem Thema zu beantworten.

»Dieser Abend«, erklärte er, »sollte mehr tangential sein. Wir wollen nur die Haut des Pfirsichs berühren und nicht die ganze Frucht mit der Hand umfassen.«

Wo hatte er nur solche Formulierungen gelernt?

Wir setzten uns. Tom und Gus warfen ihre Capes ab und enthüllten Haut von strahlend rosigem Grau. Das klingt nicht gerade wie die Beschreibung einer gesunden Hautfarbe, ich weiß, doch die beiden wirkten geradezu unverschämt gesund. Ihre Hautmarkierungen waren absolut symmetrisch, stellte ich fest, als ob jede der Platten in derselben Form gegossen worden sei. Gus' Muster zeigte eine Feder oder einen Farn, Toms Muster sah aus wie einander überlappende Sterne.

Winterwind hob den Arm und rief ein paar rollende pe-ellianische Silben. Ich hatte diesen Tonfall schon früher gehört. Gewöhnlich handelt es sich um eine antike Sprachform. Etwas Geheiligtes. Es klang, als ob er ein Tischgebet spräche, und wie in

Beantwortung – ich schwöre es – schienen die Glüh-Kugeln heller zu brennen. Doch vielleicht hatte Winterwind lediglich gesagt: »Laßt das Fest beginnen.«

Wie auf ein Stichwort hin kam Koch hereingeeilt und stellte eine große Terrine in die Mitte des Tisches. »Suppe«, verkündete er etwa in dem Tonfall, in dem ein Zauberkünstler ›Sapristi‹ sagen würde, und hob mit einer eleganten Bewegung den Deckel ab. Die Suppe hatte eine fahlgelbe Färbung.

In der Terrine schwamm etwas, das ich zunächst für eine große und ungewöhnlich dicke Dillgurke hielt. Doch als Koch die Suppe austeilte, sah ich, daß er jedes Mal die ›Gurke‹ mit der Kelle hinunterdrückte, und wenn er das tat, winzige, federige Hände mit Schwimmhäuten sichtbar wurden. Als er meinen Teller füllte, sah ich das verkniffene kleine Gesicht des Tieres, das an eine Wühlmaus erinnerte.

Ich war auf einen kräftigen, sogar wildartigen Geschmack vorbereitet, nicht jedoch auf die Süße, die fast wie Kondensmilch schmeckte.

Ich schickte ein stilles Stoßgebet zum Himmel, daß die Pe-Ellianer nicht zu den Rassen gehören mochten, für die Zucker Salz ist und die unter würzig gallebitter verstehen. Bis jetzt hatte es jedoch noch kein Anzeichen dafür gegeben, daß dies bei ihnen der Fall war.

Gus fragte mich, wie die Suppe mir schmecke, und ich antwortete ihm, daß ich sie mochte, was der Wahrheit entsprach, daß meine Geschmacksrichtung jedoch mehr zum Würzigen tendiere. Er lächelte und nickte. Aus irgendeinem Grund schienen alle von meiner Antwort befriedigt. Tomas sagte, er fände die Suppe nicht zu süß, was mich überraschte, da ich wußte, daß Tomas nichts für süße Speisen übrig hatte. Jetzt kann ich sagen, daß dies das erste Mal im Verlauf jenes Abends war, daß unsere beiden Persönlichkeiten durch das Bankett differenziert wurden.

Wir aßen die Suppe auf und ließen das kleine tote Tier auf dem Boden der Terrine zurück. Ich hatte mich innerlich auf alles mögliche vorbereitet, für den Fall, daß dies eins der Gastmahle sein sollte, bei dem das Protokoll verlangt, daß der Gast den ausgewählten ›Leckerbissen‹ ißt. Ich muß meinem Schicksal dankbar sein, daß ich sowohl die Verdauungskraft eines Haies habe, als auch die Fähigkeit, meine Vorstellungskraft nach Belieben an- und abzuschalten. Ich wurde an das Bankett der Gaumen auf dem Planeten Tiger Lily erinnert. (Die Gaumen sind das einzige, was man dort *nicht* ißt.) Jenes Bankett war das widerlichste von allen gewesen, die ich je erlebt habe, und jeder, der den Gestank ertragen und dennoch seine Kiefer in Bewegung halten konnte, würde es mit allem aufnehmen können.

Das kleine Tier hatte seinen Zweck erfüllt. Koch drückte es mit der Kelle, verkündete, daß noch immer etwas Gutes in ihm stecke, und ob jemand noch Suppe wolle. Ich lehnte dankend ab, doch Jett und Tom ließen ihre Teller nachfüllen. Sie aßen mit Genuß.

Ich fragte, wie dieses Spülwasser genannt würde, und man sagte mir ›Vorwärmer‹. Und warum auch nicht? Es wärmt den Gaumen vor. Es ist die Vorbereitung auf die Mahlzeit und im Grund genommen einfach. Das Tier, das dabei verarbeitet wurde, heißt Quuaam, wie ich erfuhr, und die Süße wird durch eine besondere Fütterung des Tieres erreicht. In seiner Wildform ist das Tier ein Wasserbewohner, und wie mir gesagt wurde, komme es sehr zahlreich in dem Fluß vor, der jetzt über unseren Köpfen hinwegströmte, doch daß die wildlebenden Tiere nicht süß seien und deshalb nicht verwendbar.

Winterwind war äußerst gesellig und entspannt. Er erklärte mir, daß pe-ellianische Bankette immer nach dem gleichen Muster verliefen. Der ›Vorwärmer‹ würde immer von einer Pause gefolgt, damit der Magen ›seine Lenden gürten‹ könne, und es wird Bier getrunken.

Bier! Wirklich die Pe-Ellianer besaßen einige Kunstfertigkeiten, doch das Bierbrauen gehörte nicht dazu. Die lauwarme, schaumlose, nach Brackwasser schmeckende Flüssigkeit, die sie als Bier bezeichneten, hatte einen öligen, abgestandenen Geschmack, der wirklich gar nichts mit dem munteren Getränk gemein hat, das wir auf Erden als Bier kennen. Ich hatte das Gefühl, daß sie da einen Übersetzungsfehler gemacht hätten, und sagte ihnen das, aber nein, sie bestanden darauf, daß es mit Hefe zubereitet würde und gaben mir eine sehr ausführliche Schilderung des Herstellungsverfahrens. Also müssen wir es Bier nennen. Ich war überrascht, als ich feststellte, daß Tomas, der fast

Antialkoholiker ist, das Zeug probierte und dann bat, ihm nachzuschenken. Rückblickend kann ich erkennen, daß dies ein weiterer Punkt der Unterscheidung zwischen uns war. Ich suche nach einer Metapher, die beschreiben könnte, was sich an diesem Abend abzuzeichnen begann. Der beste Vergleich, der mir dazu einfällt, ist, daß wir ›auseinandergepellt‹ wurden. Tomas wird von mir los-›gepellt‹. Und ich bin mir nicht sicher, ob eine Absicht darin liegt.

Ich fange an, diese Pe-Ellianer zu begreifen und zu erkennen, nach welchen Gesetzen ihr Verstand funktioniert. Wenn die Pe-Ellianer ein Bankett genießen wollen, sind sie davon abhängig, daß es ihnen gelingt, sich in einen entsprechenden Geisteszustand zu versetzen. All die kleinen Riten sind dazu bestimmt, diesen Geisteszustand herbeizuführen. Ihr Bier ist, dessen bin ich sicher, sehr wirksam, wenn auch nicht unbedingt alkoholisch. Die Glüh-Kugeln strahlen eine seltsame hypnotisierende Kraft aus. Der Verstand wird betäubt. Kein ungehöriger Schock kann die Atmosphäre stören. Ich würde eine Million darauf setzen, daß diese Pe-Ellianer, die so asketisch, so rein, abstrakt und zölibatär sind, auch große Sensualisten sind, und daß von allen Sinnen der Tastsinn für sie sicher der wichtigste ist. Auf welche Weise sie zu ihren sinnlichen Höhepunkten kommen?

Nun, wir hatten heute erlebt, wie sehr sie ihr Schlammbad genießen. Vielleicht kratzen sie dabei auch einander den Rücken.

Gedanken wie diese gingen mir durch den Kopf, während ich Winterwind sein Bierseidel leeren und sich danach mit der Hand über den Mund fahren sah, eine absolut erdenhafte Geste, die von einem mächtigen Rülpser abgeschlossen wurde. Ich war entschlossen, meinen Verstand so klar zu halten, wie es mir möglich sein würde, das Bankett zu genießen, doch meine Geisteskraft zu bewahren.

»Wir sind entspannt bei Tisch«, sagte Winterwind und wandte sich mir zu.

»Man kann fast alles tun, was man will, sich so geben, wie man ist«, sagte Jett und löffelte den Rest seiner Suppe.

»Nahrung ist eine Barriere, die Feindseligkeiten ausschließt«, fuhr Winterwind fort und lächelte.

Mehr Bier wurde eingeschenkt, und es war faszinierend zu

sehen, wie Tomas noch ein Glas annahm und sich dann angeregt mit Gus über die einheimische Flora zu unterhalten begann. Der gute, alte Tomas. Während ich dies schreibe, liegt das Bankett erst wenige Stunden zurück, und ich befinde mich noch immer in Hochstimmung. Ich war gerade in seinem Zimmer, um nach ihm zu sehen. Ich fand ihn auf dem Bett ausgestreckt, voll bekleidet und schnarchend. Ich zog ihm die Schuhe aus. Ich fühlte mich versucht, ihn mit dem Encoder zu fotografieren ... doch ich bin nicht so hinterhältig. Wissenschaftlich wird es mir jedoch eine Freude sein, den Zustand seines Kopfes am kommenden Morgen zu überprüfen. Er hat nicht weise und zu viel getrunken, den Abend jedoch sehr genossen.

Nach der Bierpause brachte Koch eine Platte mit dem Fisch herein, dem er Musik vorgespielt hatte. Er war zu einem Ring gebogen, mit seinem Schwanz im Maul, die Zähne fest durch die Flosse gedrückt. Im Aussehen erinnerte er mich an einen sehr großen Dorsch, wie man sie in nordamerikanischen Gewässern findet. Obwohl er gekocht war, hatte seine Haut eine tiefe, fast glänzende blau-schwarze Farbe behalten.

Warum hatte Koch für diesen Fisch Musik gemacht? Warum hatte er Tomas nicht erlaubt, ihm dabei zuzusehen und zuzuhören? Ich stellte diese beiden Fragen.

Die Antwort war zunächst Schweigen, begleitet von Gesten und mimischen Ausdrücken, die ich als Amüsiertheit und Erstaunen klassifizierte. Doch niemand sprach.

»Lassen Sie mich raten«, sagte ich. »Auf der Erde haben wir die uralte Vorstellung, daß Harmonie und Gesundheit Reflexe voneinander sind. Sie spielen Musik für einen Fisch so wie wir Musik für Hühner spielen ... sie fühlen sich dabei wohl.« Ich erkannte, daß ich rasch den Boden unter den Füßen verlor. »Vielleicht verbessert Musik den Geschmack«, schloß ich ziemlich lahm, wie ich zugeben muß.

Die Pe-Ellianer nickten und blickten einander an, um zu sehen, wer bereit war, mir zu antworten. Schließlich nahm Jett die Herausforderung an. Er strich sein Cape mit seiner breiten Hand zurecht und begann langsam zu sprechen, wobei er seine Worte mit großem Bedacht wählte.

»Ja, schon, Sie sind sozusagen auf dem richtigen Highway, wie man so sagt, doch haben Sie ihn bei der falschen Einfahrt erreicht. Es stimmt, daß die Do-ev-ve ein Musikinstrument sein kann, und daß Koch ein meisterhafter Spieler darauf ist ... ich weiß nicht, ob Ihnen das bewußt ist – doch in diesem Fall wurde die Do-ev-ve, die Sie eine Schwebe-Harfe nennen, als ein ... ein ... jetzt fällt mir wirklich nicht der richtige englische Begriff dafür ein.«

»Bulldozer«, schlug Gus vor.

»Nein ... nein.«

»Beruhigungsmittel.« Das kam von Tom.

»Betäubungsgewehr«, schlug Winterwind vor.

Alle Pe-Ellianer schienen verwirrt. Offensichtlich war keiner mit den von ihnen ausgewählten Übersetzungen zufrieden.

»Schade. Das Bedauerliche daran ist, daß Sie wirklich kein Wort dafür haben, was eine Schwebe-Harfe ist – was sie tut. Wir verwenden sie als Mittel dafür, das Fleisch, das wir essen, zum Selbstmord zu bringen. Sie müssen wissen, daß wir nicht direkt töten können. Wir töten nie – es sei denn durch einen Unglücksfall. Das ist sehr wichtig. Wir bringen das Tier dazu, seine eigene Form der Vollendung zu suchen.« Jett lächelte breit. »Erfüllung würden Sie es nennen. Wir beschleunigen den Prozeß durch den fachmännischen Gebrauch der Schwebe-Harfe. Jedes Tier, sogar alles Leben, besitzt seine eigene individuelle Melodie. Wenn Sie diese einem Tier vorspielen, wird es vor Ihren Augen erblühen. Die Bausteine seines Körpers tanzen alle nach derselben Melodie. Dann, wenn Melodie und Leben eins geworden sind, erlangt das Fleisch Perfektion, und das ist der Zeitpunkt, wo wir zu spielen aufhören. Damit erlauben wir den irrationalen Noten des großen Universums, hereinzuströmen. Wellen aus den fernsten Fernen des Raums. Galaxisweite Höhen und Tiefen. Gut, wie?

Die kleine individuelle Melodie wird dadurch aus dem Körper geschwemmt und gelangt in den auswärts fließenden Strom von Zeit und Denken. Es gibt keine Verwesung und auch keinen Schmerz. Nur den simplen Tod, der so alt ist wie die Zeit, und – für uns – die Süße dessen, was übrig bleibt.«

Jett schwieg und lächelte sein Katzenlächeln, das seinen schwarzen Gaumen freilegte. Ich verstand die generelle Bedeutung des

Gesagten, denn das Konzept ist nicht unbekannt, konnte mir jedoch keinen Reim darauf machen, was er mit den ›irrationalen Noten des großen Universums‹ meinte.

Er lächelte noch immer, als ob er in einem Traum gefangen sei, als ich ihn fragte, ob die irrationalen Noten mit dem in Verbindung stünden, was wir Entropie nennen.

»Nein«, sagte er. »Das ist Ihr Pessimismus. Entropie ist beinahe das Gegenteil des Irrationalen. Sie sehen nur den Verlust. Sie halten Reglosigkeit für das Ende aller Bewegung. Wir sehen es anders. Für uns ist die Reglosigkeit der Beweis dafür, daß das Leben weitergezogen ist. Wir sehen alles in Erwartung und von dem Wunsch erfüllt, sich dem großen Strom des Denkens anschließen zu können, der unser Universum umgibt, einschließt, belebt und informiert. Nur die Reinen dürfen sich dieser Bewegung anschließen.«

Er blickte mich fragend an. »Der Fisch ist glücklich, und im Moment seines höchsten Glücks ist seine Lebenskraft in das sich ausdehnende Universum entlassen worden.«

Ich nickte. So gleichmütig, wie es mir möglich war, fragte ich: »Könnten Sie auch mich mit der Schwebe-Harfe töten?«

»Natürlich«, antwortete Jett, ohne auch nur eine Sekunde lang zu zögern. »Die Schwebe-Harfe ist universell verwendbar, aber ich würde nicht die Schwebe-Harfe benutzen, wenn ich Sie töten wollte.«

»Was dann?«

Stille. Ich verfluchte mich für meine Taktlosigkeit.

»Ich würde Sie nicht töten«, sagte er schließlich, sehr leise. »Doch von solchen Dingen sollte man besser nicht reden, nicht einmal auf einem Bankett.«

Dabei beließ ich es. Morgen werde ich Winterwind um mehr Informationen bitten. Oder auch nicht. Wenn ich eines während meiner vielen Jahre des Herumfummelns mit anderen Kulturen gelernt habe, so ist es, daß man nie versuchen darf, zu viel zu schnell zu erfahren. Immer stößt man auf Annahmen über das Leben, die nicht als formale Philosophie artikuliert sind. Ich glaube nicht, daß die Pe-Ellianer eine Philosophie besitzen, jedenfalls nicht eine in unserem Sinn dieses Begriffs. Genausowenig glaube ich, daß sie ein Rationalitätskonzept haben. Logische Fragestellung bringt einen da nicht weit.

Doch zurück zum Bankett.

Als Jett zu Ende gesprochen hatte, übernahm Winterwind die Führung der Konversation.

»Kommen Sie, kommen Sie, wir wollen doch den Fisch durch unsere Saumseligkeit nicht beleidigen«, sagte er. Dann nahm er ein langes, schmales Messer und trennte damit ein Stück aus der Seite des Fisches.

Es roch wie Fisch!

Winterwind teilte ihn in sechs Portionen auf. Koch aß nicht mit uns, sondern stand im Hintergrund herum und faltete und löste pausenlos seine Hände. Mnaba zerteilte seine Fischportion mit der Sorgfalt eines geborenen Naturalisten. Wir stellten beide fest, daß die skelettale Struktur dem des irdischen Gegenstücks ähnlich war. Nachdem Tomas seine Untersuchung beendet hatte, begann er zu essen. Ich fand das Fleisch für meinen Geschmack etwas zu gelatinös, tat jedoch mein bestes, es mir nicht anmerken zu lassen. Zu dem Fisch wurde eine rosafarbene Sauce gereicht, die ich ausgezeichnet fand, und von der ich mich reichlich bediente.

Nach einer Weile, als ich annahm, daß die Konversation sich wieder normalisiert hatte, beschloß ich, das Thema der Schwebe-Harfe erneut aufzugreifen.

Ich winkte Koch heran und machte ihm ein Kompliment über den Fisch und die Sauce. Das freute ihn offensichtlich.

»Sie haben den Fisch wirklich zur Vollendung gebracht. Sagen Sie, ist die Schwebe-Harfe schwer zu spielen?«

Koch blickte Winterwind an, und ich bin sicher, daß Winterwind nickte. Auf jeden Fall beantwortete Koch meine Frage.

»Sie ist schwer zu spielen, und das Stimmen ist sehr wichtig.« Das glaube ich gerne, da das Instrument hundertzwanzig Saiten hat, von denen viele zusammen gestimmt werden müssen.

»Sind Sie ein guter Spieler?«

»Nicht mehr«, sagte er und blickte auf seine Hände. »Einst jedoch konnten sie die Füße zum Tanzen bringen.«

»Ah, also wird das Instrument auch zur Unterhaltung gespielt und nicht nur als ›Betäubungswaffe‹ verwendet?«

»Die Schwebe-Harfe wird immer zur Unterhaltung gespielt – doch man muß Vorsichtsmaßnahmen treffen. Es ist ein machtvolles Instrument, dessen Wirkung über die der Musik hinausgeht.«

»Sie spielen es also mit umgelegtem Sicherungsflügel?«

»Ja. Auf jeden Fall darf eine Melodie niemals in einer Stimmung gespielt werden, die sich auf Pe-Ellianer bezieht oder auf Menschen. Auf diese Weise ist es ja zu meinem Sturz gekommen.«

Koch blickte im Raum umher. Ich hatte das Gefühl, daß er vielleicht mehr gesagt hatte, als er sagen durfte, doch alle anderen blickten ihn freundlich an.

»Können Sie mir darüber etwas sagen?« fragte ich, und diesmal war ich sicher, daß Winterwind nickte.

Koch blickte mich an und preßte seine großen Hände aufeinander. Normalerweise hat man bei Koch den Eindruck, daß er vor Lebensfreude überquillt. Jetzt wirkte er düster.

»Es ist nicht viel, und es ist schnell erzählt«, sagte er. »Einst, nach dem Regen, an einem Tag, der diesem nicht unähnlich war, ging ich tief in den Wald hinein und spielte. Es war nicht in dieser Gegend, sondern in einem Teil unsres Landes, wo die Tage wärmer sind und es häufiger regnet. Ich war damals berühmt für mein Spiel, müssen Sie wissen, und wo immer es sich herumsprach, daß ich spielen wollte, versammelte sich eine große Zuhörerschaft.

An diesem Tag war ich von etwa zwanzig Pe-Ellianern umgeben, außerdem befand sich eine kleine Hirschkuh in der Nähe, und auch eine Anzahl von Vögeln hatte sich eingefunden. Vögel sind sehr empfänglich für Musik. In jenen Tagen, sie liegen lange zurück, war ich Optimist. Ich erlaubte meiner tonalen Bandbreite einen größeren Spielraum, als ich es hätte tun dürfen. Vielleicht lag es am Regen und dem Geruch der Erde an diesem Tag, doch ich spielte wild und preßte die Melodien weit über ihre normalen Grenzen hinaus. Ich war jung, verstehen Sie – und der Schlamm –, ich hatte mich reichlich damit eingerieben. Ich kam zu Bewußtsein, als ich sah, wie einige der Pe-Ellianer wegzulaufen versuchten. Ein paar kletterten auf Bäume, wie es während der Menopause üblich ist, obwohl ihre Haut normal gemustert war. Ein anderer riß seine Haut mit den Fingernägeln auf. Einige lagen auf den Knien. Ich hörte verwirrt auf zu spielen, und die kleine Hirschkuh fiel lautlos zu Boden.

An jenem Tag wurde ich vor einen Mantissa gerufen und zur Rechenschaft gezogen.«

»Und?« fragte ich.

»Seit jenem Tag spiele ich nur noch, um zu kochen. Ich wurde Koch. Das ist alles. Es war der Anfang vom Ende.«

Während Koch gesprochen hatte, hatten die anderen ihm sehr ernst und sehr aufmerksam zugehört. Winterwind und Gus hatten genickt, als ob sie sich an die Szene erinnerten.

Koch rieb die Hände an seiner Schürze und blinzelte mit beiden Augen. Obwohl ich einigermaßen sicher bin, daß diese Geste bedeutet, ›keine weiteren Worte mehr‹, oder einfach, ›ich habe gesagt, was ich sagen wollte‹, war sie sehr pathetisch. Ich spürte das Bedürfnis, Koch zu trösten, doch fehlten mir dazu die Worte und auch die Mittel.

»Karitsa ruft«, sagte Koch und verschwand eilig.

Sobald er fort war, beugte Winterwind seinen riesigen Kopf zu mir herüber und flüsterte leise: »Er war einmal ein sehr guter ...«

»Der allerbeste«, unterbrach Jett.

»... Schwebe-Harfenspieler. Er hätte mit seiner Musik die Blumen betören können, daß sie sich um Mitternacht öffneten. Ich habe ihn gehört, als er seinen zweiten Wechsel hinter sich hatte, kurz vor seinem ... Fall. Ah, er hatte ein goldenes Mandat. Aber so ist es nun einmal bei uns.« Winterwind seufzte.

Jett beugte sich vor. »Koch spricht nur selten darüber, und wir erwähnen es nie, verstehen Sie? Sein Verlust ist unvorstellbar groß. Sein Talent war einmalig.«

Ich hatte den Eindruck, daß Jett noch mehr sagen wollte, doch wurde jedes weitere Gespräch durch ein Geräusch unterbrochen, das von der Haupttür kam, die auf die Lichtung führte.

Die Membrane öffnete sich, und in dem herausfallenden Licht stand Menopause.

Er schlurfte in den Raum, und sein Anblick schockierte mich. An den Stellen, wo seine Haut sich vom Körper gelöst hatte, hatte sie ihre Transparenz verloren und war fast undurchsichtig.

Wo sie noch festhing, hatten die Hautmuster jede Klarheit verloren und waren nur noch Schmierer. Die roten Linien, die zuvor seine Haut markiert hatten, waren alle verschwunden, mit Ausnahme der in seinem Gesicht, wo sie zusammenzukriechen schienen wie rote Schlangen in einem Gurkenglas. Sein Mund war ein schwarzer Schlitz, den er mit einem säugenden Geräusch öffnete und schloß wie ein gestrandeter Fisch. Seine Arme waren verhältnismäßig intakt geblieben, mit Ausnahme der Achselhöhlen, wo sich große Hauttaschen gebildet hatten. Was seine Beine anbetraf, so schienen die Füße in Ordnung zu sein, doch der Rest sah aus wie etwas aus Tausend-und-eine-Nacht. Seine Haut bildete eine Art locker sitzender Hose.

Sobald er eintrat, sprangen Gus und Tom auf, um ihm beizustehen. Er scheuchte sie mit einem Knurren beiseite. Sein Blick glitt durch den Raum und blieb an mir hängen.

Er blinzelte erst mit dem einen Auge und dann mit dem anderen.

Das klingt lächerlich, ich weiß, doch ich schwöre, daß ich es genauso sah. Die Wirkung war so komisch, daß ich beinahe meine Gabel verschluckte.

Ich blickte zu Tomas hinüber. Ich konnte erkennen, daß es ihm nicht paßte, Menopause auftauchen zu sehen. Sie haben sich nie verstanden.

Gus und Tom rückten zur Seite, um ihm zwischen sich Platz zu machen, und Menopause setzte sich an den Tisch. Jede Bewegung schien ihm weh zu tun.

Doch hatte ich den Eindruck, daß der Schmerz nicht physisch war. Ich wußte nur wenig von Menopause, oder von der Menopause als Zustand, doch glaube ich beurteilen zu können, daß diese Häutung weitaus mehr war als die normale Folge eines Wachstumsvorgangs ... sie hat spirituelle Bedeutungen, die ich nur zu erraten versuchen kann. Ich beobachte voller Interesse, daß alle anwesenden Pe-Ellianer Menopause mit großer Zuvorkommenheit behandeln.

Wieder wurde Bier aufgetragen. Tomas ließ sich seinen Krug erneut vollschenken.

Der nächste Gang wurde ›starkes Fleisch‹ genannt. Ich befürchtete das Schlimmste.

»Weil es einen tausend Jahre lang leben läßt«, erklärte Jett, und das macht es mir ein wenig leichter.

»Aber lassen Sie sich warnen: dieses Gericht enthält einige sehr stark wirkende Kräuter. Es ist sehr, sehr würzig. Essen Sie es mit Vorsicht.«

Das Fleisch sah harmlos aus. Etwa wie ein venendurchzogenes Stück Corned Beef. Als Koch es zerschnitt, schien es recht zäh zu sein. Doch im Mund zerging es wie Pudding. Der Geschmack glitt von salzig zu bitter zu Aloe zu Galle.

»Halten Sie es so lange wie Sie können im Mund. Ziehen Sie soviel von seiner Güte heraus, wie Sie können, dann schlucken Sie es rasch hinunter«, sagte Jett, nachdem ich einen großen Bissen genommen hatte.

Ich versuchte es. Ich hielt die sich auflösenden Partikel im Mund, und der Fleischgeschmack verwandelte sich in Bitterkeit. Ich versuchte zu schlucken, erstickte jedoch beinahe dabei. Der Fleischrest verwandelte sich in meinem Mund zu einem Klumpen.

Koch kam mir zu Hilfe.

»Ooh«, sagte er, »der Abfall.« Und nahm rasch eine Serviette auf und veranlaßte mich, den Rest hineinzuspucken. Winterwind reichte mir ein Bier, und ich goß es in einem Zug hinunter. Allmählich wich der Geschmack.

Ich öffnete die Augen und sah, daß Menopause auf den Beinen war. Er knurrte etwas und deutete auf mich.

»Er sagt, daß Sie es gut gemacht haben«, übersetzte Jett. »Er sagt, daß er es von Ihnen auch nicht anders erwartet habe.«

»Und er hat recht«, setzte Tom hinzu. »Nur wenigen gelingt es, das Fleisch so lange im Mund zu behalten. Doch gibt es ein paar Alte, die sich darauf trainiert haben, selbst den Rest zu schlucken. Stellen Sie sich das vor!«

»Warum?« fragte ich und war überrascht, daß meine Stimme normal klang.

»Wegen der Kraft«, sagte Jett. »Jeder braucht Kraft.«

Menopause war noch immer auf den Beinen. Er öffnete den Mund und streckte die Zunge heraus. Auf ihrer Spitze konnte ich ein paar schwarze Krümel sehen, die alles waren, was von dem Fleisch übriggeblieben war.

»Menopause ist sehr stark«, sagte Jett.

Menopause hatte die Hände auf den Tisch gestützt, als ob er Angst hätte, vornüberzukippen. Seine Augen waren noch immer auf mich gerichtet und hatten einen seltsamen Ausdruck. Nicht unfreundlich, und auch nicht ganz direkt. Es war der Blick eines Kindes bald nach seiner Geburt, wenn die Augen interessiert an einem Licht oder einer Farbe festhängen. Schließlich nahm er die Serviette und entfernte damit die Reste aus seinem Mund.

»Helfen Ihnen Nahrungen wie diese?« fragte ich Menopause, und zu meiner Überraschung nickte er wie jemand auf der Erde.

»Nahrung ist wie ein guter Sauerteig«, sagte Winterwind. »So, denke ich, würden Sie es auf der Erde bezeichnen. In Nahrung liegen Freiheit und Sicherheit. Auf Pe-Ellia ist Nahrung mehr als nur Ernährung des Körpers.«

Während er das sagte, erscholl ein Ruf aus der Küche: »Karitsas!«

Alle standen auf. Viele Male bin ich in fremdartige Rituale hineingezogen worden. Auf Tiger Lily habe ich beinahe meine Hände verloren, weil ich nicht eine ihrer geheiligten Reliquien berührte. Später hätte man mir beinahe die Gurgel durchgeschnitten, weil ich während einer feierlichen Stille hustete. Dieses Aufstehen war wie das Abspielen einer Nationalhymne.

Also Karitsas. Koch trat herein und trug eine große braune Schüssel, die, soweit ich erkennen konnte, gebratene Eier enthielt. Erst als er sie auf den Tisch stellte, sah ich, daß die ›gebratenen Eier‹ lebten und in der Schüssel umherflossen wie übergroße Amöben.

»Noch mehr Gesundheitsnahrung?« fragte ich

»Und die beste«, antwortete Winterwind.

Menopause setzte sich und lehnte sich auf seinem Sessel mit offenem Mund zurück.

»Er will gefüttert werden«, sagte Winterwind und winkte Koch heran. Koch berührte eins der winzigen Tiere, und es rollte sich sofort zu einem Ball zusammen. Er fischte es heraus und ließ es in Menopauses offenen Mund fallen. Menopause gurgelte ein paar Sekunden damit und entspannte sich dann. Sein Körper schien zusammenzufallen, zu explodieren. Er flegelte sich auf seinem Stuhl, so ekelhaft anzusehen wie ein Säufer, und begann zu schnarchen. Zumindest ist das das Wort das Jett benutzte, um die raspelnden, glucksenden Töne zu beschreiben, die aus seinem Mund drangen.

»Keine Angst, auf Sie hat es nicht diese Wirkung«, sagte Tom, der meine Reaktion erkannt haben mußte.

Jeder der Pe-Ellianer beugte sich jetzt vor und suchte sich einen Karitsa aus. Sie aßen sie mit derselben Genüßlichkeit, die man bei Menschen beobachtet, wenn sie eine Weintraube im Mund zerdrücken.

»Ich werde eine versuchen«, erklärte Mnaba.

Wie auf sein Kommando arbeitete sich ein Karitsa zum Rand der Schüssel empor. Es hing an der Oberfläche, und sein waffeldünner Körper vibrierte, als es versuchte, sich an der Luft festzukrallen, dann über den Rand der Schüssel fiel, und auf dem Tisch landete.

»Es mag Sie«, murmelte Koch, als das Karitsa sich mit einer Vorderflosse aufstemmte und dann über den Tisch zu laufen begann. Tomas' Augen traten aus ihren Höhlen.

»Berühren Sie seinen Kopf«, sagte Jett. »Aber sehr vorsichtig, damit Sie nicht seine Membrane zerbrechen.« Tomas streckte die Hand aus und berührte das orangefarbene ›Dotter‹. Seine Reaktionsfähigkeit hatte nachgelassen, und das Karitsa schlang seinen feuchten Körper um seinen Finger.

»Schnell schlucken«, rief Winterwind, und Tomas führte das Karitsa zum Mund und löste es mit den Lippen von seinen Fingern.

Seine Wangenmuskeln spielten. Er schloß die Augen, und ich sah, daß er sein Training als Kontakt-Linguist dazu heranzog, seine Kehle zu zwingen, das Tier zu schlucken.

Seine Augen barsten auf. Sein ganzer Körper verkrampfte sich und krümmte sich zusammen. Er preßte die Ellbogen an die Seiten und warf den Kopf zurück. Sein Mund öffnete sich, und ich erwartete, daß er einen Schrei ausstieße, doch er sagte nur: »Ga-Ga.« Danach entspannte sein Körper sich, und ein albernes Lächeln breitete sich über sein Gesicht aus. Er zog die Knie ein und rollte sich auf seinem Stuhl zusammen. Wenn er eine Katze gewesen wäre, hätte er bestimmt geschnurrt. Doch er sagte nur: »Guuuuu.«

Alle Augen waren auf mich gerichtet. Winterwind lächelte.

Ich deutete auf eins der Karitsas, das zum Rand der Schüssel emporkletterte und sagte, daß ich dieses haben wolle.

»Dann greifen Sie es sich«, sagte Jett. »Das ist Teil des Vergnügens.«

Das Karitsa winkte mir zu, als ich meine Hand nach ihm ausstreckte. Ich klopfte ihm mit dem Finger leicht auf den Kopf, und es rollte sich sofort zusammen und fiel in die Schüssel zurück.

»Schnell«, sagte Koch. »Fischen Sie es heraus, bevor die anderen darüber herfallen.«

Ich fuhr mit der Hand in die warme Flüssigkeit, und zwei andere Karitsas umschlossen meine Finger. Ich fischte mein zusammengekugeltes Karitsa heraus und steckte es, bevor ich richtig nachdenken konnte, in den Mund.

Es strampelte – und dann erschlaffte es und explodierte zu dem wunderbarsten Geschmack, den ich jemals kennengelernt hatte, obwohl ich ihn nicht beschreiben kann. Ich schluckte durch Reflex, und der Geschmack erfüllte mein ganzes Gehirn. Ich spürte, wie das Karitsa durch meine Venen und durch meine Haut floß. Es erreichte meine Zehen und floß wieder hinauf zu meinem Herzen. Ich glaubte sterben zu müssen, und die Vorstellung war wunderbar.

Ich entspannte mich, oder ich sollte wohl richtiger sagen, daß ich entspannt wurde, da ich nicht mehr Kontrolle über mich hatte als eine Marionette, der jemand alle Schnüre durchtrennt hat.

Meine Augen öffneten sich weit. Die Welt schwamm wieder in Fokus. Ich öffnete den Mund und sagte: »Ba-ba.«

Die Welt war hell, und alles strahlte mit einem inneren Licht. Am hellsten strahlte die Schüssel in der Mitte des Tisches. Ich konnte die Karitsas noch immer erkennen, doch sahen sie jetzt aus, als ob sie aus Quecksilber bestünden.

Mnaba glühte ebenfalls. Und auch alle Pe-Ellianer. Nur um meine Hand herum war Dunkelheit, wo die beiden Karitsas, die sich an meine Finger geklammert hatten, gestorben waren.

Koch fischte die toten Karitsas heraus, die inzwischen geliert waren. Alle blickten mich an. Mnaba ebenfalls.

»Was war das?« murmelte ich.

»Karitsa«, antworteten alle.

Ich fühlte mich high und erkannte die Symptome als solche. Gott weiß, daß ich eine Menge Erfahrung mit fremden Drogen habe, aber es gibt Unterschiede.

Die Wände kamen mir weiter vor. Sie waren voller sich schlängelnder Venen. Sie hoben mich auf, und ich schwamm mit ihnen. Meine Sinne waren von meinem Körper getrennt und schwabberten im Raum umher wie Pingpong-Bälle in einem Strudel.

Ich blickte die Karitsas an und hörte das Läuten von Schlittenglöckchen. Ich wußte, daß es ihre Gedanken waren, die ich hörte und genoß die Vorstellung, bevor ich fortgerissen wurde.

Ich wandte mich Tomas zu und glitt in sein Gehirn wie in eine Auster. Er schien es nicht zu bemerken.

Etwas in mir zuckte vor einer solchen Intimität zurück, und ein schützender Nebel breitete sich über ihn und mich. Er gähnte.

Ich glitt durch den Nebel und schwebte zur Decke empor. Ich konnte mich sehen. Ich konnte Tomas sehen. Doch ich konnte nicht die Pe-Ellianer sehen.

Nein, das ist falsch. Ich konnte noch immer sehen, wo sie waren, doch konnte ich *sie* nicht mehr sehen. Was ich sah, waren Barrieren. Wie Klippen aus schwarzem Granit. Undurchdringlich. Außer Menopause. Sein Gesicht war wie ein Totenlaken.

Es war wie ein Bündel von Kleidern, die zufällig einem Gesicht ähneln, doch ohne Leben sind. Ich sah es lange Zeit an, bevor ich mich auf einer gut geschmierten Achterbahn in die Tiefe sausen fühlte und in mir landete. Auch ich schien zu glühen.

Während ich dieses schreibe, Stunden später, ist das Glühen vergangen. Doch die Erinnerung, wie man so sagt, ist geblieben. Ich finde mich mit der Tatsache ab, daß das Karitsa auf irgendeine Art meine telepathischen Kräfte geweckt hat, oder eine Kraft, die lange geschlummert hat. Ich fühle mich wie ein Mensch, der plötzlich entdeckt, daß er drei Hände hat – zwar ungeschickte, doch voller Kraft.

Zu mir selbst zurückgekehrt, war ich zufrieden, nur zurückgelehnt auf meinem Stuhl zu sitzen und die anderen zu beobachten. Für mich war das Bankett zu Ende. Ich war froh, daß die Pe-Ellianer mich in Ruhe ließen.

Tomas war völlig verändert. Er war Herz und Seele der Party. Er redete brillant. Er analysierte die Erde und Pe-Ellia, er spekulierte über die Ähnlichkeit ihrer grundlegenden Bräuche und verglich ihre Flora und Fauna miteinander.

Wie lange ihre Konversation dauerte, weiß ich nicht. Allmählich verspürte ich jedoch etwas wie eine Warnung: ein Stechen im Daumen und ein Kribbeln im Nacken, wo die Haare sich aufrichteten.

Meine Unruhe verstärkte sich, wenn ich still saß. Schließlich beugte ich mich vor. Menopause bewegte sich zur selben Zeit wie ich. Ich starrte ihn an, und während ich auf das Totenlaken blickte, das ich seine Barriere genannt habe, begann sein Gesicht, sein geistiges Schild, sich aufzulösen.

Ich blickte in Menopause hinein.
Ich blickte in Menopause hinein.

Mystische Experimente sind allein von ihrer Natur her so persönlich, daß sie nicht vermittelbar sind. Wir schenken den großen Sehern unser Vertrauen. Sie müssen mir einfach glauben, wenn ich Ihnen sage, daß ich in Menopause hineinblickte, und ein Gesicht sah, ein junges Gesicht, ein altersloses Gesicht, das zurückblickte und lachte, unbekümmert und froh. Das Gesicht war das Gesicht meiner Freunde auf Orchid. Es war Tomas' Gesicht. Es waren alle die Gesichter, die ich jemals gesehen hatte, zu einem zusammengerollt.

Es war mein Gesicht.

Vielleicht ist es wahr, daß wir überall, wohin wir auch blicken mögen, alles, was wir finden, wir selbst sind. Als ich das Gesicht anblickte, wurde sein Lachen zu Quecksilber (wie die Körper der Karitsas), und ich spürte es über meinen ganzen Körper rinnen. Das Lachen verwandelte sich in Wolken blauer und grüner Blumen, die ich riechen konnte. Das Gesicht verwandelte sich zu Leinen – zu Licht – und war verschwunden. Es wurde von Dunkelheit ersetzt, in der rote Feuer brannten.

Ich glaubte, Wind wehen zu spüren, der mich drängte, in die dunkle Höhle einzutreten und mich in die Flammen zu stürzen.

»*Nein!*« schrie eine Stimme, die ich als meine eigene erkannte, obwohl ich nicht gesprochen hatte.

Der Wind erstarb. Etwas Graues füllte die dunkle Höhle von

Menopauses Gesicht, und es wurde langsam wieder zu einem ›Leichentuch‹. Alles war wieder so, wie es gewesen war, aber nicht ganz. Vorher war dieses ›Leichentuch‹ so fremdartig gewesen wie die ›Platten‹, die Winterwind und all die anderen bedeckten. Jetzt sah es natürlich aus. Ich hatte das Gefühl, daß ich nicht mehr zu tun brauchte, als meine Hand auszustrecken und ... etwas fortzureißen, das enthüllen würde ...

Was enthüllen würde? Ich weiß es nicht. Menopauses Gesicht? Sein Gesicht, so wie es nach dem Wechsel aussehen wird? Wie es nach seinem Tod aussehen wird? Ich weiß es nicht, und seltsamerweise bin ich auch nicht neugierig, es zu wissen. Die Zeit wird es erweisen. Ich kann warten. Und ich bin in Bewegung.

Ich blickte mehrere Minuten lang das ›Totenlaken‹ an, und dann stand Menopause auf. Ich betrat wieder die Welt der Wirklichkeiten. Menopause reckte die Arme empor, und seine Hände wirkten wie Sterne. Und dann war er verschwunden.

Keiner der anderen kümmerte sich um sein Verschwinden. Sie setzten ihre Gespräche fort. Ich stand auf und verneigte mich vor unseren Gastgebern. Sie winkten und nickten mir abschiednehmend zu. Tomas grinste von einem Ohr zum anderen. Ich lächelte zurück und ging in mein Zimmer. Hier habe ich diese Notizen geschrieben.

Mein Fenster ist eingeschaltet, und draußen fällt das Wasser des Flusses wie schmelzender Schnee von einem Kirchendach. Ich schätze, daß die Party sich eine halbe Stunde nach meinem Verschwinden auflöste.

Ich trat auf die Lichtung hinaus und verabschiedete mich von allen. Jett sagte, daß er auf seinem Lieblingsweg nach Hause gehen würde und sprang in den Fluß. Tom und Gus sagten, daß sie laufen wollten. Winterwind sagte, daß er nur ›bummeln‹ würde. So weit ich es beurteilen kann, trennten wir uns als gute Freunde. Ich spürte ein inneres Hochgefühl und Wohlwollen gegenüber allen.

Als ich wieder in den Handflächen-Raum trat, war Tomas bereits in sein Zimmer gegangen, und der Tisch war abgeräumt. Ich ging zur Küche, um Koch Gute Nacht zu sagen und ihm zu danken. Ich klopfte nicht an, und Koch hörte mich nicht kommen.

Er stand mit dem Rücken zu mir, als ich den Kopf zur Tür hereinsteckte. Er hatte seine Schürze hochgezogen und rieb sich eine Körperseite mit weiten, langsamen streichenden Bewegungen seiner Fingerspitzen.

Nach einer Weile erschien eine Linie an dieser Stelle. Es war eine Hautfalte, die wie eine Tasche aussah, oder wie ein sehr breiter, doch schmaler Mund. Er steckte seine Hand in die Falte (tatsächlich in seinen Körper hinein) und zog ein Ei heraus. Das Ei hatte eine perlweiße leuchtende Haut und war etwa von der Größe eines Gänseeis. Der Schlitz in seiner Seite schloß sich und sein Körper war wieder so nahtlos wie zuvor. Er hielt das Ei ins Licht, betrachtete es eingehend, schien mit der Musterung zufrieden und schlitzte die lederige Haut mit seinem Daumennagel auf. Ein Karitsa kullerte heraus.

Er hielt es auf seiner Handfläche und sprach mit leiser, singender Stimme auf es ein. Das Karitsa erzitterte und rollte sich dann spontan zu einer Kugel zusammen. Koch warf es sich in den Mund.

Er stand ein paar Sekunden lang reglos, und dann begann sein ganzer Körper zu zittern. Als der Anfall vorüber war, hockte er sich auf den Boden.

Ich zog mich lautlos zurück. Was das alles bedeutet, kann ich nicht sagen. Es wirft mehr Fragen auf, als ich beantworten kann. Werde mich morgen danach erkundigen.

Tomas ist zu Bett gegangen. Jett hat inzwischen sicher sein wässeriges Heim erreicht. Winterwind ist vielleicht draußen im Dschungel und hält Zwiesprache mit dem Mond oder den Sternen oder womit sonst Pe-Ellianer Zwiesprache zu halten pflegen. Menopause streift sicher irgendwo herum. Oder aber er ruht irgendwo und bereitet sich auf die Häutung vor. Wie sehr muß dieser Vorgang einer Geburt ähneln. Ich frage mich, ob ich dabei sein darf, wenn er seine Haut verliert.

Morgen haben wir einen geschäftigen Tag. Winterwind hat sich bereit erklärt, mit uns zu Mittag zu essen und jede Frage zu beantworten, die wir ihm stellen mögen. Bis dann also.

KOMMENTAR

Eine ganze Reihe der Einzelpunkte in Thorndykes Tagebuch verlangen Erläuterung.

Schwebe-Harfe: Die Schwebe-Harfe ist quadratisch geformt und steht aufrecht. Sie ist etwa zwei Meter hoch, und die Pe-Ellianer spielen sie kniend. Sie besitzt einhundertzwanzig hohle Saiten, die in Gruppen von je fünf gestimmt werden. Die Saiten enthalten verschiedenfarbige Flüssigkeiten. Seinen ›Schwebe‹-Charakter erhält das Instrument durch die Druckpolster, die auf jeder Gruppe von fünf Saiten befestigt sind. Jedes Druckpolster ist oben mit einem Ring versehen, so daß es angehoben oder gesenkt werden kann, wodurch sowohl die Tonhöhe als auch die Tonqualität verändert werden kann. Das Instrument wird sehr schnell durch Zupfen der Saiten gespielt und bringt ein Geräusch hervor, das für unsere Ohren wie ein Jammern klingt. In den Händen eines Meisters wie Koch kann es jedoch eine Tonskala haben, die von harten Anschlägen, die an ein Xylophon erinnern, bis zu dem rauschenden Klang einer Hawaii-Gitarre reicht. Peellianische Musik kennt keine formalen Rhythmen, so wie wir sie verstehen, besitzt jedoch etwas, das Koch als ›emotionalen Rhythmus‹ bezeichnet.

Als Koch und Jett mich auf Camellia aufsuchten, bat ich Koch, mir mehr über die Funktionen einer Schwebe-Harfe zu sagen. Nachstehend ist seine Antwort:

Du weißt eine Menge über uns, Tomas, auch daß wir in Sympathie leben. Ich war einer der empfindlichsten meines Geleges. Man hat mir Musik vorgespielt, als ich ein Karitsa war. Ich war fast zu empfindsam, um leben zu können. Ich konnte das Gespräch der Grashalme hören, über die ich hinwegschritt. Noch vor meinem ersten Wechsel lernte ich die Schwebe-Harfe, wie ihr sie nennt, zu beherrschen. Ich lebte damals allein und habe sie nur für die Bäume und die Gräser gespielt. Ein Meister hörte mich spielen und lud mich ein, bei ihm zu studieren. Ich spielte ihn durch seinen Übergang und erlernte so die Tonleitern des Lebens.

Bei meinem zweiten Wechsel erlangte ich Symmetrie, die auch das Goldene Mandat genannt wird. Das heißt, daß ich lediglich die Richtung, die ich eingeschlagen hatte, weiterzuverfolgen brauchte, um möglicherweise ein Mantissa zu werden, wie mein Lehrer.

Alles Leben hat seinen Rhythmus, so wie jedes Atom seine eigene Geschichte hat. Ich war einer der wenigen, die durch Ausbildung, Fähigkeit und Glück dazu berufen waren, diesen Rhythmus zu erkennen. Man kann wirklich behaupten, daß das Leben auf mir spielte, und das Resultat davon waren die Töne, die ich der Schwebe-Harfe entlockte. Durch mich manifestierte sich ›emotionaler Rhythmus‹.

Das ist eine sehr reiche Erfahrung – aber auch eine gefährliche, wie ich dir berichtete. Ich überschritt die Grenze, wurde übermütig, handelte verantwortungslos, und das Resultat war Tod. Das Töten hat mich gezeichnet. Ich wurde vor einen Mantissa gerufen. Er hat mich entstellt, mir mein Mandat genommen, in meinem Gehirn Schranken errichtet, so daß ich nie wieder innerhalb der pe-ellianischen Tonleitern spielen konnte. Hat mich Balacas gemacht. Ansonsten blieb mir meine Kunst erhalten, doch ich war wie ein Sänger, in dessen Skala mehrere Töne fehlen. Ich wechselte meinen Beruf – vom Musiker zum Koch.

Ich bezaubere Fische mit meinem Spiel. Ich werde bald in den Schmelztiegel zurückgehen.

Ungeschändete-alte-Schatz-Grabkammer und Lachgas: Wir haben diese beiden Gelehrten nie wiedergesehen. Während des Banketts bat ich sie, mir etwas über ihre Arbeit zu sagen und mir zu erklären, was unter der Bezeichnung ›Mantissas Mägde‹ zu verstehen sei. Ungeschändete-alte-Schatz-Grabkammer war Historiker, der sich auf die Frühgeschichte Pe-Ellias spezialisiert hatte. In nächster Zeit wollte er ein altes Grab untersuchen, das er entdeckt hatte. Um die nötige Kraft dafür zu erhalten, arbeitete er als Magd eines Singenden Mantissas. Er hatte die Reise zur Erde mitgemacht, um seinen Geist mit einer ›lebenden Primitivkultur‹ abzuhärten. Er sagte mir: »Keiner von uns hat geahnt, wie gefährlich das sein würde.«

Lachgas sagte mir, mit einem Lachen, daß er ›Sandmaler und

Schlammrührer‹ sei, und ich war anfangs überzeugt, daß er damit eine künstlerische Tätigkeit andeuten wollte. Doch er sagte, dem sei nicht so. Er schien keine andere Aufgabe zu haben, als immer dort, wo er gebraucht wurde, zur rechten Zeit zu erscheinen. »Das«, erklärte er, »erfordert viel Können und Geschick. Ich muß ständig in Verbindung mit allen Aspekten unserer Gesellschaft stehen. Ich verbringe viel Zeit damit, allein den Äther zu prüfen, meinen Finger zu benetzen, um festzustellen, aus welcher Richtung der Wind bläst, versuche, mögliche Probleme festzustellen, bevor sie sich entwickeln können.

Ich werde Lachgas genannt, weil ich immer guter Laune bin. Wenn es anders wäre, würde ich selbst mein schlimmster Feind sein, und eine Quelle schwerster Unstimmigkeiten.«

Ich fragte ihn nach der Reise zur Erde, und er sagte mir, daß dieses Erlebnis ihn bis zu seiner Belastbarkeitsgrenze strapaziert habe. Er hätte an zehn Orten gleichzeitig sein müssen.

»Wie Sie sehen, bin ich jetzt die Magd eines Mantissas, was bedeutet, daß jetzt zur Abwechslung ein anderer für mich sorgt. Ich erhole mich von der Erde. Ich kann jedoch feststellen, daß ich Erdenleute als angenehme Tischpartner betrachte.«

Bei einer späteren Gelegenheit bat ich Jett, mir eine andere Übersetzung von Lachgas' Beruf zu geben. Er dachte eine Weile nach und sagte dann: »Polizist«.

Karitsa: Thorndykes Schilderung über das Essen eines Karitsas weicht stark von meiner eigenen Erfahrung ab. Das wenig schmeichelhafte Porträt, kraftlos zusammengesunken auf meinem Stuhl gesessen und ›Ga-ga‹ gemacht zu haben, kann ich nicht bestreiten, denn während dieser kurzen Zeitspanne war ich nicht bei klarer Besinnung.

Nach meiner Beurteilung schmeckte das Karitsa etwa wie ein Pilz. Es setzte seinen Geschmack plötzlich und absolut frei, und es war mehr als nur Nahrung. Ich fühlte es durch meinen Körper kreisen wie einen plötzlichen Krankheitsanfall, der nur wenige Sekunden dauerte und genauso plötzlich verschwand, wie er gekommen war; ich fühlte, wie meine Lebensgeister von ihm angefacht wurden. Die Gesichter meiner Tischgefährten schienen lebensvoller, doch hatte ich nicht das Gefühl eines übernatürlichen

Erlebnisses, von Telepathie oder etwas anderem auch nur vage Okkultem. Falls Thorndyke in meine Gedanken eingedrungen ist, wie er behauptet, so habe ich davon nichts gespürt.

Ich erinnere mich, Thorndyke kurz angeblickt zu haben, als wir von Lachgas' Beruf sprachen und ich dazu eine Bemerkung von ihm erwartete, und ich hatte den Eindruck, daß er auf seinem Stuhl eingeschlafen sei. Mit anderen Worten, ich bezweifle nicht die Wahrheit dessen, was er glaubte, gesehen zu haben, obwohl es dafür eine viel rationalere, herkömmlichere Erklärung gibt: Er hat geträumt.

Was seine Bemerkung über sein Gefühl angeht, daß ich von ihm ›fortgepellt‹ würde, so bin ich der Meinung, daß sich dieser Vorgang in *ihm* abspielte. Ich glaube nicht, daß sie von den Pe-Ellianern stimuliert worden war. Seine Beobachtungen basieren mehr auf Vorgängen, die in seinem Innern stattfanden, als auf objektiven Tatbeständen. Ich denke, daß die späteren Ereignisse unseres Aufenthaltes die Wahrheit dieser These untermauern.

›Bei der Arbeit mit einer fremden Rasse muß Ihre Methode des Vorgehens und der Befragung stark von dem Struktursinn dieser Rasse geleitet werden.‹

Dieses Axiom aus dem Handbuch für Kontakt-Linguisten erwies sich für Pe-Ellia als genauso zutreffend wie für Tiger Lily oder Orchid.

Am sechsten Tag unseres Aufenthaltes kamen wir in den Genuß des ›Tages der formalen Erklärungen‹, wie Winterwind es nannte. Das Treffen war auf die Zeit nach dem Mittagessen festgelegt worden. Thorndyke und ich verbrachten den Vormittag damit, unsere Fragen zu formulieren. Ich ging die Encoder-Register durch, um mich zu versichern, daß es keine Wissensgebiete gab, die wir übersehen hatten. Ich stellte dem Encoder die Frage, welche Wissenslücken seine Speicher aufwiesen, und er stellte mir eine Liste mit über einhundertzwanzig Fragen zusammen. Ich hatte meine eigenen Fragen, die auf Beobachtungen basierten, und natürlich hatte auch Thorndyke die seinen. An diesem Vormittag versuchten wir, unser Wissen zu ordnen und unsere Prioritäten festzulegen. Wir sahen ein, daß es unmöglich sein würde, auch nur auf ein Zehntel all unserer Fragen Antworten zu erhalten.

Wir beschlossen, uns allein auf die Fragen zu konzentrieren, die die Beziehungen Pe-Ellias mit der Erde betrafen (mit einer Ausnahme, der Frage: Was ist ein Mantissa?). Wir glaubten, daß wir wissen würden, wie wir weiter vorzugehen hätten, wenn wir die Einstellung Pe-Ellias gegenüber der Erde abgeklärt hatten.

Wir aßen ein leichtes Mittagsmahl aus Salaten und Früchten am Tisch beim Fluß. Als Koch abräumte, erschien Winterwind.

Koch stellte eine kleine Schüssel mit weißen Kuchen auf den Tisch und ging wieder. Winterwind nahm einen der Kuchen, biß hinein und sagte: »Lassen Sie uns beginnen.«

Er erkundigte sich, ob wir viele Fragen hätten und bat uns dann, sie ihm im Zusammenhang zu verlesen. Er war überrascht, daß wir so wenige Fragen hatten, und daß sie auf nur einige Teilbereiche beschränkt waren.

»Kommen Sie, kommen Sie«, sagte er. »Ich bin sicher, daß Sie auch etwas über unser Sexualleben wissen wollen. Und was ist mit unserer Landwirtschaft und unseren Städten? Und was mit unseren grundlegenden Wissenschaften und der Frage, ob wir unter Verdauungsstörungen leiden?«

Wir gestanden ein, daß auch diese Dinge für uns von großem Interesse seien, wir um der Genauigkeit willen jedoch beschlossen hätten, bestimmten Richtlinien zu folgen.

»Ah, ich verstehe. Sie wollen, daß ich Ihre Fragen in Kategorien beantworte? Wenn ich das täte, würde ich zu Übervereinfachungen gelangen, und Sie würden bei Annahmen enden. Abgesehen davon, überlegen Sie doch einmal: Ich spreche eine andere Sprache und bin deshalb allein schon durch die Ihrer Sprache eigenen Begrenzungen eingeengt. Es ist besser, wenn Sie mich auf meine eigene Art sprechen lassen. Ich habe in großen Zügen begriffen, was Sie wollen.«

Thorndyke wollte ihm widersprechen. Winterwind brachte ihn mit der Bemerkung zum Schweigen, daß er von den Debatten bei der Raumfahrtbehörde gehört habe und noch nie verstehen konnte, warum Erdenleute sich so heftig über Verfahrensfragen stritten.

Nachstehend Thorndykes Bericht über dieses wichtige Treffen. Er hat Winterwinds Bemerkungen kondensiert und ihre Reihenfolge geändert. Trotzdem sind die Worte, die er gebraucht, fast immer die von Winterwind benutzten.

THORNDYKES TAGEBUCH:
NEUNZEHNTE EINTRAGUNG

Winterwind ist ein schlauer alter Fuchs. Das muß ich ihm zugestehen. Ob er schon genau festgelegt hatte, was er sagen wollte, bevor er herkam, weiß ich natürlich nicht, doch auf jeden Fall hat er uns ausmanövriert. Ich kann ihn noch immer sagen hören: »Holisten.* Wir Pe-Ellianer sind Holisten.« Als ob er das Konzept erfunden hätte. Doch darauf kommt es nicht an. Was er sagte, war von großem Interesse für uns und hat ein paar Wissenslücken ausgefüllt.

Stellen Sie sich ihn vor: lang, schlank, glänzend und tätowiert. Haarlos und auf einer Bank im Sonnenschein ausgestreckt wie ein Römer zur Hochblüte des Imperiums. Er blinzelt mit seinen gelben Augen und spricht.

»Das Denken ist etwas Lebendiges. Ich glaube, daß Sie es ähnlich sehen, denn ich habe bemerkt, daß Sie dem Gebet und der Willenskraft großes Gewicht beimessen. Beides deutet auf eine Abhängigkeit vom Denken hin. Was Sie jedoch nicht erkennen zu können scheinen und was ich Sie deshalb bitten muß, mir abzunehmen, ist die Tatsache, daß alles, was Sie denken, einen gewaltigen Einfluß auf Ihren körperlichen Zustand ausübt, und auch auf den körperlichen Zustand aller anderen Personen. Alles, was Sie denken, wird zu Ihnen und beeinflußt genauso, sagen wir, jenen Grashalm dort. Auf Pe-Ellia ist die Atmosphäre mit Denken aufgeladen, so wie eine Batterie mit Energie aufgeladen ist. Auf der Erde ist es gleich. Die Erde und Pe-Ellia sind darin gleich, daß beide eine Biosphäre besitzen und beide auch etwas haben, das ich eine Psychosphäre nennen möchte.

Die Psychosphäre ist das Reich des Denkens. Es durchdringt

---

* Anhänger des Holismus, einer naturphilosophischen Lehre, die besagt, daß alle Daseinsformen danach streben, Ganze zu sein. – *Anm. d. Hrsg.*

sowohl die physischen als auch die zeitbedingten Barrieren. Wir, die wir heute leben, sind alle Erben der Vergangenheit. Das trifft sowohl auf Pe-Ellia zu als auch auf die Erde. Pe-Ellia ist natürlich erheblich älter als die Erde, doch auch wir ererben die Sünden unserer Väter, genau wie Sie.

Doch es besteht trotzdem ein Unterschied zwischen der Erde und Pe-Ellia. Wir auf Pe-Ellia spüren Denken so deutlich wie Sie, zum Beispiel, Hitze oder Schwerkraft. Sie jedoch, der Sie über ein hervorragendes geistiges Potential verfügen, scheinen unsere Gabe nicht wahrzunehmen. Sie verschwenden Sie auf Wut, Schmerz und Intrige.

Sie fragen, ob wir Telepathen sind? Ihre Frage enthüllt Ihr Unwissen. Natürlich sind wir Telepathen, wie Sie es nennen, weil alles Leben telepathisch ist. Am Leben zu sein heißt doch, am vitalen Prozeß des Denkens teilzuhaben. Alles Leben denkt und leistet seinen Anteil zu dem ständig wachsenden Reservoir des Denkens. Nicht telepathisch zu sein, heißt tot zu sein. Sie, Marius Thorndyke, sind ein erschreckender Telepath, genau wie Professor Mnaba. Und Sie beide sind so erschreckend, weil Sie sich Ihrer Begabung nicht bewußt sind.

Wie telepathisch wir sind? Die Antwort ist: total. Darin liegt für uns jedoch auch ein Problem. Wir versuchen, die Konsequenzen der Telepathie zu vermeiden. Sie müssen verstehen, daß die Telepathie uns gegen individuelle Entwicklung stellt, und die ist für uns die einzige Art von Entwicklung. Doch stellen Sie sich vor, im Gehirn jedes anderen zu lassen. Oder, um es anders auszudrücken, jeden in seinem Gehirn leben zu haben. Mit einer Million Tabus geknebelt zu sein, mit einer Unzahl von Beschränkungen und Konsequenzen und vermeintlichen Regelverstößen. Es ist besser, den freien Geist in seinem eigenen Bereich umherreisen und wandern zu lassen, als wenn wir eine gleichmacherische Norm gleichen Wissens hätten. Außerdem wäre es unfair den Jungen gegenüber, sie der Freuden des Älterwerdens zu berauben. Die Telepathie ist das letzte Mittel eines versagenden Intellekts.

Gelegentlich benutzen wir diese Kraft bei einer Katastrophe. In der Vergangenheit hat es Zeiten gegeben, wo unsere gesamte Zivilisation ihre Kräfte vereint hat, um sich gegen eine Naturgewalt zu stellen, doch seit dem Erwachsen der Mantissa-Beschützer sind solche Ereignisse äußerst selten geworden. Zu meinen Lebzeiten hat, wie mir erklärt wurde, nicht ein einziges Zusammenwirken aller Pe-Ellianer stattgefunden.

Das einzige Mal, wenn ich meine Telepathie öffne, ist gegenüber der ... ah ... Königin, oder wenn ich die Hilfe eines Mantissa-Beschützers brauche.« Er klopfte mit den Fingern an seine Lippen und dachte nach.

»Wann sonst? Lassen Sie mich nachdenken. Um sich mit einem Karitsa in Verbindung zu setzen und es auf das Gegessenwerden vorzubereiten. Unter uns selbst? Nie. Das wäre für uns die äußerste Obszönität: entweder unseren Geist zur Schau stellen oder ihn dazu zu verwenden, andere zu verführen.«

Er blickte uns beide an und schien sich über etwas zu amüsieren. »Bei euch Menschen ist das anders. Wir können Sie nicht verstehen. Sie suhlen sich in Ihren Gedanken. Manchmal halten Sie bestimmte Gedanken geheim. Manchmal strömen Sie von Emotionen über wie ein Fluß, der seine Dämme gebrochen hat. Im Umgang mit Ihren Leuten müssen wir komplizierte Barrieren errichten.«

»Ihren Mantissa benutzen?«

»Unseren Mantissa benutzen«, sagte er und nickte. »Sie müssen wissen, daß wir nicht Ihre Gedanken lesen wollen, und es allmählich lernen, es nicht zu tun. Wir beobachten Sie jedoch. Wir spüren die tiefe Sympathie, die Sie beide miteinander verbindet, und Ihr großes gemeinsames Verstehen, doch stehen Sie nicht in direkter Gedankenverbindung miteinander.«

»Wir wissen nicht, wie man es macht«, sagte Tomas.

»Ah«, sagte Winterwind und nickte.

»Seit wann wissen Sie von uns?« fragte ich.

»Wir sind eine sehr alte Rasse. Vor vielen Jahrtausenden, in unserer frühgeschichtlichen Epoche, hörten wir das erste Murmeln Ihrer Gedanken. Auf eine gewisse Weise waren diese Gedanken nicht dem angenehmen Lispeln der Karitsas unähnlich. Wir studierten sie, und ein Ausleger-Mantissa hing viele tausend Jahre lang in Ihrem Sonnensystem und versuchte herauszufinden, in welche Richtung Sie sich entwickeln würden.«

»Ist der Mantissa gelandet?«

»Gelandet? Wir landen niemals. Das sollten Sie wissen. Nein, der Mantissa beobachtete und beobachtete, und als ihm die Last des Beobachtens zu schwer wurde, vereinfachte er all sein Wissen, und ein neuer Mantissa, ein jüngerer, übernahm seine Stelle. Ihr Mantissa ging dann mit einem Schwarm von Engeln auf einen langen Urlaub, und ich weiß nichts weiter über ihn.«

»Engel?«

»Ich glaube, so würden Sie sie nennen. Raumfische. Sie gehören zu einer anderen Ordnung von Lebewesen als Sie und ich.

Das Wissen des Mantissas über Sie war sehr groß. Er sagte voraus, daß die Primaten einen manipulativen Vorsprung vor allen anderen Spezies erreichen würden. Der jüngere Mantissa blieb nur ein paar tausend Jahre in Ihrem Sonnensystem. Er kam zu der Schlußfolgerung, daß Sie als Spezies fundamental kriegerisch seien und sich selbst vernichten würden, wenn man Ihnen genügend Zeit dazu ließe. Das tun übrigens die meisten Spezies, müssen Sie wissen.

Zur gleichen Zeit überwachten wir viele andere aufdämmernde Zivilisationen. Sie haben mittlerweile ein paar von ihnen auf ihren Planeten besucht. Viele von ihnen waren noch nicht so weit entwickelt wie die Erde. Andere haben sich inzwischen selbst vernichtet. Wir haben das voller Trauer mitangesehen. Andere sind Ihnen voraus und deshalb vor Ihnen sicher. Wir beschützen sie.

Doch um wieder auf die Erde zu sprechen zu kommen: uns wurde bald die große telepathische Kraft Ihrer Rasse bewußt. An purer Kraft und Ausstrahlung kommen Sie uns sehr nahe. Ihr Planet strahlte wie ein psychischer Leuchtturm für solche, die sehen konnten. Doch er strahlte in der Farbe des Schmerzes und der Agonie. Und er strahlte auch in der Farbe des Idealismus. Er war ein geistig verwirrtes Ei des Gefühls, und wir stellten fest, daß wir ungeschützten Kontakt sehr sorgsam vermeiden mußten.

Alle zwei- oder dreitausend Jahre oder so schickten wir einen Ausleger in Ihr Sonnensystem, um zu sehen, wie es Ihnen erginge. Er saugte die Psychosphäre Ihres Planeten auf und kehrte zurück.

Als Sie die Kraft der Sonne auf der Erde entwickelten, wußten wir, daß Sie zum Untergang verdammt waren, doch irgendwie konnten Sie jenen Krieg vermeiden und schafften den Sprung in den Raum. Ihre Entwicklung der Garfield-Gleichungen und die Macht, die sie Ihnen gaben, durch den Himmel zu streifen, zwang uns, Sie genauer unter die Lupe zu nehmen. Wir beschlossen, Sie in Ihren Raumsektor einzupferchen, bis wir Ihre nächsten evolutionären Stufen abschätzen konnten.

Sehen Sie, wir müssen den größten Teil der Galaxis vor Ihrem Denken bewahren. Sie wissen ja: Denken ist etwas Lebendiges und Machtvolles. Denken beeinflußt und durchdringt alles. Vergessen Sie das nie! Ihr Unwissen über Ihre Macht, Ihr Mangel an Disziplin, Ihre instinktive Aggression und schließlich Ihr wacher, wissensdurstiger Verstand haben Sie überaus gefährlich gemacht.

Wir schlossen daraus, daß lediglich eine evolutionäre Neuausrichtung Sie sicher machen würde. Bei dieser Angelegenheit standen zwei unterschiedliche Meinungen einander diametral gegenüber. Die eine Seite hielt es für das beste, wenn man Ihre Strahlungskraft beschneiden würde. Sie hatten schließlich von Anbeginn an in Unkenntnis dieser Kraft recht glücklich gelebt. Vielleicht war diese Kraft lediglich Gepäck für eine evolutionäre Reise, die Sie nicht angetreten haben. Diese Seite wollte sich aktiv einmischen und Ihre Entwicklung in diese Richtung beeinflussen. Sie schlossen, daß man Ihnen die Kraft der telepathischen Übermittlung für ein paar Generationen nehmen solle.

Die andere Seite stand auf dem Standpunkt, daß eine Evolution immer in die Richtung der besten Möglichkeit wirkt. Sie entdeckten Zeichen dafür, daß Sie, Sie Erdenleute, kurz vor dem nächsten evolutionären Durchbruch stünden, und daß dieser in der Entdeckung Ihrer telepathischen Fähigkeiten liegen würde. Viele von ihnen drängten uns dazu, direkten Kontakt mit Ihnen aufzunehmen und gemeinsam mit Ihnen zu studieren und Ihnen bei der Feststellung Hilfe zu leisten, wie weit Ihre Rasse und die unsere koexistieren könnten.

Die Ansicht konnte sich durchsetzen, und wir entsandten Ausleger mit diplomatischem Personal zu allen bekannten Zentren. Und in elfter Stunde wäre beinahe alles verloren gewesen. Sie haben Ihre Macht gegen uns gerichtet. Ich hätte beinahe geweint.

Der Ausleger hat die Energie der Peitsche ablenken können,

und es war nur Zufall, daß ein Teil davon eine Ihrer Städte traf. Wie Sie wissen, ist Liebe zum Lebenden der Zentralpunkt unseres Seins. Viele von uns wollten den Pferch weiter verkleinern und Ihre Bewegungen auf die Sternsysteme beschränken, mit denen Sie bis dahin Verbindung aufgenommen hatten. Dies war der Zeitpunkt, wo ich mich energisch gegen die Mehrheit stellte. Meine Ansichten waren bekannt, und ich hatte die Erde gründlich studiert. Ich wandte ein, daß der Fehler bei uns läge. In Kenntnis Ihrer Natur hätten wir diplomatischer vorgehen sollen, anstatt einfach zu landen. Ich gewann – doch nur sehr knapp.«

»Wie finden Sie die Erde?«

»Tom und Gus waren im Ausleger dabei. Sie hätten die beiden fragen sollen, wie es war, als sie auf die Erde kamen. Ich kann es nicht so gut schildern wie sie, doch dies ist es, was sie mir berichtet haben:

Vor Antritt der Reise stimmte der Ausleger-Mantissa sich auf die Erde ein. Es war, als ob man weit entfernte Glocken hörte. Einige waren sanft und volltönend, andere klein und silberig, andere hart, drohend, herausfordernd. Tom gestand mir, daß er Angst verspürt habe, da das Läuten der Glocken so gleichmäßig war. Es gab keine Pausen, kein Laut und Leise. Sie dröhnten und donnerten weiter. Er verglich Ihren Planeten mit einem Lautsprecher, der auf volle Lautstärke eingestellt ist und sich nicht dem Ohr anpassen kann, das sich gegen ihn preßt. Wenn Sie das Denken von Pe-Ellianern hören könnten, würden Sie das Rauschen von Wasser, das Kriechen von Würmern im Boden, das Murmeln von Karitsas und den Atem unserer Königin hören. Hin und wieder würde ein Brüllen von Energie vernehmbar sein, wenn ein Mantissa seine Fontäne ausstößt, doch das wäre alles.

Tom und Gus sagten, sie seien froh gewesen, als der Mantissa sich einschaltete und alle Gedanken von der Erde absorbierte.

Dann waren sie da. Der Mantissa erlaubte jedem in dem Ausleger Gedankenproben der Erde zu nehmen, als sie sich ihr näherten. Tom hörte den Schock, als die Erde das fremde Schiff erkannte. Er spürte die Verwirrung und den Schmerz Chicagos. Gus empfing ein visuelles Muster und beschrieb die Erde als ein gigantisches, verrückt gewordenes Karitsa. Wild um sich schlagend. Ein Miasma von Gelb und Blau. Er sah Nervenformen.

Körper, die sich aneinander klammerten. Tosendes Meer und Sandstürme, und schließlich einen Wirbel, dessen Zentrum ein Schrei war. Dann schaltete sich der Mantissa wieder ein und gab den Pe-Ellianern Zeit, sich auf die bevorstehende Tortur vorzubereiten.

Ein paar der Pe-Ellianer erlitten einen Schock und wurden in einen absoluten Ruhezustand versetzt. Sie sehen also, daß man nicht gerade auf Rosen gebettet liegt, wenn man telepathisch ist. Zu jener Zeit hat keiner von uns wirklich begreifen können, daß Sie nicht in der Lage waren, Ihre Geistesenergie zu beherrschen. Ich kann es noch immer kaum glauben.«

»Warum?«

»Für die meisten Rassen stellt die Telepathie ein Mittel des Überlebens dar. Sie wächst mit dem Nervensystem und wird als so natürlich verstanden wie der Gebrauch des Daumens, zum Beispiel. Sie sind die Ausnahme unter den Lebensformen.

Das ist alles, was ich über Telepathie zu sagen wünsche.«

Winterwind zog seine langen Beine an, so daß sein Kinn auf den Knien ruhte und seine gefalteten Hände die Schienbeine umfaßten.

Ich fragte ihn: »Auf welche Weise sind Sie geboren worden?«

»Aus einem Karitsa, wie wir alle. Es gibt sogar ein Lied, das wir lernen, wenn wir klein sind. Ich werde versuchen, ein paar Takte davon zu singen.

Zu Beginn war der Gedanke.
Und der Gedanke dehnte sich aus und kannte keine Grenzen,
Und der Gedanke nahm feste Form an und wurde zum
              Universum,
Wurde zu unserer Galaxis,
Wurde Pe-Ellia.
Und der Gedanke nahm Lebensform an und wurde zur
              Königin.
Von der Königin kam Karitsa,
Und von Karitsa kamen die Pe-Ellianer.

Wir sind die erste und deshalb die älteste Form, die physisches Leben besitzt. Die erste und die älteste. Wir haben eine ungebrochene genealogische Linie von der ersten, winzigen Königin, die sich nur winden konnte, bis zu der heutigen. Wir Pe-Ellianer sind eins. Eine vereinte Rasse. Durch Jahrhunderte verschweißt. Gestützt durch Traditionen und Mantissa-Weisheit. Hier ist ein kleiner Teil meiner Lebensgeschichte.

Ich bin Winterwind in meinem sechsten Wechsel,
Ich war Winterwind während meines fünften,
Davor war ich Fußspuren-im-Schlamm, nach meinem vierten
                                                        Wechsel.
Davor hatte ich keinen Namen.
Ich war Karitsa und wurde vom Alten Vater Gründaumen
                                                        getragen,
Und so weiter, und so weiter, und so weiter, bis zurück zur
                                                    frühesten Zeit,
Wo alle Namen sich in dem einen Namen ›Ellia‹ vereinen.

Ich könnte Ihnen die Namen aller meiner Vorfahren nennen, falls Sie sie hören wollen, doch es würde viele Tage dauern, sie herunterzusagen.«

»Waren die Karitsas, die wir gestern abend gegessen haben, von derselben Art, aus der Sie gekommen sind?«

»Natürlich. Wir haben jeder ein paar zu dem Essen beigesteuert. Wenn die Königin einem Eier gibt, so ist das ein Zeichen, daß man erwachsen und verantwortlich ist. Niemand von uns kann vor seinem vierten Wechsel Eier erhalten. Sehen Sie her!«

Winterwind begann seine Seite auf die gleiche Weise zu reiben, wie ich es am Abend zuvor bei Koch beobachtet hatte. Seine Augen bekamen einen verträumten Ausdruck. Nach ein paar Minuten zeigte sich ein Saum auf seiner Haut. Unter seinen arbeitenden Fingern öffnete sich der Saum zu einer Klappe, in die er die Hand hineinschob. Er nahm drei Eier heraus.

Er bot mir eins davon an, was ich zurückwies, und dann eins Tomas, der zu perplex war, um reagieren zu können. Winterwind nahm Tomas' Verwirrung offensichtlich für eine Ablehnung und schob zwei der Eier wieder in seinen Körper zurück. Er rieb den Saum mit den Fingern, und er schloß sich wieder.

Mit der gleichen Daumenbewegung, die ich am Vorabend bei Koch gesehen hatte, schlitzte er die lederige Haut des Eies auf, und ein Karitsa kugelte heraus. Er murmelte dem Karitsa etwas zu, das sich daraufhin sofort zu einem Ball zusammenrollte. Er aß es auf die gewohnte Art. Die leere Hülle des Eies warf er in den Fluß. Im hellen Tageslicht konnten wir die Wirkung des Karitsas erkennen, während sie durch seinen Körper strömte. Seine Hautfärbung veränderte sich und wurde rosiger. Seine Augen wurden hell.

»Fünfuhr-Tee nennen Sie es wohl«, sagte er dann. »Mögen Sie auch eine Erfrischung?«

Mir war jeder Appetit vergangen. Tomas war grün im Gesicht.

Winterwind fuhr fort: »Karitsa ist die beste Nahrung für Leib und Seele. Karitsa enthält die gesammelte Erfahrung unserer Rasse. Karitsa zu essen ist die Bestätigung seiner Identität mit der Gesamtheit der Schöpfung, nicht allein mit Pe-Ellia. Mit der Zeit werden Sie sie zu mögen lernen. Obwohl ich annehme, daß der Ausdruck auf Ihren Gesichtern nicht so sehr Erstaunen über das Karitsa zeigt, sondern über die Tatsache, daß ich es gegessen habe. Richtig? Da befindet sich ein Graben, den wir überbrücken müssen.

Sie mögen uns vielleicht als Kannibalen, als Kinder-Fresser betrachten, doch wir schätzen das Karitsa nur für das, was es ist, nämlich ein Destillat, nicht als das, was aus ihm werden kann, ein Pe-Ellianer. Außerdem würden wir niemals ein Karitsa essen, nachdem es von unseren Körperflüssigkeiten durchströmt und dadurch zum embryonalen Pe-Ellianer geworden ist. Außerdem müssen wir zugeben, daß wir jungem Leben keinen sonderlich großen Wert beimessen. Es werden viele Pe-Ellianer geboren, und viele davon sterben, bevor sie ihren ersten Wechsel erreichen. Alter ist für uns der echte Wertmaßstab.«

»Woher bekommen Sie die Eier?«

»Von der Königin, natürlich, wenn wir mit ihr schlafen.«

»Wie oft schlafen Sie mit ihr?«

»So oft, wie es nötig ist. Sie pflanzt Karitsas in uns. Wir tragen sie und essen sie und verspüren von Zeit zu Zeit die Notwendigkeit, eins davon zur Reife gelangen zu lassen. Ich habe sieben Pe-Ellianer geboren. Nur einer von ihnen hat den ersten Wechsel erlebt und dient jetzt als Lehrling bei einem Gärtner auf einem anderen Planeten. Ich wünsche ihm alles Gute.

Natürlich hätte ich mir gewünscht, daß eines meiner Kinder meiner Berufung als Kontakt-Geschichtler gefolgt wäre, und eins könnte es noch immer tun. Ich werde in kurzer Zeit wieder einige gebären.«

»Dürfen wir die Geburt beobachten?«

»Selbstverständlich, doch gibt es dabei kaum etwas zu sehen. Ich werde ein wenig fülliger werden, ich werde viel mehr schwimmen, und dann, eines Tages, werden sie herausgezappelt kommen, mit Schwänzen und mit Schwimmhäuten zwischen Fingern und Zehen. Den Schwanz verlieren sie schon während des ersten Monats, und die Schwimmhäute trocknen innerhalb eines Jahres ein. Die Eier werden in meinem Körper ausgebrütet, müssen Sie wissen. Es ist alles sehr einfach.«

»Welche Farbe haben sie?«

»Das kommt darauf an. Manche können schwarz sein, manche weiß, manche blau, manche gescheckt. Unsere Hautfarbe wechselt ja, wie Sie wissen. Doch für die Geburt gibt es kein feststehendes Muster. Das erscheint erst beim ersten Wechsel.

Sehen Sie das hier?« Winterwind deutete auf die Markierungen innerhalb der Platten seiner Haut. »Dies sind unsere Fingerabdrücke. Sie sagen alles über uns aus. Über unseren Gesundheitszustand, unser Alter, unseren Lebenszweck. Unser aller Ziel liegt darin, Symmetrie zu erreichen, wenn jede Markierung mit den anderen identisch ist, und alle Platten die gleiche Größe haben.

Die ersten Muster zeigen sich nach dem ersten Wechsel. Sie sind undeutlich und verschmiert, geben jedoch bereits einige Hinweise auf Leben und Charakter der Person. Jeder Wechsel führt zu weiterer Klärung, bis zum letzten von allen, den siebenten, durch den die Haut zur Perfektion gelangen sollte. Natürlich weiß man vor dem siebenten Wechsel nie, was geschehen wird. Nach jedem Wechsel können die Muster völlig anders sein – ein Hinweis darauf, daß sich die Bestimmung der Person verändert hat. Ich habe nicht als Historiker begonnen. Ich begann als Gärtner und folgte den Fußstapfen meines Inkubators. Mein dritter Wechsel war äußerst schmerzhaft. Als ich ihn überstanden hatte, stellte ich fest, daß ich zu einer neuen Berufung ausersehen war: zum Historiker.

Veränderungen in der Karriere gibt es jetzt für mich nicht mehr. Ich nähere mich meinem letzten Wechsel, und es ist noch nie vorgekommen, daß ein Pe-Ellianer bei seinem letzten Wechsel eine neue Richtung erhält. Natürlich ist der letzte Wechsel der wichtigste, da er darüber entscheidet, ob man Symmetrie erreicht hat oder nicht.«

»Hoffen Sie, Symmetrie zu erreichen?«

»Habe ich das nicht deutlich genug gesagt?«

»Wie groß sind Ihre Chancen dafür?«

»Sehr groß. Bei meinem sechsten Wechsel habe ich die Symmetrie schon fast erreicht. Das beweist, daß ich nur so wie bisher weitermachen mußte, um mein Ziel zu erreichen. Das war der Grund dafür, daß man mir die Aufgabe anvertraute, mich sogar bat, mit Ihnen zu arbeiten. Ich habe mich natürlich selbst dazu angeboten, diese Gelegenheit wahrzunehmen. Sie, Professor Thorndyke, verfügen über einen äußerst starken Verstand. Er kräftigt mich.

Wenn beim nächsten Wechsel alles gut geht, werde ich darum ersuchen, zum Kontakt-Mantissa zu werden. Das ist mein höchstes Ziel. Es gibt nur wenige Kontakt-Mantissas, und da mehr Zivilisationen zum Stadium der Reife gelangen, wächst die Nachfrage nach Kontakt-Mantissas. Doch wenn kein Mantissa bereit ist, mich als Magd aufzunehmen, kann ich zumindest einen ehrenvollen Tod sterben und begraben werden, ohne daß ich in den Suppentopf zurück muß. Ich werde zuerst reisen und dann jemanden die Schwebe-Harfe für mich spielen lassen.«

»Was geschieht, falls irgend etwas schiefgehen sollte?«

»Darüber möchte ich lieber nicht reden.«

»Bitte.«

Es entstand eine lange Pause. – »Wenn ich entstellt werden sollte. Wenn ich auf irgendeine Weise Grenzen überschreite, so wie es Koch getan hat, werde ich nicht Symmetrie erreichen, und dies wäre meine letzte Chance dazu gewesen. Es würde mich sehr treffen, denn ich habe jeden Augenblick meines Lebens dem Ideal der Mantissaschaft gewidmet. Doch es bliebe mir dann keine andere Wahl, als in den Schmelztiegel zurückzugehen und es als etwas anderes noch einmal zu versuchen. Ich würde mein Schicksal auf mich nehmen, und meine Freunde würden um mich trauern.«

»Was ist der Schmelztiegel? Ich habe Sie davon sprechen hören, und Koch sagte mehrmals ...«

»Ah ja. Es ist eine wörtliche Übersetzung. Wie soll ich Ihnen beschreiben, was geschieht? Unsere Leben sind Zyklen. Der erste Zyklus ist das Leben eines Karitsas. Es ist eine selbstlose, sinnenorientierte Zeit, die nur von dem Moment an dauert, wo das Ei in uns gelegt wird, bis zu dem Augenblick, wo dieses Ei gegessen oder inspiriert wird. Wenn es gegessen wird, geht die Lebenskraft auf die Person über, die es konsumiert. Wenn es nicht gegessen wird, dringen Körpersäfte von uns durch die Haut des Eis ein und interagieren mit dem Karitsa, um ein neues Leben zu schaffen. Nach vier Monaten unserer Zeitrechnung ist dieser Zyklus abgeschlossen, und der junge Pe-Ellianer bricht in uns aus seiner Hülle. Er bleibt in uns ruhen. Wenn wir schlafen, tritt er aus uns aus.«

»Und was geschieht mit der Eihülle?«

»Die ist seine erste Nahrung. Er ißt die Hülle, bevor er aus ihr hinaustritt. Wir behalten die Kleinen ein paar Wochen lang bei uns und übergeben sie dann der Königin, die sich weiter um sie kümmert. Alle jungen Pe-Ellianer verbringen die ersten Jahre ihres Lebens in der Krippe der Königin. Dann kommen sie zu ihrem ersten Wechsel, und die alte Haut wird von der Königin verzehrt.

Muster erscheinen auf ihrer Haut. Diese werden entschlüsselt, und die jungen Pe-Ellianer werden zu alten Meistern in die Lehre gegeben. Der erste Hautwechsel markiert den Beginn des wichtigsten Lebenszyklus' eines Pe-Ellianers. Alles in allem haben wir sieben Wechsel durchzumachen. Jeder Wechsel ist wichtig, und wir nennen sie alle Menopause. Wenn ein Pe-Ellianer sich in der Menopause befindet, gilt er als heilig. Er darf alles tun – außer Leben zu verletzen. Es ist eine schmerzliche Zeit. Es ist eine Zeit, in der wir vielen Einflüssen offenstehen, von denen alle unseren Lebensweg verändern können, wenn die alte Haut sich schließlich abschält. Sie müssen bemerkt haben, wie seltsam Menopause sich benimmt. Wie ich schon mehrmals sagte, ist Denken etwas

Lebendiges und kann infizieren. Während der Menopause setzen wir uns möglichst nur den besten Einflüssen aus.«

»Ist Menopause also ein allgemeiner Name?«

»Ja. Jeder, der einen Wechsel durchmacht, wird Menopause genannt, da sie sich zwischen zwei Zuständen befinden.«

»Wie lange dauert so ein Wechsel?«

»Etwa dreißig von Ihren Tagen. Vielleicht sogar fünfzig. Wenn er länger als dreißig Tage dauert, wissen wir, daß eine größere Veränderung bevorsteht.«

»Wie lange dauert Menopauses Wechsel schon?«

»Es war – lassen Sie mich zurückrechnen – am Tag Ihrer Ankunft der dreißigste Tag für ihn. Wir rechnen täglich damit, daß es vorbei geht.«

»Wird er stark verändert sein?«

»Das bezweifle ich. Er war einer der führenden Anhänger dieses Kontakt-Unternehmens. Er war der erste von uns, der Ihre Arbeit, die *Grammaria* las, und eine der treibenden Kräfte dafür, Sie, Professor Thorndyke, hierherzubringen. Wir haben an dieser Sache zusammengearbeitet, und plötzlich, ohne jede Vorwarnung, wurde er Menopause. Er ist natürlich jünger als ich und beginnt gerade seinen sechsten Wechsel. Er war während seiner vierten und fünften mein Student und ist nun selbst Kontakt-Historiker.

Der siebente Wechsel ist der letzte und der längste. Ich erwarte, daß mein siebenter Wechsel im kommenden Jahr geschieht, oder im Jahr darauf. Das bedeutet das Ende eines weiteren Zyklus'. Wenn man nach dem letzten Wechsel nicht Perfektion erlangt, wird der Körper von der Königin verzehrt. Wir nennen das den Schmelztiegel, weil es ja nicht nur der Körper ist, der – wie ihr es nennt – ins Recycling geht, sondern auch der Geist und die Totalität aller Erfahrungen. Alles geht zurück zur Königin, die die Urquelle allen Wissens ist.«

»Und wenn jemand perfekt ist?«

»Dann geht man weiter. Man wird von seiner Existenz als simpler Pe-Ellianer im biologischen Sinne befreit. Man wird transzendent. Man kommt in einen Zustand, der weder Tod noch Leben ist. Man kann zu einem Mantissa werden, oder man mag sich für den Größeren Weltraum entscheiden. Versuchen Sie es doch einmal so zu sehen: Pe-Ellia hat seine eigene Psychosphäre, die absolut pe-ellianisch ist. Doch der Raum, der gesamte Raum, stellt ebenfalls eine Psychosphäre dar, und in ihm wohnen andere Wesen. Wir sind die Wächter dieses größeren Raums für diesen sehr winzigen Sektor des Universums. Es gibt andere Rassen jenseits davon.

Wenn – oder falls – ich ein Ausleger-Mantissa werden sollte, werde ich in die Tiefen des Raumes reisen und sie kennenlernen.«

»Wie alt sind Sie, Winterwind?«

»In Ihren Jahren – sind 1268 Jahre vergangen, seit ich von dem Alten Vater Gründaumen entsprungen bin. Doch die Zeit hat für uns nicht dieselbe Bedeutung wie für Sie.«

»Können Sie uns jetzt sagen, was ein Mantissa ist?«

»Ich will es gerne versuchen, doch habe ich eine bessere Idee. Ich werde für Sie einen Besuch bei einem Mantissa arrangieren. Ich denke, es könnte Ihnen gefallen, einen Singenden Mantissa kennenzulernen. Ein sehr alter Mantissa dieser Art lebt nicht weit von hier. Um jedoch Ihre Neugier zu befriedigen: ein Mantissa ist ein Beschützer. Ein Bewahrer all unseres Wissens. Ein Pe-Ellianer, der über seinen siebenten Wechsel hinaus ist und dann, nachdem er Symmetrie erreichte, beschlossen hat, in dem Halbland von Leben/Tod weiterzuexistieren, um uns zu helfen, zu organisieren, zu planen und zu registrieren. Mantissas können praktisch alles tun. Nach vielen, vielen Jahrtausenden der Mantissaschaft verlassen sie uns dann. Sie lassen ihr Wissen bei uns zurück und gehen in den Größeren Raum.«

»Zu den Engeln?«

»Manchmal. Manchmal bleiben sie auch allein. Doch bevor sie gehen, vergewissern sie sich, daß alles, was sie wissen, an ihre Mägde weitergegeben wird. Danach werden die Mägde selbst Mantissas.

Sie haben damit begonnen, mich nach der Telepathie zu befragen. Lassen Sie mich noch dieses dazu sagen: Mantissas manipulieren Denk-Energie, und sie ist die Quelle ihrer Kraft. Ein Mantissa ist ein Verbindungsglied zwischen dem Denken Pe-Ellias und Wellen des Größeren Raums. Er ist sowohl Empfänger als auch Sender. Sie werden das verstehen, wenn Sie einen von ihnen kennenlernen.

Jetzt beginne ich, müde zu werden. Ich gestatte Ihnen noch eine Frage. Wir werden noch viele weitere Gelegenheiten haben, miteinander zu sprechen.«

»Um unser Haus und um diese Lichtung herum verläuft eine schmale Rinne. Was ist sie?«

»Ah, dort drüben, in der Nähe des Xilia-Busches?«

»Ja.«

»Sie markiert die Grenze Ihres Bereichs. Sie müssen verstehen, daß Ihr Haus Mantissa-regiert ist. Innerhalb dieser Grenzlinie ist alles künstlich. Als wir wußten, daß Sie kommen würden, haben wir das Gebiet gesäubert und tief ausgeschachtet. Wir haben die Hand-Konstruktion entworfen und das Flußbett gegraben. Dann stellten wir die Verbindung mit einem Mantissa her, und der Mantissa hat alles gebaut und erhält alles. Die Wände, die Felsen, die Bäume und Sträucher sind alle Mantissa-gemacht. Sie sind Artefakte. Genaue, imaginative Herrschaft über die Konstruktion ist alles, was dazu nötig ist. So war es bei dem Raumschiff, und so ist es auch bei Ihrem Haus. Verwirklichte Träume.«

»Aber warum? Aus welchem Grund all diese Mühe? Wollen Sie uns schützen, oder sich?«

»Beide natürlich. Wir leben alle in unterirdischen Baus wie diesem. Wir sind alle auf Mantissa ausgerichtet. Sie werden mich in meinem Haus besuchen. Vielleicht in zwei Tagen.«

Winterwind stand auf, reckte sich, sagte uns Lebewohl und lief, ohne auch nur einen Blick zurückzuwerfen, von der Lichtung.

THORNDYKES TAGEBUCH:
ZWANZIGSTE EINTRAGUNG

Immer mehr habe ich den Eindruck, daß wir mit den falschen Leuten sprechen. Wir sollten mit diesen verdammten Mantissas reden, die mit allem in Verbindung zu stehen scheinen. Sie sind die Richter über diesen Planeten – über mehr als diesen Planeten.

Ich habe außerdem bemerkt, daß alles auf Pe-Ellia sich in einer Art Übergang zu befinden scheint – in einem Zustand zwischen

Zuständen. Es gibt keine definitiven Formen. Selbst der Tod scheint nur eine Übergangsphase zu sein. Auf der Erde pflegen wir zu sagen, daß der Tod das einzig Gewisse sei. Hier kommt selbst er einem nur wie ein Zustand im Karussell des Denkens vor. Sind wir wirklich aus dem Stoff, aus dem Träume gemacht werden? Muß Menopause im Auge behalten. Seine Zeit ist beinahe gekommen.

KOMMENTAR

Am folgenden Morgen gab Koch einen weiteren Ruhetag bekannt. Thorndyke schien darüber glücklich zu sein und erklärte mir seine Absicht, sich auf die Lichtung setzen und nachdenken zu wollen. Ich zog es vor, meine biologischen Beobachtungen weiterzuführen und dem Fluß zu folgen, soweit es mir möglich sein würde.

Ich erklärte Koch diese Absicht, und er bot mir an, Sandwiches für mich einzupacken.

Die folgende Eintragung beschreibt Thorndykes Aktivitäten an diesem Nachmittag. Ich erinnere mich, daß mir eine gewisse Eigentümlichkeit in seinem Verhalten auffiel. Er schien noch mehr als sonst mit eigenen Gedanken beschäftigt zu sein. Ich glaubte, daß er allein sein wollte, um über die Gespräche des Vortages nachdenken zu können. Ich konnte keinerlei Animosität mir gegenüber feststellen.

THORNDYKES TAGEBUCH: EINUNDZWANZIGSTE EINTRAGUNG

Mnaba ist den Wasserfall hinaufgestiegen, über den Fluß zu seinem anderen Ufer, und zwängt sich jetzt zweifellos durch die Xilia-Büsche und Fächer-Sträucher und die stechenden Tränenbäume. Mnaba ist sowohl Pfadfinder als auch Wissenschaftler.

In letzter Zeit hat er mich mehr und mehr irritiert. Nicht daß er sich verändert hätte. Er ist derselbe geblieben. Es liegt daran, daß ich mich verändert habe, mich in einem Prozeß der Veränderung befinde.

Doch genug davon. Ich habe ein Experiment vor.

Denken. Denken ist etwas Lebendiges, sagt Professor Winterwind. Also stehe ich jetzt hier an der Grenze, wo Mantissa-Artefakte auf natürliche Schöpfung stoßen: an der flachen Rinne, die Tomas während seiner letzten Safari entdeckt hat. Ich will versuchen, ob mein Denken irgendeine sichtbare Wirkung darauf zeigt.

Ich befinde mich an einer Stelle, wo die kreisförmige Rinne vor unserem Haus auf den Fluß stößt. Es ist ein wunderbarer Tag. Ein Tag, wie aus der Kindheit herausgesucht. Ich fühle mich voller Hoffnung und ruhig.

Ich stehe mit gegrätschten Beinen über der Rinne und starre auf meine alten Füße hinab. Was soll ich denken? Ich versuche es für den Anfang mit dem Vaterunser, nur um in das richtige Fahrwasser zu kommen. »Vater unser, der Du bist im Himmel...«

Keine Wirkung. Das war kaum anders zu erwarten, und ich versuche, meine Enttäuschung in den Hintergrund zu drängen. Ich habe immer eine irrationale Gläubigkeit an die Wirkung dieses Gebetes gehabt. Als ob es, zur rechten Zeit am rechten Ort gesprochen, wie ein Sesam-öffne-dich, große Wunder bewirken würde. Was sollte ich jetzt tun?

Mein Gedankengang ist wie folgt: Wenn, wie Winterwind behauptet, unser Haus und die Lichtung alle aus Mantissa-Gedanken gesponnen worden sind, dann müssen diese Gedanken jetzt aktiv sein. Abgesehen von irgendwelchen Wundern biologischer Architektur und molekularen Hokuspokus, muß jede Aktion, die jetzt wirksam ist, besonders stark entlang dieser Grenze sein, wo *terra firma* auf das Mantissa-Artefakt stößt. Denken Sie doch nur an die Würmer, die sich von dem fetten Lehmboden zur Mantissa-Erde bohren. Oder an die Wurzeln der Büsche, denn manche der Büsche hier sind halbintelligent. Also müssen sich entlang dieser Grenze Millionen kleiner Aktionen und Reaktionen abspielen. Falls der Mantissa, soweit es die Lichtung betrifft, alles auf Automatik schalten kann, wenn der Vergleich gestattet ist, muß er doch zumindest hier an der Grenze immer wachsam und auf der Hut sein.

Ich entdecke eine Ameise, die einer Schabe ähnelt. Sie nähert sich der Rinne, ihre Fühler bewegen sich auf und ab wie Eisenbahnsignale, und dann bleibt sie stehen. Sie setzt sich auf die Hinterbeine, und ihre Fühler arbeiten hektisch. Sie erkundet jede Nische innerhalb ihrer Fühlerreichweite. Irgend etwas beunruhigt sie.

Das Irgend etwas könnte ich sein.

Die Ameise ist zurückgewichen. Sie schlägt einen Halbkreis und nähert sich erneut der Rinne. Wieder hält sie inne. Wieder spielen die Fühler. Noch hektischer, wie es mir vorkommt. Plötzlich macht sie kehrt und flieht, auf eine übereilte, defensive Art. Ich kenne diese Bewegungen. Ich gehe eine ganze Reihe von Jahren zurück, zu einem Jungen und einem Spaten und einem Ameisenhaufen, und sehe die Ameisen wie eine schwarze Flut aus dem Loch herauskriechen.

Die Ameise ist verschwunden, und nichts rührt sich.

Etwa fünf Meter von mir entfernt nähert sich eins der eichhörnchenartigen Tiere dem Flußufer. Es erreicht die Barriere und hält inne. Ich habe den überwältigenden Eindruck, daß es auf jemanden wartet, der seine Eintrittskarte abreißt. Ah ja, es hat ein Ticket. ›Kannst passieren, Bruder.‹ Es springt über die Rinne und ist auf Mantissa-Land. Also sind Eichhörnchen zugelassen, Ameisen aber nicht. Kann mir nur recht sein; Ameisen haben in mir immer einen gewissen Ekel ausgelöst. Ich glaube, sie sogar riechen zu können: es ist ein durchdringender Katzengeruch mit einer Prise Formaldehyd, um ihn ein wenig interessanter zu machen.

Halt!

Laß uns das noch einmal durchdenken.

Mantissae sprechen auf Denken an, wie auch alle Tiere, wenn man Winterwind Glauben schenken darf. Als ich also meine Schaben-Ameise sah, habe ich vielleicht meine Reaktion auf sie abgestrahlt, und der Mantissa, auf unser Wohlergehen und unser Glück bedacht, hat die Grenze geschlossen. Exit Ameise.

Muß Winterwind danach fragen.

Ich habe mir einen Küchenlöffel mitgebracht. Grabe damit in dem dunklen, echten Boden, der feucht und faserig ist. Ich ziehe den Löffel wie einen Pflug auf die Rinne zu und stoße zweifellos auf Widerstand, als ich den Rand der Rinne erreiche.

›Was für eine Art Maulwurf ist das?‹ murmelt der Mantissa im Selbstgespräch. ›Ah, kein Maulwurf. Nur der verrückte Marius, der Bauer spielt. Kannst passieren, Freund.‹ Und der Löffel springt, plötzlich freigelassen, auf mich zu.

Ich grabe in das Geisteskind des Mantissa. Ich schürfe seine Gedanken. Wenn dies aus Denken errichtet ist, so muß eine große Substanz darin vorhanden sein. Die Struktur unterscheidet sich nicht von normalem Boden. Doch an der Stelle, wo ich die Wand der Rinne zerstört habe, kann ich einen Mantissa bei der Arbeit erleben. Die zerkrümelte Erde verdampft und bildet sich vor meinen verblüfften Augen neu. Ich habe das bestimmte Gefühl, daß der Mantissa das mir zu Gefallen getan hat ... (Fange ich einige seiner Gedanken auf?) Vielleicht wird er mir noch weitere Dinge zeigen.

Ich möchte näher herankommen. Ich habe mich in die Rinne gelegt, die Arme unter meinem Körper, meine Stirn auf den Boden gepreßt. (Ich erinnere mich, wie ich zu dem Bett gesprochen habe.)

»Jetzt, Mantissa. Ich möchte, daß du etwas wachsen läßt. Blau ist meine Lieblingsfarbe. Laß eine blaue Blume wachsen, wenn du kannst. Eine Blume, die ich pflücken und zwischen den Seiten eines Almanachs pressen kann.«

Ich konzentriere Geschosse des Denkens in meinem Kopf. Kleine Silberkugeln. Kugellager von Ideen. Und ich rolle sie hinaus auf die Erde, wo sie spurlos verschwinden.

Nichts geschieht.

Ich stelle mir vor, daß mein Gehirn ein Leuchtturm ist, der sein Licht über sturmgepeitschte Wellen ausschickt. Ich schließe die Augen in tiefer Konzentration.

»Jetzt, Mantissa, zeig mir, was du kannst! Eine blaue Blume. Es ist mir egal, wie groß sie ist. Vergiß bitte, daß sie in einen Almanach passen muß.« Die Gedanken barsten aus meinem Kopf.

Soll ich es wagen, die Augen zu öffnen? Was werde ich sehen? Ich bin für einen Augenblick mit einer immensen Leere konfrontiert, als ob ich die ganze Schöpfung zerstört hätte, es mir jedoch irgendwie gelungen wäre, hier in der Leere hängenzubleiben. »O Gott, unser Retter in lange zurückliegenden Jahren.« Ein Panikgefühl ähnlich einem Schwindel wächst wie ein pelziger Ball in mir und löst sich dann auf. Ich bin wieder klar bei Bewußtsein. Ich spüre, wie die Erde in meine Nasenlöcher gedrückt wird. Ich spüre die Feuchtigkeit des Bodens an meinen Ellbogen. Ich höre wieder, wenn auch nur vage, das steife Aufrichten von Bäumen.

Ich hebe den Kopf. Öffne die Augen. Blicke umher.

Keine blaue Blume.

Was hatte ich denn erwartet? Ein Wunder? Kann Thorndyke Wunder befehlen, als ob er Lebensmittel bestellt?

Ich bin enttäuscht. Das ist wahr. Doch wenn wirklich eine blaue Blume erschienen wäre, hätte ich sofort meine Koffer gepackt und diesen Planeten verlassen. Ich danke Gott. Gott besitzt Takt.

Ich stehe auf. Klopfe die anhaftende Erde ab. Staubteile von meinen Knien (ich trage Shorts) und starre auf den Boden.

Dort, wo ich gelegen habe, wo mein Gesicht in die Erde gedrückt wurde, befindet sich ein perfekter Negativabdruck meines Gesichts. Es blickt konkav zu mir auf.

Ich bin jetzt Teil von Pe-Ellia. Die Linien und Falten meines Gesichts sind von seinem Boden aufgenommen worden. Ich habe mein Zeichen hinterlassen – doch ich bin auch ein gezeichneter Mensch.

KOMMENTAR

Als ich von meinem Marsch den Fluß hinauf zurückkehrte, fand ich Thorndyke auf der Lichtung sitzen, wo er der Aufnahme lauschte, die wir von dem Gespräch mit Winterwind gemacht hatten. Er sprach mit keinem Wort davon, was er an diesem Tag unternommen hatte. Am Abend bat er Koch, ihm ein leichtes Abendessen auf sein Zimmer zu bringen.

Wenn ich auch nicht sagen möchte, daß sein Verhalten auffällig seltsam war, hielt ich doch in meinen eigenen Tagebuchaufzeichnungen fest, daß er sehr verschlossen schien und offensichtlich mit irgendeinem wichtigen Problem beschäftigt war.

Ich habe jenen Tag auf eine sehr angenehme Weise mit dem, wenn auch vergeblichen, Versuch verbracht, den Oberlauf des Flusses zu erreichen. Nachdem ich den Wasserlauf überquert hatte, stieß ich auf einen Weg, der über die Begrenzungsrinne und dann am Flußufer entlang führte. Er unterschied sich kaum von dem Weg, den wir benutzt hatten, als wir nach der Landung von der Raum-Kugel zum Haus gegangen waren. Der Weg folgte den Windungen des Flusses und endete nach etwa einer Meile plötzlich an einer ins Flußufer eingelassenen Steinstufe. Ich vermutete, daß die flache, quadratische Felsplatte als Sprungplattform diente. An dieser Stelle verbreitete der Fluß sich zu einem großen See. Ein Wasserfall schäumte über mehrere Felsstufen herab. Am gegenüberliegenden Ufer des Sees konnte ich zwei große, mannshohe Höhlen erkennen. Es mochten, spekulierte ich, Häuser von Pe-Ellianern sein.

Ich beschloß, meinen Weg flußaufwärts fortzusetzen, fand ihn jedoch von der steilen Felswand versperrt, die den Wasserfall bildete. Sie zeigte alle Anzeichen einer geologischen Verwerfung. Die Wände waren senkrecht und, abgesehen von den Stellen, an denen es Pflanzen gelungen war, irgendeinen Halt zu finden, völlig glatt. Ich war der Ansicht, daß die Felsen irgendwie von Wasser glattgeschliffen worden waren. Ich entdeckte Spuren von Wellenmarkierungen. Eingedenk der Worte Winterwinds fragte ich mich jedoch, ob nicht auch hier einer ihrer Mantissae seine Hand im Spiel hatte.

Ich arbeitete mich eine Weile am Fuß der Klippe entlang, konnte jedoch nirgends eine Stelle entdecken, an der ich sie ohne große Schwierigkeiten hätte erklimmen können. Ich war nicht für so eine Felsenkletterei ausgerüstet. Ich möchte hinzusetzen, daß ich nicht das Gefühl hatte, diese Wand sei als Sperrmauer errichtet worden, die uns in unserem Revier festhalten sollte. Mit der richtigen Ausrüstung versehen hätte ich sie ohne weiteres bezwingen können.

Ich kehrte zum Wasserfall zurück und fand eine Stelle, wo das Tosen des herabstürzenden Wassers durch eine kleine Baumgruppe gedämpft wurde. Dort setzte ich mich auf den Boden und aß die Sandwiches, die Koch mir mitgegeben hatte.

Thorndyke erwähnt, wie schön dieser Tag gewesen sei. Auch ich war von seiner Schönheit begeistert. Es war ein Tag voller Frische. Jede Farbe schien neu geprägt, und selbst die Luft schien zu leben.

Ich weiß nicht, wie lange ich schlief.

Ich wurde durch ein lautes Platschen in meiner Nähe geweckt. Ich fuhr nicht aus dem Schlaf auf, sondern kam langsam ins Bewußtsein zurück, wie ein Schwimmer, der nach dem Tauchen langsam zur Oberfläche emporgleitet. Das Platschen wiederholte sich, und ich sah mehrere Pe-Ellianer im See schwimmen. Sie kamen mir wie eine Familie vor. Es waren drei ziemlich große Pe-Ellianer, deren Hautmuster ein deutlich ins Gelbliche spielendes Orange zeigte. Die Platten ihrer Haut waren durch starke schwarze Linien markiert, die ihnen ein beinahe tigerhaftes Aussehen verliehen. In ihrer Gesellschaft befanden sich sieben Kinder, die vor noch nicht langer Zeit geschlüpft sein mußten, wenn ich Winterwinds Beschreibungen zum Maßstab nahm. Diese Jungen hatte Schwänze, die sie auf die gleiche Art zum Schwimmen benutzten, wie es Alligatoren tun. Ihre Hände und Füße waren deutlich erkennbar mit Schwimmhäuten versehen. Ihre Köpfe saßen tief in den Schultern, was den oberen Körperteil irgendwie zusammengedrückt erscheinen ließ. Ihre Größe von Kopf bis Fuß schätzte ich auf knapp dreißig Zentimeter. Der Schwanz war etwa zwölf Zentimeter lang. Die Körper aller Jungen waren gescheckt wie Walroßhaut.

Ob ihnen bewußt war, daß ich sie beobachtete, weiß ich nicht. Doch wenn, so war es ihnen ziemlich egal. Die größeren Pe-Ellianer tauchten immer wieder mit eleganten Sprüngen ins Wasser. Beim Eintauchen verursachten sie kaum einen Spritzer. Die Kleinen warfen sich mit wilden Verrenkungen in die Fluten und landeten unter Spritzen und großem Geschrei. Hin und wieder packte einer der großen Pe-Ellianer eins der Kleinen und warf es in die Luft. Es überschlug sich, im Sonnenlicht glänzend, in der Luft und klatschte ins aufspritzende Wasser zurück.

Ich sah das Unglück kommen. Ich sah die Baumäste, die über das Wasser hinausragten. Eins der Jungen, an seinem fast kohlschwarzen Gesicht erkenntlich, genoß es offensichtlich, in die Luft geschleudert zu werden. Immer wieder schwamm es an den größten der Pe-Ellianer heran und stieß gegen seinen Rücken, bis der Pe-Ellianer ihm den Gefallen tat und es wieder emporwarf. Er tat das mit einer raschen Unterarmbewegung, als ob er ein Seil zu den Bäumen emporschleudern wolle.

Das Spiel hatte sich von der Mitte des Sees auswärts bewegt und jetzt fast das Ufer erreicht.

Als das Kleine zurückfiel, schlug es mit dem Rücken voll auf einen der Baumäste. Ich hörte, wie seine Wirbelsäule brach. Einen Augenblick lang schien der tote Körper auf dem Ast zu schaukeln, dann fiel er herab und schlug klatschend wie ein durchnäßter Handschuh ins Wasser. Die Pe-Ellianer schwammen auf es zu, tauchten und brachten es an die Oberfläche. Sie untersuchten es, und der, welcher es in die Luft geschleudert hatte, trug es ans Ufer und legte es dort auf den Sand.

Das Spiel ging weiter, als ob nichts geschehen wäre.

Nach wie vor wurden die Jungen, die vor Vergnügen quietschten, hoch in die Luft geworfen.

Ich stand auf. Ich war schockiert und verwirrt. Winterwind hatte mich zwar gewarnt, daß Pe-Ellianer jungem Leben keinen sonderlichen Wert beimaßen, doch hatten seine Worte mich nicht auf eine so absolute Gleichgültigkeit vorbereitet.

Mein Schock mußte gespürt worden sein, denn das Spiel wurde plötzlich beendet. Die drei Pe-Ellianer tauchten und kamen etwa einen Meter von mir entfernt gleichzeitig an die Oberfläche. Der Anblick war dem spielender Delphine nicht unähnlich. Sie starrten mich an.

Ich nickte ihnen zu und murmelte einen Gruß auf Pe-Ellianisch. Auf Englisch lautete er in etwa: »Ich wünsche euch Gesundheit.«

Sie sprachen kein Wort, sondern starrten mich nur an. Ihre drei Augenpaare blinzelten nicht ein einziges Mal.

Schließlich konnte ich diese intensive Musterung nicht länger ertragen. Ich stieg die Uferböschung hinab und beugte mich über das Junge. Sein Rückgrat war zweifelsfrei gebrochen, und ein dünnes Rinnsal von Wasser, untermischt mit fahlem Blut, floß aus seinem offenstehenden Mund.

Die Pe-Ellianer hielten mit mir Schritt, schwammen auf gleicher Höhe mit mir den Fluß hinab.

Ich kann nicht sagen, daß sie sich feindselig benahmen. Sie blickten mich nur an, doch in diesem Nur-Blicken ihrer großen, gelbfleckigen Augen war etwas, das mich mehr nervte, als es irgendwelche Feindseligkeit oder Wut getan haben könnten.

Wieder eingedenk der Worte Winterwinds versuchte ich, meinen Verstand zu öffnen, um Denkbilder von ihnen zu empfangen. Stille. Doch eine sehr lebendige Stille.

Ich beschloß, nach Hause zurückzukehren. Ich ging den Weg entlang, und die drei Pe-Ellianer blieben an meiner Seite bis zu der Stelle, wo der Weg vom Ufer abbiegt und durch den Dschungel führt.

Das war das Letzte, was ich von ihnen sah. Als der Weg einige hundert Meter weiter wieder zum Flußufer zurückführte, warteten sie dort nicht auf mich.

Ich erreichte die Lichtung am frühen Nachmittag.

Am Abend, nachdem Thorndyke sich in sein Zimmer zurückgezogen hatte, fragte ich Koch, was er darüber dächte. Er überlegte einen Moment lang und rieb dabei seine Oberlippe mit zwei Fingern, eine Geste, die er Thorndyke abgeguckt hatte.

»Ich glaube, Sie haben sie verschnürt, sie in Ihre Gedanken eingewickelt. Ich vermute, daß Sie einen sehr mächtigen Pfeil abgeschossen haben, der sie durchbohrt hat. Sie sind nicht darauf vorbereitet gewesen, kann ich mir vorstellen. Oh, Mann. Sie und der Alte können wirklich einen Sturm aufrühren, wenn Sie aufgeregt sind. Sie müssen betäubt worden sein. Ja. Ihre gehorsamsten Diener, in Sie eingewickelt.«

Später kam Thorndyke aus seinem Zimmer zurück. Ich fand eine Gelegenheit, ihm zu berichten, was geschehen war. Er hörte aufmerksam zu, bot mir jedoch keine Erklärung dafür an, als ich zu Ende gesprochen hatte. Doch offensichtlich lag ihm diese Angelegenheit auf der Seele, denn an diesem Abend schrieb er nachstehende Bemerkung in sein Tagebuch.

THORNDYKES TAGEBUCH:
ZWEIUNDZWANZIGSTE EINTRAGUNG

Tomas hat einen erlebnisreichen Tag hinter sich. Unsere Erfahrungen laufen parallel miteinander, da wir beide versucht haben, Kommunikation zu senden und zu empfangen.

Ich hoffe, daß Tomas nicht ungewollt Schaden angerichtet hat. Nach der Erfahrung mit Winterwind habe ich oft daran gedacht, daß wir einen Pe-Ellianer mit einem einzigen Wutausbruch töten könnten.

Verglichen mit uns sind Pe-Ellianer unschuldig und harmlos. Sie haben im Verlauf vieler Jahrtausende die negativen Emotionen (zu denen sie, wie ich befürchte, auch das Mitleid zählen) aus sich herausdestilliert und besitzen deshalb keinerlei Widerstandskraft mehr, wenn sie Emotionen wie Wut oder Überraschung unvermittelt gegenüberstehen.

Das Problem, das sich für mich stellt, ist das Erlernen von Empfangen, Senden und Abstimmen. Mein heutiges Erlebnis hat mich Pe-Ellia nähergebracht. Ich möchte mit einem Mantissa sprechen. Ich möchte dem Denken *unter die Haut* gehen. Ich werde morgen weiterexperimentieren.

KOMMENTAR

Winterwind erschien während des Frühstücks und erklärte uns, daß wir am kommenden Tag zum Abendessen in seinen Bau eingeladen seien. Er sagte, daß sein Haus typisch sei und er versuchen würde, ein paar Bekannte einzuladen. Er sagte uns auch, daß wir kein Festmahl erwarten sollten. Wir sollten am Spätnachmittag kommen, und Koch würde uns führen. Die beiden Pe-Ellianer verließen uns gemeinsam, nachdem Koch versichert hatte, daß er bald zurück sein werde.

Kurz nachdem sie gegangen waren, stellte Thorndyke ein seltsames Ansinnen an mich. Er kam auf mein Erlebnis des Vortages zu sprechen und bat mich, zurückzugehen und nachzusehen, ob die Leiche des pe-ellianischen Babys noch am Flußufer läge. Ich sagte, daß sie bestimmt nicht mehr dort liegen würde, da bei dieser Hitze jeder Kadaver sehr rasch verwesen mußte.

»Außerdem«, fuhr ich fort, »kann man bei der Einstellung dieser Rasse zum Tod annehmen, daß die Leiche einer sinnvollen Verwendung zugeführt wurde, wie der Ernährung der Königin, zum Beispiel.«

Doch Thorndyke bedrängte mich weiter, und schließlich erklärte ich mich bereit, seiner Bitte zu entsprechen, da er das Senior-Mitglied unseres Teams war. Ich erkannte, daß er in Wirklichkeit nur beabsichtigte, mich vom Haus fortzulocken. Den Grund dafür ahnte ich nicht. Die folgende Eintragung erklärt das Geheimnis und zeigt, daß Thorndyke sich meines Gefühls sehr wohl bewußt war.

THORNDYKES TAGEBUCH:
DREIUNDZWANZIGSTE EINTRAGUNG

Mnaba ist gegangen, äußerst widerwillig, wie ich zugeben muß. Er begreift nicht – und ich kann es ihm nicht erklären – denn jede Erklärung würde das Experiment verfälschen. Unsere Gehirne enthalten enorme Kräfte. Wir rufen mehr als nur ein paar kleine Wirbel in der ruhigen Psychosphäre dieses Planeten hervor.

Tomas, falls Du dieses Tagebuch jemals lesen solltest, versuch bitte zu verstehen, daß unsere beiden Gehirne aufeinander einwirken und deshalb einander vernebeln. Ich will heute die Wirksamkeit meines Gehirns testen. Wenn ich Dir gesagt hätte, was ich vorhabe, hättest Du unwillkürlich daran gedacht, und durch Dein Denken hättest Du mich beeinflußt, im guten oder im schlechten Sinne. Also habe ich Dich in schlechte Laune versetzt, doch war das nicht meine Absicht. Gehe in Frieden! Bring mir ein totes Kind zurück, wenn es noch dort sein sollte. Falls nicht, laß Dich von der Sonne besänftigen.

Und nun an die Arbeit!

Ich sitze am Tisch des Handflächen-Raums. Ich habe mich zurückgelehnt und das Flußbett über mir ist eingeschaltet (jedoch ohne Ton.) Das Wasser wogt und flutet über mir dahin wie eine lange, silberige, leuchtende Schlange.

Die Decke des Raums ist ein Auge. Ich stelle es mir als Mantissa-Auge vor. Riesenhaft und herrisch blickt es in die Tiefen dieses dunklen Raums herab und sieht *mich* zurückblicken. Ich möchte kommunizieren. Ich möchte wieder in dieses Vertigo eindringen, in dieses Vakuum, das ich gestern spürte. Noch viel mehr möchte ich es berühren, denn wie Winterwind am ersten Tag unseres Hierseins sagte: ›Wenn wir zu laufen versuchen, bevor wie zu gehen gelernt haben, werden wir sicherlich stolpern.‹ Ich bin natürlich der ungläubige Thomas, der noch immer auf einen Beweis wartet.

Der gestrige Veronica-Trick hat mich nicht sonderlich beeindruckt. So eine Fotografie ist lediglich eine Art Ausweichen. Ich weiß, daß der Mantissa sich meiner bewußt ist: Ich will, daß er sich meiner bewußt ist.

Ich setze mich bequem zurecht.

Völlig entspannt lasse ich das Licht in mich eindringen. Ich bin nicht länger eine Gehirn-Kanone, die Gedanken abfeuert. Ich bin ein leichter Schwamm, und jede meiner Poren ist geöffnet. Ich stelle mir vor, daß ich zum Dach emporschwebe, immer weiter empor, bis meine Nase und meine Lippen fest an den Grund des Flusses gepreßt sind.

Das Auge des Flusses ist jetzt nicht mehr so gewaltig. Ich bin größer geworden. Ich kann es umspannen. Ich kann es halten. Mein Gehirn ist eine Schüssel, die Wasser in sich festhält.

Ich wage kaum zu atmen und fühle, wie ich mich immer weiter ausdehne.

Irgendwo außerhalb meines Gesichtsfeldes hat sich etwas bewegt. Ich wachse weiter. Ich fülle, ich fülle.

Ich schwebe wie eine Blase durch die Flüssigkeit meines Verstandes, und ...

Ich kann Mnaba sehen, der sich mit einem Stock bewaffnet durch das dichte Buschwerk kämpft.

Winterwind hat sich auf die Knie niedergelassen, und seine Hände sind in Quecksilber getaucht. Er steht plötzlich auf.

Eine Gruppe von Pe-Ellianern kommt angelaufen.

Eine Ameise, so groß wie ein Pferd und nach Katzen stinkend.

Eine Leiche liegt auf dem Tisch, mit offenen Augen, starrend, starrend, starrend. *Ich.*

Plötzlich beginnt die Welt wie auf einer Spindel zu rotieren, und ich spüre, wie hart der Tisch ist – und meine Augen, wie heiß und trocken.

Über mir im Wasser sehe ich einen Fisch zum Flußbett herabtauchen. Nein, kein Fisch. Viel zu groß für einen Fisch. Was sind das für lange Flossen? Wahrscheinlich ist es ein gigantischer künstlicher Fisch mit großen rot- und goldgefleckten Flossen und einem Schwanz wie eine Feder.

Jetzt erkenne ich, daß es Menopause ist. Die Falten seiner Haut, so lose, daß sie wie ein Mantel wirken, schwabbern wellenförmig um ihn herum. Er hält den Atem an, seine Wangen sind aufgeblasen.

Irgendwie gelingt es ihm, sich am Boden des Flusses festzuhalten, und er hockt sich auf Hände und Knie. Er blickt mich durch das Flußbett an und nickt mir zu.

Ich winke zurück.

Anscheinend kann er mich sehen. Ich hebe die Hand zum Zeichen des Erkennens.

Morgen! dröhnt eine Stimme in meinem Kopf, und der Schock läßt mich zusammenfahren.

Die Trommelfelle meines Verstandes müssen blutig sein, denn ich spüre ein Pulsieren.

Menopause ist verschwunden. Der Fluß ist nur noch ein Fluß. Ich liege zurückgelehnt in meinem Stuhl und frage mich, was ich tun soll. Frage mich, ob ich mich bewegen kann. Ich bin zu verwirrt, doch ich weiß, daß ich aufschreiben muß, was ich empfunden habe, und zwar sofort.

KOMMENTAR

Mein Ausflug war erfolglos. Von dem kleinen Leichnam fand sich keine Spur, und auch nicht von irgendwelchen anderen Pe-Ellianern, was das betrifft.

Als ich zurückkam, war Thorndyke in seinem Zimmer und ruhte. Ich berichtete ihm, daß ich nichts gefunden hätte, und er dankte mir überschwenglich (zu überschwenglich, wie ich mich erinnere) für alle meine Bemühungen. Er erklärte mir, daß er Energie für den heutigen Abend sammeln wolle. Er sprach mit keinem Wort von den Experimenten, die er durchführte.

Was mich betraf, so war ich sehr zufrieden, für ein paar Stunden die Beine hochlegen zu können.

Koch weckte mich. Während ich geschlafen hatte, waren meine Kleider gewaschen und gebügelt worden. Ich zog mich rasch an und trat auf die Lichtung, wo Thorndyke auf mich wartete.

Die Strahlen der Sonne warfen lange Schatten, und der Geruch von Abend lag in der Luft.

Koch trat zu uns. Er blieb am Ufer des Flusses stehen und atmete tief ein. Er behielt die Atemluft eine Weile in seinen Lungen und stieß sie dann aus.

»Wir gehen in diese Richtung«, verkündete er und schritt über die Lichtung, den Weg entlang, den wir am Tag unserer Ankunft benutzt hatten.

Nach etwa fünf Minuten bog er auf einen schmalen Pfad ab, den wir damals nicht bemerkt hatten. Nach meiner Berechnung mußte er uns wieder in die Nähe des Flusses zurückbringen, doch wir konnten ihn nicht entdecken.

Nach einer Weile begann der Pfad leicht aufwärts zu führen. Wir gelangten über den Dschungel hinaus und standen dann vor einer steilen Felswand. Massen roter Blumen, die in den Strahlen der untergehenden Sonne zu glühen schienen, wucherten an der Wand empor. An ihrem Fuß befand sich eine Höhle, deren Eingang einen perfekten Kreis bildete. Ein schmaler Pfad führte direkt darauf zu.

Koch übernahm die Führung, und wir folgten ihm. Wir brauchten länger, um die Höhle zu erreichen, als ich angenommen hatte. Ich hatte mich ein wenig von der Perspektive täuschen lassen, und als wir in die Höhle hineintraten, war es, als ob wir in einen der alten Eisenbahntunnels auf der Erde treten würden.

Hinter dem Eingang führte der Tunnel in einer Spirale abwärts, wie das Innere einer Meeresmuschel. Die Wände bestanden aus dem glänzenden, halbdurchsichtigen Material, das wir von unserem Haus kannten. Als wir tiefer in die Erde eindrangen, begannen die Wände zu glühen.

Am Fuß der Spirale gelangten wir in einen großen, ovalen Raum. Auf seinem Boden lag ein flammend roter Teppich, der sich als eine Art Flechte herausstellte.

Winterwind wartete auf uns. Er breitete seine Arme in einer universell verständlichen Form des Willkommens aus und grüßte uns in seinem ›bescheidenen‹ Heim.

»Haben Sie keine Hemmungen, sich umzusehen«, sagte er einladend.

Etwa drei Viertel des ovalen Raumes wurde von einem kleinen Bach eingefaßt. Er trat durch einen Spalt in der Decke herein und bildete einen kleinen Wasserfall. Durch ein Loch im Boden floß er wieder ab. Ohne einen Laut.

Ein Tisch, lange, niedrige Bänke und ein Schrank bildeten das ganze Mobiliar. Trotz seiner Einfachheit wirkte der Raum auf mich sehr elegant und bequem.

»Nicht günstig für Rheumatismus«, war Thorndykes Kommentar, doch ich sah, daß er beeindruckt war.

Drei kurze Korridore führten von diesem Hauptraum ab, und wir mußten durch den Bach gehen, um jeden von ihnen zu erreichen. Der erste Raum enthielt lediglich eine große, flache Plattform.

»Mein Bett«, erklärte Winterwind. »Es ist sehr kalt.«

Ich schlug mit den Knöcheln auf die Oberfläche des Bettes und hörte einen tiefen, dumpfen Ton. Der Boden und die Hälfte der Wände waren mit senffarbenen Flechten bedeckt, die aufleuchteten, wenn man auf sie trat.

Der zweite Raum war eine Küche, die sich kaum von der unseren unterschied. Der dritte dagegen war ein Mysterium. Er besaß in etwa die gleiche Größe wie die anderen Räume, war jedoch völlig unmöbliert. Er war mit einem körnigen, faserigen, leicht lumineszierenden Material ausgelegt, das nicht nur unter unseren Schritten federte, sondern auch einen wunderbaren Duft ausströmte. Es war ein schalltoter Raum. In seinem Mittelpunkt befand sich ein silbrig glänzendes Becken. Seine Oberfläche war leicht bewegt, als ob etwas unter dem gleißenden Silber schwämme. Der Zweck dieses Raums war mir schleierhaft. Thorndyke gibt eine ausführliche Schilderung seiner Funktion in dem folgenden Abschnitt seines Tagebuchs.

Als wir unseren Rundgang beendet hatten, kehrten wir wieder in den Hauptraum zurück, wo Koch, immer praktisch, damit beschäftigt war, Speisen und Getränke aufzutragen.

»Dies wird ein einfaches Essen unter Freunden«, sagte er.

Winterwind, der uns schweigend durch das Haus begleitet hatte, sprach jetzt zum ersten Mal.

»Ich hatte beabsichtigt, ein paar weitere Freunde einzuladen, doch sie sagten, daß sie nicht kommen könnten.« Erst in diesem Augenblick bemerkte ich, daß er bedrückt wirkte, nervös, als ob ihm nicht wohl wäre.

THORNDYKES TAGEBUCH:
VIERUNDZWANZIGSTE EINTRAGUNG

Der Besuch im Haus Winterwinds

Winterwind weiß, was ich versucht habe. Ich konnte es an seinem Verhalten merken. Er war nervös. Ich erwischte ihn einmal dabei, daß er mich seltsam verstohlen musterte. Koch schien ebenfalls anders als sonst. Sie hatten beide diesen etwas glasigen Ausdruck in den Augen – diesen immer-bereit-hinter-einen-Mantissa-zu-springen-Ausdruck, den wir in dieser extremen Form nur einmal gesehen hatten, auf unserem Weg zu diesem Planeten. Und ich nehme es ihnen nicht übel.

Nicht daß ich schon irgend etwas erreicht hätte, doch habe ich den Bereich meiner Bekanntschaft mit diesem Planeten in einem psychischen Sinn erweitert und bin auf gelindes Interesse gestoßen. Der Mann, der auf einer Parkbank sitzt, mag vielleicht Interesse für den Hund aufbringen, der ihm den Stock bringt, den er werfen soll.

Auf jeden Fall schwebte ein großer Teil meiner geistigen Energie, so unentwickelt sie auch noch sein mochte, in diesen Räumen umher. Und es sollte noch mehr davon kommen.

Ich vermute, Winterwind befürchtet, daß ihm die Dinge ein wenig aus den Händen zu gleiten beginnen. Dies war sein ureigenes Projekt, und jetzt läuft es unvermittelt in eine andere Richtung. Das Monster hat seinen Willen zur Unabhängigkeit demonstriert, erhebt sich von der Couch und zerbricht seine Ketten. Nein, das ist zu extrem. Doch bestimmt fragt er sich, was passieren wird, und da steht er nicht allein.

An diesem Abend versuchte ich, mit ihm zu sprechen und weitere Antworten auf Fragen von ihm zu bekommen. Ich fragte ihn, wann wir mit einem richtigen Studium der Sprache beginnen würden. Er sagte, das wisse er nicht. Ich fragte ihn, wie lange wir auf Pe-Ellia bleiben würden, und wieder sagte er, er wisse es nicht, daß jedoch für uns keinerlei Gefahr bestünde. Er deutete an, daß sich Räder innerhalb von anderen Rädern drehten, und daß die Entscheidung nicht bei ihm liege. Ich fragte ihn nach ›Engeln‹, und er sagte, das sei seine alberne Übersetzung und sie seien ganz und gar nicht das, was wir unter Engeln verstünden. Raumfische, erklärte er, sei ein viel genauerer Ausdruck, und das wirft bei mir eine Menge neuer Fragen auf.

Tomas hat dies alles aufgezeichnet, und ich werde ihn meine magere Ernte sortieren lassen. Der einzige Erfolg, den ich vermelden kann, ist die Antwort auf die Lösung ihres sanitären Problems.

Pe-Ellianer besitzen keinen Anus, wie sie auch keine unabhängigen Reproduktionsorgane haben. Und doch essen und trinken sie, und das bedeutet eine gewisse Menge an Abfallstoffen. Also fragte ich mich, auf welche Weise sie sie wohl loswerden mochten.

Ich hatte eine Theorie. Tief im Innern ihrer Bauchhöhle mögen sie etwas haben, das die Abfallstoffe verarbeitet, und daß sie sie dann auf die gleiche Weise beseitigen können, auf die sie ein Karitsa aus sich herausfischen. Ich hatte mich schon früher gefragt, ob nicht einige ihrer Abfallprodukte von den Karitsas als Nahrung aufgenommen werden. Ich erinnerte mich an den Planeten Tiger Lily, wo eine kleine Subspezies, die Tethys genannt wird, es als den Gipfelpunkt guter Manieren betrachtet, Exkremente als Geburtstagsgeschenk anzubieten. Wie gesagt, ich hatte meine Theorien.

Wie weit von der Wahrheit entfernt!

Auf einigen Gebieten bin ich dazu gekommen, die Pe-Ellianer als einfach zu sehen, und doch erscheinen sie mir, weil sie Aliens sind, kompliziert. Die Pe-Ellianer besitzen zwei wichtige Organe:

Ihr Gehirn und ihre Haut. Sie geben ihre Abfallprodukte durch die Haut ab! Während wir uns auf einem gewissen Örtchen abquälen, aalen sie sich in einem ›entspannenden‹ Bad, das allen Abfall aus ihnen herauszieht.

Winterwind zeigte mir seine ›Toilette‹ und war überrascht, daß ich ihre Funktion nicht erkannte, ja sie mir nicht einmal vorstellen konnte! Das blaue, fluoreszierende Gras, das alles bedeckt, strömt ein Parfüm aus, das eine entspannende Wirkung ausübt.

An jedem Tag gleitet der Pe-Ellianer in sein Becken mit ... (ich komme sofort darauf zurück) ... und verfällt in eine Art Trance. Wenn ein Pe-Ellianer krank ist, ruht er manchmal stundenlang darin. Das Becken interagiert mit der Haut (dem Haupt-Sinnesorgan) und entfernt, was immer die Ursache der Störung sein mag.

»Und was ist diese silberige Flüssigkeit, dieses Quecksilber in Ihrem Becken, Professor Winterwind?«

»Flüssige Gedanken.«

Flüssige Gedanken! Er sagte das so selbstverständlich, wie ich ›flüssiger Sauerstoff‹ sagen würde. Mein Gesicht verriet meine Verwirrung.

»Okay. Ist ›Planeten-Blut‹ leichter verständlich?«

Das fand ich beleibe nicht. Ich bot statt dessen ›Mantissa-Saft‹ oder ›psychisches Püree‹ an, und die Konversation drohte zusammenzubrechen, als Winterwind sagte: »Wissen Sie, Sie dürfen nicht erwarten, daß Pe-Ellia wie die Erde ist ... Es funktioniert auf eine völlig andere Weise.«

Dieser Sumpf von ... ist anscheinend durch eine ›Vene‹ mit dem örtlichen Landwirtschafts-Mantissa verbunden. Winterwind ließ nicht zu, daß ich diese Verbindung als ein ›Rohr‹ bezeichnete. Sie sei eine ›Vene‹, beharrte er, denn sie sei lebendig. Offenbar ist der ganze Planet mit einem Netz von Mantissa-Abflußvenen überwuchert.

Ich fragte Winterwind, ob sie dann nicht sehr vorsichtig sein müßten, wenn sie irgendwo ein neues Haus bauten, doch er würdigte mich keiner Antwort.

Tomas tauchte seinen Finger in das Silberbad. Es besaß die Konsistenz von Kleister oder einer dicken Farbe, blieb jedoch nicht an der Haut kleben. Nicht ein Tropfen Flüssigkeit, nicht eine Spur von Silber blieb an Tomas' Finger zurück. Doch die Haut war so rosig und frisch wie die eines Babys.

Das Essen verlief zum größten Teil langweilig. Winterwind schien froh, als es für uns Zeit zum Gehen wurde. Der Rückweg durch die Nacht verlief ereignislos.

Ich hatte einen Traum. Es war irgend etwas mit Menopause, doch ich kann mich nicht genau erinnern, um was es ging. Ich erwischte das Bett wieder, als es seine alten Tricks versuchte, um es mir recht bequem zu machen. Habe ihm eine gehörige Standpauke gehalten. Wir werden sehen, was der morgige Tag bringt.

KOMMENTAR

Am nächsten Morgen, fand ich, nachdem ich aufgestanden war, eine Mitteilung von Thorndyke auf dem Frühstückstisch. ›Bin angeln gegangen‹ informierte er mich, und das war wahrscheinlich alles, was Thorndyke an diesem Tag unternahm. In seinem Tagebuch ist nichts darüber aufgezeichnet.

Ich verbrachte den Tag damit, Blüten zu sezieren und zu untersuchen und war glücklich, allein zu sein. Am späten Nachmittag kam Thorndyke in den Handflächen-Raum zurück. Er war durch das Land gestreift.

»Ah, gut. Du hast meine Nachricht erhalten«, sagt er. »Gab es irgend etwas Besonderes?« Ich sagte, nein.

Thorndyke nickte und ging in sein Zimmer. Er sei müde, sagte er.

Sein Verhalten und seine Geheimniskrämerei bedrückten mich. Ich war schon etwas beunruhigt, als ich gemerkt hatte, daß Koch und Winterwind sehr reserviert geworden waren. Jett hatte ich seit einiger Zeit überhaupt nicht mehr gesehen. Und was mich betraf, so begriff ich überhaupt nicht, was geschah. Zu der Zeit hatte ich den Gedanken natürlich überhaupt nicht formuliert, doch rückblickend erkenne ich jetzt, daß ich die Strömungen sehr wohl bemerkte, die unser Leben zu formen begannen, und daß ich keinerlei Gewalt über sie hatte. Ich habe noch nie etwas für Geheimniskrämerei übrig gehabt, und hier war nun Thorndyke, der ein Geheimnis nach dem anderen schuf und dadurch, jedenfalls so weit es mich betraf, die Einheit unseres Teams zerstörte.

Das Team ist die engste Einheit in der Arbeit eines Kontakt-Linguisten. Es muß auf Vertrauen und Respekt aufgebaut sein. Ein Team-Mitglied muß sich darauf verlassen können, daß sein Partner ihn, wenn es nötig werden sollte, vor dem Wahnsinn bewahrt. Die besten Teams bestehen gewöhnlich aus Menschen von verschiedenem Naturell, und das ist auch der Grund, warum Thorndyke und ich immer so gut zusammengearbeitet haben.

An diesem Abend bat ich Thorndyke, mir sein Verhalten zu erklären. Ich sagte ihm, daß ich mir Sorgen um seinen Gesundheitszustand mache und ernstlich erwöge, um einen Kommunikationskontakt mit der Erde zu bitten.

Thorndyke dachte mit ernstem Gesicht über die Berechtigung meiner Sorgen nach.

»Tomas, wir kennen uns seit einer langen Zeit. Es tut mir leid, daß ich dich vernachlässigt habe, doch ich muß dich bitten, Geduld mit mir zu haben. Da sind einige Dinge, über die ich mich nicht zu sprechen, ja nicht einmal klar zu denken getraue, aus Furcht, daß mein Gehirn sie an alle lauschenden Ohren weitergeben könnte. Vertraue mir, bitte! Die Dinge bewegen sich jetzt sehr rasch auf eine Lösung zu, obwohl ich nicht genau sagen kann, worin sie besteht.«

Er stand einige Sekunden lang stockstill und blickte mich an. Dann seufzte er plötzlich, wandte sich um und ging zu seinen Räumen. Das letzte, was ich ihn murmeln hörte, war: »Verzeih, Tomas«, und ich bin nicht einmal sicher, ob er es laut sagen wollte.

Diese Antwort war für mich alles andere als befriedigend, doch sah ich ein, daß ich an diesem Abend nichts weiter tun konnte.

Als ich am nächsten Morgen zum Frühstück in den Handflächen-Raum trat, sah ich zu meiner Überraschung den unglaublichen Menopause dort sitzen und auf uns warten. In dem trüben Licht sah er aus wie ein Mann, der sich in ein Laken gewickelt hat. Seine Haut war weiß und undurchsichtig geworden. Nur sein

Gesicht hatte etwas von seiner ursprünglichen Form behalten. Es war unverkennbar, daß seine Zeit sehr nahe war.

Er knurrte einen Gruß und stand auf. Ich konnte jetzt sehen, daß nur noch seine Füße, seine Hände und sein Kopf in festsitzende Haut gekleidet waren. Der Rest seiner Haut hing in faltigen Lappen von seinem Körper herab.

Ohne ein Wort ging er zu Thorndykes Apartment, öffnete die Tür und trat hinein.

Koch war nirgends zu entdecken. Ich rief nach ihm und sah mich nach ihm um und trat schließlich auf die Lichtung hinaus. Kein Koch.

Ich wollte gerade wieder ins Haus zurückgehen, als ich Winterwind aus dem Dschungel kommen sah. Auf den ersten Blick glaubte ich, er wäre zerschunden, als ob er geprügelt worden wäre. Sein Gesicht war rot angelaufen, seine Oberarme und sein Hals waren fleckig und bläulich. Ich hatte ihn noch nie in einem solchen Zustand gesehen. Ich wollte ihn gerade fragen, was geschehen sei, als er mich ansprach.

»Ich suche Thorndyke«, sagte er.

»Menopause ist bei ihm«, sagte ich. »Er ist vor knapp fünf Minuten hineingegangen.«

»Ajiiee! Ajiiee! Das dürfen wir nicht zulassen!« schrie er und rannte ins Haus hinab. Während er lief, rief er ein paar Worte auf pe-ellianisch. Ich folgte ihm.

Die Konfrontation fand im Handflächen-Raum statt.

Menopause war dort. Neben ihm stand Marius Thorndyke, den er bei der Hand hielt wie einen kleinen Jungen. Sie wollten offensichtlich gerade zur Lichtung hinaufgehen.

Es wurde kein Wort gesprochen, doch ich spürte den Willenskampf zwischen Menopause und Winterwind. Menopause, wild und zerzaust, schien die Oberhand zu gewinnen. Sie starrten einander an. Winterwind machte ein paar komplizierte Gesten mit den Händen, bei denen er mit der einen Hand über die andere fuhr, sprach jedoch keinen Ton. Menopause schien einen nervösen Tic im Gesicht zu haben. Er zog seine Gesichtshaut fest zusammen und entspannte die Muskeln dann so abrupt, daß sein Gesicht geradezu herabfiel und seine Augen aus den Höhlen zu springen schienen. Seine Zunge bewegte sich in einer raschen

Folge von Zuckungen auf und ab, wie ich es noch nie gesehen hatte.

Plötzlich zerrte Menopause an Thorndykes Hand und führte ihn um Winterwind herum auf die Lichtung hinaus. Winterwind rührte keinen Muskel.

Während ich ihn ansah, schien er in sich zusammenzusinken. Seine Energie, die innere Spannung, die ihm seine Vitalität gegeben hatte, schienen aus ihm herauszuströmen. Schließlich seufzte er, richtete sich auf und ging ohne ein Wort zu mir die zur Lichtung führende Rampe hinauf. Ich folgte ihm. Unser Haus wirkte plötzlich sehr klaustrophobisch. Ich hatte Angst, daß die Wände verdampfen könnten.

Auf der Lichtung keine Spur von Thorndyke und Menopause.

Ich setzte mich auf die Bank am Flußufer und versuchte, mir über die Situation klar zu werden. Mehr denn je zuvor war ich jetzt überzeugt, daß unser Besuch zu einem Fehlschlag geworden war; gleichzeitig konnte ich mir jedoch keine klare Vorstellung davon machen, was ich unternehmen sollte.

Auf jeden Fall verbrachte ich den größten Teil des Tages am Flußufer. Ich arbeitete mit dem Encoder. Ich vertiefte mich ganz in meine Arbeit. Ich setzte meine Studien über die Flora der Lichtung fort, wobei ich besonders darauf achtete, auf welche Weise die Bäume und das Haus miteinander verbunden waren. Ich gab mir ständig etwas zu tun.

Koch brachte mir das Essen wie gewöhnlich.

Er fragte nicht nach Thorndyke, und ich fragte nicht nach Winterwind. Es war ein schweigendes Waffenstillstandsabkommen, dem unsere beiderseitige Verlegenheit das Siegel aufgedrückt hatte.

Während des Nachmittags half Koch mir bei meiner Arbeit, erklärte mir, auf welche Weise das Haus konstruiert worden sei, und wie lange man dazu gebraucht hatte. All diese Informationen sind noch vorhanden und werden in einem nachfolgenden Band verwendet werden.

Thorndyke kehrte auf die Lichtung zurück, als die Sonne dicht über dem Horizont stand. Er ging langsam und mit müden Schritten. In seinen Händen trug er eine lange, flache Schachtel. Ihr Deckel war geschlossen.

Er reichte mir die Schachtel und ließ sich auf einen der Stühle fallen. Die Schachtel war überraschend leicht.

»Ein Geschenk?« fragte ich, und Thorndyke nickte.

»Ja, von Menopause«, antwortete er. »Es ist seine abgeworfene Haut.«

»Ajiiee!« schrie Koch leise vom Rand der Lichtung.

THORNDYKES TAGEBUCH:
FÜNFUNDZWANZIGSTE EINTRAGUNG

Vor einer Weile habe ich sie aus der Schachtel genommen und auf mein Bett gelegt. Sie liegt jetzt dort wie ein zerknitterter Plastik-Ausschnitt. Wenn ich den breiten Riß in ihrer Seite versiegeln und sie aufblasen könnte, würde ich Menopause vor mir sehen, so wie er bis heute war.

Menopause hat mich auf eine Weise geehrt, auf die nur wenige Pe-Ellianer einander ehren. Es ist alles so simpel. Wir sind auf diese Weise zu einer Art Blutsbrüdern geworden. In Reichtum oder Armut. Bei Gesundheit oder Krankheit. Bis daß der Tod *uns vereint*. Achten Sie auf die Formulierung! Ich habe mich versichert, daß ich jeden Teil der Zeremonie richtig verstand, und wenn ich es auch witzig fände, hier eine Parallele zu einer Hochzeitszeremonie ziehen zu wollen, (obwohl eine solche Parallele durchaus existiert) ist es ohne Zweifel der Tod, der der Vereiniger sein wird. Wie geht es also weiter? Und was soll ich sagen?

Es gibt keinen Zweifel daran, daß Menopause mich übernommen hat. Das war mir bereits heute morgen klar, als der Äther zu knistern begann und zwei Freunde einander mit ihren Blicken versengten, um den Sieg über diesen armen Sterblichen zu erringen. Ich hatte Angst. Zweifellos war ich auf irgendeine Weise hypnotisiert worden. Ich stand unter der Dusche, als er hereinkam. Er sah mich an, packte die losen Lappen seiner Haut und schüttelte sie.

»Sie bricht«, sagte er, nahm dann meine Hand und ließ mich seine Haut fühlen. Sie war wie Seide und hauchdünner Gummi. Sie besaß noch etwas Lebenswärme, starb jedoch bereits ab. Als ich die Haut berührte, fühlte ich den überwältigenden und beschämenden Wunsch, mich darin einzuwickeln. Darf sich ein alter Mann so benehmen?

Meine Reaktion, empfunden, doch nicht ausgedrückt, aber trotzdem verstanden, war alles, was Menopause brauchte. Bevor ich meine Kleider zusammenraffen oder selbst nach einem Handtuch greifen konnte, hatte er meinen Arm fest umklammert. Ich spürte die Kraft einer Stahlklammer in seinem Griff, den ich nicht in der Lage zu brechen gewesen wäre und gegen den ich mich nicht zu sträuben wagte, damit er nicht noch fester wurde.

Im Handflächen-Raum war Winterwind. Das hatte Menopause nicht erwartet.

Ich hörte ihn zischen. Ich spürte eine große innere Schwerelosigkeit. All dies war schon einmal geschehen. Es war vorbestimmt. Das Lamm lag auf der Schlachtbank, das Messer war geschliffen, so wie es immer ist.

Das Zischen hatte mich in eine frühere Zeit zurückversetzt, als ich in einem geschlossenen Raum dem Tod gegenübergestanden hatte. Auf Banyon. Man hatte mich gewarnt, meinen Raum fest verschlossen zu halten, da während der Nacht Raubtiere auf Beutesuche gingen. Ich war hinausgegangen um den Aufgang der drei Monde mitzuerleben, die wie drei Perlen auf einer Schnur über den Horizont stiegen und hatte nicht auf die Tür geachtet, die lautlos hinter mir aufgeschwungen war.

Später, als ich im Bett lag, wurde ich von einem Geräusch geweckt; es klang, als ob ein schwerer Körper sich bewegte. Ein Kriechen. Dann hörte ich ein kicherndes Geräusch. Und ein Zischen. Ich erstarrte körperlich, metaphorisch und geistig. Ich spürte Panik auf mich einhämmern, als ob ich eine Trommel wäre.

Wieder Bewegung. Irgend etwas wand sich über mein Bett, zum Boden hinab, und dann wieder herauf. Als es hell wurde, war ich so erschöpft wie ein Marathonläufer. Im fahlen Frühlicht sah ich ein Thanator, wie wir sie nannten, eine Kreuzung zwischen einer Schlange, einer Schnecke und einem Tausendfüßler. Es war etwa zwei Meter lang. Es hatte sich am Fußende des Bettes zusammengerollt und schlief.

Selbst der Schleim dieser Kreaturen ist tödlich.

Ihre Pseudopodien besitzen winzige Klauen, mit denen sie ihr

Gift injizieren. Auf ihrem Rücken befindet sich ein schwerer Panzer, dessen Seitenteile über den Boden schleifen, wenn sie sich bewegen. Der Panzer trägt dicke, quastenförmige rötliche Haarbüschel, und die sind es, die das kichernde und zischende Geräusch machen.

Diese Erinnerung überfiel mich, als ich Menopause zischen hörte, und wenn die Psychosphäre dieses Planeten wirklich so sensibel ist, wie Winterwind behauptet, dann hat meine Reaktion zweifellos dazu beigetragen, sie zu vernebeln.

Ich glaubte, Menopause würde einen Anfall bekommen. Sein Gesicht war verzerrt wie das eines heulenden Babys. Aus der Nähe sah das noch schlimmer aus, da die Haut sich an einigen Teilen des Gesichts bereits zu lösen begonnen hatte. Der Eindruck war, als ob man eine Maus unter einem Laken laufen sähe.

Ich glaubte, Winterwind würden Hörner aus dem Kopf wachsen und Blut aus dem Mund spritzen. Sein Gesicht zeigte die absolute Konzentration und Entschlossenheit eines Mannes, den ich einmal an einem Stahlrohr über dem Luftansaugschlitz eines Raketenmotors hängen sah. Wenn er die Kraft verloren und sich fallengelassen hätte, wäre er durch einen Schacht aus gehämmertem Metall direkt in das Herz des Raketenantriebs gestürzt. Als wir ihn heruntergeholt hatten, stellten wir fest, daß alle Blutgefäße in seinen Armen gerissen waren, so verbissen hatte er sich festgeklammert.

Die beiden standen einander gegenüber, und war es nur Einbildung oder vibrierte der Raum wirklich mit dem Pulsieren eines gigantischen Herzens?

Dann schlurfte Menopause hinaus und zog mich die Rampe hinauf auf die Lichtung. Wir stolperten um das Haus herum und verschwanden im Dschungel.

Glücklicherweise hatten wir nicht weit zu gehen, da ich eine plötzliche Erschöpfung spürte. Wir machten neben drei großen kegelförmigen Felsen halt. Zwischen ihnen befand sich ein Loch, das ich als Eingang zu einem pe-ellianischen Haus erkannte. Er wirkte frisch, neu. Ich sage das, weil die Wände des Tunnels, der schräg abwärts führte, hell und silbrig waren, wie die Schleimspur einer Schnecke oder auch ein sehr eng gewebtes Spinnennetz.

Wir stiegen hinab. Die Iristür schloß sich hinter uns mit dem harten Klicken eines Kameraverschlusses, und ich fühlte mich gleichzeitig gefangen und geborgen.

Menopause hielt sich nicht auf. Er atmete mit schweren, keuchenden Zügen, wie ein Mann, der gerade ein langes Rennen geschwommen hat. Er schob die Hand in eine Falte seiner Haut und zog zwei Karitsa-Eier heraus.

»Müssen essen«, keuchte er. Ich sah mit Entsetzen, daß die Haut seines Gesichts sich jetzt völlig gelöst hatte und seine Augen Gruben zwischen den Falten waren, und sie waren so weiß wie gekochte Eier!

Er schlitzte die Hülle eines Eies auf, und das Karitsa fiel heraus. Bevor ich von Übelkeit gepackt wurde, schluckte ich das Karitsa hinunter.

Wieder die Explosion. Wieder das Gefühl, als ob ich mich gegen das Gefängnis meiner eigenen Haut stemmen müßte. Wie kann ein kleiner Körper eine solche Kraft enthalten und doch ganz bleiben? Ich setzte mich und ließ mich von dem Karitsa umschlingen.

Menopause entspannte sich sichtlich, und sein Keuchen hörte auf.

»Bin bald davon befreit«, sagte eine geisterhafte Stimme, und ich erkannte, daß Menopause aus seiner Haut heraus sprach. »Sie sind hier, um mir zu helfen.«

Er schlurfte davon, den Korridor entlang, und in einen großen, runden Raum. Ich bemerkte die glühenden Flechten, mit denen der Boden bedeckt war, und sah das silbern schimmernde Becken. Es war viel größer als das in Winterwinds Haus. Menopause hockte sich auf den Rand des Beckens und bewegte die Flüssigkeit mit seinen Fingern zu winzigen Wellen. Dann beugte er sich vor und warf sich, mit dem Gesicht voran, in das Silber. Seine Haut dehnte sich aus und schwoll an wie ein Ballon, als ob sie mit Gas gefüllt sei. Als er sich ganz vom Beckenrand gelöst hatte, rollte er sich auf den Rücken.

Seine Haut hatte sich so weit gedehnt, daß sie fast formlos war. Ich konnte nur seine Hände erkennen; sie waren wie riesige weiße Gummihandschuhe. Sie fummelten in der Luft herum, ohne jede Gestik oder Bedeutung.

»Kommen Sie zu mir!« Wieder diese geisterhafte Stimme, diesmal ziemlich schwach.

Ich trat zum Beckenrand, setzte mich (die Flechten waren warm) und ließ meine Füße in die silberige Flüssigkeit hängen. Sie wurden unsichtbar, sobald sie in sie eintauchten. Ich versuchte, meine Zehen zu sehen, sah jedoch lediglich mein verschwommenes Gesicht, das zu mir zurückstarrte. Die Flüssigkeit war kühler als die Luft und preßte sich fest um meine Knöchel und Schienbeine. Ich ließ mich weiter hineingleiten, in der Hoffnung, den Boden finden und stehen zu können. Schließlich ließ ich den Beckenrand los und fühlte die flechtenbedeckte Seitenwand des Beckens über meinen Rücken gleiten. Ich ging nicht unter, sondern lag auf und ab dümpelnd an der Oberfläche, wie ein Floß.

Die Strömungen in der Flüssigkeit massierten meine Arme und Beine, als ich so auf der Oberfläche lag: ich kenne kein Gefühl, das sich mit dieser gigantischen Peristaltik vergleichen ließe.

Indem ich meine Hände wie Paddel gebrauchte, erreichte ich den großen, grauen Fesselballon.

Wieder drängten sich Erinnerungen aus der Vergangenheit in die Gegenwart. (Man sagt, daß ein Ertrinkender sein ganzes Leben vor sich abrollen sieht.) Und wieder sehe ich die Felsen entlang der Küste, an der ich aufgewachsen bin. Ich sehe mich von einem Stein zum anderen springen, im Vertrauen darauf, daß die kleinen Napfschnecken, deren Schalen so hart und scharf wie winige Zähne waren, mich vor dem Abrutschen bewahren werden. Auf einem der großen Steine bleibe ich stehen und blicke in den Tümpel eiskalten Wassers hinab, den die ablaufende Flut zurückgelassen hat. Er ist tief und groß, und an seinen Rändern hängen Seeanemonen und Tang. Doch nicht die sind es, die mich interessieren. Ich starre auf den Körper eines großen Meerestieres, das dort treibt. Ich bin überrascht, als sich plötzlich Bewegung zeigt und der Körper sich zusammenkrampft. Doch ich kann nicht sagen, wo sein Kopf ist und wo sein Schwanz. Er hat keine Form, nur Masse. Während ich hinabstarre, taucht die Sonne hinter einer dunklen Wolke auf, und ihr Licht fällt über das Wasser.

An jenem Tag habe ich von der Morgendämmerung an hinabgestarrt, bis die einlaufende Flut mich auf das feste Land zurückzwang. Ich sah den Körper in dem Seewassertümpel umhertreiben. Ich sah seine matten Bewegungen. Ich sah einen Schlitz in seiner Seite, der sich zusammenzog und schloß wie eine leere Augenhöhle. Ich mußte hilflos zusehen, wie die Flut hereingurgelte und die graue Masse immer höher trug, bis sie schließlich über die Abgrenzung des Tümpels hinausgeschwemmt wurde. Durch einen Zufall im Strömungsverlauf wurde der massige Körper aufs offene Meer hinausgetragen. Das letzte, was ich von ihm sah, war das aufschäumende Wasser, von dem es umgeben war, als Tausende von Räubern sich auf ihn stürzten.

Solche Erinnerungen sind gefährlich. Sie können einen am Handeln hindern. Ich schwamm zu ihm hin und stieß ihm in die Seite.

»Wie kann ich helfen?«

»Denken Sie, daß Sie mir helfen.« Die Stimme klang wie ein Flüstern aus einem tiefen Brunnenschacht.

Diese Bitte war, als ob jemand sagen würde: ›Denke nur fröhliche Gedanken.‹ Was denkt man in dieser Situation? Ich dachte an Menopause, so wie ich ihn zuerst gesehen hatte, im Geäst eines Baumes liegend, mit seinen brandroten Venen. Ich dachte an Tomas' Gesicht, als er mir von seiner Entdeckung der Begrenzungsrinne erzählt hatte; ein lebensvolles, intelligentes Gesicht. Ich dachte an meine Mutter...

Ich hörte ein Geräusch, das weder ein Platzen noch ein Reißen war, sondern irgendwo zwischen den beiden lag. Ein Schlitz öffnete sich in der grauen Haut. Durch den Schlitz zwängten sich Finger. Sie waren weiß und blutleer. Die Hand einer ausgebluteten Leiche schob sich heraus.

Sie schien sich auszuruhen, und dann erweiterte sich der Schlitz. Eine zweite Hand erschien, und gemeinsam erweiterten sie die Öffnung in der Haut. Sie ließ sich jetzt leicht reißen, unregelmäßig, wie feuchtes Papier. Zwei Arme schoben sich heraus.

Ich sah ein riesiges weißes Ei auftauchen. Menopauses Kopf. Sein Gesicht war starr wie das einer Leiche.

Der Körper war jetzt zur Hälfte heraus. Ich packte ihn unter den Armen und zog. Sein Körper glitt aus der Haut heraus wie ein Messer aus der Scheide. Er trieb auf dem Rücken, Arme und

Beine ausgestreckt, wie ein gehäuteter Frosch. Ich manövrierte ihn zum Beckenrand, und es gelang mir, seine Hände und Arme auf die blauen Flechten zu legen. Das hielt ihn fest.

Dann paddelte ich zur Mitte des Beckens zurück, wo die Haut flach auf der Flüssigkeit trieb, und begann sie zum Beckenrand zu ziehen. Die Haut veränderte sich. Sie zog sich zusammen und verlor ihre weiße Färbung. Ich brachte sie zum Beckenrand und schob sie hinauf. Sie war wieder das Abbild von Menopause geworden, so charakteristisch wie die Umrißzeichnung einer Skizze, ein Durchscheinbild.

Hinter mir hörte ich ein Zischen. Ich wandte mich um und sah, daß Menopause die Ellbogen auf den Beckenrand geschoben hatte und versuchte, sich aus der silbernen Flüssigkeit zu stemmen. Ich lief zu ihm, packte ihn unter den Achselhöhlen und zerrte ihn weiter auf den Beckenrand. Schließlich, nach erheblichem Wuchten und Ziehen, hatte ich ihn ganz aus dem Becken herausgebracht. Ich versuchte meinen keuchenden Atem zu beruhigen. Ich dankte Gott, daß ich kein schwaches Herz hatte. Menopause war schließlich über drei Meter groß.

Seine Farbe hatte sich verändert. Er hatte die unheimliche Blässe verloren und sah jetzt eher wie Wachs aus. Ich kann nicht sagen, daß ich die Veränderung für sehr positiv hielt; seine Haut wirkte noch immer ungesund, doch zumindest war sie jetzt anders.

Das Gesicht blieb starr. Von seltsamer Schönheit. Nicht vollendet; erst die Skizze des Künstlers. Während ich ihn anblickte, bemerkte ich, daß ständig winzige subtile Veränderungsprozesse abliefen. Seine Haut war nicht mehr von einheitlicher Färbung. Muster begannen sich abzuzeichnen, und der bekannte Platten-Effekt deutete sich an. Doch die Platten waren alle von verschiedener Größe, alle ungleichmäßig geformt, ein Puzzlespiel aus Scherben. Auch die Markierungen waren nicht so, wie man es erwartet haben würde. Manche waren rohe, amateurhafte Kleckse, andere Kreise und Strudel. Ich konnte ein einziges Muster erkennen, das ausgezeichnet zu seiner Platte paßte und eine Replik von Winterwinds Mustern war. Und dann die Farbe. Rot- und Blautöne an seinen Füßen gingen in Purpur und Grün an den Hüften über und schließlich zu Gelb und Schwarz am Kopf.

All dies geschah in einem Zeitraum von nicht einmal fünf Minuten. Ich erlebte die Entwicklung von Menopause wie die Entwicklung eines Films. Als seine Färbung sich festigte, schien er leichter zu atmen. Ich wartete auf die endgültige Rückkehr des Lebens.

Die Chinesen sagen von einem Gemälde: Wenn du das Gemälde eines Tieres für fertig erachtest, ihm jedoch Leben fehlt, *dann* male das Auge – doch nicht vorher! – oder ein unbändiges Wesen wird in die Welt eintreten.

Dies war Menopause. Ich wartete auf das Öffnen der Augen.

Die Minuten vergingen, und seine Färbung wurde immer kräftiger. Pastelltöne erblühten zu leuchtenden Farben. Feine Linien wurden zu starken Strichen. Muster gewannen an Tiefe.

Als er die Augen öffnete, war ich überrascht. Sie waren so schwarz wie Kohle, oder so schwarz, als ob sie in die Energiewürfel des Garfield-Sprung-Generators geblickt hätten, wo Energie um eine absolute Schwärze herumzüngelt, die alles Licht absorbiert.

»Menopause«, sagte ich, als seine Augen sich öffneten.

»Ich bin nicht Menopause«, sagte er, und ich war froh zu hören, daß seine Stimme jedes Zischen und ihre Rauheit verloren hatte und verhältnismäßig wohltönend klang. »Geben Sie mir einen Namen!«

Ich blickte ihn an. Er bestand nur aus Farben und Mustern, Punkten und Strichen, Lumpen und Flicken.

»Harlekin«, sagte ich. »Das ist ein uralter Name bei uns. Der Name eines Schauspielers, eines Tänzers, eines Mimen, und er sieht Ihnen sehr ähnlich.«

»Angenehm«, sagte er und richtete sich auf. »Ich muß mich jetzt strecken, muß laufen, frische Luft in mich hineinpumpen. Ich brauche Karitsas.« Er blickte auf seine Arme, sah dann mich an. »Ich wußte, daß Sie einen gewissen Einfluß auf mich hatten, als ich ein Embryo war, aber dies ... Ich habe noch nie etwas so Verschwommenes gesehen. Dies läßt jede Definition vermissen, jeden Code. Warten Sie nur, bis der Mantissa-Recorder es sieht. Was für eine Bestimmung wird er daraus erkennen?«

Er stand auf. Ich war erstaunt, als ich feststellte, daß er gut zwölf Zentimeter größer war als die unförmige Gestalt, die ins Becken gegangen war.

»Jetzt kommen wir zu einer kleinen Zeremonie. Ich denke, daß Ihnen in Ihrem unwissenden Verstand mehr bewußt ist, was geschieht, als Sie sagen können. Wir sind uns jetzt sehr nahe gekommen. Harlekin und – ich muß Ihnen einen pe-ellianischen Namen geben. Ich werde Sie Tuwununi nennen, das heißt, Der-welcher-mit-offenen-Augen-taucht. So. Ein vornehmer Mann. Harlekin und Taucher. Jetzt zur Zeremonie.«

Er hob seine abgeworfene Haut auf, winkte mir, ihm zu folgen, verließ den Raum und ging in die Haupthalle.

»Wir Pe-Ellianer sind eine einsame, unabhängige Rasse. Wir gestatten nur wenigen, uns nahe zu kommen. Wir sind Träger oder Macher, das ist alles. Wir leben kaum für uns selbst, doch gelegentlich verbinden wir uns – ist das das richtige Wort? –, wir verschmelzen uns miteinander. Wir versuchen, durch einen Vertrauensakt aus unserem Einzelleben auszubrechen. Einer unserer Mantissa-Sänger komponiert ein Epos über das Thema, daß eines Tages alle Pe-Ellianer sich miteinander verschmelzen werden und dieser Tag das Ende der Zeit sein wird. Dann werden wir die Zeit und die Gegenwart verlassen und uns durch das Universum reinen Denkens verbreiten.« Er machte eine Pause.

»Das ist eine gute Idee«, sagte er dann. »Ich möchte Ihnen vorschlagen, daß wir uns miteinander verschmelzen. Daß wir unsere Gedanken freier zwischen uns fließen lassen. Für Sie ist das nicht schwer. Ihr Gehirn quillt über von Denken. Doch Ihr Denken hat keine Richtung. Es ist hart. Rauh wie die Oberfläche eines Felsens. Ich bin subtiler und empfindsamer. Ich kann nicht nach Wunsch transmittieren. Doch für Sie will ich es versuchen. Es ist ein Risiko. Sie sind sehr stark, und ein falscher Gedanke zur falschen Zeit könnte mich entstellen.«

Wieder machte er eine Pause und blickte an seinem Körper hinab, und dann gab er einen Ton von sich, der bei den Pe-Ellianern als Lachen gilt.

»Vielleicht ist es das, was bereits passiert ist. Denn Sie waren ja hier während meines Wechsels. Vielleicht trage ich alle nur möglichen Einstellungen an mir und bin deshalb stark. Vielleicht ist alles vorausbestimmt, und wir sind alle nur Stäubchen im großen

Mantissa-Experiment. Vielleicht werde ich Sie töten. Vielleicht wird Ihr Verstand unter dem fremden Druck zerbrechen. Also, was halten Sie davon. Sollen wir uns miteinander verschmelzen?«

Meine Antwort war ein Nicken.

War es nicht das, was ich mir insgeheim längst wünschte? Wie viele Männer gibt es, die so mit ihrem Selbst überladen sind, daß sie sich danach sehnen, alles über Bord werfen und noch einmal von vorn anfangen zu können?

»Welches Wort haben Sie für ›Verschmelzung‹?«

»Heirat.«

Er war entsetzt.

»Nein, nein, nein. Nicht so etwas. Das erfordert unmögliche Dinge. Ich bin Pe-Ellianer. Ich kann nicht Ihr Kind austragen. Gibt es denn keinen anderen Weg, um einen Pakt zu schließen?«

Seine Reaktion war so heftig, daß sie mich erschreckte. Was für seltsame Wesen diese asexuellen Kreaturen doch waren. Sie sind Bohnenschoten. Aber warum macht es mich dann verlegen, wenn einer von ihnen über ein Thema spricht, von dem er nichts wissen kann? Meine Konditionierung ist doch stärker, als ich angenommen hatte, und ich bleibe nun einmal ein Sohn der Erde.

»Wir haben einen Bund zwischen Männern – wir nennen ihn Blutsbrüderschaft. Ich schneide mir in den Arm, damit Blut fließt, und Sie schneiden in den Ihren, und wir lassen das Blut zusammenrinnen. Das bedeutet, daß zwei Männer schwören, einander zu ehren und zu verteidigen und zu vertrauen. Sex ist dabei nicht im Spiel.«

Er nickte.

»Wir wollen es auf diese Weise tun. Ich werde Ihnen die Überreste meines fünften Wechsels übergeben. Größeres Vertrauen kann ich nicht zeigen. Sie können mir Blut geben.«

Er nahm die Haut, die jetzt weich und durchsichtig war, und legte sie mir über die Schultern. Sie hing hinter mir zu Boden wie eine Schleppe.

»Haben Sie ein Messer?« fragte ich.

»Nein. Aber dies.« Er streckte seinen Daumen mit dem scharfen, Karitsa-aufschlitzenden Nagel empor. Bevor ich reagieren konnte, hatte er mir die Haut des rechten Oberarms aufgeschlitzt, und Blut floß. Er fing etwas davon in seiner Handfläche auf und rieb es über seinen buntgescheckten Schädel. Dann ritzte er sich den Arm auf, und ich tauchte meine Finger in sein Blut und rieb es in meine Wunde.

Ich hatte ein starkes Gefühl von Irrealität in dem Moment. Wie in dem Raumschiff auf dem Weg nach hier, wie zu den Zeiten, als ich versuchte, mit einem Mantissa in Kontakt zu kommen. So auch jetzt. Ein paar Sekunden lang war ich nicht ich, und dann war ich wieder ich, stand in einem matt erleuchteten Raum tief in der Erde mit Blut an meinen Händen.

Menopause-Harlekin (denn so denke ich noch immer an ihn) holte eine Holzschachtel. Er faltete die Haut zusammen wie ein Kleidungsstück und legte sie so in die Schachtel.

»Wenn Sie die Haut verletzen, verletzen Sie mich. Tun Sie damit, was Sie wollen.« Seine Augen glitzerten bei einem Gedanken, den ich nur erraten konnte. »Jetzt muß ich mich ausruhen. Ich danke Ihnen, Taucher. Wir werden uns morgen wiedersehen. Sie finden den Heimweg sicher allein.«

Und das tat ich auch.

KOMMENTAR

Thorndyke saß eine volle Stunde lang auf der Lichtung. Er erlaubte mir nicht, die Schachtel zu öffnen und die Haut zu sehen, versprach jedoch, sie mir am kommenden Tag zu zeigen. Er war völlig in sich zurückgezogen. Schließlich seufzte er und stand auf.

»Es könnte morgen einige Unannehmlichkeiten geben«, sagte er. »Sei vorsichtig! Ich gehe jetzt schlafen ... – doch falls Winterwind kommen sollte, wecke mich unbedingt!« Er ging, nachdem er Koch freundlich eine gute Nacht gewünscht hatte.

Als er fort war, sprach ich mit Koch.

»Machen Sie sich Sorgen über das, was geschehen ist?«

»Sorgen. Traurig. Aber ich sehe das nicht ganz klar. Da ist ein Bild, doch ich sehe nur eine Ecke davon. Da ist eine Form, doch ich kann sie nicht erkennen. Als ich meine Hoffnung verlor – vor sehr langer Zeit – und mir verboten wurde, die Schwebe-Harfe zum Vergnügen zu spielen, habe ich mich genauso gefühlt, wie ich mich heute fühle. Wir Pe-Ellianer sind wie fein gestimmte Saiten. Wir vibrieren zu jeder Atmosphäre. Es geschieht jetzt irgend etwas, doch ich weiß nicht, was es ist. Aber ich sehe Flickwerk voraus. Die Zerstörung von Symmetrie. Schmiererei. Ajiiee!«

Mehr wollte er nicht sagen.

Seine Worte wirkten äußerst beunruhigend auf mich. Auch ich hatte den Strom von fremdartigen Leidenschaften verspürt. Ich fühlte mich wie ein Tier vor einem Erdbeben.

Ich schlief sehr schlecht in dieser Nacht. Immer wieder schreckte ich aus einem unruhigen Schlummer, weil ich Stimmen zu hören glaubte. Einmal stand ich auf und ging durch das Haus, doch niemand war da.

Schließlich schlief ich ein.

Am nächsten Morgen wurde ich von Koch geweckt, der vor Nervosität die Hände aneinanderschlug.

»Mantissa-Besuch. Winterwind wartet. Jett wartet! Meno... nein, nicht Menopause... jetzt ist er Harlekin, ein Name, den ich nicht kenne. Alle warten schon – Schlafmütze!«

Ich zog mich eilig an und ging zu den anderen, die sich im Handflächenraum versammelt hatten. Koch servierte das Frühstück.

»Spät«, sagte er. »Spät. Tut mir leid, daß ich so spät dran bin. Hier sind Brot und Fruchtblut...«

»Fruchtsaft«, sagte Jett. »Beruhige dich, Koch!«

Ich blickte am Tisch umher und war überrascht über die Veränderung von Menopause-Harlekin. Er lächelte und begrüßte mich herzlich unter Nennung meines Namens. Ich muß ihn verblüfft angestarrt haben.

»Gefällt es Ihnen?« fragte er, stand auf und drehte sich herum wie ein Manequin, so daß ich alle Muster sehen konnte, die seine Haut überzogen. Ein verrückter Tätowierer hätte ihn nicht schlimmer zurichten können.

»Das ist alles Tauchers Werk«, sagte er und deutete auf Thorndyke. »Ich bin von ihm gezeichnet worden, aber ich kann damit leben. Das Denken von Aliens hat bisher nie solche Wirkung erzielen können.«

»Und wird es auch in Zukunft nicht können, hoffe ich«, sagte Winterwind leise.

»Amen«, setzte Jett hinzu.

Diese Konversation blieb mir rätselhaft. Rückblickend ist mir natürlich klar, daß sie eine Weiterführung der Konfrontation zwischen Menopause-Harlekin und Winterwind darstellte. Ein Machtkampf wurde vor meinen Augen ausgetragen, doch alles, was ich davon merkte, war die Spannung, die in der Atmosphäre lag. Jett schien entschlossen, jeden Ausbruch offener Feindseligkeit zu verhindern.

»Sie werden heute zwei Mantissae kennenlernen. Einen Verkehrs-Überwacher und einen Singenden Mantissa. Wir haben einen weiten Weg vor uns, also sollten wir lieber aufbrechen. Vielleicht kann Koch uns einen Picknickkorb richten ...«

»Ah, beim Laufen essen. Schon erledigt«, sagte Koch. »Wir können gehen, sobald Sie die Servietten vom Schoß genommen haben.«

Wir brachen auf. Die Tür, die wir noch nie benutzt hatten, klickte auf, als Jett den Schalter berührte. Wir sahen vor uns einen Korridor, dessen Wände matt glühten. Die Luft vibrierte.

»Dies ist erst gestern fertiggestellt worden«, sagte Jett. »Es hat da ein paar Schwierigkeiten gegeben, deshalb empfindet man es so stark.«

Jett übernahm die Führung. Ihm folgte Thorndyke, zusammen mit Menopause-Harlekin und Winterwind. Koch, der den Picknickkorb trug, und ich mit meinem Encoder bildeten die Nachhut.

Die nächste Eintragung in Thorndykes Tagebuch befaßt sich mit dieser Tour und unserem Treffen mit dem Singenden Mantissa. Es war während dieses Besuchs, daß Thorndyke beinahe gestorben wäre.

THORNDYKES TAGEBUCH: SECHSUNDZWANZIGSTE EINTRAGUNG

Wir waren ein wenig wie Kinder. Tomas fummelte ständig an seinem Encoder herum, wie um sich zu überzeugen, daß die Spulen in Ordnung und genügend Energie vorhanden waren. Schließlich sagte ich ihm, er solle das Gerät in Ruhe lassen, da ich fürchtete, er könnte es beschädigen. Ich selbst fühlte mich erregt und verwirrt. Ich befand mich in Aladins Höhle. Alles war plötzlich neu für mich. Der Wechsel von Menopause-Harlekin schien auch mich verändert zu haben. Ich konnte die freundliche Wärme des fremden Geistes spüren, der behutsam wartete. Ich fühlte mich ihm näher, als ich mich je einem Menschen gefühlt hatte. Und ich hatte die Vorahnung, daß dieser Tag sehr entscheidend sein würde.

Jett war in Hochstimmung, voller Unternehmungslust. Koch schwatzte ununterbrochen und versuchte, zu allen freundlich zu sein.

Nur Winterwind, das arme Opfer, litt. Ich habe es damals nicht so klar gesehen wie heute. Ich wußte zwar, daß zwischen ihm und Menopause-Harlekin Spannung bestand, erkannte jedoch nicht, daß diese Spannung die erste Phase eines Kampfes war, der bis zum Tod ausgetragen werden mußte. Und ich sah natürlich auch nicht voraus, daß ich bei der Tötung Winterwinds eine entscheidende Rolle spielen würde.

Sei's drum! Ich nähere mich auch meinem Ende und blicke in die dunkle Passage hinein, die Winterwind bereits betreten hat.

Dunkle Korridore. Ja. Wir traten durch die Iris-Tür in einen dunklen Korridor, der, wie uns gesagt worden war, zur Stadt führte. Die Luft war spannungsgeladen, und eine leichte Brise fuhr durch mein Haar. Wir gingen den Korridor entlang, und das Licht hielt mit uns Schritt. Nach etwas mehr als hundert Metern gelangten wir in eine runde Kammer. Vor uns lagen drei dunkle Tunnels.

Ich habe meine Angst vor der Dunkelheit oder vor unterirdischen Räumen nie ganz überwinden können. Nach meiner Erfahrung sind Erdbeben nun einmal eine Realität. Um irgend etwas zu sagen, fragte ich, wie man hier einen Eisenbahnzug heranpfeifen könne.

»Das ist bereits erledigt«, antwortete Jett. »Sobald Sie die Tür dort öffnen, wird ein Stimmu herbeigeordert. Es hat allerdings kaum etwas mit einer Eisenbahn zu tun.«

Ich bemerkte, daß der linke der drei Tunnel, die vor uns lagen, einen Lichtschimmer zeigte. Das Licht wurde ständig heller, und offensichtlich wies der Tunnel eine Krümmung auf, denn ich konnte keine Scheinwerfer erkennen, nur ein silberiges Glühen.

Eine frische Brise wehte uns entgegen. Ich stellte mir irgendeine pe-ellianische Version des Minotaurus vor, der dort die Gleise entlangraste und silberiges Feuer ausstieß.

Die Wirklichkeit, die auftauchte, war fast genauso unvorstellbar. Meine erste Vermutung war, daß es ein Hai sei, oder vielmehr das Skelett eines Hais. Seine gigantische silberne Nase erschien im Tunneleingang und schnupperte die Luft. Dann schob sich langsam und lautlos der ganze Körper heraus. Die Rippen und Knochen waren weiß und glühend. Das ganze Gerippe war mit durchsichtigen Schuppen bedeckt, die die Form unterteilter Fenster hatten.

Die Bewegungen waren jetzt sehr langsam. Vorsichtig. Die gigantische Kreatur, die fast den ganzen Raum füllte, begann sich ganz langsam um die eigene Achse zu drehen. Ich wurde an die umsichtigen Bewegungen eines Bauarbeiters erinnert, der eine lange Planke trägt und damit durch eine kurvenreiche Passage manövrieren muß.

»Lebt es?« fragte ich.

»Nur auf die Weise wie auch Ihr Haus«, antwortete Winterwind.

»Ah.« Ich bemerkte, daß das Fahrzeug fünf Zentimeter über dem Boden schwebte. Es gab keine Schienen. Keine Oberleitung für die Stromzuführung.

»Es sieht wie ein Fisch aus«, sagte ich zu Tomas, und er nickte.

»Das«, sagte Menopause-Harlekin, »ist rein zufällig. Es ist die bestmögliche Form, um Gedanken und Gefühle in den Brennpunkt zu bringen. So etwas dürfte für Sie neu sein, vermute ich. Der Verstand des Verkehrs-Mantissas lebt in diesen Wänden. Sie sind ein Ausleger von ihm. Dieses Transportfahrzeug interagiert mit seinen Gedanken und bewirkt so Bewegung.«

Ich glaube, ich nickte. Zu diesem Zeitpunkt war ich sicherlich bereits zu der Schlußfolgerung gelangt, daß das, was die Pe-Ellianer unter Gedanken verstanden, durch all das abgedeckt wurde, was wir als Lebenskraft bezeichnen. Sie manipulieren Denken genauso geschickt, wie wir Brücken bauen.

Jett benetzte einen Finger mit der Zunge und fuhr mit ihm an einer der Rippen herab. Wie zu erwarten war, entstand eine Öffnung in der Seite. Drinnen konnte ich Bänke sehen, die denen in unserem Haus glichen. Außerdem gab es noch ein Seilgeflecht unter der Decke, das wie ein Spinnennetz wirkte, und einen niedrigen ›Pilz‹-Tisch.

»Dann wollen wir mal«, sagte Koch und stieg als erster ein.

Mnaba war der nächste. Dabei berührte er die Seite des Fahrzeugs – und riß seine Hand mit einem erschrockenen Schrei zurück.

»Statische Elektrizität«, sagte ich mit dem Versuch, es humorvoll zu sehen.

Ich drückte meine Hand fest auf eine der Schuppen. Ich erwartete einen Stromschlag, doch das, was ich spürte, war sogar noch überraschender. Die Schuppe war wie Haut, wie menschliche Haut, lebend und warm und pulsierend, als ob ich meine Hand auf eine Schlagader gelegt hätte.

Wir halfen einander beim Einsteigen, und während des Einsteigens schwankte das Fahrzeug wie ein Boot.

Winterwind, Koch und Jett setzten sich auf die Bänke. Menopause-Harlekin sprang in das Spinnennetz und begann mit gymnastischen Übungen. Er zwängte dabei seinen Körper immer wieder zwischen den Seilen hindurch.

»Manchmal juckt eine neue Haut«, erklärte er.

Tomas und ich setzten uns auf niedrige Stühle, die anscheinend speziell für uns bereitgestellt worden waren.

Die Tür schloß sich mit einem Laut, der wie das Zirpen einer angeschlagenen Saite klang.

Der Körper des Fahrzeugs begann sich zusammenzuziehen und zu biegen, als es an der Wand der runden Kammer entlangglitt. Es entschied sich für den mittleren Tunnel und bog in ihn ein. Die Knochen glühten auf, als wir uns in das Dunkel stürzten.

»Versuchen Sie sich zu entspannen«, riet mir Jett. »Greifen Sie nicht nach den Armlehnen. Dadurch wird nur die Spannung erhöht. Sie sind hier absolut sicher.«

Es gab für mich keine Möglichkeit, die Geschwindigkeit abzuschätzen. Die Wände waren konturlos, so weit ich das erkennen konnte, und es gab kein Licht. Wir hätten genausogut durch dichte Staubwolken fahren können. Ich nahm jedoch an, daß wir uns sehr schnell bewegten. Wir spürten ständig einen leichten Beschleunigungsdruck. Plötzlich begann das Fahrzeug zu steigen und zu fallen wie eine Schaukel. Es war eine langsame, rhythmische Bewegung, die mich ein wenig seekrank werden ließ. Die Pe-Ellianer genossen es.

»Dies nennt man ›über die Hügelkuppen gleiten‹«, rief Menopause-Harlekin mir zu. »Es ist ein wunderbares Gefühl, wie in den Tagen, als wir Karitsas waren und das schwerelose Auf und Ab zwischen Wasser und Luft genossen.«

Unser Fahrzeug schoß in eine scharfe Kurve, wie eine Achterbahn, und verlangsamte rasch seine Fahrt.

»Wir steigen hier um«, erklärte Jett, als der Wagen ins Licht fuhr. »Jetzt werden Sie noch weitere Pe-Ellianer sehen.«

Die Station überwältigte mich ihrer Größe wegen. Sie war ein riesiges Amphitheater, in dem fünfzig Colosseums Platz gefunden hätten, und wir waren gerade auf einem seiner Ränge zum Vorschein gekommen. Wir sahen weitere Fahrzeuge, die dem unseren glichen. Einige fuhren gerade an, andere suchten sich vorsichtig ihren Weg zum Boden des Amphitheaters, wo sich niedrige Gebäude und Ausgangsrampen befanden. Unser Fahrzeug glitt ebenfalls abwärts und wurde dabei immer langsamer. Ein anderer Wagen raste direkt auf uns zu, hob im letzten Augenblick ab und zog über uns hinweg. Ich erinnere mich, daß ich den Kopf einzog. Jett lachte nur.

Der Hauptteil der Station – das Bodenrund des Amphitheaters, wenn Sie wollen – war voller Pe-Ellianer. Mir wurde jetzt bewußt, wie wenige Pe-Ellianer wir bisher zu Gesicht bekommen hatten. Hier waren Hautmuster, von denen ich vorher nicht einmal zu träumen gewagt hatte, und andere Farben und andere Rassen von Pe-Ellianern.

Ja, Tomas, deine Spekulationen waren richtig. Die Pe-Ellianer mit den auffallenden Schnäbeln und Schädelkämmen gehören wirklich einer nördlichen Rasse an.

Ich erkannte sechs Pe-Ellianer in verschiedenen Stadien von Menopause.

Ich sah viele, die so groß waren wie Jett und Winterwind, doch nur wenige, die größer waren. Ich sah niemanden, der Menopause-Harlekin auch nur annähernd ähnelte. Seine Außergewöhnlichkeit wurde uns zu Bewußtsein gebracht, als wir das Fahrzeug verließen. Er wurde sofort zum Mittelpunkt des Interesses. Viele Pe-Ellianer blieben stehen, um ihn auf ihre weise, reptilienhafte Art anzusehen. Wir (Tomas und ich) waren ihnen nur einen flüchtigen Blick wert, bevor sie weitergingen. Und noch etwas berührte mich seltsam. Die Stille. Niemand sprach. Dies war schließlich eine Station. Doch gab es keine Lautsprecher. Die Fahrzeuge und Züge kamen und gingen lautlos. Die einzigen Geräusche waren das Zusammenpressen der Luft, wenn ein Fahrzeug beschleunigte, und das leise Patschen nackter Füße auf Holz.

Wir standen vor unserem Wagen, als wir ein Pfeifen hörten und ein Ploppen, wie es manche Menschen zustandebringen, wenn sie einen Finger in den Mund stecken, die Backen aufblasen und dann den Finger mit einem Ruck herausziehen. Weit oben, auf dem Rand des Stadions der Station, tauchte ein Wagen aus einem der Tunnel auf. Seine Geschwindigkeit war unvorstellbar. Er schoß um den Rand des Amphitheaters herum wie eine Roulettekugel und verschwand in einem anderen Tunnel.

Ich war der einzige, der es beobachtet hatte, mit Ausnahme von Jett, der bemerkte: »Ah, hatte es eilig.«

Im Mittelpunkt des Stadions befand sich eine hohe Pyramide.

»Was ist das?« fragte Tomas und wurde darüber aufgeklärt, daß es sich um den Hangar des Mantissa Verkehrs-Überwachers handele.

»Darf ich ihn sehen?« bat ich.

»Er hat darauf bestanden, daß er Sie nicht sehen und nicht kennenlernen will«, sagte Winterwind, und damit hatte ich mich zufriedenzugeben.

»Was denken die meisten der Pe-Ellianer eigentlich von uns?« fragte ich, während wir uns durch die Menge drängten und uns dem Strom der Pe-Ellianer anschlossen, die das Amphitheater überquerten.

»Ah, das ist schwer zu sagen«, antwortete Menopause-Harlekin. »Die meisten von ihnen tragen Scheuklappen. Sie wissen natürlich von Ihnen, doch Sie sind nicht Teil ihres Lebens. Würde ein Gewichtheber auf der Erde sich Gedanken über einen Menschen machen, der Papierwaagen herstellt?«

»Ich weiß nicht genau, ob ich den Sinn Ihrer Worte verstehe.«

»Würde ein Organist sich um die Fliegen kümmern, die in seinen mächtigen Pfeifen hausen mögen?«

»Nicht sehr schmeichelhaft.«

»Kümmert sich der Briefschreiber um den Briefmarkensammler?«

»Ja und nein. Zumindest könnte er interessiert sein«, antwortete ich, und Menopause-Harlekin blinzelte mir zu.

»Ah, Sie sind so sehr irdisch orientiert. So erfrischend erdgebunden. Wir brauchen Sie so sehr, wie Sie uns brauchen. Wir sind zu selbstbezogen, zu still und zurückhaltend. Wir benötigen einen Schmirgel, der unsere glatte Haut ein wenig aufrauht.«

Diese Worte ließen mich aufhorchen. Dies war das erste Mal, daß Menopause-Harlekin andeutete, uns Kreaturen von der Erde als Mittel einer Strategie zu benutzen. Winterwind sah die Dinge anders, das wußte ich. Später werde ich etwas über diese Unterschiede schreiben, da sie wichtig dafür sind, die Wies und Warums unserer Mission zu begreifen.

Wir blieben neben einem anderen Fahrzeug stehen. Für mich war es mit dem ersten identisch, doch Jett versicherte mir, daß es erheblich robuster sei.

»Dies ist ein Querfeldein-Fahrzeug. Es findet seinen Weg unter Bergen und Meeren hindurch. Das ist der Grund, warum wir es nehmen, denn ein Teil unseres Weges verläuft unter Wasser. Wir werden den Ozean durchqueren, um zu der Insel zu gelangen, wo der Mantissa singt.«

Wir stiegen ein, setzten uns, und das Fisch-Fahrzeug setzte sich in Bewegung. Es suchte seinen Weg zu den Rängen, welche die Wände des Amphitheaters bildeten. Wir begannen an ihnen emporzusteigen, und beim Emporsteigen nahm die Geschwindigkeit zu. Wir überholten und wurden überholt. Ich bewunderte die Kontrolltechnik, mit der die Fahrzeuge jede Kollision vermieden.

Wenig später befanden wir uns hoch oben an der Wand und rasten mit der Geschwindigkeit eines lebensmüden Rennfahrers am Rand entlang.

»Oje, Ehrenrunde. Wir haben unsere Ausfahrt verpaßt«, sagte Jett, als wir an einer Öffnung in der Wand vorbeischossen.

Ich blickte zu der Öffnung zurück, die jetzt hinter uns lag, und sah einen anderen ›Fisch‹ daraus hervorschießen.

»Gott sei Dank«, sagte ich.

Wir rasten noch einmal um den ganzen Rand des Amphitheaters herum und näherten uns wieder unserer Ausfahrt. Dieses Mal gab es keine Panne. Wir schossen in den Tunnel, und wieder hatte ich den Eindruck, durch braunen Rauch oder Staub zu fahren.

Diese Phase der Reise war nur kurz. Meine Augen hatten sich gerade an das Dämmerlicht gewöhnt, als wir ins Sonnenlicht hinausschossen, und dann in fahlblaues Wasser eintauchten. In den Ozean Pe-Ellias.

Du hast es nie feststellen können, Tomas, doch Pe-Ellia besteht hauptsächlich aus Inseln.

Das Fahrzeug wurde jetzt langsamer, und wir konnten auf den Grund des Meeres hinabblicken, und zur Oberfläche empor, die im Sonnenlicht glänzte. Gigantische Korallenbäume wuchsen aus dem Meeresboden und wogten in der Strömung. Fische schossen aus ihren Höhlen heraus und starrten uns späte Jonasse an. Wir glitten unter einer riesigen durchsichtigen Qualle hindurch, und ihre Nesselfäden glitten über uns hinweg.

»Befinden wir uns noch immer unter der Herrschaft des Stations-Mantissas?« fragte ich.

»Selbstverständlich«, antwortete Winterwind. »Wir können uns doch nur bewegen, weil er es so will. Er versucht, Ihnen eine interessante Reise zu bieten. Deshalb sind wir so langsam. In kurzer Zeit werden wir wieder Tempo aufnehmen.«

Noch während er sprach, begannen wir zur Oberfläche emporzusteigen, immer schneller. Wie eine Rakete schossen wir aus dem Wasser heraus. Gischt stob auf in allen Regenbogenfarben. Die Außenfläche des Fahrzeugs verwandelte sich langsam zu einem undurchsichtigen Violett und nahm uns jede Sicht auf Wasser und Himmel.

»Jetzt geht es richtig los«, sagte Menopause-Harlekin und ließ sich tiefer in sein Nest aus Seilen sinken. »Ich möchte vorschlagen, daß Sie Ihren Geist entspannen, damit Ihnen nicht übel wird.«

Ich bemerkte, daß alle Pe-Ellianer mit leerem Gesichtsausdruck *ruhten*. Ich spürte ein Schwindelgefühl, als ob ich eine Schlaftablette genommen hätte. Mnaba war bereits eingeschlafen.

Ob ich geträumt habe oder nicht, kann ich nicht sagen. Ich erinnere mich, das Gefühl gehabt zu haben, daß unser Fahrzeug viele Meilen lang sei, daß es sich in eine violette Röhre verwandelt hätte, die sich von der Stelle, wo wir eingestiegen waren, bis zu unserem Bestimmungsort erstreckte, und daß wir durch diese Röhre glitten. Das ist, wie ich annehme, die Art, auf die der Verkehrs-Überwacher die Dinge sieht. Er nimmt unsere Vergangenheit und unsere Zukunft wahr und verbindet sie miteinander. Wir gleiten gleichzeitig durch die Zeit und durch den Raum.

Die Farbe des Denkens ist violett.

Wir erwachten wieder zum Leben, als die Fischschuppen ihre Farbe verloren und wieder durchsichtig wurden. Vor uns lag eine Insel, die nach meiner Ansicht aus einem einzigen Vulkankegel bestand. Sie besaß die Symmetrie von Fuji oder Egmont. Wir schossen auf einen Höhleneingang zu, der nur wenige Meter oberhalb des Ufers klaffte.

Wir fuhren mit allmählich geringer werdender Geschwindigkeit in die Höhle hinein.

»Sind gleich da«, sagte Koch. Seine Aufregung war nicht zu überhören.

Wir hielten in einer runden Kammer, die sich nur wenig von der unterschied, die mit unserem Haus verbunden war. Wir stiegen aus, und ich stellte zu meiner Überraschung fest, daß ich sehr steif war. Als wir alle ausgestiegen waren, senkte das Fahrzeug sich sanft zu Boden. Die Rippen bogen sich auswärts und bildeten eine breite Auflagefläche. Jetzt sah es aus wie eine brütende Henne mit einem Fischkopf.

Jett übernahm die Führung. Wir gingen einen kurzen Korridor entlang und blieben vor einer roten Tür stehen. Die Luft war unbewegt und kalt, wie die Luft in einer Grabkammer. Unsere Schritte machten kein Geräusch. Wir sprachen nicht.

Jett berührte eine kleine, in die Wand eingelassene Schalttafel, und es wurde sofort hell.

Über uns erglühte eine Sektion des Daches und glitt auf. Ich starrte auf ein wirres Netz von Tauen und Schnüren empor. In diesem Netz verstrickt hingen an die hundert Pe-Ellianer. Alle starrten zu uns herab. Einer von ihnen arbeitete sich aus dem Gewirr von Seilen heraus, ließ sich durch die Deckenöffnung fallen und stand vor uns. Er war noch größer als Winterwind.

Die Öffnung im Dach schloß sich mit einem scharfen Klicken.

Der Pe-Ellianer sagte mit leiser Stimme ein paar Worte zu uns. Winterwind übersetzte sie.

»Willkommen. Ich werde Chord genannt. Sie werden erwartet. Der Sänger hat gerade den ersten Lobgesang der Mantissaiade angestimmt, *Die Reise des Lebens*. Treten Sie jetzt ein!«

Er berührte die Tür, und sie schwang lautlos auf.

Wir starrten in einen riesigen Raum. Er war dunkel auf die Weise, wie eine Kathedrale dunkel ist, wenn man aus dem Sonnenlicht kommt. Ein breiter Sonnenstrahl fiel durch die Dachöffnung herein und beleuchtete den Mantissa.

Was sah ich? Nach so viel Erwartung ... so viel Spannung ...

Da war ein Körper, hockend, wie es schien. Eingehüllt in ein Gewirr von Tüll oder Spinnengewebe. Eine Statue in einem Moskitonetz eventuell. Das Licht war nicht hell genug, um seine Größe abschätzen zu können. Er war eine riesige Heuschrecke. Er war ein Monster, das aus den Fetzen seines Kokons herausstarrte.

Die Luft war mit Wispern und Summen und dem Rascheln von Flügeln erfüllt, als ob zahllose Vögel hier umherschwirrten.

Menopause-Harlekin legte mir die Hand auf die Schulter.

»Blicken Sie zu Ihrem ersten Mantissa empor!« sagte er. »Sie haben Glück, daß er gerade mit der Odyssee begonnen hat. Wenn er in dem Gesang schon weiter fortgeschritten wäre, hätte es für Sie eine tödliche Gefahr bedeutet, hier einzutreten. Die Macht einiger der Sänger ist unermeßlich, und er ist einer der größten. Je weiter sie bei der Rezitation eines Gesangs fortschreiten, desto mehr Macht lädt sich auf. Beim Höhepunkt kann kein lebendes Wesen in diesem Raum existieren.« Wir begannen, auf den Mantissa zuzugehen.

»Wie lange dauert der Gesang?«

Winterwind war auf meine andere Seite getreten, und er war es, der antwortete.

»Die Mantissaiade dauert etwa zwei Ihrer Jahre. Oder auch etwas länger. Es ist der Gesang unseres Lebens, müssen Sie verstehen, und bei jeder Wiederholung wird er ein wenig länger. Zweifellos werden auch Sie irgendwann in diesen Gesang eingeschlossen werden. Man wird Ihr Kommen besingen.«
»Wer hört dem Gesangsvortrag zu?«
Schweigen.
»Eine sehr schwierige Frage«, sagte Winterwind. »Niemand hört ihm zu, doch alle absorbieren ihn. Diese Gesänge werden in den Gehirnen der Pe-Ellianer geboren wie Gedanken. Jeder Pe-Ellianer wächst mit diesen Gesängen auf. Sie sind in uns, wenn wir träumen und wenn wir wachen. Sie erzählen uns, daß wir Pe-Ellianer sind und wie wir entstanden sind. Es gibt natürlich auch Worte dazu, und der Mantissa kennt sie, und das ist genug. Sie werden in die Psychosphäre ausgestrahlt und erfüllen jede Ecke und jeden Winkel mit Leben und Rhythmen.«
»Gibt es viele Gesänge?«
»Millionen.«
»Gibt es viele Sänger?«
»Nicht viele. Auf Pe-Ellia vielleicht zweihundert, doch es sind noch eine ganze Reihe durch die Galaxis verstreut. Sie müssen eines verstehen: das Singen ist die grundlegende Kunst der Mantissaschaft. Alle Mantissae können singen; doch nur wenige von ihnen entschließen sich dazu, Sänger zu bleiben. Der Ausleger-Mantissa, der die Erde beobachtete, war ein berühmter Sänger von Geburtsgesängen für die Königin. Ehrlich gesagt: einer der Gründe dafür, daß er Ihr Sonnensystem verlassen hat, lag darin, daß seine Gesänge die Psychosphäre der Erde zu früh aufluden und einen verhängnisvollen Einfluß auf die Entwicklung des Lebens genommen haben könnten.«
»Was ist mit diesem Pe-Ellianer, Chord? Will er ein Mantissa werden?«
»Er bemüht sich darum. Viele versuchen es. Nur wenigen gelingt es, und das ist gut so. Viele Dinge im Leben verändern sich zum Schlechteren, doch Mantissae müssen sich immer zum Besseren verändern. Sonst wären wir verloren, und wenn Pe-Ellia fällt, fallen hunderttausend Zivilisationen mit ihm.« Das hatte Menopause-Harlekin gesagt, und es gelang ihm nicht, die Be-

drückung zu verbergen, die er empfand. Winterwind, der an meiner anderen Seite ging, war ebenfalls nicht glücklich.

Ich will ein wenig abschweifen und erklären, was zu dieser Zeit geschah. Ich habe es selbst erst vor wenigen Tagen begriffen.

Diese beiden Pe-Ellianer waren bereits in einen erbitterten Kampf verstrickt, weil beide mich benutzen wollten. Menopause-Harlekin wollte mich destruktiv und leidenschaftlich erhalten, ein wahres Kind der Erde; Winterwind wollte ein gezähmtes Ich, ein pe-ellia-gereinigtes Ich. Beide machten sich große Sorgen um die Zukunft ihrer Rasse.

Winterwinds Strategie bestand darin, durch den Kontakt mit Tomas und mir Mana zu erlangen, ein perfektes *Straan* zu erreichen, der Mantissaschaft näherzukommen und alle Kräfte dafür zu benutzen, der wilden Denk-Energie-Fabrik, die die Erde darstellt, eine bessere Ausrichtung zu geben. Seine Absichten waren durchaus ehrenhaft, muß ich betonen. Beinahe christlich – und vor allem unrealistisch. Ein paar Jahre bei uns, beim CLI, hätten ihm sicher sehr gutgetan.

Menopause-Harlekin war von einer völlig anderen Art. Er fühlte sich im Griff einer Kraft, die stärker war als er. Er fühlte, daß er in eine Verbindung mit mir geradezu getrieben wurde ... in unsere Blutsbrüderschaft, von der ich bereits berichtet habe ... jedoch nicht wußte, wohin sie führen sollte. Menopause-Harlekin hatte das Gefühl, Teil eines fortgeführten Gesanges zu sein, dessen Geschichte noch nicht erzählt worden war.

Selbst während ich dieses schreibe, ist mir bewußt, wie wenig ich erst verstehe. Ich habe ein paar Gedichte für dich übersetzt, Tomas. Ich weiß, daß mein Ende naht. Ich weiß, daß Menopause-Harlekin mit mir gehen wird. Doch die endgültige Synthese versagt sich mir noch immer. Vielleicht werde ich während der nächsten Tage mehr verstehen und kann es noch für dich niederschreiben.

Damit will ich zu dem Tag in der Mantissa-Kathedrale zurückkehren.

Während wir sprachen, gingen wir auf den Mantissa zu. Wir hatten etwa die Hälfte der Strecke zurückgelegt, als ich gewahr wurde, wie riesenhaft diese Kreatur war.

Tomas hatte mich eingeholt.

»Wie kann etwas von dieser Größe sein eigenes Gewicht tragen?« fragte er.

Niemand antwortete auf die Frage, und in diesem Augenblick bewegte der Mantissa sich ein wenig, und ich sah ein Auge sich langsam schließen und wieder öffnen. Ich konnte ihn jetzt viel klarer sehen. Er war zweifelsohne Pe-Ellianer, jedoch ein Pe-Ellianer einer weit zurückliegenden Generation. Seine Hände und Füße waren deutlich geformte Klauen. Er hockte auf dem Boden, die Hände um die Knie gefaltet. Sein Kopf war hoch aufgerichtet, als ob sein Rückgrat weiterführe und oben aus seiner Schädeldecke hervorträte. All das bemerkte ich, während ich auf ihn zuschritt. Doch diese gigantische Größe! Nichts, was ich bisher auf Pe-Ellia gesehen habe, läßt sich damit vergleichen.

Er war völlig in ein hauchdünnes, gazeartiges Gespinst eingehüllt, das lose um ihn herumhing. Ich war überrascht, als ich feststellte, daß es spröde war, wie gegrillte Hühnerhaut.

»Was ist das?« fragte ich Menopause-Harlekin.

»Sie sollten das doch wissen. Mantissa-Haut. Seit ungezählten Generationen hat er sich nicht mehr bewegt. Er hat dort gesessen und ist gewachsen und gewachsen, unzählige Häute sind zu klein geworden, und die Häute sind gerissen und abgefallen und getrocknet. Diese Häute sind Teil der Geschichte des Mantissa. Sie werden hier bleiben, solange er hier ist. Sie können daraus ersehen, wie alt er ist. Die meisten der wirklichen Alten Mantissae sind fortgeflogen.«

Die Lippen des Mantissas bewegten sich, flüsterten in einer Form von Pe-Ellianisch, die vielleicht hier Umgangssprache war zu der Zeit, als sich auf der Erde die Ozeane zu bilden begannen.

Ich blickte zu dem gigantischen Gesicht empor, von Mustern und Linien durchzogen, zu den Augen, die in eine andere Zeit blickten und doch in der Gegenwart lebten, auf die Hände mit den großen, gerippten Krallen, und ich fühlte eine tiefe Demut. Ich kam mir wie eine Eintagsfliege vor. Ich konnte sein *karit* spüren, dieses Etwas, das die Pe-Ellianer als Denken bezeichnen, und für das wir keinen gleichwertigen Begriff haben. Es war eine riesige Flutwelle, die durch die grünen/blauen Tiefen des Himmels wogte.

Ich wußte (fragen Sie mich nicht woher, doch ich wußte es), daß ich seinen Gesang mit ihm teilen würde, wenn ich ihn nur berührte. Es ist Teil meiner Eitelkeit, impulsiv zu sein. Ich trat langsam vor, watete durch das Dickicht abgeworfener Häute. Etwas von ihnen zerfiel bei der Berührung zu Staub.

»Wohin wollen Sie? Seien Sie vorsichtig!« rief Winterwind, und das war wie ein Stichwort. Ich stapfte so rasch voran, wie ich konnte, warf mich gegen den Haufen von Häuten und wühlte mich hindurch. Bevor die anderen ahnten, was ich vorhatte, war ich am Ziel. Ich breitete die Arme aus und preßte mich so fest ich konnte an eine Hinterklaue des Mantissas.

Sie haben mir erzählt, daß ich mit einem Schrei zusammengebrochen sei. Sie haben mir erzählt, daß der Gesang für eine Sekunde seinen Rhythmus verloren habe. Ich weiß nichts von all dem.

Ich wurde emporgewirbelt. Meine Seele explodierte in mir und flog aus mir hinaus, durch meine Augen, durch meine Finger, und durch die Poren meiner Haut. Ich war ein Blitz reiner Energie, durch den Mantissa-Gesang geboren. Unterhalb von mir konnte ich Winterwind und die anderen als tanzende Lichtflecken sehen. Sie umstanden ein rundes Lumpenbündel, das rot glühte: mich.

Ich hatte keinerlei Herrschaft über meinen Körper. Ich schwebte aufwärts. Ich glitt an den Lippen des Mantissas vorbei, die sich langsam bewegten, und weiter, und weiter. Ich verschmolz mit dem Gesang.

Jetzt bin ich des Schreibens müde. Es war ein anstrengender Tag für mich, und der morgige verspricht sogar noch anstrengender zu werden, denn morgen sollen wir die Königin kennenlernen. Trotzdem werde ich versuchen, alles niederzuschreiben, was mir in dem Gesang geschah.

KOMMENTAR

Als Thorndyke zusammenbrach, war ich sicher, daß er tot war. Ich habe einige Männer tot zusammenbrechen sehen, als ob alle Muskeln, die sie aufrecht erhielten, plötzlich durchtrennt worden wären. Das war die Art, auf die Thorndyke fiel. Er schrie auf. Wir alle stürzten ihm zu Hilfe, doch Koch hielt mich zurück und sagte, ich würde nur im Weg sein und vielleicht auch in Gefahr. Der Pe-Ellianer, der uns begleitet hatte, begann leise, klagende Laute auszustoßen und brach zusammen. Ich erfuhr später, daß es ein Selbstmord war, weil er das Gefühl hatte, er sei Schuld daran, daß der Gesang unterbrochen worden war. Wie man mir sagte, hatte der Gesang wirklich ein paar Sekunden lang aufgehört.

Jett und Winterwind trugen Thorndyke von dem Mantissa fort und zurück zur Tür, durch die wir hereingekommen waren. Menopause-Harlekin stand mit erhobener Hand dem Mantissa zugewandt. Ich war mir nicht sicher, was er tat. Vielleicht betete er.

Koch und ich folgten den anderen. Koch fragte mich ernsthaft, ob ich lieber getragen werden wolle, oder ob ich mich kräftig genug fühle, auf eigenen Füßen zu gehen. Ich lehnte das freundliche Angebot ab und bestand darauf, Thorndyke sofort zu sehen, wenn wir die Kathedrale des Mantissas verlassen hätten.

Ich stellte fest, daß er noch am Leben und unverletzt war, sich jedoch anscheinend in einem tiefen Koma befand. Wir brachten ihn in das Fahrzeug, und Menopause-Harlekin riß ein paar von den Seilen herunter und machte eine Art Trage daraus.

Thorndyke lag auf ihr wie auf einer Totenbahre, und das einzige Lebenszeichen war sein regelmäßiges Ein- und Ausatmen.

Niemand sprach.

Wir gelangten in Rekordzeit nach Hause, und ohne das Fahrzeug wechseln zu müssen.

Im Haus angelangt, wurde Thorndyke in sein Schlafzimmer getragen und vorsichtig auf das Bett gelegt. Dann kam es zu einer hastigen Besprechung unter den Pe-Ellianern, bei der Winterwind und Menopause-Harlekin verschiedener Meinung zu sein schienen. Ich sah, daß beide Karitsas schluckten.

Winterwind und Jett verließen uns.

Koch war sichtlich erschüttert, wanderte pausenlos hin und her, rief immer wieder: »Oh, dieser arme Mann« und »Verloren auf dem wilden Meer« und bot mir an, Tee zu machen, oder irgend etwas anderes, um meine Nerven zu beruhigen.

Ich war natürlich entsetzt über das, was geschehen war, hatte mich jedoch völlig in der Gewalt. Ich wünschte, daß die Pe-Ellianer gehen würden, damit ich Thorndyke selbst untersuchen konnte. Sie dachten jedoch nicht daran. Menopause-Harlekin, der aus einem Grund, den ich zu der Zeit nicht verstand, zum Senior-Partner aufgerückt war, verkündete, daß er hierbleiben und sich um Thorndyke kümmern würde.

Ich protestierte, doch er schloß mir einfach die Tür vor der Nase, und ich stellte fest, daß ich sie nicht öffnen konnte.

Koch war Zeuge dieses Vorgangs und versuchte mich zu beruhigen.

»Keine Sorge. Professor Thorndyke ist bei ihm in guten Händen. Er wird alles tun, was in seiner Macht steht, um ihn zu schützen. Regen Sie sich nicht auf.«

Später sprach ich mit Menopause-Harlekin, und er erklärte mir, was Thorndyke geschehen war. Ich gebe seine Erklärung wortgetreu wieder:

»Er ist exorziert worden. Sein Leben ist ihm entzogen worden. Er schwebt mit dem Lied ... doch er wird zurückkehren, denke ich. Er ist stark. Sein Verstand besteht ganz aus wetterhartem Hickory und Ebenholz. Er wird zu sich zurückfinden. Aber ich weiß nicht, wann.«

Mir blieb keine andere Wahl als zu warten.

Thorndyke schlief fünf Tage lang.

Am Morgen des sechsten Tages erwachte er mit einem tiefen Seufzer und verlangte nach Essen. Menopause-Harlekin, der seine Hände umfaßt hielt, nickte.

THORNDYKES TAGEBUCH:
SIEBENUNDZWANZIGSTE EINTRAGUNG

Als ich erwachte, sah ich das verrückte Flickenmuster von Menopause-Harlekins Gesicht über mich gebeugt, und es war für mich ein Gesicht, das mir so vertraut und normal wie das meine erschien. Ich spürte, daß das ›Alien‹-Gefühl von mir abgefallen war, und das einzige, das in diesem Raum störend wirkte, der arme Tomas Mnaba war. Seine Augen traten ihm aus den Höhlen. Er sagte etwas zu mir, und seine Stimme klang dick und gepreßt. Ich hatte den Eindruck, ihn durch mehrere dicke Glasscheiben zu sehen, die sein Bild spiegelten, und weit entfernt erscheinen ließen.

Ich erwachte mit einer lebhaften Erinnerung daran, wo ich gewesen bin und was mir geschehen ist. Ich werde versuchen, es zu berichten. Ich will versuchen, Abstand von dem Unmöglichen zu nehmen und so pragmatisch wie nur möglich zu sein, immer eingedenk der Tatsache, daß ich dort gewesen bin, wo noch kein Mensch vor mir war.

Der Moment, in dem ich den Mantissa-Sänger berührte und in seinen Gesang eintrat, ist wichtig. Ich möchte diesen Punkt genau klarlegen. Ein Gesang wurde gesungen. Als ich den Mantissa berührte, verschmolz ich mit ihm in dem Sinn, daß ich von ihm verschlungen wurde. Mein Leben ist so winzig, das seine so gewaltig. Ich wurde fortgespült in seinen Geist, und da er den Gesang ›lebte‹, trat ich in den Gesang ein. Klar?

Ich fürchte – nein.

Sein Gesang lautete zu jenem Zeitpunkt, so weit ich mich erinnern kann, etwa so:

Es ist zu einer frühen Zeit, zu einer Zeit, als noch immer Schlachten geschlagen wurden. Habt ihr gewußt, daß die Pe-Ellianer die Telepathie entwickelt haben, um damit dem Krieg ein Ende zu setzen? Es ist so. Jetzt versuchen sie, über die Telepathie hinauszugehen. Doch damals war es eine primitive Zeit. Hautmuster waren Stammeszeichen und ein Grund zum Krieg. Es gab damals viele unterschiedliche Pe-Ellianer. Einige waren wie Salamander, andere wie der Mantissa selbst, andere waren wie die heutigen Pe-Ellianer, doch sehr viel kleiner. Kriege waren häufig, und dieser Teil des Gesanges spricht von einem Schlachtenführer, dessen Name Blitz war, und der am Abend vor der Schlacht sich der Muße hingab und Wein trank. Der Gesang schildert euch jetzt, wie der Wein im Becher kreist, wie der Becher die ›Himmelsschüssel‹ reflektiert, und wie, wenn der Wein getrunken ist, alles sich verändert hat.

(Notizen für seine Übersetzung:)

Teil der Freude am Wein liegt im Halten des Bechers.
Siehe, wie ich ihn kreisen lasse und den Himmel zerstöre.
Im Becher: Perlen und Sterne. Zusammengewürfelt.
Ich trinke die Sterne, spüle sie in mich hinein.
Meine Ahnen, Freunde und Feinde kräftigen mich.
Morgen, wer weiß, bin ich vielleicht dort oben bei ihnen,
Und ein anderer Sieger wird auf meine Niederlage trinken.

Das waren die Verse, zu denen ich mich ihm verschmolz. Es war mein Glück, daß es eine reflektive Passage war. Wäre es eine Schlachtenpassage gewesen, würde ich jetzt nicht mehr hier sitzen.

Ich habe gesagt, daß ich aus mir herausgepreßt worden bin. Der Mantissa hat seinen Gesang unterbrochen, und das gab meinem betäubten Leben eine kurze Gnadenfrist, während der ich mich erholen konnte. Dann schwoll die unwiderstehliche Flutwelle des Gesanges erneut an und brach über die Stille herein.

Ich wurde zum Krieger Blitz, der bis zum Bauch in nachgiebigem Schlamm stand. Ich spürte die Härte meiner in Platten aufgeteilten Haut und den ziehenden Schmerz alter Wunden.

Es rührte sich bereits eine telepathische Kraft in meinem Gehirn, und ich hörte, wie das Schlagen gigantischer Schwingen, das Atmen des Universums.

Der Schlamm troff und blubberte um mich herum. Nachtlaute drangen in meine Ohren. Laute des Schlafs. Laute des Schärfens von Waffen, wie Pfeilspitzen in der Luft. Vor mir war der Weinbecher, den ich in meinen beiden Vorderklauen hielt. Ich sah die Sterne auf der Oberfläche des Weins tanzen, und hüpfen und laufen, wenn ich den Becher in einer Kreisbewegung schwang.

Der Wein wurde zu einem flachen Lichtstrudel, der mich auszog wie einen gesponnenen Faden und mich zu dem torkelnder Sterne brachte.

Ich schwebte mit den Sternen. Vielleicht habe ich die Erde gesehen.

Die Farben faszinierten mich. Der Himmel war nicht mehr schwarz, sondern von einem tiefen Blau. Violette Fäden verbanden die Sonnen und die Monde miteinander. Ich war ein gleißend silberner Lichtpunkt, der an grünen und roten Planeten vorbeischoß.

Wie lange ich so umherzog, kann ich nicht sagen. Manchmal kreiste der Wein wieder im Becher, und dann trieb ich wieder unter den Planeten und den Sternen.

Ich traf auch Freunde. Alte Freunde, die ich auf der Erde gekannt hatte. Ich sah Gesichter aus meiner Kindheit. Gesichter, die ich nicht kannte. Gesichter von Aliens.

Dann war ich wieder Blitz, der Krieger, und trank Wein. Ich trank meine Vergangenheit. Ich trank Leben. Als Wein floß ich durch einen längst toten pe-ellianischen Darm.

Wie seltsam, sowohl das Getränk als auch der Trinker zu sein und doch mehr als beide. Dieser Zustand war aufregend. Ich war mir so vieler anderer Dinge bewußt. Fühlen, um eins davon zu nennen. Die Sensualität der Pe-Ellianer entspringt ihrer vorzüglichen Wahrnehmungsfähigkeit für Oberflächen. Als ich der Wein war, konnte ich die kühle Glattheit und die winzigen Altersdellen an den Innenseiten des Bechers spüren. Der Schlamm kitzelte die Trennlinien zwischen den Platten meiner Haut. Alles war Fühlen, Berührung.

Subjektiv gesehen war ich nur für wenige Stunden fort. Doch lange genug, daß sich die Gedanken der Mantissaiade in mir ausbreiten konnten. Dann wußte ich, daß ich gleich erwachen würde. Ich sah Menopause-Harlekin wie eine lodernde Flamme; und dann wurde die Flamme zu einem Gesicht. Ich erwachte mit dem Gefühl, jünger und weiser zu sein – und hungrig.

Ich erwachte mit der Überzeugung, daß es meine Bestimmung war, zu einem bestimmten Zeitpunkt auf Pe-Ellia zu sein. Die Anwesenheit von Tomas Mnaba auf Pe-Ellia war unerträglich. Durch ihn zog mich die ganze Erde zu sich zurück. Ich war mir darüber im klaren, daß ich ihn loswerden mußte. Ich hoffte, daß er das nicht falsch verstehen würde, doch ob im Guten oder im Bösen, gehen mußte er. Ich habe auch erkannt, daß Menopause-Harlekin und Taucher-Thorndyke eine Seele sind. Wir sind durch etwas miteinander verbunden, das stärker ist als Blut. Ich bin Teil von ihm, weil es mein Denken ist, das auf seinen Körper geschrieben wurde. Er ist schon bei meiner Geburt Teil von mir geworden, glaube ich. Irgendeine Schwingung, die durch den Raum greift. Irgendeine Harmonie.

Kommt Ihnen, der Sie dieses Buch jetzt in Händen halten, diese Vorstellung seltsam vor? Sie sollte es nicht. Die Vorstellung ist sehr alt. Schon Plato hatte etwas von ihr geahnt. In den frühen Tagen der Welt, müssen Sie wissen, gab es sehr viel weniger Gedanken-Interferenz. Unsere Psychosphäre war sehr viel weniger überlastet und es war leichter, daß sich gleichklingende Resonanzen ergaben. Trotz allem aber kommt es nach wie vor zu solchen Resonanzen, und im Raum gibt es sehr viel mehr Leben, als Astronomen sich träumen lassen, die nur ein Vakuum sehen. Selbst jetzt gibt es auf der Erde viele mit anderen verbundene Leben – Leben, die unvollständig sind, weil ihre andere Hälfte auf einem anderen Planeten ist und sich zweifellos dort auch vor Sehnsucht verzehrt. Ich bin nur insofern außergewöhnlich, als ich mit meiner anderen Hälfte vereint bin, oder vielleicht mit einem meiner anderen Viertel, denn es gibt meines Wissens keinerlei Beweis dafür, daß Leben sich in Paaren bewegt. Aber ich schweife zu weit ab und muß zum Thema zurückkommen.

Ich erwachte mit der Überzeugung, daß es mir vorbestimmt war, auf Pe-Ellia zu sein, und diese Überzeugung führte zu der Entlassung meines Freundes Tomas Mnaba.

KOMMENTAR

Thorndykes Erwachen war ein sanfter Übergang vom Schlaf zum Bewußtwerden und zum Bewußtsein. Es wurde von Menopause-Harlekin zuwege gebracht, der sich über ihn beugte und ein paar Worte murmelte (ich hatte keine Gelegenheit, sie aufzunehmen) und dann seine Handrücken streichelte. Als Koch und

Jett nach Camellia kamen und mir die Manuskripte brachten, berichteten sie mir, daß Harlekin allein fortgereist sei und versucht habe, Kontakt mit Thorndyke zu halten. Sie gaben mir keine Einzelheiten darüber, wie er das bewerkstelligt hat, doch hat es den Anschein, als ob es sich dabei um eine Art geistiger Projektion handelte.

Thorndyke öffnete die Augen und starrte Menopause-Harlekin an. Er seufzte tief – wie um all die flachen Atemzüge während des Schlafs auszugleichen – und wandte sich mir zu. Seine Pupillen waren geweitet. Sie zeigten einen merkwürdigen, einen fremden Ausdruck. Sein Gesichtsausdruck ließ mich erschauern. Er zeigte ein gefrorenes Lächeln, wie man es manchmal bei Geisteskranken sieht. Es spiegelte die Blindheit von Gewißheit – und ich habe Fanatismus schon früher oft genug erlebt. Ich sprach ihn an, doch seine einzige Antwort war ein Nicken.

Zweifellos hat er recht, wenn er behauptet, daß die Erde ihn durch mich zurückzieht. Ich würde das sogar noch deutlicher ausdrücken. Ich würde sagen, daß ich eine Erinnerung – ein Symbol, wenn Sie so wollen – an bzw. für die rationale Welt bin, eine Welt, der Thorndyke in seinem Sinnestaumel zu entkommen versuchte.

THORNDYKES TAGEBUCH:
ACHTUNDZWANZIGSTE EINTRAGUNG

Ich wollte mit Tomas sprechen, doch dann begann mein Magen zu knurren, und ich bat erst einmal um Essen. ›Noch genügend Zeit‹, dachte ich.

Der immer freundliche, auf eine so tragische Weise entstellte Koch brachte mir Cornflakes (wirklich!), eine pe-ellianische Delikatesse und ein Karitsa. Das Karitsa war höchst erregt und sprang beinahe aus der Schüssel in seinem Eifer, zu mir zu gelangen.

Ich berührte es. Es rollte sich zusammen. Ich aß es.

Ah, wie schnell hatte ich sie schätzen gelernt. Das Karitsa füllte mein Nervensystem mit Feuer und Eis und machte mich zwar ein wenig schwindelig, doch kräftig. Als ich gegessen hatte, stand ich auf. Ich stellte fest, daß ich eine kleinere Version des Umhangs trug, den Jett beim Bankett getragen hatte. Es tat gut, wieder auf den Füßen zu stehen. Gut, das Blut durch die Adern pulsieren zu spüren, und die Luft einzuatmen.

»Ich möchte mit dir allein sprechen«, sagte ich zu Tomas. »Wir wollen auf die Lichtung gehen und unsere Füße in den Fluß baumeln lassen.« Ich wollte dieses Gefühl. Ich wollte die Strömung kalten, harten Wassers spüren. Ich fühlte, daß der Traum verblaßte, und wußte, daß das, was ich sagen mußte, für ihn sowohl grausam als auch schmerzlich sein würde.

Wir gingen hinaus. Tomas zog es vor, seine Füße nicht ins Wasser zu hängen.

Ich sagte: »Ich bin mir bewußt, daß ich die meisten Gesetze des Handbuches gebrochen habe. Ich werde jetzt ein weiteres brechen. Ich möchte, daß du Pe-Ellia verläßt. Ich möchte, daß du mir im Augenblick keinerlei Fragen stellst. Ich möchte, daß du zur Erde zurückgehst, aber ohne deine Notizen und ohne den Encoder. Du wirst den Leuten auf der Erde sagen, was passiert ist, womit ich meine, daß du ihnen alles sagen kannst, was dir gefällt, da ich selbst noch nicht ganz begreife, was hier geschieht. Ich weiß nur, mein alter Freund, daß Pe-Ellia und ich eine wichtige Aufgabe zu erfüllen haben, und daß deine und meine Gedanken einander neutralisieren. Ich muß dich bitten, mir in dieser Angelegenheit zu vertrauen, so wie du mir in der Vergangenheit vertraut hast.«

Dann versuchte ich, ihm etwas von der Einheit des pe-ellianischen Lebens und Denkens zu erklären, und über Menopause-Harlekin, doch ich verhedderte mich dabei und ließ es schließlich.

Tomas öffnete den Mund, sagte jedoch nichts.

»Später«, fuhr ich fort, »werde ich dir den Encoder, deine Notizen und meine Tagebücher zuschicken. Das ist ein Versprechen. Aber ich werde nie mehr zur Erde zurückkehren.«

Schweigen.

KOMMENTAR

Wie Thorndyke es sagte: Schweigen. Ich wußte im ersten Moment nicht, was ich sagen sollte. Einfach fortzugehen war absolut unmöglich. Das hätte einen schweren Eidbruch bedeutet. Der Codex der Kontakt-Linguisten ist nicht nur ein Buch der Verhaltensnormen und Regeln, sondern vor allem ein Moralcodex, der einen zu einer bestimmten Art des Handelns und Denkens verpflichtet. Natürlich erfordern unterschiedliche Situationen auch unterschiedliche Reaktionen, und man kann nicht für jede Eventualität vorausplanen. Doch in meinen Augen stellten die Ereignisse der letzten Tage mir meine Pflicht klar vor Augen. Ich mußte Thorndyke vor Pe-Ellia beschützen und vor sich selbst. In unseren Akten sind zahlreiche Fälle von nervlichem Versagen verzeichnet. Ich war der Überzeugung, daß Thorndyke, bei all seiner körperlichen Robustheit und offensichtlichen Geistesschärfe kurz vor dem völligen Zusammenbruch stand. Mein Handeln wurde durch mein Mißtrauen gegenüber Menopause-Harlekin kompliziert, durch mein Gefühl, daß Winterwind krank war, und daß Jett meiner Meinung nach nur unbeteiligt auf dem Zaun sitzen und nachdenken würde. Koch würde mir keine Hilfe sein, wußte ich. Er war bereits so gut wie tot.

Ich bat Thorndyke, mir aus dem Handbuch den Passus über Verantwortlichkeit zu zitieren, was er auch tat. (Es wird von uns verlangt, einige Passagen des Handbuches auswendig zu können.) Der Passus lautet: ›Die vordringlichste Verantwortung des Kontakt-Linguisten besteht gegenüber seinem Kollegen. Sie brauchen nicht zur Mutter zu werden, aber verlieren Sie nie Ihr Herz. Die Wirksamkeit Ihrer Arbeit liegt zum Teil in dem Wissen, daß Sie *niemals* allein sind. Mit dieser Gewißheit kann man dem Ungewissen ins Auge sehen. Wenn die Zweifel zu mächtig werden, wenden Sie sich einander zu. Sprechen Sie davon, wie es war, als Sie aufgewachsen sind. Was war Ihre erste Sprache? Was möchten Sie essen, wenn Sie heimkommen und diese lange Reise vorüber ist? Suchen Sie eine gemeinsame Basis. Finden Sie einander auf der Ebene der alltäglichen Menschlichkeit, die die Grundlage unserer Zivilisation ist.‹

Er beendete sein Zitat und blickte mich an.

»Es besteht da ein grundlegender Unterschied zwischen uns, Tomas. Für dich ist dies ein normaler Kontakt-Auftrag, etwas kompliziert, zugegeben, durch die Tatsache, daß wir einer fortgeschrittenen, komplexen und mächtigen Zivilisation gegenüberstehen – von einer Art, wie wir sie noch nie zuvor kennengelernt haben –, die aber trotzdem durch den kontakt-linguistischen Codex zugänglich ist.

Für mich hat er sich jedoch über die Grenzen des Codex hinausbewegt. Er ist zu einem persönlichen Anliegen geworden. Du hast völlig recht, Tomas: ich falle in die große Fanggrube und identifiziere mich mit Aliens. Und wenn ich so dächte wie du, würde ich auch genauso handeln wie du. Aber Tomas, Tomas, erkenne doch, was deine Augen dir zeigen! Was versteht der Codex für Kontakt-Linguisten unter einem Mantissa? Wie können wir uns zu einer Spezies stellen, für die Gedanken Baumaterial ist? Setze dazu, daß ich kein Neophyt bin, kein Anfänger. Ich bin einer der Ältesten in diesem Gewerbe. Ich habe mitgeholfen, den verdammten Codex aufzusetzen. Läßt dich das nicht ein wenig nachdenklich werden? Ja, denke nach, überlege, daß ich vielleicht doch recht haben könnte. Vielleicht besteht die einzige Möglichkeit, mit diesen fremden Kreaturen einen Kontakt herzustellen, darin, daß wir uns mit ihnen ›verschmelzen‹, wie sie es nennen. Ich weiß zwar nicht warum und wieso, doch dieses buntgescheckte, verkleckste Wesen, das Menopause-Harlekin heißt, und ich sind miteinander verbunden und haben keine andere Wahl, als diese Sache bis zum Ende durchzustehen.«

Das war die Basis unseres Streits. Zwei Gesichtspunkte, die nicht miteinander in Einklang zu bringen waren. Ich bat um ein Gespräch mit Winterwind, und mir wurde gesagt, daß er bereits auf dem Weg zu uns sei.

Ein gurgelndes Geräusch ertönte in unserer Nähe, als Jetts kahler, glänzender Kopf aus dem Wasser tauchte. Er schwamm zum Ufer und zog sich aus dem Wasser. Seine Augen rollten, und seine Arme schwangen in einer Geste, die wir beide als einen Ausdruck von Freude und Überraschung erkannten.

»Wußte, daß Sie durchkommen würden«, sagte er. »Guter Job, den Harlekin an Ihnen getan hat. Kann was, der Junge.

Aber es war schon ziemlich dämlich, was Sie sich da geleistet haben.«

»Ich weiß selbst nicht, warum ich es getan habe«, sagte Thorndyke. »Ich mußte es einfach tun, und jetzt bin ich froh darüber. Ich fühle mich wie eine Eisenstange, die gerade magnetisiert worden ist.«

»Dem Mantissa hat es auch Spaß gemacht. Er hat kommuniziert, daß es ihm ein Vergnügen gewesen sei, das Epos durch Ihre Augen zu sehen. Das ist eine große Ehre. Alles hat sich zum Besten gewandt.«

»Beinahe«, sagte Thorndyke und blickte mich an. »Jede Ehre hat ihren Preis, und diese bildet keine Ausnahme.«

»Was für einen Preis?«

»Ich habe Tomas Mnaba gebeten, zur Erde zurückzukehren. Ich möchte allein auf Pe-Ellia bleiben.«

»Hmmm.« Pause. »Und was hält Professor Mnaba davon?« Er sprach, als ob ich nicht anwesend wäre.

»Er ist zutiefst verletzt«, antwortete Thorndyke. »Und ziemlich wütend.«

»Das spüre ich. Wir müssen auf Winterwind warten und sehen, was er dazu zu sagen hat.«

Ohne ein weiteres Wort stand er auf und ging ins Haus hinab. Ich war mir sicher, daß er mit Menopause-Harlekin über diese Angelegenheit sprechen wollte.

Wir brauchten nicht lange auf Winterwind zu warten. Wir hörten einen Ruf und dann das Klatschen von Füßen, die den Weg entlangliefen. Winterwind stürzte auf die Lichtung.

Er begrüßte uns und war offensichtlich erfreut, daß Thorndyke wieder unter den Lebenden weilte, doch gleichzeitig, das spürte ich sehr deutlich, war er sich durchaus bewußt, daß nicht alles in Ordnung war. Er hätte jedoch nicht voraussehen können, was für Gefahren und Katastrophen schon innerhalb der nächsten Stunden auf uns zukommen würden. In seinem Tagebuch beschreibt Thorndyke die Ereignisse der folgenden Stunden so:

THORNDYKES TAGEBUCH:
NEUNUNDZWANZIGSTE EINTRAGUNG

Die Vernichtung von Winterwind

Natürlich ist das Denken lebendig und kann wie alles Lebendige gesund oder krank sein. Ich finde, daß ich mehr als meinen Anteil von Krankheit erhalten habe, und das wurde mir noch nie so klargemacht wie bei meiner Konfrontation mit Winterwind. Er war ein tragischer Held, unnachgiebig und ohne es zu ahnen seinen Schicksalsweg beschreitend.

Auch Erinnerung kann schmerzlich sein.

Ich leide in der Erinnerung an Winterwind. Doch wenn ich alles noch einmal tun könnte, würde ich es genauso tun. Also bleibe verschüttet, Milch, und bleibt verbrannt, Brücken.

Seine Freude über meine Wiederauferstehung, wie er es nannte, war wirklich ein Vergnügen zu sehen. Er strahlte. Er machte bewundernde Gesten mit seinen Händen. Er wollte eine Karitsa-Party organisieren, und dennoch fragte er: »Was ist passiert?«

Ich erklärte ihm, daß ich Tomas fortschicken wolle.

»Warum?« fragte er.

»Weil meine letzte Lebensaufgabe hier liegt. Hier werde ich mehr Erfüllung finden, als ich sie jemals erhofft habe. Doch solange Tomas hier ist, hat meine Freude einen Dämpfer. Ich bin sensibel geworden, seit ich mit dem Mantissa-Sänger vereint war, und empfinde die Gegenwart Mnabas so, wie Feuer das Wasser empfindet. Also muß er gehen.«

»Unmöglich«, sagte Winterwind.

»Nichts ist unmöglich, weder auf der Erde, noch auf Pe-Ellia. Ich beginne gerade, das zu lernen, und bin nicht mehr derselbe, der ich einst war.«

»Wenn er geht, müssen auch Sie gehen.«

»Verzeihen Sie das schlechte Benehmen eines Gastes, doch ich werde *nicht* gehen. Meine Arbeit ist hier.«

Winterwind war sichtlich erschüttert.

»Entschuldigen Sie«, sagte er. »Doch Sie sind nicht der Mann, für den ich Sie gehalten habe. Sie werden beide sofort gehen.«

Obwohl er sehr höflich gesprochen hatte, ärgerten mich seine Worte. Eine warnende Stimme in meinem Gehirn riet mir zwar, meine Zunge im Zaum zu halten, doch ich überhörte sie. Das Gesicht des Mantissas drängte sich in meine Erinnerung, und ich wußte, daß die Entscheidung bei mir lag.

Winterwind wandte sich zum Gehen. »Ich habe nichts weiter zu sagen.«

Vor meinem geistigen Auge sah ich Winterwind und Menopause-Harlekin nebeneinander. Winterwind, als er freudig auf uns zulief, Menopause-Harlekin voller Schmerzen, als seine Haut aufriß, und halb verrückt vor Angst, was ihm passieren mochte.

»Warten Sie!« rief ich, und Winterwind blieb stehen wie ein abgerichtetes Pferd.

Ich wußte nicht, was ich sagen sollte. Ich erkannte nur, daß jetzt alles bei mir lag. Wenn ich wirklich bleiben wollte, mußte ich Winterwind überwinden. Tomas würde schon gehen, wenn er einsah, daß ihm nichts anderes übrig blieb. Jett würde sich nicht einmischen. Koch, der arme Koch, würde nur weinen, weil er alles so traurig fand. Und seine Tränen würden die Tränen eines Poeten sein, der alle Gefühle genau beobachtet, und die Beobachtungen sorgsam und ehrlich registriert. Menopause-Harlekin würde sich nicht einmischen.

Die Entscheidung lag bei mir. Ich starrte auf den gescheckten Rücken Winterwinds (er hatte sich nicht umgewandt, sondern war wartend stehengeblieben) und eine ungebetene Stimme flüsterte in meinem Gehirn ... *vernichte! Vernichte ihn!*

Mein Gedanke war wie ein Peitschenhieb. Winterwind stieß einen Laut aus, wie ich ihn niemals wieder zu hören hoffe, und brach in die Knie.

Die Schlacht war vorüber und gewonnen. Das Laute und Gemeine hatte das Höfliche und Zurückhaltende besiegt.

Ich fühlte mich gleichzeitig beschwingt und angewidert. Ich öffnete meinen Geist dem Mantissa, um zu sehen, ob er irgendeinen Rat für mich hätte, doch da war nichts. Ich öffnete meinen Geist weiter, suchte nach irgend etwas, nach irgend jemand.

Stille. Die widerhallende Leere totaler Ausschließung, als einziger Gefährte mein grausamer Gedanke. Eine ganze Zivilisation hatte mir den Rücken zugewandt.

Trotzdem begriff ich nicht die Folgenschwere dessen, was ich getan hatte. Später, Wochen später, als die Psychosphäre sich wieder beruhigt und mich absorbiert hatte, konnte Menopause-Harlekin es mir erklären.

Winterwind stirbt sehr rasch. Heute habe ich ihn besucht. Er hat natürlich nicht mit mir gesprochen, doch ich kniete mich neben ihn nieder und bot ihm meine Liebe an, soweit mir das möglich war.

KOMMENTAR

Dies beschließt alles, was Thorndyke über Winterwind sagt, mit Ausnahme von ein paar kurzen Bemerkungen zu einem späteren Zeitpunkt. Ich möchte jetzt den Bericht bis zum Zeitpunkt meiner Abreise zu Ende bringen. Ich sah Winterwind zu Boden sinken. Ich hörte den Laut, den kein lebendes Wesen ausstoßen dürfte. Ich spürte die Übelkeit in mir.

Thorndyke verließ die Lichtung und ging in unser Haus. Ich lief auf Winterwind zu und fragte, ob ich ihm helfen könne. Seine Stimme kam aus einer anderen Zeit, wie eine Stimme, die über graues, kaltes Wasser ruft.

»Sie sollten Ihre Sachen packen. Reisen Sie ab, und zwar bald!«

Jett trat auf die Lichtung. Ich erwartete, daß er helfen würde, doch er sah uns nicht einmal an. Er lief an uns vorbei und sprang in den Fluß.

»Kann ich Ihnen helfen?« fragte ich. Winterwind tastete an seiner Hüfte herum, und ich vermutete, daß er versuchte, ein Karitsa aus seinem Leib zu holen.

Koch kam aus dem Haus und trat zu uns. Er kniete sich neben Winterwind und half ihm. Winterwind aß ein Karitsa. Ich habe erlebt, wie Männer doppelte Whiskys auf diese Art schlucken, und mit der gleichen Wirkung.

Als das Karitsa im Magen war und seine Wunder bewirkt hatte, half Koch Winterwind auf die Beine.

»Ich werde Ihren Rücktransport zur Erde arrangieren, oder wohin Sie sonst wollen«, sagte er, und ich stellte befriedigt fest, daß seine Stimme kräftiger klang. »Verzeihen Sie mir, daß ich Sie nicht begleiten kann. Ich hatte gehofft, daß mir dieses Vergnügen vergönnt sein würde, aber jetzt ...«

Seine Stimme versiegte.

»Zumindest aber werde ich Sie zum Schiff begleiten. Koch wird Ihnen alle Einzelheiten mitteilen.« Koch nickte. »Jetzt brauche ich Ruhe.«

Ich faßte diese Worte als Verabschiedung auf. Nachdem ich ihm gesagt hatte, ich hoffe, daß er sich besser fühle, eilte ich ins Haus hinab.

Ich wußte vage, was geschehen war. Nicht in Einzelheiten, sondern nur in groben Umrissen. Mir war klar, daß Thorndyke die Schuld dafür trug, und ich empfand eine tiefe Trauer darüber, daß ein so nobler Mann wie Winterwind durch Thorndyke verletzt worden war. Ich wußte, daß er die Seiten gewechselt hatte, und hatte das Gefühl, daß er den größten Fehler seines Lebens begangen hatte. Meiner Meinung nach hatte er sowohl mich als auch Winterwind verraten. Ich war überzeugt, daß er am Rand des Wahnsinns stand.

Nachdem ich den Inhalt dieser Tagebücher nun mehrere Male gelesen habe, sehe ich mich gezwungen, diese Beurteilung zu korrigieren. Ich habe erkannt, daß Thorndyke sich in der Gewalt von Kräften befand, die stärker waren als er. Weder er, noch ich, noch Winterwind, noch Menopause-Harlekin waren Herr unserer Entschlüsse. Wir waren Teile eines Prozesses, der, wenn die Zeit dafür gekommen ist, die Zukunft der Erde bestimmen wird, die Zukunft Pe-Ellias und die Zukunft aller zivilisierten Planeten, die wir kennen.

Unter den persönlichen Dingen, die ich mitgebracht hatte, befand sich aktives Biopapier. Ich ging zu Thorndykes Zimmer und klopfte an die Tür. Er war allein und sah abgezehrt aus. Ich erklärte ihm, daß ich bereit sei, Pe-Ellia zu verlassen, und Winterwind meinen Transport arrangieren würde, ich jedoch eine formelle Freistellung von ihm wünsche. Auf das Biopapier schrieb Thorndyke den folgenden Brief.

An den Chef-Berater,
Kontakt-Komitee, Pe-Ellia – Sektion,
UN Raumfahrtbehörde.

Sehr geehrter Herr,
Professor Mnaba kehrt auf meine persönliche Anweisung hin zur Erde zurück. Als Senior-Mitglied dieses Teams bin ich zu der Einsicht gelangt, daß nur ein Mitglied des Teams hierbleiben sollte. Ich übernehme für diese Entscheidung die volle Verantwortung. Ich behalte das gesamte Forschungsmaterial bei mir und werde es Professor Mnaba zu einem späteren Zeitpunkt zugehen lassen. Ich bin überzeugt, daß Professor Mnaba in der Lage ist, Ihnen alle Details für das Zustandekommen dieser Entscheidung zu geben. Anschließend möchte ich noch ausdrücklich feststellen, daß sich Professor Mnaba während des gesamten Verlaufs dieser Expedition mit der gleichen Hingabe, Intelligenz und Würde eingesetzt hat, die seine Arbeit in der Vergangenheit ausgezeichnet haben. Sein Abweichen von der vorgeschriebenen Praxis erfolgt allein aufgrund meiner nachdrücklichen Forderung.

Marius Thorndyke

Nachdem er den Brief geschrieben hatte, wartete er, bis die Tinte getrocknet war und drehte ihn dann um. Die Rückseite des Blattes war die bioaktive Seite. Auf sie preßte er seine ganze Handfläche. Anschließend ritzte er sich ein Ohrläppchen auf und ließ zwei Blutstropfen auf das Papier fallen, wo sie rasch aufgesogen wurden.

Thorndyke reichte mir den Brief, und ich faltete ihn sorgfältig zusammen. Er erkundigte sich nach Winterwind, und ich versuchte ihn nochmals davon zu überzeugen, daß entweder ich hierbleiben oder er mit mir zurückkehren sollte. Ich unterstrich den besonderen Vorteil der zweiten Alternative und wies auf die zahlreichen Fälle von Wahnsinn hin, mit denen wir uns zu befassen gehabt hatten, und auf die erwiesene Richtigkeit des Codex für Kontakt-Linguisten.

Doch Thorndyke war unbelehrbar und weigerte sich, über dieses Thema auch nur zu sprechen. Er bat mich, den Encoder und alle Dokumente in sein Zimmer zu bringen. Dies tat ich. Dann wünschte ich ihm eine gute Nacht und ging in meine Räume.

Erschöpfung ließ mich sehr bald einschlafen.

Mitten in der Nacht wurde ich von Koch geweckt. Er flüsterte, daß das Transportmittel bereit sei und ich sofort aufbrechen könne, wenn ich wolle.

Und ob ich wollte! Ich zog mich sofort an, packte meine Sachen und verließ das Haus. Ich verabschiedete mich nicht von Thorndyke.

Koch begleitete mich den Weg entlang, der vom Licht der Sterne einigermaßen hell erleuchtet wurde. Die Nachtluft war frisch und kühl, und ich hätte den Spaziergang genossen, wenn es nicht wegen der Umstände gewesen wäre. Koch sprach während des ganzen Weges keinen Ton.

Wir erreichten die große Lichtung weitaus früher, als ich es erwartet hatte. Winterwind erwartete mich dort. Er stand neben einer kleineren Version, man könnte fast sagen einer Ein-Mann-Version, der Kugel, die uns nach Pe-Ellia gebracht hatte. Sie schwebte leicht schwankend etwa fünf Zentimeter über dem Gras.

»Leben Sie wohl«, sagte Winterwind. »Ich habe nicht damit gerechnet, daß sich die Dinge so entwickeln würden, bin jedoch froh, daß ich auf diese Weise wenigstens Ihre Bekanntschaft machen konnte.«

Ich dankte ihm für alles, was er für uns getan hatte, für seine Fürsorge und für seine Ehrlichkeit. Ich entschuldigte mich auch für das, was geschehen war. Er trat auf mich zu, um mir die Hand zu reichen, und in dem aus der Kugel fallenden Licht sah ich sein Gesicht und seinen Oberkörper. Alle feinen Muster und die delikaten Ziselierungen waren verschwunden. Sein Gesicht wirkte verschmiert, und häßliche rote Flecken bedeckten Gesicht und Arme. Einige der Platten, die einst so exakt und regelmäßig gewesen waren, hatten sich in unscheinbare Quadrate oder grobe Dreiecke verwandelt.

Er sah meinen erschrockenen Gesichtsausdruck.

»Das Gift wirkt rasch«, sagte er. »Bald geht es in den Schmelztiegel und ... Koch ist jetzt mein Bruder. Wir sind beide Balacas. Er hat versprochen, mir beim Ende beizustehen. Also, leben Sie wohl!«

Ich weinte. Koch, der plötzlich etwas von seiner alten Energie zeigte, drängte mich in das Schiff. Die Tür schloß sich.

Das letzte, was ich von Pe-Ellia sah, waren zwei Gesichter vor dem Hintergrund der Sterne.

Ich fühlte den Start. Es gab einen kleinen Ruck, und das war alles. Das Innere des Schiffes war identisch mit dem Innenraum dessen, mit dem wir hergekommen waren, doch kein Fenster öffnete sich. Kurze Zeit später (ich war so aufgewühlt von allem, was geschehen war, daß ich sogar vergaß, auf die Zeit zu achten) lief ein leichter Stoß durch das Schiff, und die Tür öffnete sich.

Ich trat hinaus und stand im Garten meines Hauses auf Camellia. Sie hatten mich nicht zur Erde zurückgebracht, wie ich es erwartet hatte, sondern zum CLI. Es war Nacht und nirgends eine Menschenseele zu erblicken. Hinter mir hörte ich plötzlich ein lautes Seufzen. Ich wandte mich um, gerade rechtzeitig, um zu sehen, wie die Kugel, die mich hergebracht hatte, sich in Nichts auflöste und mich allein in der kalten Nachtluft zurückließ. Ich lief zur Haustür, legte die Handfläche auf die Schloßplatte und trat hinein.

Niemand hatte meine Rückkehr erwartet, also kam auch niemand, um mich zu sprechen, und ich konnte drei Tage unentdeckt allein bleiben, bevor ich eine Nachricht an die Raumfahrtbehörde sandte und sie von meiner Rückkehr in Kenntnis setzte.

Der Rest ist Geschichte.

Das Folgende sind die vollständigen Texte der letzten Eintragungen in Thorndykes Tagebuch.

Die Eintragungen sind undatiert, und ich habe sie in ihrer ursprünglichen Reihenfolge belassen, die chronologisch sein mag oder auch nicht. Alle Titel stammen von Thorndyke.

THORNDYKES TAGEBUCH:
DREISSIGSTE EINTRAGUNG

Tomas' Abreise und der von mir hervorgerufene Zwischenfall mit Winterwind hinterließen natürlich ihre Spuren, und ich war nahe daran, aufzugeben und die Pe-Ellianer zu bitten, mich nach Hause zurückzuschicken, oder mich in den Raum zu senden, oder mich in ihren komischen Schmelztiegel zu werfen oder sonst etwas mit mir zu tun. Doch dann verkündete Harlekin, daß er beginnen wolle, mich Pe-Ellianisch zu lehren. Außerdem teilte er mir mit, daß Winterwind sich mit ihm in Verbindung gesetzt habe und mir ausrichten ließe, daß er das, was vorgefallen sei, nicht persönlich nähme und mir nichts nachtrage. Das nahm mir einen großen Stein vom Herzen. Winterwind sagte, daß alles zur Ordnung der Dinge gehöre, eine Bemerkung, die eine seltsame Ähnlichkeit mit Harlekins Vorstellung hat, daß wir alle in einen großen Plan verstrickt seien.

Also haben wir jetzt damit begonnen, was wir schon seit Wochen hätten tun sollen: ich nehme Unterricht in der pe-ellianischen Sprache.

Und was für ein seltsamer Unterricht das ist. Harlekin sagt: »Pe-Ellianisch ist eine Sprache des Fühlens«, und das ist es, was er mich lehrt. Dinge zu FÜHLEN. Ich muß meine eigenen Worte erfinden, um Dinge zu beschreiben, wie zum Beispiel, in einer Hängematte aus Fischernetz zu liegen, oder Wolle zu kauen.

Der Unterricht beginnt früh am Morgen. Ich setze mich mit einer Binde vor den Augen an den Frühstückstisch, und das was ich vorgesetzt bekomme, ist eine sorgfältig abgestimmte Folge von rauh und glatt, scharf und süß. Er fordert mich auf, mir eine Form vorzustellen, also schlucke ich meinen Fruchtsaft, der so herb ist wie grüne Tomate. Ich stelle mir dabei das Gesicht eines Lehrers vor, bei dem ich einst Sportunterricht hatte, als ich zur Schule ging. Er war ein autoritärer Bursche, der – das schwöre ich! – die Schüler zu zerbrechen versuchte, die er für verweichlicht hielt. *Lauf! Spring! Lauf! Spring!* Und der herbe Saft rinnt hinunter.

Bedauerlicherweise bin ich nicht sehr gut bei diesen Übungen, doch finde ich sie recht anregend, und das Frühstück ist auf jeden

Fall eine sehr viel interessantere Mahlzeit geworden. Ich frage Harlekin nach dem pe-ellianischen Wort, und wir versuchen, seinen Geschmack zu analysieren. Etwa so: »Wie lange hält der Geschmack vor? Nach was macht Ihnen der Geschmack als nächstes Appetit? Welche Farbe hatte der Geschmack?« Unmögliche Fragen, doch sie machen Spaß. Wenn ich die beiden Physiologien miteinander vergleiche, die menschliche und die pe-ellianische, erkenne ich, daß wir sehr grobkörnig sind. Haben Sie gewußt, daß Pe-Ellianer besondere Sinnes-Knoten in dem gemusterten Teil ihrer Haut haben? Es ist Tatsache. Für sie sind Oberfläche und Fühlen lediglich zwei Seiten einer Münze.

Nach dem Frühstück kommt das, was ich als den indischen Seiltrick bezeichne. Hinter dem Handflächenraum befinden sich Seilgeflechte von der Art, wie wir sie unter dem Dach des Vorraums der Halle des Mantissas sahen. Ich klettere in das Geflecht hinein, und schwinge und schaukele und rutsche, und junge Pe-Ellianer kommen dazu und demonstrieren mir Schwünge und Abfaller. Auch das macht viel Spaß. Jede der Fasern ist anders, besitzt eine unterschiedliche Textur. Manche sind so rauh wie Hanf, andere so schlüpfrig wie Vaseline. Mir wird erklärt, daß dies eine Grundübung ist, und daß eine Übung nur dann gut ist, wenn sie die ganze Skala der Empfindungen berührt.

Diese Übungen werden immer von einer Ruhepause gefolgt. Dabei liege ich auf dem Rücken und blicke auf den vorbeifließenden Fluß oder auf ein Blatt, das ich in der Hand halte, und versuche, mich in sie hineinzuprojizieren. Normalerweise dauert das bis zur Mittagszeit. Ich esse eine Kleinigkeit und ziehe mich dann, von der Anstrengung ermüdet, zum Schlafen zurück.

Am Nachmittag studieren wir pe-ellianische Worte und Gesten. Die Gesten basieren alle auf Reaktionen. Wenn ich mir zum Beispiel in den Finger steche, reiße ich meine Hand zurück und schreie vor Schmerz auf. Auf pe-ellianisch könnte das vielleicht die Geste für eine unliebsame Überraschung sein. Natürlich ist auf pe-ellianisch alles sehr viel komplizierter, und selbst jetzt ›kenne‹ ich erst um die fünfundzwanzig Gesten.

Mein altes Papageien-Talent ist mir erhalten geblieben, und ich habe keinerlei Schwierigkeiten, mir phonetische Klänge zu merken.

Es gibt keine Schriftform des Pe-Ellianischen. Ich habe einen ersten Versuch der Übersetzung unternommen. Etwa vor einer Woche kam Jett herein und sagte, daß er ein Lied kenne, das mir vielleicht gefallen würde. Ich schrieb es nieder unter Verwendung einer ausgeweiteten Phonetik und einer von mir entwickelten Notation für den Ausdruck der Gestik. Jett war sehr interessiert, sah jedoch den Sinn nicht ein. Für ihn wuchs das Lied noch immer, und er meinte, daß man es töten würde, wenn man ihm eine definitive Form gäbe. Ich erklärte ihm, daß es ruhig weiterwachsen könne, obwohl es aufgeschrieben worden sei. Das Lied ist ein Kindervers aus der Königin-Serie. Dies ist eine große Sammlung von Erfahrungs-Liedern, die Karitsas und jungen Pe-Ellianern vorgesungen werden. Das, was ich zu übersetzen versucht habe, beginnt, wie ich annehme, vor der Geburt und berichtet dem Zuhörer von der ersten Erfahrung von Bewegung und Freiheit. Harlekin meint, dies sei kein sehr gutes Beispiel der Königin-Serie, doch ich sage nur: »Wozu wollen wir uns darüber Gedanken machen?« Auf jeden Fall ist es das einzige Gedicht von allen, die ich bisher gehört habe, von dem ich mehr als ein Viertel der Worte kenne. Hier ist, was ich zu bieten habe.

Kinderlieder aus der Königin-Serie

Kein Leben, sondern
Zusammengerollte Feder.
    Festsitzend. Taub.
Eingepfercht. Gebunden.
Doch denkend.

    Geh weiter!
Dieses darf nicht berührt werden!
Diese Rinde, rauh und drahtsteif
kratzt wie die Küchenreibe.

    Geh weiter!
Hier ist die Gefahr geringer.

Obwohl noch immer das Kratzen eines Fingernagels
Die Zähne der Welt aufeinanderknirschen lassen kann.

    Geh weiter!
    Sieh dich unter den anderen um!
Langsam, langsam, gleite vorsichtig!
Zu rasch knirscht es zum Halt.

Schneller nun mit Flossen und Schwanz
Schlage Wasser zu Schaum!
Rutsche, schwimme
Gleite, wutsche
Fliege!

Ich habe vor, später noch ein paar Übersetzungen aufzuzeichnen. Eine Übersetzung ist so, als ob man die richtige Hand zur richtigen Zeit und bei der richtigen Temperatur in den richtigen Handschuh steckt. (Es gibt in der pe-ellianischen Sprache ein einziges Wort für das alles.)

Bei den Gefühl-Übungen bin ich ein schlechter Schüler, ehrlich gesagt, und offengestanden finde ich sie auch ein wenig kindisch. Harlekin sagt, daß ich Fortschritte mache, und vielleicht kann er das besser beurteilen als ich. Für mich ist es nichts weiter als ein netter Sport.

Doch die Literaturwissenschaft. Oh, das ist ein reiner Genuß! Wenn *wir* auf diese Art begonnen hätten, anstatt auf so langen, schwierigen Umwegen, wie anders sähe unser Leben heute aus! Aber das war natürlich unmöglich. Unsere Geisteskraft war zu gefährlich und anormal.

Ich vergesse mich noch immer, und wenn ich auch gelernt habe, meine Projektionskraft etwas im Zaum zu halten, mache ich noch immer Fehler.

Seit einiger Zeit kommen mehr und mehr Pe-Ellianer, um mich kennenzulernen und mich anzusehen. Wie ein Tier im Zoo. Doch das stört mich nicht. Ich habe einen ersten Griff an ihrer Sprache, und ich gleite in ihre Art zu leben hinein wie ein Aal in weichen Sand.

THORNDYKES TAGEBUCH:
EINUNDDREISSIGSTE EINTRAGUNG

Ich besuche die Königin

»Ich habe eine Überraschung für Sie, Taucher.«
 Ich war kaum aufgewacht.
 ›Viel zu früh für Überraschungen‹, dachte ich.
 »Die Königin wird Ihnen eine Audienz gewähren – Sie werden der erste Nicht-Pe-Ellianer sein, der Sie sehen wird.«
 Das riß mich umgehend aus meiner Traumwelt. Ich sah Jett im Zimmer stehen, seinen Rücken dem schäumenden Wasserfall zugewandt. Ich hatte die Wand mir zur Unterhaltung eingeschaltet gelassen, als ich schlafen ging. Ich kann seine Stimme bestenfalls als selbstzufrieden bezeichnen. Selbst der leicht metallische Akzent, der sein sonst ausgezeichnetes Englisch charakterisiert, konnte die Andeutung von leichter Überheblichkeit nicht verdecken.
 »Haben Sie Ihren Einfluß spielen lassen, Jett? An höchster Stelle ein paar Drähte gezogen?«
 »Die Königin ist ihr eigenes Gesetz. Ich bezweifle, ob ich sie auf irgendeine Weise beeinflussen könnte«, sagte er steif. »Doch weiß sie von Ihrer Anwesenheit, schon seit Ihrer Landung, und ist darüber informiert worden, daß Sie sie gerne sehen möchten. Heute morgen erklärte sie, daß sie dazu bereit sei.«
 Es interessiert mich, sie zu sehen. Sehr sogar. Die pe-ellianische Einstellung ihr gegenüber ist verwirrend. Oder, richtiger, die Verwirrung scheint darin zu liegen, was sie unter ›Königin‹ verstehen. Ich habe im Lauf der Wochen ein paar Bemerkungen über sie gesammelt.
 »Mit der Königin zu schlafen, ist eine Rückkehr zu den Wurzeln Pe-Ellias.« *(Harlekin)*
 »Sie ist so unbeweglich wie ein Berg.« *(Harlekin)*
 »Als ich zum ersten Mal mit der Königin schlief, hatte ich furchtbare Angst. Sie ist so fremd, und ihre Berührung ließ mich erschauern. Doch allmählich fand ich Spaß daran.« *(Koch)*
 »Wir essen die Früchte ihres Körpers, die Karitsas.« *(Jett)*
 »In bezug auf die Königin kann man nicht von Liebe sprechen.

Sie *ist,* genauso wie ein Baum ist. Doch ohne sie gäbe es kein Pe-Ellia. Sie ist für uns notwendig wie Luft und Wasser.« *(Harlekin)*
»Nein, sie ist ganz bestimmt kein Mantissa – genaugenommen glaube ich nicht einmal, daß sie von Pe-Ellia stammt. Vielleicht wurde sie in der tiefen, grauen Vorzeit hergebracht.« *(Jett)*
»Vielleicht ist sie mehr als ein König.« *(Koch)*
Ich erklärte Harlekin, daß die Pe-Ellianer, mit denen ich bisher gesprochen hatte, recht unterschiedlicher Ansicht wären und nicht recht zu wissen schienen, was die Königin war.
»Ah«, sagte er und blinzelte, »hier kommen Sie ins Herz Pe-Ellias. Überlegen Sie, daß wir immer individuelle Perfektion suchen. Das bedeutet völlige Harmonie zwischen seinem Körper und den großen Bewegungen des Raums. Was wir von der Königin sehen, sagt uns mehr über uns als über die Königin. Sie ist ein anpassungsfähiges Symbol.«
Ich wollte mich nicht mit ein paar nichtssagenden Worten abspeisen lassen.
»Sie muß doch eine körperliche Form haben. Kann ich sie sehen?«
»Sie denkt darüber nach.«
Als also Jett jetzt verkündete, daß ich die Königin besuchen könne, war ich in Sekundenschnelle aus dem Bett und begann ihn nach Einzelheiten zu fragen, noch während ich mir die Zähne putzte. (Ich habe übrigens sehr viel Gewicht verloren und fühle mich erheblich besser.) Jett wollte mir nicht mehr sagen – außer einer Warnung.
»Hören Sie, Taucher! Zum Schutz der Königin müssen Sie gefesselt werden. Das mag ein wenig weh tun, läßt sich jedoch nicht ändern.«
»Gefesselt? Wie kann ich dann ...«
»Nicht physisch. Geistig. Ich werde Sie an einen Mantissa binden, damit Sie kein Unheil anrichten können. Haben Sie Winterwind gesehen?«
»Nein.«
»Ich werde auch das zu arrangieren versuchen. Doch er verfällt sehr rasch und will Sie vielleicht gar nicht sehen. Ich an seiner Stelle würde jedenfalls keinen Wert darauf legen. Auf jeden Fall wird der Mantissa Sie fesseln. Ein einziger schlechter

Gedanke, und er saugt Ihnen das Gehirn aus. Restlos. Sie könnten dann nicht einmal mehr gehen. Sie wären dann nur noch eine Rübe, und wir würden Sie völlig neu aufbauen.«

Ich glaube, daß ich mich geschmeichelt fühlte. Jetzt gelangte ich wirklich in das Herz Pe-Ellias, denn Sie taten mir die Ehre an, mich ernst zu nehmen. Das ist immer gut.

Also würde man mich fesseln. Wieder eine neue Erfahrung. Ich wußte, daß bei mir niemand ein Risiko eingehen würde. Außerdem hatten die Pe-Ellianer große Erfahrung im Fesseln. Waren nicht auch ihre Repräsentanten im Schiff gefesselt gewesen, um sie vor uns zu schützen, während sie sich auf der Erde aufhielten?

Harlekin und Koch erschienen. Beide strahlten.

»Herrlich«, sagte Koch. »Das gibt einen Grund zum Feiern.«

Wir reisten per Silberfisch.

Kurz nach unserer Abfahrt verkündete Jett, daß wir einen kleinen Umweg machen würden. Ein Besuch bei Winterwind. Harlekin schien darüber ein wenig verstört, doch Koch blieb unbeeindruckt. Gott allein mag wissen, was für Gedanken durch sein Gehirn glitten.

Das Fahrzeug hielt in einem kleinen, unterirdischen Raum, von dem eine Tür abging. Wir stiegen aus und gingen durch die Tür einen ansteigenden Korridor entlang, der auf eine Lichtung führte. Ein schmaler Bach floß in einen kleinen, flachen Teich, und dort, an der Einmündung des Baches in den Teich, saß Winterwind. Ich erkannte ihn sofort, obwohl er stark verändert war. Er hatte die Farbe von Elefantenhaut, und dünne, schwarze Linien liefen von seinen Knien bis zum Kopf. Unterhalb der Knie waren seine Beine schwarz, und er sah aus, als ob er Stiefel trüge.

Er sah uns nicht, als wir aus dem Tunnel traten, blieb am Bachufer hocken und sortierte weiter Kiesel.

Ich empfand Mitleid mit ihm.

Dann wandte er den Kopf, entdeckte uns, winkte uns zu und ging den Bach hinauf. Ich konnte nicht sagen, ob sein Winken eine Begrüßung oder eine Verabschiedung sein sollte.

Niemand sprach, doch wir wandten uns alle um und gingen in den Tunnel zurück. Jett brach das Schweigen und sprach in schnellem Pe-Ellianisch zu Koch. Ich verstand, was er sagte. Offensichtlich ist Jett nicht über meine Fortschritte in ihrer Sprache informiert. Ich sagte nichts.

Jett hatte auch nur gefragt, wie lange es noch dauern möchte, bis Winterwind sterben würde.

»Drei Wochen, aber es können auch vier werden. Er war sehr stark, doch er wird still sein«, antwortete Koch, und das war das Ende des Gesprächs.

Ich hatte das Gefühl, als ob ich bereits an seinem Begräbnis teilnähme. Da war kein Wort des Bedauerns, keine Kritik an mir, nur stilles Sichabfinden mit der Tatsache, daß viele Jahrhunderte des Wachsens und Reifens in ein Wrack verwandelt worden waren – durch einen einzigen unbeherrschten Ausbruch meines Denkens.

Ich verstand, warum sie mich fesseln wollten.

Wir trafen bei der Königin ein, und da war ein großes Hin und Her von Pe-Ellianern. Jett führte uns durch die Station und in ein kleines Vorzimmer, das man auf der Erde vielleicht als Ankleidezimmer bezeichnet haben würde. In der Mitte des Raums befand sich ein Becken mit einer silbernen Flüssigkeit, fast identisch mit dem, in dem Menopause gebadet hatte, bevor er zu Harlekin wurde.

»Ruhen Sie sich darin aus«, sagte Jett und deutete auf das Becken.

Ich ließ mich auf der Oberfläche treiben, und dann begannen meine Beine zu sinken. Kurz darauf trieb ich in aufrechter Haltung in dem Silber. Ich entspannte mich wohlig, als plötzlich, wie der Schatten eines Adlers über seiner Beute, eine gigantische Hand sich um mein Bewußtsein schloß.

Meine erste Reaktion war einfach Überraschung. Ich besaß plötzlich keinen freien Willen mehr. Das ›Ich‹ in meinem Sein schrumpfte zu einem winzigen Punkt zusammen – ›schrumpelte‹ wäre besser ausgedrückt – und mir wurde jeder Wille genommen. Trotzdem konnte ich noch denken. Ich war mir auch dieser neuen Präsenz neben mir bewußt. Nicht unfreundlich. Eine etwas ironische, sanft lächelnde Präsenz. Ein Etwas von so gigantischen Dimensionen, daß die Sterne aus ihrer Umlaufbahn geschleudert werden würden, wenn es lachte. Da war ein leichtes

Rauschen, als ob ich mich in der Nähe eines riesigen Blasebalgs befände.

»Was ist das für ein Geräusch?« fragte ich, verblüfft, daß ich eine solche Frage stellen konnte, während ich gleichzeitig registrierte, daß man sie mir zu stellen erlaubt hatte. Sie war überprüft und genehmigt worden, noch während ich sie formulierte.

»Der Wind ist das Geräusch der Zeit.« Die Stimme war meine Stimme, ein wenig trocken und gepreßt, doch nichtsdestoweniger die meine. Doch ich war nicht der Sprecher.

»Können Sie also die Vergangenheit und die Gegenwart sehen?« fragte ich.

»Und mehr.«

Da waren Hände an mir, die mich aus dem Becken zogen. Harlekin überprüfte mich, blickte mir in die Augen, rieb mir leicht über die Schläfen, blies in meine Handflächen.

»Gehen Sie jetzt zur Königin. Sie wartet«, sagte die Stimme in meinem Kopf. »Gehen Sie ohne Furcht! Ich bin bei Ihnen.«

Ich versuchte ein Experiment. Ich versuchte, an Winterwind zu denken, doch der Gedanke wollte sich nicht formen. Mein Bewußtsein war in ein enges Tal eingeschlossen. Ich hatte so wenig Einfluß auf mein Denken, wie ein Mensch die Fahrtrichtung eines Zuges ändern kann, indem er den Platz wechselt.

Wir verließen den Raum. Ich wurde geführt wie ein Blinder und war froh über diese Hilfe. Wir betraten eine Höhle mit einer hohen Gewölbedecke.

In Xanadu befahl Kublai Khan
Einen prächtigen Lust-Dom zu errichten;
Wo Alph, der heilige Fluß, strömte,
Durch Höhlen von übermenschlichen Ausmaßen,
Hinab zu einem sonnenlosen Meer.

Der Mantissa blätterte die Seiten meiner Erinnerung um und überprüfte unsere Literatur! Ich war auf der Erde einmal in einem chinesischen Kaisergrab gewesen – Ching oder Ming, ich habe es vergessen –, und erinnere mich, wie ich durch einen schmalen Gang in kaltes, feuchtes Dunkel geschritten bin. Diese Umgebung erinnerte mich daran. Doch war die Feuchtigkeit hier nicht kalt. Es war nicht die Feuchtigkeit von Wasser, das durch Kalkstein rieselt und zu Stalagmiten herabtropft. Sie roch irgendwie dumpf, nicht unangenehm, ein Geruch des Lebens, feucht und geheimnisvoll.

Wir verließen die von gewachsenen Felswänden eingefaßte Höhle und traten in ein Gebiet, das zweifellos unter der Herrschaft eines Mantissas stand. Die Wände bekamen ihre bekannte Haut. Die Beleuchtung war ebenfalls Mantissa-Beleuchtung – indirekt, ohne erkennbare Quelle, doch überaus wirksam.

Soll ich dich mit einem Sommertag vergleichen?

Voraus eine fahle Masse. Ich spürte, daß mir der Atem stockte, als ob man in eiskaltes Wasser tritt. Ein paar Sekunden lang wurde mein Gehirn zusammengepreßt und wieder losgelassen. Das mag der Grund für das Stocken des Atems gewesen sein. Ich weiß es nicht.

»Die Königin«, sagte Jett.

Ich sah eine graue Masse, die das Ende des Tunnels völlig blockierte. Ich sah, daß das Fleisch (?) die Substanz (?) zu beiden Seiten in weitere Höhlen hineinwuchs.

Ich sah, daß die graue Masse faltig war und sich leicht bewegte, eine langsame Peristaltik.

Abgesehen von den Falten, die waagerecht verliefen, bestand die einzige Unterbrechung der grauen Fläche in Punkten, einer Unzahl kleiner dunkler Flecken.

Wir gingen weiter. Meine Perspektive für Größe und Entfernung war völlig durcheinander. Ich hatte geglaubt, daß wir nur etwa fünfzig Meter von der Königin entfernt wären, in Wirklichkeit waren es jedoch um die vierhundert. Solche Verwirrungen erlebe ich immer wieder auf Pe-Ellia.

›Man kann nicht einfach loslaufen und die Königin berühren‹, dachte ich, und der Gedanke wurde mit einem weit entfernten, seufzenden Lachen quittiert.

O rare.

Der dumpfe Geruch wurde stärker und ein wenig fischartig. Seegras, Tang, Blasentang. Definitiv der Duft einer anderen Welt. Nicht unangenehm, doch er machte mich niesen. Der Niesreiz wurde von mir genommen.

Ah, jetzt konnte ich alles klarer erkennen, und die schwarzen

Punkte nahmen Form und Gestalt an. Es waren Pe-Ellianer, die wie Fliegen zwischen den Falten in der Haut ihrer Königin klebten.

»Ist es das, was Sie ›mit der Königin schlafen‹ nennen?«

»Ja. Sie schlafen sehr tief.«

In den Hautfalten befanden sich kleine Fühler, die umhertasteten. Es war eine Art von Pseudopodien, denn ich sah, wie sich einer von ihnen vollständig in den Körper der Königin zurückzog. Wir waren jetzt sehr nahe. Direkt vor uns berührte ein Pe-Ellianer den Körper der Königin und begann dann, an ihm emporzusteigen. Er kletterte an anderen Pe-Ellianern vorbei, wobei er seine Füße sorgfältig in die Falten setzte, die aus der Nähe betrachtet mehr wie Furchen wirkten. Er erreichte eine freie Stelle, setzte sich und blickte auf uns herab. Er war ein blendend aussehendes Exemplar mit glänzenden grünblauen Hautmustern.

Mit einer fast zerstreut wirkenden Geste befeuchtete er die Fingerspitzen und rieb mit ihnen über seine Lende. Sein Körper öffnete sich, und sofort schob sich ein Pseudopodia hervor und drängte sich in ihn hinein.

Ich blickte wie gebannt hinauf. Ich habe Liebesrituale auf vielen Planeten erlebt. Sie sind immer geheimnisvoll.

Sowie das Glied der Königin in ihm war, legte sich der Pe-Ellianer auf die Seite und schien sofort einzuschlafen.

»Er empfängt Karitsas.«

»Wie lange wird er hierbleiben?«

»Einen Schlaf lang. Vielleicht auch zwei.«

»Träumt er?«

»Gute Träume.«

Die Königin machte eine konvulsive Bewegung. Der Vergleich mit einem Wurm war unvermeidlich.

»Weiß sie von unserem Hiersein?«

»Sehr sogar.«

»Wie?«

»Der Mantissa, der Sie gefesselt hat, steht in Verbindung mit ihr. Er ist die Magd der Königin.«

Sie dienen auch denen, die nur stehen und warten.

Harlekin legte die Hand auf meine Schulter.

»Haben Sie genug gesehen, mein Freund?«

Ich nickte und stellte fest, daß mir ein wenig übel war. Kam zweifellos von der fischigen Luft.

»Ich habe jedoch viele Fragen.«

»Später.«

»Ich werde Sie jetzt verlassen«, sagte Koch. »Ich komme morgen zurück. Ich brauche Schlaf und süße Träume.« Er verbeugte sich höflich und begann rasch die graue Wand der Königin emporzuklettern. Er stieg bis zu einer Stelle dicht unterhalb des Daches. Wir sahen ihm nach, bis er seine Nische gefunden hatte und winkten ihm dann abschiednehmend zu.

Wir wandten uns um, und ich wurde den leicht ansteigenden Höhlengang entlang zur frischen Luft geführt. Mein Körper vibrierte. Er wehrte sich gegen die Mantissa-Kontrolle. Vielleicht hatte er vergessen, sich ausreichend um mein Kreislaufsystem zu kümmern. Auf jeden Fall fühlte ich mich besser, seit wir wieder gingen.

Kurz darauf hatten wir die Mantissa-kontrollierte Zone verlassen und traten wieder in die warme Luft Pe-Ellias.

Wir erreichten das Vorzimmer, und ich ließ mich in das Silberbecken gleiten. Sofort überkam mich eine angenehme Schläfrigkeit.

»Der Mantissa wird Sie bald verlassen«, sagte Jett. »Es könnte ein wenig schmerzhaft werden.«

Sie hielten meine Hände empor. Ich träumte, in einem dunklen Brunnenschacht zu schweben. Aus der Tiefe des Brunnenschachts klang eine Stimme zu mir empor.

»Die Königin hat Ihren Besuch genossen. Durch mich hat sie alles über Sie erfahren. Ich habe ihr auch eine Probe Ihrer Literatur gegeben. *Der Sturm* ist unser Lieblingswerk, fast eine peellianische Arbeit – Leben jenseits des Wirklichen – und die *Seliica,* die auch Ihr Lieblingswerk ist. Sehr gut. Als Anerkennung dafür hat die Königin angeregt, Ihnen ein Geschenk zu machen. Ich werde mich jetzt zurückziehen. Versuchen Sie sich zu entspannen.«

Entspannen! Entspannen, sagte er. Stellen Sie sich doch nur einmal vor, daß ich auch nur für Sekunden die Kontrolle über alle meine Körperfunktionen verlöre. Daß mein Herz stehenbliebe! Mein Atem! Ein Funke zuckte durch mein Gehirn. Das

Rauschen des Blasebalgs war wie das Licht der Flammen in einer Esse, und als ich es nicht mehr ertragen konnte, wurde ich wieder mir selbst zurückgegeben. Ich fühlte ›mich‹ in alle Ritzen und Winkel meines Seins strömen. Meine Venen und Arterien hießen mich willkommen. Mein Rückgrat zuckte vor Vergnügen. Nur meine Handflächen brannten, und meine Stirn, und ein Punkt in der Mitte meines Rückens.

Harlekin und Jett zogen mich aus dem Silberbad. Und starrten mich verwundert an.

»Sie sind ... gesalbt worden.«

»Gesegnet.«

»Berührt.«

»Geadelt.«

Das Brennen verklang allmählich. Ich blickte in meine Handflächen und sah, daß ich gezeichnet war. In jeder Handfläche befand sich ein einfaches Muster. Es war nicht besonders elegant, sondern sah eher aus, als ob ein Kind die Linien gezogen hätte, doch war es klar und deutlich und harmonisch. Ich wußte, daß ich dasselbe Zeichen auch auf der Stirn und auf dem Rücken trug.

»Das ist das Siegel der Königin. Sie hat Sie auf Pe-Ellia willkommen geheißen. Sie versteht Ihre Wünsche und hat Sie zu einem von uns gemacht.«

Wir kehrten zurück. Ich erinnere mich kaum an diese Reise, nur an pe-ellianische Gesichter, die mich voller Interesse und Verwunderung anstarrten.

Als wir wieder im Haus waren, war meine Geistesgegenwart soweit wiederhergestellt, daß ich Fragen stellen konnte.

»Da ist etwas, das ich nicht begreife: Wenn die Königin nur diese Größe hat, wie können dann alle Pe-Ellianer sie regelmäßig aufsuchen?«

»Nur welche Größe?«

»Nun, ich vermute, daß wir ihre Körpermitte sahen, wie man so sagt, und daß sich Kopf und Schwanz in anderen Räumen befinden.«

»Sie haben lediglich den Millionsten Teil von ihr gesehen«, sagte Harlekin. »Sie windet sich unter Tälern, durch Berge und unter dem Ozean (und der ist sehr tief) hindurch. Man hat mir gesagt, daß sie sich an den Feuern im Herzen unseres Planeten wärmt und gleichzeitig zu den Sternen emporblickt. Sie ist absolut fremdartig. Sie ist ständig damit beschäftigt, weiterzubohren, zu tunneln, zu graben, sich auszudehnen. Ihre Höhlen haben gewaltige Ausmaße.«

»Woher kommt sie? Gibt es auch einen König?«

»Wir alle sind Könige. Über ihren Ursprung gibt es viele Legenden.«

Jetzt sprach Jett. Stellen Sie sich ihn vor: zusammengerollt, die Knie unter dem Kinn. Ein todernstes Gesicht über seinem geschlechtslosen Körper. »Eine Geschichte, die ich im Norden unseres Planeten gehört habe, behauptet, daß sie als Wassertropfen nach Pe-Ellia kam. Als Perle. Schon damals war sie eine Zauberkraft. Sie landete auf einer Snu-su-Pflanze. Dort berührten sie die Sonnenstrahlen und durchwärmten sie nach der Eiseskälte des Raums. Einer unserer Urahnen, mit Namen Rotzahn, erschnupperte sie und probierte sie. Er zog Leben aus ihr. Doch sie, die Königin, zog auch Leben aus ihm. Er schlief und träumte Träume von Heldentaten, und als er aufwachte, sah er, daß sie gewachsen war. Er nahm sie auf und trug sie auf seinem Rücken durch den Dschungel zu seinem Heim, das eine Höhle in einer Felsklippe oberhalb eines Flusses war. In dieser Nacht probierte er sie wieder und immer wieder. Wieder träumte er Träume von Heldentaten und von Frieden. Am nächsten Morgen entdeckte er, daß sie sich in den Boden zu graben begonnen hatte. Er rief seine Freunde. Sie kamen und staunten und blieben, um auch von ihr zu probieren. Je mehr sie von ihr probierten, desto mehr wuchs sie. Je mehr sie wuchs, desto mehr war da, das man probieren konnte. Auf diese Weise wuchsen wir gemeinsam. Die Königin und Pe-Ellia. Doch sind wir nicht dasselbe. Wir sind zwei verschiedene Spezies, die einander entdeckt haben.

Vielleicht ist die Königin einmalig. Vielleicht gibt es viele ihrer Art in den Galaxien. Ich weiß es nicht. Winterwind hätte diese Frage gefallen. Ich will versuchen, ob ich mehr darüber in Erfahrung bringen kann.« Jett blickte mich an. »Entschuldigen Sie, ich wollte nicht unhöflich sein.«

Er kroch noch mehr in sich zusammen. »Auf jeden Fall gehören wir Pe-Ellianer und die Königin nicht derselben Spezies an. Wir wollen es so ausdrücken: Jetzt sind wir auf sie angewiesen, und sie auf uns. Wir fragen uns, was geschehen wird, wenn es in Pe-Ellia nicht mehr genügend Land gibt, in das sie sich eingraben kann. Was dann?«

Stille.

Wir saßen in dieser Stille. Draußen wurde es Nacht. Über uns kochte der Fluß wie geschmolzenes Gold.

»Tut's Ihnen leid?« fragte Harlekin.

Ich blickte auf die Zeichen, die in meine Handflächen eingebrannt waren, und fühlte eine nachhaltige Wärme an der Stelle, an der der Mantissa mich berührt hatte.

»Es wäre jetzt zu spät dazu. Viel zu spät.«

THORNDYKES TAGEBUCH: ZWEIUNDDREISSIGSTE EINTRAGUNG

Wie ich ein Loch in die Wand brannte

Als ich erwachte, war ich wütend und wußte nicht, warum ich wütend sein sollte, außer vielleicht wegen des Schwindelgefühls in meinem Kopf. Ich habe häufig Schwindelgefühle. Nun ja, ›häufig‹ ist vielleicht ein wenig übertrieben. Ich hatte in letzter Zeit zwei oder drei solcher Anfälle, und sie waren nach ein paar Minuten wieder vorüber, doch hinterher fühle ich mich schwach und reizbar.

Ich fragte Harlekin, ob die Leute auf Pe-Ellia jemals wütend würden, und wenn ja, ob es gefährlich sei.

»Es ist eine persönliche Emotion«, erklärte er mir und setzte hinzu, daß sie gefährlich werden könne, wenn man sie aus der persönlichen Kontrolle entließe.

Dann trat ein seltsamer Ausdruck auf sein Gesicht.

»Das ist noch eine unserer Schwächen. Wir müßten uns emotionell entladen, tun es aber nicht. Wir tun es nicht. Wir sehen die rote Wut der Erde und bekommen Angst.«

Wie bereits gesagt, war ich reizbar. Nichts paßte mir. Ich glaube, daß ich ein wenig Heimweh hatte. Der Fluß, der vor meiner Wand schäumte, irritierte mich. Koch brachte das Frühstück zu spät, und ich kleckerte mir Fruchtsaft auf mein Hemd.

»*Falla!*« schrie ich und schleuderte das Glas gegen die Wand. Es prallte natürlich ab und fiel dann zu Boden. Man gönnte mir nicht einmal das Vergnügen, ein Glas zu zerschmettern. »*Tiyconna!*« schrie ich, als ob die Wand Ohren hätte und die Beleidigung verstehen könnte.

An der Stelle, wo das Glas die Wand getroffen hatte, bildete sich ein dunkler Fleck – es sah aus, als ob ein Papier von hinten angesengt würde. Zu meinem Schrecken – und zu meinem Entzücken, muß ich der Ehrlichkeit halber hinzusetzen – breitete sich der dunkle Fleck aus und wurde tiefschwarz. Mit einem Plop brach ein Loch in der Mitte des schwarzen Flecks auf, und dann riß die Wand auf.

Das Loch hatte einen Durchmesser von etwa einem Meter. Kaum hatte es sich geöffnet, als eine Lawine von Schlamm, Insekten und Gott weiß was noch in den Raum floß.

»Koch!« schrie ich. Er kam sofort gelaufen und drängte mich hinaus.

»Es wird eine Weile dauern, bis es wieder in Ordnung ist«, sagte er. »Denken Sie etwas Nettes!«

Ich wollte wieder explodieren, doch dann sah ich die humorvolle Seite der Angelegenheit und begann zu lachen. Ich machte einen Spaziergang.

Als ich zwei Stunden später wieder ins Haus kam, arbeiteten Harlekin und Koch noch immer an der Wand. Sie war wieder geschlossen, sah jedoch beulig und verschmiert aus. Sie hatten ihre Hände gegen die Wand gepreßt, und ich sah, daß ihre Gedanken weit, weit entfernt waren, wahrscheinlich in Kommunikation mit dem betreffenden Mantissa standen, der das Haus beherrschte.

»Die Wand ist wieder gesund«, sagte Koch.

»Wer im Glashaus sitzt, soll nicht mit Steinen werfen«, war Harlekins Beitrag. Er war sichtlich erregt. »Seien Sie vorsichtig! Beim nächsten Mal könnte es die Decke sein.«

Ich erwähnte diesen kleinen Zwischenfall nur, weil er mir half, eins der Dinge aufzuklären, die mich beschäftigt hatten, während Tomas hier war. Nämlich: warum es so lange gedauert hatte, das Stimmu-System mit unserem Haus zu verbinden. Über diese

Frage hatte ich sehr lange nachgedacht. Stimmu ist eins der pe-ellianischen Bewegungs-Wörter, von denen es tausende gibt. Es kann Gleiten bedeuten, oder Flugbahn, kann jedoch auch das Rollen eines Balles auf einem abschüssigen Weg bezeichnen. Ich habe das Wort ›Stimmu‹ sogar in bezug auf Geburt schon gehört.

Wie wir wissen, ist alles innerhalb von Tomas' magischem Kreis Mantissa-beherrscht. Ein Mantissa ist in Kontrolle aller Häuser dieses Umkreises, und es gibt eine ganze Menge davon, wie ich entdeckte. Das Stimmu wird von einem anderen Mantissa beherrscht, und der ist anscheinend äußerst empfindlich. Jedes Mal, wenn er das Stimmu-System mit unserem Haus oder unseren Gedanken verband, wurde er verärgert und brach den Kontakt ab. Unser Denken stieß ihn ab, wie ein Körper ein fremdes Organ abstoßen mag. Einmal waren die Pe-Ellianer so weit, sich damit abzufinden, daß es nie gelingen würde, zu einem Kontakt zu kommen. Die Lösung bestand schließlich darin, daß das Haus-Mantissa seine ›Isolation‹ verstärkte und einen kurzen Korridor baute. Das funktionierte, und wir waren mit dem großen Stimmu-Netz verbunden.

Nachdem Tomas gegangen war, schwächte der Mantissa seine Kontrollen immer weiter ab. Als ich mehr und mehr zum Pe-Ellianer wurde, erschien es ihm immer weniger nötig, mich einzuschränken – doch dann explodierte ich und brannte ein Loch in die Wand. Die Stimmu-Verbindung ist unterbrochen, und obwohl man es mir nicht gesagt hat, bin ich sicher, daß der Haus-Mantissa wieder in voller Kampfbereitschaft steht, um jeden etwaigen Wutausbruch zu parieren.

Die ganze Angelegenheit ist eigentlich recht komisch, doch nehmen sie sie sehr ernst ...

Aber egal. Ich habe ein anderes Experiment durchgeführt, als sie fort waren. Ich habe meine Hände auf die Stelle der Wand gedrückt, wo sie beschädigt gewesen war. Sie war wieder von einem leuchtenden Grün – der Farbe des Mittel-Atlantik – und ich dachte, was Koch ›etwas Nettes‹ nannte. (Das ist nichts mehr als eine sensuelle Reaktion.) Ich habe festgestellt, daß man nur etwas Angenehmes für sich zu denken braucht, um angenehme, heilende, beruhigende Gedankenwellen auszusenden. Ich presse meine Handflächen mit den Siegeln der Königin fest gegen die Wand.

Ich genieße das Pulsieren von Energie und Leben, das ich in den Wänden fühlen kann, und ich lasse dieses Gefühl in mich hinein-, durch mich hindurch- und aus mir herausströmen wie eine Flut.

Die Wand wurde heller!

Ich tat dasselbe bei dem Stimmu-Eingang, und die verfärbten Teile hellten sich auf. Die Wand war wieder stark und nahtlos.

Wie Sie sehen, erlerne ich die Kontrolle.

THORNDYKES TAGEBUCH:
DREIUNDDREISSIGSTE EINTRAGUNG

Natürlich bin ich mir darüber im klaren, daß die ganze Sache albern ist. Ich bin von der Erde. Jede meiner Bewegungen schreit ›Erde‹. Ich trage in mir die schweren Lasten ihrer Kultur und ihrer Geschichte, also ist jeder Versuch, die Schranken zu zerbrechen, zum Scheitern verurteilt. Und doch mache ich weiter und lasse mir nicht den Mut nehmen.

Es gibt nicht nur *einen* Zustand von Realität. Ich habe hierher kommen müssen, um zu erkennen, daß dies keine Philosophie der Verzweiflung ist, sondern eine der Hoffnung.

Realität habe ich immer als das gesehen, was sich nicht verändert. Meine Schwäche war meine dauernde Suche nach Gewißheit, und jetzt entdecke ich, daß es Gewißheit gar nicht gibt, sondern nur Bewegung und Veränderung.

Das ist nicht sehr tiefsinnig, ich weiß, doch war ich schockiert, als ich entdeckte, daß ich nicht zur Erde zurückkehren konnte, weil ich die Haut der Erde abgeworfen hatte und jetzt mit pe-ellianischen Zeichen markiert bin. Menopause-Harlekin und ich sind Teil einer einzigen Lebenskraft, und wir beide haben kürzlich Transformationen durchgemacht. Ich weiß, daß wir gemeinsam in den Tod gehen werden, und daß dieser Tod nicht allzuweit entfernt ist.

Es ist eigentlich alles ein Spiel, und Spiele haben Regeln. Wie kann ich Ihnen klar machen, daß ich manchmal, wie jetzt, das Gewicht einer Vorbestimmung fühle? Ich finde diesen Gedanken entsetzlich. Wenn einer vorbestimmt ist, dann sind alle vorbestimmt, und wir und die gesamte Philosophie sind zu dem stupiden Ticken einer Uhr reduziert.

Doch vielleicht gibt es etwas anderes als die totale Vorbestimmung. Einen Zustand, der einem einen gewissen Spielraum für eigenes Denken läßt. Bevor ich herkam, fühlte ich mich frei und leer. Jetzt fühlte ich mich gefangen, doch erfüllter. Vor einigen Tagen bin ich mir zum ersten Mal der Beschränkungen meines Gefängnisses bewußt geworden. Ich führte ein Gedanken-Exerzitium durch, lag auf dem Tisch und versuchte, mich mit dem über mir dahinströmenden Fluß zu verschmelzen. Es ist mir jetzt so viel leichter geworden. Es gibt geistige Schlüssel, und jeder muß nur den seinen finden. Ich habe Auslöse-Gedanken, die mich wie Selbsthypnose in einen anderen Bewußtseinszustand versetzen.

Also schwebte ich empor, entschlossen, mich mit dem Flußbett zu identifizieren und zu sehen, ob ich nicht das Wasser über mich und an mir vorbeifließen spüren konnte, wie ein Bachkiesel. Doch ich hörte dort nicht auf.

Ich stieg, ohne es zu wollen zu einem Punkt hoch über Pe-Ellia empor.

Pe-Ellia war eine blaue Perle tief unter mir. Ich hatte das Gefühl, daß ich gemustert wurde. Und dann fiel ich ins Flußbett zurück und stabilisierte mich. Ich war von diesem Erlebnis ziemlich erschüttert.

Lassen Sie mich diesen Gedanken weiter verfolgen. Das Land des Denkens ist auch das Land der Träume. Normale Logik bringt einen nicht weit. Die Sprache besteht aus Symbolen. Reisen ist die Beherrschung der Symbole. Wissen ist das Verstehen der Symbole. Nur im Traum kann man einen Traum beherrschen. Es gibt viele Fallen. So viele Drachen.

Pe-Ellia, lassen Sie mich das feststellen, ist relativ sicher. Die Pe-Ellianer haben sich so weit gebildet und ihre Gedankenmuster so weit entgiftet, daß es klare Linien gibt, denen man folgen kann. Es gibt überall Mantissa-Linien in der Nähe, die sich wie breite, starke Ströme durch die Psychosphäre winden. Ich habe Spuren meiner eigenen Gedanken gefunden. Die Vernichtung von Winterwind, zum Beispiel. Ich glaube, es war vorbestimmt, daß ich es sehen sollte. Ich sah dieses lepröse Wesen in

Seide gehüllt. Diesen Sack, auf dem Kaulquappen wimmelten. Diese Klaue, die zuschlagen will. Alles ist symbolisch.

Der Gedanke wurde festgehalten. Ein treibender Mantissa, den ich mit einem Müllsammler verglichen habe, reist durch die Psychosphäre und gebraucht seinen Verstand wie einen Staubsauger, um schlechte Gedanken aufzusaugen. Meine Gedanken wurden so fest eingepfercht wie Fische in einer Reuse.

Ich habe mich immer gerne treiben lassen. Mich von einem Gedicht tragen lassen wie von einem Pferd. Dann kam dieses fordernde Zerren. Ich spürte die Blicke, die auf mich gerichtet waren.

Wenn es irgendwo ein Etwas gibt, das zu so etwas fähig ist, was bleibt dann an freiem Willen? Bin ich nicht zu diesem Moment eingepfercht, werden mir nicht alle meine Worte diktiert und vorgeschrieben?

Wie ich bereits gesagt habe – unzureichend, wie ich zugeben muß – bin ich von dieser Erkenntnis erschüttert.

Inzwischen.

Im großen und ganzen bin ich mehr hochgestimmt als deprimiert. Das Schwindelgefühl macht mir keine Sorgen. Es ist der Preis für die Hochstimmung.

Ich bin gerade aufgewacht mit der Erkenntnis, daß es die Bestimmung der Erde ist, nach Pe-Ellia zu kommen, und daß ich ein Vorbote der Erde bin. Ich habe meine Aufgabe gefunden. Ich fühle mich jetzt weniger einsam. Aber ich würde gerne mit den Leuten von Orchid reden. Ich werde die *Seliica* das letzte Wort haben lassen.

Du kannst einer schlaffen Saite keine Musik entlocken.
Der Bogen ist tot, wenn er nicht gespannt ist.
Die Bewegung des Tauchers ist ein steiler Sprung,
Und um Schlachten zu gewinnen, muß man Schlachten
                                      schlagen.

Irgend etwas wird geschehen. Bald. Ich spüre es kommen.

Ich kann nicht sagen, was, doch da ist Bewegung um mich herum. Aus irgendeinem Grund habe ich beschlossen, alle meine Bücher zusammenzupacken und meine Notizen in Ordnung zu bringen.

Jett ist in letzter Zeit recht seltsam gewesen. Er weiß mehr, als er zugeben will. Er spricht nicht mehr frei und offen vor mir und muß wissen, wie gut ich das Pe-Ellianische beherrsche.

Nichts geschieht hier zufällig. Dieses Treffen in der Psychosphäre hat seine Bedeutung, und ich muß warten.
Ich lerne, geduldig zu sein.

THORNDYKES TAGEBUCH: VIERUNDDREISSIGSTE EINTRAGUNG

Pilgerreise in den Norden

Seit drei Tagen ziehen wir über diese graue Ebene. Einer, der sich Rai nennt, hat die Führung. Schädelkamm aufgerichtet und mit leicht schwankendem Gang. Seine klauenbewehrten Füße reißen den Boden auf. Er läßt eine breite Furche hinter sich. In einigen Metern Abstand folgt ihm Harlekin. Im Vergleich zu diesem nördlichen Giganten ist er auf eine fast menschliche Größe reduziert. Harlekin wirkt niedergeschlagen, schon seit wir das Haus verlassen haben. Er hat das Gefühl, die Initiative verloren zu haben, und er hat recht damit; doch in welche Position versetzt das mich? Ich bin der dritte. Mein Poncho ist viel zu groß, schleift am Boden und sein Rand ist bereits dick mit Dreck verkrustet. Doch er hält mich nachts warm, und ich kann mich ganz in ihn einwickeln. Ich benutze einen Zipfel von ihm als Gesichtsmaske, um mir den Staub aus Augen und Mund zu halten. Es ist genaugenommen kein Staub, sondern eher Asche.

Überall auf der Ebene sterben die Pflanzen. Sie sehen wie sehr langdornige, vielarmige Kakteen aus. Sie faulen nicht, sie verwandeln sich zu Staub. Man kann deutlich die Trennlinie sehen, wo das Leben endet und der Staub beginnt. Sie behalten ihre Form wie abgebrannte Weihrauchstäbchen. Und da es hier kaum Wind gibt, bleiben viele der Pflanzen in ihrer ursprünglichen Form stehen, bis sie von Rai gestreift werden und zu winzigen Staubhaufen zerrieseln.

Ich muß aufpassen. Obwohl viele Pflanzen zu Staub zerfallen sind und von den übrig gebliebenen keine höher ist als ich, könnte ich trotzdem von einer zerfallenden Pflanze halb verschüttet werden. Das Gehen im Staub ist anstrengend. Er ist nachgiebig und gleichzeitig wie Filz.

Bald werden die Regen kommen, und dann werden alle Pflanzen zusammenfallen und die Ebene wird sich in eine graue Schlammwüste verwandeln. Ich hoffe, daß wir sehr weit von hier fort sind, wenn das geschieht.

Es dunkelt, und der Himmel sieht aus wie schmutzige Milch. Wir haben gehalten und schlagen das Lager auf. Rai hat einen Graben aufgekratzt, der sich bereits mit Wasser füllt. Ich habe ihn sehr genau beobachtet. Bevor er den Boden aufkratzte, studierte er die Stellung der Pflanzen. Er liest daraus Botschaften und irrt sich nie. Das Wasser ist gut, wenn es heraufquillt, aber wir müssen schnell sein. Sowie auch nur die leichteste Brise aufkommt, bildet sich sofort eine Staubschicht auf dem Wasser.

Die Pe-Ellianer sprechen nicht miteinander, und ich beobachte nur und äußere keine Meinungen. Unser Lager ist still. Nachdem sie getrunken haben, lagern sie sich zum Schlafen etwa drei Meter auseinander, und jeder markiert seine Schlafstelle. Harlekin gebraucht seine Hand dazu und wühlt den tiefen Staub auf. Rai kratzt mit seinen klauenbewehrten Füßen eine Furche und wirbelt dabei einen Staubsturm auf. Er schaufelt einen ringförmigen Damm auf und legte sich innerhalb davon schlafen, wobei er seinen Körper durch Schüttelbewegungen in den Staub wühlt, bis nur noch sein Kopf herausguckt. Er scheint in der Lage zu sein, seinen Körper in dieser Lage erstarren zu lassen. Wie, das kann ich nicht sagen, doch ich habe ihn oft so liegen sehen, ganz im Staub vergraben, daß nur noch der Kopf herausragte. Ich glaube, daß er so schläft, doch ist so etwas bei Rai schwer zu sagen.

Harlekin mag den Staub genauso wenig wie ich. Ich bin froh, daß die Hautabschürfungen abgeheilt sind, doch sie schmerzen ihn noch immer. Wenn wir alle genug getrunken haben, benutzt er den Rest des Wassers als Balsam für seine Haut. Rai blickt ihn ernst und mit kalten Augen an. Ich wünschte, ich könnte auch nur ein paar seiner Gedanken erraten. Wenn Harlekin seine

Haut gebadet hat, breitet er seinen Poncho auf den Staub und bemüht sich, regungslos zu liegen. Doch der Staub folgt seinen eigenen Gesetzen, und wenn er am Morgen erwacht, ist er halb verschüttet.

Zwischen den Nestern der beiden Pe-Ellianer (denn es sind wirklich Nester) suche ich mir meinem Platz. Ich schüttele meinen Poncho aus und wickele mich in ihn. Ich versuche, den Staub zu ebnen. Wo Rai ein paar Pflanzenstrünke herausgekratzt und gegessen hat, ist meistens eine flache Kuhle entstanden. Wenn sie feucht ist, um so besser. Dieser Staub birgt große Gefahren für mich. Gestern nacht kam eine Brise auf. Ich war halb begraben, bevor ich aufwachte, und als ich zu schreien versuchte, war mein Mund voll von diesem Staub. Ich spürte Panik, als ich merkte, daß ich meine Arme nicht befreien konnte. Rai sprang aus seinem Staubbett wie ein Pferd aus dem Wasser und zerrte mich aus dem Staub, als ob ich von einer Flutwelle überspült worden wäre.

Harlekin rührte sich nicht einmal. Es ist irgend etwas hier, das ihn lähmt. Ich bin mehr allein als jemals zuvor.

Wie lange es so weitergehen wird, weiß ich nicht. Ich bin nicht sehr stark, und ich spüre die Belastung, doch das nur nebenher. Die Stille ist das Schlimmste. Nach ein paar kurzen Worten gleich nach dem Aufbruch hüllen Harlekin und Rai sich jetzt in absolutes Schweigen. Keiner der beiden spricht mit mir. Doch nicht die Worte sind es, auf die es ankommt. Ich spüre, daß wir uns in einem Kegel der Taubheit befinden. Pe-Ellia, der lebende Planet, der Planet des Wassers und der Wärme, ist in dieser toten Ebene nirgends zu entdecken, und selbst im Schlaf liegt keine Erlösung.

Ich liege wach, aufgestützt. Etwas oberhalb von mir und zur Rechten liegt Rai. Wie alle Pe-Ellianer atmet er hauptsächlich durch die Nase, und wenn er schläft ist zwar das Einatmen lautlos, doch das Ausatmen erfolgt mit einem scharfen Zischen. Der Kontakt-Linguist in mir ist nicht tot. Seine Atemtechnik ist ein klarer Beweis der Anpassung an diese Welt des Staubes. Der arme Harlekin ist nicht angepaßt. Er liegt so steif wie ein Baumstamm, sein ganzes Leben zu einem winzigen Ball von Wärme tief in sich geborgen. Gelegentlich niest er. Das tue ich auch.

Die Nacht ist hell. Ich kann zwar keine Sterne sehen, doch bemerke ich den hellen Nebel, der über unseren Köpfen hängt. Die Asche dieser Pflanzen glüht, und ich kann die einzelnen Partikel miteinander flüstern hören.

Ich öffne mein Bewußtsein der Nacht, wie ich es zu Hause am Flußufer tue. Hier gibt es kein Echo eines Mantissa-Gesangs, oder das Klingeln von Gedanken an die Wiege. Nur Stille. Würstennebel.

Ich habe Zeit, Harlekin zu bedauern. Diese Reise war nicht seine Idee. Er weiß kaum mehr davon als ich. Ich bin sicher, daß Jett uns einiges dazu hätte sagen können, wenn er nur gewollt hätte. Es war schließlich Jett, der uns die Einladung gebracht hat.

»Sie sind eingeladen«, sagte er, »in den Norden. Wenige von uns kennen das Land dort oben. Es ist eine Ehre für Sie.«

Er hätte es dabei belassen und wäre in den Fluß getaucht, wenn ich ihm nicht nachgelaufen wäre und geschrien hätte: »Warum in den Norden?«

»Weil dort das alte Pe-Ellia ist. Es gibt dort ein paar Leute, die Sie gerne kennenlernen würden. Sie sind sehr nett, doch sollten Sie warme Sachen mitnehmen. Es kann sehr kalt werden.« Damit entfloh er.

Das waren seine Worte gewesen, und ich nahm sie nicht sehr ernst. Doch wie typisch von Jett, daß er versuchte, drei Dinge gleichzeitig zu sagen.

Ich war aufgeregt über die Einladung. Der Norden war einige Male erwähnt worden, und immer mit dem Hinweis, daß es ein seltsames Land sei, natürlich Pe-Ellia, doch ganz anders. Koch, zum Beispiel, rief sofort, als ich ihm von Jetts Nachricht erzählte: »Ah, der Norden. Kalt. Zu kalt für mich. Aber ein Land von großer Kraft und Schönheit, wie man mir gesagt hat.«

Ein anderer Pe-Ellianer, jemand, den du nicht kennst, Tomas, der seit einiger Zeit häufig bei mir auftaucht, und den ich Cleave nenne, sagte: »Ich war während der Menopause im Norden. Sehen Sie sich diese Muster an. Ich schulde ihnen sehr viel und werde eines Tages dorthin zurückkehren. Die Luft ist anders im Norden. Die Dinge sind klarer.«

Harlekin war weniger begeistert. Zunächst dachte ich, daß ich allein reisen würde, doch dann mußte er Weisung erhalten haben, daß er mich begleiten solle.

Ich bin beunruhigt von der Vorstellung von Rädern, die sich in anderen Rädern drehen.

Was hatte ich erwartet? Ich nehme an, eine pe-ellianische Zeremonie. Neugier. Ich hatte erwartet, neue Typen von Pe-Ellianern kennenzulernen (ich habe davon inzwischen viele gesehen) und daß sie mich umringen und auf mich herabblicken würden wie weise alte Vögel.

Ich habe nicht diese überhebliche Musterung erwartet. Eine solche Verachtung meiner geringen Größe – nein, Verachtung ist zu stark, doch machen sie nicht die geringsten Konzessionen. Für sie scheint Pe-Ellia der allein gültige Maßstab zu sein, und wir Menschen stehen auf einer sehr niederen Stufe ihrer Wertskala. Man hat mich spüren lassen, wie winzig ich bin, und im Vergleich zu diesen Riesen bin ich das auch. Aber da ist noch etwas, das ich jedoch noch nicht ganz begriffen habe: Warum haben sie Harlekin so mißhandelt? Und noch seltsamer: Warum bin ich nicht neugieriger? Ich bin eigenartig passiv geworden – eigenartig für mich, will ich damit sagen. Es hat eine Zeit gegeben, und sie liegt noch nicht sehr lange zurück, wo ich einhundertundeine Frage gehabt hätte. Jetzt ist mein Leben zu einer Wasserpfütze geworden, auf der seltsame Wirbel spielen. Ich bin zufrieden, wenn andere mich bewegen.

Ich beginne in Rätseln zu sprechen. Ich beginne wie Jett zu reden. Wollen wir uns an die Fakten halten.

Wir standen auf der Lichtung, um das Seufzen des Abends zu fühlen. Das ist etwas, das du auch auf der Erde tun kannst, Tomas, oder auf Camellia. Es gibt da einen Moment, wo der Tag zu Ende geht und die Nacht beginnt. Die Pflanzen beherrschen diesen Rhythmus, doch wir alle reagieren auf ihn. Falls du jemals um Pe-Ellia trauern solltest, stell dich unter die Bäume, wenn die Sonne untergeht. Beobachte die Schatten. Atme tief durch.

Harlekin war ein guter Lehrer für mich, und ich kann jetzt eine Atmosphäre mit meinem Denken berühren. Ich denke in Kategorien des Taktilen. Das Seufzen des Abends ist so etwas – der Tag ist aus den Lungen ausgestoßen worden, und die neue Luft der Nacht strömt herein. Atme in diesem Augenblick, und du wirst spüren, wie alle Lebensfunktionen sich beschleunigen.

Ich schlief anschließend, oder verfiel in diesen Trancezustand, in den ich seit einiger Zeit so leicht hineinzugleiten scheine. Ich kann mich nicht an irgendwelche Träume erinnern.

Harlekin weckte mich, als es Zeit zum Aufbruch wurde. Er trug einen dieser Ponchos, die sie so lieben, und hatte einen zweiten für mich mitgebracht. Das Stimmu wartete auf uns, und wir stiegen ein, ohne ein Wort zu wechseln. Hier wurde mir zum ersten Mal wirklich bewußt, daß Harlekin mehr als nur bedrückt war. Er hatte sich völlig in sich zurückgezogen. Er schwang sich sofort in das Netz hinauf und hing dort. Ich bemerkte, daß sein Atem keuchend ging, aber nicht vor Anstrengung. Es war die Atmosphäre. Der Mantissa war überall um uns herum. Ich fühlte, wie wir uns bewegten, war mir bewußt, daß wir die wellige Strecke erreichten, und dann überfiel mich der Schlaf. Einmal wachte ich kurz auf, als wir nahe der Königin vorbeifuhren. Meine Handflächen brannten, und ich schlief wieder ein.

Als ich das nächste Mal aufwachte, befanden wir uns in einer Höhle, und das Stimmu hatte sich zu Boden gesenkt. Weißes Licht fiel durch die Höhlenöffnung herein. Ich sah mit Erstaunen, daß Harlekin noch immer fest schlief. Er lag mit ausgebreiteten Armen und Beinen im Netz, wie eine Haut, die man zum Trocknen ausgelegt hat. Ich berührte ihn und spürte, wie sich seine Muskeln zusammenzogen. Er wachte auf und versuchte zu lächeln, doch etwas stimmte nicht mit seinem Lächeln. Ich spürte es auch. Ein Druck. Ich bemerkte Harlekins Erstaunen, und dann seine Unsicherheit ... wie bei einem Blinden, der in sein Wohnzimmer tritt und feststellt, daß die Möbel umgestellt worden sind.

Wir verließen das Stimmu und spürten sofort die Kälte, die hier in der Luft lag. Oh, es war nicht sehr kalt für irdische Verhältnisse, doch nach der Treibhaustemperatur unseres unterirdischen Hauses kam einem die Luft hier schneidend vor. Harlekin bekam eine Gänsehaut. Sobald wir ausgestiegen waren, hob sich das Stimmu vom Boden ab und begann sich vorsichtig umzudrehen. Es schob sich in den Tunnel und fuhr langsam an. Wir standen und lauschten auf den anschwellenden Orgelton, als es immer schneller durch die Tiefen Pe-Ellias sauste. Plötzlich war das Geräusch verstummt. Die Stille war absolut.

Die Höhle schien natürlich zu sein, mit Ausnahme der runden Stimmu-Öffnung. Ich bemerkte dicke, plumpe Stalagtiten, die von der Decke herunterhingen, als ob eine gigantische Hand im Fels eingemauert worden sei. Die Öffnung der Höhle war dreieckig. Zwei Steinplatten waren gegeneinander gelehnt. Alles schien schwer und gewichtig und alt. Die Luft stand reglos.

Wir traten hinaus und fanden uns auf halber Höhe eines Steinbruchs. Jedenfalls sah es so aus. Ein Weg führte zur Sohle des Steinbruchs hinab. Wir sahen große Haufen roher Steine, doch nirgends auch nur die Spur von Vegetation. Es war eine Mondlandschaft, wie ich sie niemals auf dem fruchtbaren Pe-Ellia zu sehen erwartet hatte. Alles war mit einem feinen, grauen Staub bedeckt. Auf dem Weg sah ich in der Staubschicht die unverwechselbaren Fußabdrücke einer Rieseneidechse.

Harlekin hatte Schwierigkeiten. Er öffnete den Mund, um zu sprechen, doch der einzige Laut, der herauskam, war ein leises Miauen. Ich sah seinen inneren Kampf. Seine intelligenten Augen spiegelten seinen Schmerz und sein Erstaunen.

Er hob die Hand vor sein Gesicht, die Handfläche nach außen gewandt, und schien die Oberfläche der Luft zu reiben. Er schloß die Hände, ballte sie zu Fäusten und öffnete sie dann ruckartig, wie explodierende Sterne.

Keine Reaktion. Er ging im Kreis umher, wobei er mit einem Fuß auf den Boden stampfte, beide Hände hoch über den Kopf erhoben, als ob er an den Handgelenken emporgehoben würde. Noch immer keine Reaktion.

Harlekin ist alles andere als ein Schwächling. Unter den Pe-Ellianern gilt er als einer der stärksten. Hat er mich nicht aus dem Mantissa-Traum zurückgeholt? Hat er mich nicht absorbiert? Und doch war er jetzt hilflos. Er rief nach Leben. Kein Pe-Ellianer unternimmt etwas, ohne sich zu vergewissern, wo die Mantissa-Verbindungen liegen.

Er hockte sich auf den Boden, die Hände auf den Knien, den Kopf gesenkt. Er sprach zu mir aus weiter Ferne. »Wir werden der Schwerkraft folgen. Seien Sie vorsichtig. Dies ist ein ungefüllter Ort, und ich mache hier keinen Eindruck. Es sind Mauern um uns herum. Hier sind Sie der Stärkere. Ich spiele keine Rolle.«

Ich schritt den Weg hinab, und Harlekin folgte mir. Dieser Rollentausch war mir gar nicht recht, doch irgend etwas in mir reagierte. Ich lasse meine Freunde nicht im Stich. Während wir den Weg hinabgingen, erkannte ich, daß wir uns nicht in einem Steinbruch befanden, sondern in einem Vulkankrater. Ich traute der reglosen Luft nicht. Ich habe schon früher Gefahr gerochen, und in dieser Luft spürte ich dieselbe versengte Dumpfheit wie auf Tiger Lily oder auf der Erde.

Wir erreichten den Grund. Er lag voller riesiger Steine, von denen viele von der steilen Wand herabgerollt waren.

Ich blickte an der Kraterwand empor, bis zu der Stelle, wo der Rand scharf gegen den Himmel abstach. Das dunkle Loch, das zum Labyrinth des Stimmu führte, schien kilometerweit entfernt.

›Aufgestellt wie Kegel‹, dachte ich. ›Zum Abschuß freigegeben.‹

Dieser Gedanke muß der Auslöser gewesen sein.

Von der Außenseite der Kraterwand hörte ich ein lautes Grollen. Man hörte das Poltern umhergeworfener Steinblöcke, und eine dichte Staubwolke stieg hinter ihr empor. Ich wußte nicht, wohin ich blicken sollte.

Trotz meiner Unempfindlichkeit spürte ich doch eine Teilwirkung des Schlages, der den armen Harlekin umwarf. Der arme Kerl. Ich bin einige Male so zusammengefahren, wenn sich in meinem Bewußtsein eine tiefe Grube auftat, kurz bevor ich einschlief. Es riß mich herum, und ich starrte in das Gesicht eines riesigen Habichts.

Habicht war mein erster Gedanke – der Schnabel, die scharfen, intelligenten Augen, die Andeutung eines Schädelkammes über dem Kraterrand. Der Kopf starrte auf mich herab und beugte sich dann herab.

Habicht ist natürlich albern. Er hatte nichts von einem Habicht, außer dem scharfen, konzentrierten Blick. Er war Pe-Ellianer, genau wie seine Begleiter, die ich jedoch Drachen nannte.

Die Platten ihrer Haut waren Panzer, und ihre Hände und Füße waren Klauen.

Der Führer flankte über den Kraterrand und ging in die Hocke. Seine Füße waren wie Kufen, als er auf ihnen die Kraterwand herabschlidderte, in einer Lawine von riesigen Steinen und Staub. Die anderen folgten ihm. Größe! Ich habe mich auf Pe-Ellia an Größe gewöhnt, und mein Genick schmerzt nicht mehr von dem ständigen Emporsehen. Doch selbst aus dieser Perspektive waren sie Giganten. Als sie die Kraterwand herabkamen, sah ich, daß sie gut doppelt so groß waren wie Harlekin. Am Boden des Kraters liefen sie auseinander und bildeten einen Kreis um uns. Sie kamen auf uns zu, stampften mit den Füßen auf, und Staubwolken stoben auf. Einer von ihnen hatte einen stummeligen Schwanz, den er ständig hin und her schwenkte. Ein anderer hatte einen gezackten Kamm über seinem Rücken. Alle hatten Klauen an Händen und Füßen.

Den Führer kannte ich. Ich hatte ihn oder einen seiner Vorfahren kennengelernt, als ich den Mantissa berührte. War das eine Vorbereitung für diese Begegnung gewesen?

Ich wußte, daß er freundlich und grausam war. Ich hatte keine Angst um mich, wollte jedoch Harlekin schützen. Sie hätten ihn zertrampeln können. Er lag bewußtlos am Boden, und ich warf mich über ihn.

Ich hörte, wie sie dicht vor uns stehenblieben, und dann schlurften sie noch näher, bis sie über uns gebeugt standen. Ich konnte ihren Atem riechen, einen süßlich-öligen Dunst.

Taucher-Thorndykes Augen waren geschlossen, als er das Ziehen an seinem Hals spürte. Sie hoben ihn sehr behutsam auf. Es fühlte sich an, als ob man ihm eine Schaufel unter den Leib geschoben hätte. Klammern fuhren um seine Arme und wurden festgezogen. Seine Füße schleiften ein paar Sekunden lang über den Boden.

Als er die Augen öffnete, starrte er in das Gesicht des Führers: ein Drache.

So behutsam wie ein Kind, das ein Glas Milch trägt, trug der Führer ihn ein paar Schritte von Harlekin fort und stellte ihn auf die Füße. Er sah, wie der Schwanz einer dieser Kreaturen nach

Harlekin schlug und ihn zwischen eine Gruppe von Steinblöcken schleuderte.

Wie lange die Musterung dauerte, konnte er nicht sagen. Die Zeit hing fest in Panik und Schrecken. Er war sich der Augen bewußt, und des Ölgeruchs. Er wurde geschoben und gedreht. Der Führer drückte Thorndykes Hände auf, und sie alle studierten die Siegel der Königin. Dann beugte der Führer sich herab und streckte seine lange, schwarze Zunge heraus. Sie fuhr in Thorndykes Handflächen und dann über sein Gesicht. Thorndyke verlor das Bewußtsein.

Armer Harlekin. Sie sprangen hart mit ihm um. Er kommt gerade wieder zu sich, doch er hätte getötet werden können. Als ich aus meiner Bewußtlosigkeit erwachte, taumelte ich umher, bis ich ihn fand, staubbedeckt, so grau wie die Felsen, und zusammengerollt wie ein Fetus. Jeder Muskel war angespannt, und im ersten Moment dachte ich, daß es die Starre des *rigor mortis* sei. Die Totenstille der Luft hatte sich etwas gehoben und einige meiner Sinne kehrten zurück. Ich spürte, oder glaubte zu sehen, daß Leben über ihm schwebte wie ein dunkler Vogel mit schlagenden Schwingen.

In der Nähe befand sich ein flacher Graben mit Wasser, den einer der Eidechsen-Pe-Ellianer für uns aufgekratzt hatte. Ihre Fußspuren waren überall, doch das war alles, was von ihnen zurückgeblieben war.

Ich zog mein Hemd aus, tauchte es in das Wasser und versuchte, Harlekin etwas von dem Staub abzuwaschen. Das brachte ihn wieder zu sich. Er kroch von mir fort, mit insektenhaften Bewegungen, die Augen fest geschlossen. Ich sang ein paar Takte auf Pe-Ellianisch, einen Vers aus ihren Regen-Tanz-Liedern, und schuf in meinem Bewußtsein das Bild der Lichtung, mit dem klaren, rauschenden Fluß und seinen springenden Fischen. Ich machte die Atmosphäre um mich herum wunderbar.

Ich sah, wie er sich mit einem heftigen Zittern entspannte, wie ein müdes Pferd, und dann schlug er die Augen auf.

Er war zerschunden und blutete, hatte jedoch nichts gebrochen. Ich half ihm, sich in den Wassergraben zu betten. Er lag völlig still, die einzige Bewegung war ein langsames Öffnen und

Schließen seines Mundes. Während er sich erholte, bereitete ich etwas zu essen.

Ich war überrascht, als er sprach. Seine Stimme klang normal. »Das war verdammt knapp, sagt man sicher bei Ihnen.«

Die Lebenskraft der Pe-Ellianer ist erstaunlich. Wenn man mich auf diese Weise zwischen die Felsen geschleudert und geschlagen hätte, würde ich mehrere Tage gebraucht haben, um wieder auf die Beine zu kommen. Harlekin erhob sich bereits nach etwas mehr als einer Stunde aus dem Wasser. Er schien Schmerzen zu haben, bewegte sich jedoch sicher und rasch. Er wusch seinen Poncho aus und zog ihn, noch tropfnaß, über.

Wir setzten uns zum Essen, als es dunkelte und es Abend wurde.

»Warum haben sie Sie so hart angefaßt?« fragte ich.

»Sie halten mich für Balacas.« Er blickte auf seine Haut, die wieder etwas Leben und Farbe bekommen hatte. Die krausen Muster an seinen Armen und Beinen traten klar hervor. »Und das bin ich auch.«

Wir sprachen nichts mehr und aßen schweigend. Winterwind tot. Harlekin zu einem sinnlosen Leben verdammt. Wieviel Unheil würde ich auf diesem Planeten noch anrichten?

Als das letzte Licht verging, hörten wir das Rasseln von Steinen vor uns. Rai trat in unser Lager.

Rai ist anders. In der Gestalt ist er so wie die anderen, im Detail jedoch absolut individuell. Sein ganzer Körper ist mit Schuppen bedeckt – kleine Karos, die die Biegsamkeit eines Kettenpanzers aufweisen. Die Schuppen bilden Muster wie bei einer Schlange, und diese Muster sind wieder zu größeren Mustern geformt. Doch das ist noch nichts. Was an Rai wirklich einzigartig ist, ist sein Schädelkamm.

Als er sich vor uns auf den Boden hockte, glaubte ich einen Knochenwulst über seinen Schädel und über sein Rückgrat verlaufen zu sehen. Doch dann sah ich, wie der Wulst sich bewegte. Er beugte sich vor und sog Luft in die Nase, als ob er unsere Witterung aufnehmen wollte, und der Wulst stellte sich auf. Er bildete einen großen, fächerartigen Kamm, dessen Haut von rippenartigen Knochen aufrechtgehalten wurde. Ich konnte sogar den Puls in der Basis jedes der Knochen beobachten. Das war alles, was ich sah, denn sofort überfiel mich eine ungeheure Müdigkeit, und ich sank zu Boden. Harlekin und ich schliefen.

Ich habe diesen Kamm inzwischen bei Tageslicht betrachtet. Er ist mit fein ziselierten pe-ellianischen Mustern bedeckt. Sein *straan* ist ausgezeichnet, und ich habe keinerlei Zweifel, daß Rais Kamm der Sitz seiner Macht ist.

Als ich erwachte, fühlte ich mich steif. Harlekin hockte auf dem Boden, die Hände auf die Knie gelegt. Ich konnte ihm ansehen, daß er wieder sehr weit fort war. Es war bereits hell, und ich konnte nicht sagen, wie spät es war. Ich hörte ein schabendes Geräusch. Rai grub das Wasserloch tiefer aus. Während er mit den Hinterklauen kratzte, hob und senkte sich sein Kamm. Ich erinnere mich an Vögel der Erde, die ihre Flügel auf diese Art spreizen.

Ich stand auf und fragte Rai auf Pe-Ellianisch, ob er uns seinen Namen sagen könnte. Er hörte auf zu kratzen und antwortete mir, doch konnte ich kein Wort verstehen. Es war eine andere Sprache, jedoch auf pe-ellianischer Grundlage. Harlekin verstand, was er gesagt hatte, und übersetzte es mir.

»Er sagt, er heißt Rai. Sie können ihn so nennen, aber er hat mir verboten, Ihnen den Namen zu übersetzen.«

»Kann er mich verstehen, wenn ich spreche?«

»Ja.«

Rai sprach wieder, diesmal mit Erregung. Er kratzte mit beiden Füßen den Boden auf und schleuderte einen Schauer von Steinen und Staub hinter sich. Sein Kamm richtete sich zu voller Höhe auf, steif wie ein Segel in einer scharfen Brise.

Harlekin nickte. »Wir sollen weitergehen. Man hat uns freies Geleit gegeben. Rai ist unser Führer und Bewacher. Von nun an darf ich nicht mehr sprechen.«

Rai knurrte noch etwas, doch Harlekin blieb stumm.

Wir tranken schweigend, aßen schweigend, und als wir unsere wenigen Habseligkeiten zusammengepackt hatten, führte Rai uns die Kraterwand hinauf und auf die große Ebene. Wir marschieren jetzt seit drei Tagen, und jeder Tag gleicht dem anderen wie leere Papierseiten.

Heute ist der Morgen des vierten Tages, und es hat sich einiges geändert. Rai hat Harlekin befohlen, im Lager zu warten, und er und ich ziehen allein weiter. Und – Wunder über Wunder! – die öde Landschaft wird durch einen Berg aufgelockert.

Es ist ein einsamer Gipfel. Von perfekter Symmetrie. Wenn wir nicht auf Pe-Ellia wären, würde ich sagen, daß es ein Vulkan ist. Doch ich bin auf Pe-Ellia, und ich identifiziere es als die unverkennbare Form einer Mantissa-Burg. In jenem Bergkegel, vielleicht tief unter der Erde, sitzt ein Mantissa, und sein Bewußtsein greift hinauf in die Psychosphäre Pe-Ellias. Ich versuche die Luft mit meinem schwachen Verstand zu prüfen, doch da ist nur Leere. Rai blickt mich an. Sein Kamm hebt sich, und er zuckt die Achseln. *Er* spürt alles.

Er ist aufgeregt und treibt mich zu größerer Eile an; mit Worten, die ich nicht verstehe, deren Bedeutung mir jedoch mehr als klar ist. Hier stehen nur noch wenige Pflanzen. Die meisten von ihnen sind zu Maulwurfshaufen von Staub zerfallen. Die Landschaft ist eine flache, graue Wüste. Rai strebt vorwärts wie ein Schiff, das gegen schwere See ankämpft. Ich haste hinter ihm her, eine Ecke meines Ponchos vor Mund und Nase gepreßt, und mit tränenden Augen. Ich kann dieses Tempo nicht lange durchhalten. Ich kann keinen Grund für diese Eile erkennen, doch Rai drängt mich voran.

Der Himmel ist dunkler geworden, und wir machen Rast. Rai hat mir durch Gesten zu verstehen gegeben, ihm nicht zu nahe zu kommen. Er hat einen Kreis getrampelt und steht jetzt in seiner Mitte, beide Arme zum Himmel emporgereckt. Sein Kamm schlägt heftig auf und nieder und wirbelt Staubwolken auf. Er transmittiert – dessen bin ich mir bewußt – und glücklicherweise bin ich außerhalb des Kreises geschützt. Ich kann das Rascheln der Haut hören, wenn sein Kamm sich öffnet und schließt wie ein Fächer.

Jetzt kann ich erkennen, warum der Himmel dunkler ist. Irgend etwas schwebt über uns. Es ist nicht erkennbar in den grauen Wolken, doch ich kann winzige dunkle Flecken ausmachen. Es sieht aus wie die Haut eines Fisches. Ein Zeltdach. Es reicht bis zu allen Punkten des Horizonts. Es sinkt herab und zieht sich zusammen. Ich sehe ein Muster von Zellen und dunklen Flecken. Sie sammeln sich um den Mantissa-Berg. Ich kann jetzt erkennen, daß sie sich bewegen, zusammenströmen, sich um den Berg herum anordnen. Dunkler Nebel. Froschlaich. Unzählige Quadratkilometer voller Froschlaich umgeben die Mantissa-Burg.

Rai hat sich wieder in Bewegung gesetzt. Er hat das hektische Schlagen seines Kammes eingestellt und marschiert jetzt rasch auf den Berg zu. Ich folge ihm. Was sollte ich auch anderes tun?

Wir sind jetzt sehr nahe. Rai ist stehengeblieben und hat mir zu verstehen gegeben, daß ich allein weitergehen soll. Er will, daß ich in den Nebel trete. Ich kann den Berg nicht sehen; er wird vollkommen von Nebel eingehüllt. Die dunklen Flecken sind jetzt etwas deutlicher auszumachen, doch ich kann nichts über sie sagen. Sie sind einfach dies: schwarze Schatten, Kreise, die sich in dem grauen Nebel bewegen.

Ich gehe weiter. Irgend etwas treibt mich voran. Schritt für Schritt dringe ich tiefer in den Nebel ein und werde von ihm eingehüllt. Die Wirbel von Dunkelheit halten sich von mir fern, weichen vor mir zur Seite und schließen sich hinter mir wieder. Ich blicke zurück und kann im Nebel vage die hohe Gestalt von Rai ausmachen, der seinen Kamm aufgestellt hat und mich sorgsam beobachtet. Nebelschwaden ballen sich zusammen, und verschlucken ihn.

Ich spüre, daß das Terrain nun ansteigt. Der Boden unter meinen Füßen ist hart. Die schwarzen Kugeln drängen sich näher. Eine steht direkt über mir. Sie ist so groß wie ein Zelt und senkt sich langsam herab.

Ich bin nicht sicher, in welchem Augenblick ich die Stimmen hörte. Als die Schwärze mich einhüllte, hörte ich Singen. Hunderte von Stimmen riefen meinen Namen. Ich hob eine Hand vors Gesicht, konnte sie jedoch nicht sehen. Die Stimmen waren jetzt sehr nahe. Ich erwartete jeden Augenblick, Gesichter zu sehen.

Freundliche Gesichter, lächelnde Gesichter. Ich spürte keine Angst, nur Staunen. Ich hatte das Gefühl, als ob es eine Stimme für jede Zelle meines Körpers gäbe. Ich glaubte, den Klang der Schwebe-Harfe zu hören, die auf meine Tonart gestimmt war. Die wunderbare Dunkelheit waberte und floß um mich herum.

Dann verließen sie mich. Die Schwärze hob sich, und ich konnte meine Füße sehen, und die graue Flanke des Berges. Über mir hing eine schwarze, wirbelnde Wolke, und während sie sich weiter hob, verklangen die Stimmen.

Ich wollte nicht, daß sie mich verließ. Oh, Tomas, als sich die letzten Nebelschwaden hoben, empfand ich einen Stoß, als ob ich gerade ein Stück herabgefallen wäre. Ich war wieder ganz ich selbst.

Ich saß auf der Spitze des Berges auf einer flachen Steinplatte. Unterhalb von mir dehnte sich die graue Ebene von einem Horizont zum anderen. Ich konnte Rai erkennen. Er war nicht größer als ein Insekt. Er stand völlig still. Gerade wie eine Furche erstreckte sich hinter ihm die Spur, die er hinterlassen hatte, als wir auf den Berg zugingen.

Irgendwie kam mir die Landschaft jetzt nicht mehr fremd vor. Ich fühlte mich hier zu Hause. Ich hatte das Gefühl, daß ich tage- oder sogar wochenlang auf diesem Berg sitzen könnte, ohne hungrig oder müde zu werden. Dies war mein Land, und ich war stolz darauf. Ich war Teil von ihm.

Ich spürte einen Ruf und wußte, daß er von Rai kam. Die Sanftheit seiner Stimme überraschte mich. Ich stand auf und winkte und begann, vom Berg herabzusteigen.

Der Rückweg verlief ohne nennenswerte Ereignisse. Er war schweigend, wie der Anmarsch zum Berg, doch war es jetzt ein lebendiges Schweigen, nicht die tote, abgeschlossene betäubende Stille, die wir damals gespürt hatten. Wir trafen uns mit Harlekin, und ich war froh, als ich feststellte, daß er einen Teil seiner Lebenskraft wiedergewonnen hatte. Er sagte mir, daß ich drei Tage lang fort gewesen sei.

Rai blieb bei uns, bis wir den Vulkankrater mit dem Stimmu-Eingang erreichten. Er wollte uns nicht in den Krater begleiten, sondern blieb auf seinem Rand stehen, den Kamm in einer Art

Salut aufgestellt, als wir die Kraterwand hinabkletterten. Als ich vom Höhleneingang noch einmal zurückblickte, war er fort.

Das Stimmu wartete auf uns.

Ich glaube, ich bin eingeschlafen, nachdem wir eingestiegen waren.

Ich erwachte, als wir uns in dem bekannten Tunnel vor dem Handflächenraum befanden. Koch war dort und half mir beim Aussteigen.

Koch. Ah, Koch. Er nahm mein Gesicht zwischen seine Hände und drückte es. Dann wandte er sich Harlekin zu und streckte ihm beide Hände entgegen. Harlekin sackte vornüber, und Koch fing ihn auf. Er beleckte seine Fingerspitzen und rieb damit über Harlekins Schläfen. Dann drückte er ihn an sich wie eine Mutter, die ihren verlorenen Sohn willkommen heißt. Ich hatte nie zuvor gesehen, daß Pe-Ellianer einander umarmen. Koch murmelte ein paar leise Worte, und ich verstand das Wort ›Balacas‹.

Ich blickte auf meine Handflächen, in denen sich das Zeichen der Königin klar und scharf abzeichnete. Was die Erde betraf, so war auch ich Balacas.

Zu dritt gingen wir den kurzen Korridor entlang in den Handflächen-Raum. Es war Nacht, und der Fluß strömte dunkel über uns hinweg. Wir setzten uns an den Tisch und aßen Karitsas aus Kochs warmem Leib.

Drei Tage sind nun seit meiner Rückkehr vergangen. Ich habe die Zeit dazu genutzt, meine Gedanken zu ordnen. Das Schreiben fällt mir immer schwerer.

Gestern ist Jett hergekommen. Er versuchte gleichmütig zu wirken, doch eine Rasse, deren Kommunikation so stark auf Gesten basiert, kann man lesen wie ein Buch. Er war neugierig und wollte alles wissen, was wir getan hatten.

Ich traf ein Abkommen mit ihm. Würde er ehrlich zu mir sein? Ich glaube, daß er ein wenig Angst vor mir hat. Er erinnert sich an Winterwind, und ich habe mich verändert. Ich bin weniger durchsichtig als früher, dessen bin ich mir bewußt. Ich kann jetzt einen Schleier fallen lassen. Ich bin auch älter geworden. Seit ich auf dem Berg in der grauen Ebene gesessen habe, bin ich um Jahrhunderte gealtert.

»Sagen Sie mir, Jett, was war das?«

Ich beschrieb ihm die groben Pe-Ellianer, die Harlekin verletzt hatten. Ich sprach von Rai und der grauen Ebene und von dem Mantissa-Berg und schließlich von dem Wesen, das sich auf der Mantissa-Burg niedergelassen hatte, und in das ich eingetreten war.

Er hörte mir mit geschlossenen Augen zu, und als ich zu Ende gesprochen hatte, stand er auf und bat mich, ihm zu folgen. Wir verließen das Haus und gingen zum Flußufer. Er winkte mir, und wir sprangen beide in den Fluß.

Ich wußte, daß wir zu Jetts Haus gehen würden.

Wir schwammen den Fluß hinab, bis wir zu einer großen Öffnung der Uferböschung gelangten. Die Höhlung war mit Steinen befestigt, und ihre Schwelle bildete eine breite Felsplatte. Jett stemmte beide Hände auf diese Platte und zog sich mit dem Kopf voran in den Tunnel. Ich folgte ihm.

Jetts Haus war genauso wie alle anderen pe-ellianischen Häuser, die ich bisher kennengelernt hatte: geräumig, spartanisch, und doch mit genau jenem Maß von Wärme und Behaglichkeit, um es wohnlich zu machen.

Über eine Erdrampe rutschten wir in den Zentralraum hinunter. Jett blieb nicht stehen und entbot mir auch nicht die normale Begrüßungsformel. Statt dessen lief er sofort weiter in einen anderen Raum, wo sich, wie ich annahm, sein Becken befand. Als ich ihn eingeholt hatte, lag er auch bereits im Silbersee, auf dem Rücken und mit ausgestreckten Armen.

»Hier können wir reden«, sagte er. »Verzeihen Sie mir meine Vorsichtsmaßnahmen. Ich bin nun einmal mißtrauisch. Ich bin nicht so sorglos wie der verstorbene Winterwind. Jetzt können Sie Ihre Fragen stellen.«

Ich setzte mich auf den Beckenrand und ließ meine Füße in die Mantissa-Flüssigkeit hängen. Ich war ein wenig belustigt über Jett.

»Ich wollte Ihnen nur ein paar wenige Fragen stellen«, sagte ich. »Ich wollte mit Ihnen ein Gespräch unter Freunden führen. Ich bin keine Gefahr für Sie, auch nicht, wenn ich Trauer oder Wut empfinden sollte.«

Er zuckte die Achseln, was besagen sollte: ›Laß es gut sein und fang endlich an!‹

»Sagen Sie mir, was mir geschehen ist. Sagen Sie es mir auf pe-ellianisch, wenn es Ihnen lieber ist, nur sprechen Sie dann langsam. Ich sage schon Bescheid, wenn ich etwas nicht verstehen sollte.«

Er starrte mich an, und seine Hände glitten auf der Oberfläche der silbernen Flüssigkeit hin und her. Ich spürte, wie seine Gedanken umhertasteten. Er hatte Angst. Er versuchte, Kontakt mit mir zu bekommen, durch meine Augen sehen zu können, und sei es auch nur eine Sekunde lang.

Ich ließ meinen Schleier fallen. Ich dachte an Rai und an die graue Ebene und an die seltsame lebende Wolke, die sich auf der Mantissa-Burg über mich herabgesenkt hatte. Jett starrte mich an. Dann schloß er die Augen und schlug mit den Handflächen auf die silberige Flüssigkeit.

Er tauchte unter. Ich konnte ihn nicht sehen. Es stiegen keine Blasen zur Oberfläche empor. Sie zeigte nicht einmal Bewegung. Es war, als ob er von unten hinabgezogen worden wäre.

Sekunden vergingen. Ich begann unruhig zu werden und fragte mich, ob ich nicht auch ins Becken springen sollte. Plötzlich schoß er mit einem starken Armzug aus der Tiefe empor und stieß den angestauten Atem aus. Silber rann in dünnen Rinnsalen an seinem Kopf und seinen Armen herab.

Er war wieder ganz Jett. »Ich kann Ihnen sagen, was ich weiß«, erklärte er mir. »Obwohl Sie mehr gesehen haben als ich. Ich bin nie außerhalb von Pe-Ellia gewesen.«

»Erzählen Sie mir vom Norden, Jett!«

»Der Norden ist unsere Heimat. Er ist die Heimat des alten Pe-Ellia. Einst war es dort warm, so warm wie hier, jetzt ist es nur noch ein Wallfahrtsort. Die Luft dort ist anders, und nur die Stärksten überleben. Die, welche Sie kennengelernt haben, waren wirklich sehr stark. Sie sind alle nach ihrem Siebenten.«

Meine Überraschung muß mir anzumerken gewesen sein.

»Sie haben sich entschlossen, sich so zu entwickeln wie die Alten. Einst wimmelte Pe-Ellia von ...« – er machte eine Pause und suchte nach dem Wort – »Drachen. Dann kam die Königin, und wir entwickelten uns zum Frieden hin. Doch zu viel Frieden kann der Untergang einer Rasse sein. Wissen Sie das?« Wieder eine kurze Pause. »Nein, ich meine damit nicht Kriege. Diese Pe-Ellianer sind brillant und grausam. Sie halten unsere Verbindung mit der Vergangenheit aufrecht. Sie fordern uns mit der Autorität alter Ideen immer aufs neue heraus. Würden Sie sie die Klassik nennen? Diese Pe-Ellianer sind ein Augenblick. Sie sind der Drehpunkt, auf dem der Waagebalken aufliegt. Vergangenheit und Gegenwart und ein Erahnen der Zukunft. Sie sind so, wie wir es waren, als wir die Klauen fallen ließen für ... für das, was wir jetzt sind. Sie sind so, wie wir es vor der Ankunft der Königin waren, und die liegt so lange zurück, daß ich kaum daran zu denken vermag. Du siehst: wir waren weise – nein, intelligent – nein, weise, selbst schon zur damaligen Zeit; wir warteten, und dann wuchs die Königin. Verstehen Sie?«

Ich verstand. »Und Rai?«

»Rai ist ein Bote. Er hört mich, er hört selbst das, was ich jetzt sage.« Jett hob die Hände über den Kopf. »Ich kann ihn spüren. Er spreizt seinen Kamm zum Gruß. Er ist weit von hier entfernt und allein. Die Regen sind gekommen, und Wasser rinnt über seinen Rückenkamm. Er steht bis zum Bauch im Schlamm.«

»Und was ist die Wolke mit den hunderten schwarzer Augen?«

»Ah, das ist nicht pe-ellianisch. Das besucht Pe-Ellia nur. Ich glaube, daß Winterwind einmal davon gesprochen hat. Wir haben ein Wort für sie. Sie sind Raum-Schwimmer. Sie waren, sie sind und sie werden auf immer sein. Sie sind mit der Galaxis geboren worden – vielleicht auch schon vor der Galaxis. Sie sind Leben in der reinsten Form, die wir kennen, und das ist der Grund dafür, daß wir sie Engel nennen. Hin und wieder besucht uns einer von ihnen und spricht mit einem unserer ältesten Mantissae. Sie sind sehr an uns interessiert, denn wir sind Raumwächter, wie Sie wissen. Aus welchem Grund es Sie sehen wollte, kann ich nicht sagen. Ich weiß jedoch, daß nichts zufällig geschieht. Irgend etwas ist in Bewegung. Ich kann die Erschütterungen spüren, kann sie jedoch nicht deuten.« Er lächelte das seltsame pe-ellianische Lächeln. »Man nennt mich einen Historiker, und dabei kann ich nicht einmal die Gegenwart deuten. Spreche ich wieder in Rätseln? Das war nicht beabsichtigt.«

Er klatschte wieder mit den Händen auf die silberige Flüssigkeit. »Ich spüre, wie noch eine Frage in Ihnen aufsteigt. Hören Sie auf! Es ist nichts mehr da, das ich Ihnen geben kann.

Ich bin an eine solche Eile nicht gewöhnt. Ruhen Sie sich jetzt aus. Wir können später weiterreden. Harlekin macht sich Sorgen. Gehen Sie!«

Wieder tauchte er unter wie ein Stein, und die silberne Oberfläche blieb so glatt wie ein Spiegel.

Ich nahm das Stichwort auf und ging.

THORNDYKES TAGEBUCH:
FÜNFUNDDREISSIGSTE EINTRAGUNG

Ich erhalte Eier

Die Königin kam im Traum zu mir. Ihr Gesicht war wie das eines Pekinesen-Hündchens, doch sie war trotzdem königlich.

»Ich biete Ihnen Eier an«, sagte sie.

»Ich nehme sie an«, antwortete ich und erwachte.

Die Übungen dieses Morgens waren anstrengend. Alle hatten etwas mit Fallen zu tun. In ein Netz fallen, in den Fluß fallen, in einen Haufen von Laub fallen. Gerade hat sich eine Gruppe von Jungen uns angeschlossen, und sie toben um uns herum und haben ihren Spaß.

Nach den Übungen trank ich Saft, als Harlekin auf mich zutrat und mir sagte: »Die Königin ist auf Sie gefallen wie auf eine Droge: und sie will mehr. Sie bietet Ihnen Eier an.«

»Was bedeutet das?«

»Wir werden es feststellen. Sie müssen sofort aufbrechen. Man läßt die Königin nicht warten.«

Eins der wunderbaren Dinge auf Pe-Ellia ist, daß Entschluß und Handeln ganz natürlich zusammenfallen.

»Meinetwegen«, sagte ich und modifizierte es mit einer Geste, die eine Freuden-Komponente hinzufügte.

»Gehen wir!«

THORNDYKES TAGEBUCH:
SECHSUNDDREISSIGSTE EINTRAGUNG

Viele, viele Tage später. Ich habe das Zeitgefühl verloren.

Was ich jetzt zu schreiben versuchen will, erfordert alle verborgenen Quellen meiner kontakt-linguistischen Ausbildung. Ich werde in der dritten Person schreiben. Es ist einfacher.

Tomas, ich schreibe dies für Dich. Ich habe kein Verlangen nach Selbstdarstellung mehr. In kurzer Zeit werde ich mein Haus bestellen. Ich weiß, daß Du immer dort einen Punkt setzt, wo er hingehört, und auf diesem Gebiet bin ich dein Schüler.

Ich bin jetzt alt. Endlich wirklich alt. Nachdem mir der größte Teil der Alterseitelkeit genommen worden ist. Ich hocke über meinen Schmerz gebeugt an meinem Schreibtisch und habe alle Flüsse und Wasserfälle abgeschaltet, um Nacht zu simulieren. Ich habe meine Schreibtischlampe eingeschaltet. Ich weiß nicht, wie spät es ist, und es interessiert mich auch nicht. Koch bringt mir das ›Einschlafessen‹, wie er es jetzt nennt. Ich esse, und damit ist es abgetan. Harlekin ist bei mir. Wir haben uns den Schmerz ehrlich geteilt, wie alte Piraten ihre Beute. Es hat ihn sehr mitgenommen, bei Gott! Er sitzt mir gegenüber, zusammengesunken wie eine alte Großmutter. Ich werde Koch um einen Schaukelstuhl für ihn bitten.

Ich werde jetzt Menopause-Thorndyke genannt, und wenn du mich jetzt sehen könntest, würdest du mich nicht wiedererkennen, doch du würdest mich anstarren, anstarren.

Ich wünschte, es wäre Weihnachten. Die Hauptfreude liegt immer im Wünschen und Warten, nicht wahr? Als Spezies sind wir nicht recht für Erfüllung geeignet. Das ist der Grund dafür, daß wir Tragödien so lieben. Es gibt uns etwas, zu dem wir aufblicken können. Die Phantasie möchte uns über unsere Schwächen hinaustragen. Wenn der Höhepunkt des Lebens erreicht ist, steht oft noch so viel offen ... Ich gerate ein wenig ins Schwafeln, Tomas.

Hier ist mein Bericht:

Thorndyke sitzt auf einer eiskalten Bank. Um ihn herum sind Schnitzereien des uralten Teils dieses Planeten Pe-Ellia. Neben ihm, steif und reglos wie ein hölzerner Indianer, sitzt sein Mehrals-Freund-oder-Bruder Harlekin.

An diesem Morgen haben sie einen Ruf von der Riesen-Fahl-Wurm-Königin dieses Planeten erhalten, der besagt, daß sie Thorndyke noch einmal probieren möchte, um ihn noch tiefer in das Leben dieses Planeten zu integrieren, möchte, daß er Karitsas empfängt.

Da er der Mann ist, der er ist und sich bereits auf dem absteigenden Ast seines Lebens befindet, nimmt Thorndyke es an.

Harlekin, der selbst ein Hybrid ist, seit er durch Thorndyke kontaminiert-beeinflußt wurde, drückt seine Besorgnis aus.

»Ich sehe mehr Schmerz als Freude darin. Ich habe dunkle Vorahnungen. Können wir nicht jetzt noch umkehren?«

Thorndyke schüttelt den Kopf und verbirgt seine eigenen Empfindungen.

»Dies ist die Art von Eintauchen in fremdartiges Leben, nach dem ich mich immer gesehnt habe. Ich habe stets versucht, über die reine Literatur hinauszugehen; jetzt hat man mir eine Chance geboten, hinauszugehen über – was, eigentlich? – mich selbst, die Erde, das Leben. Und ich nehme sie an.«

Stolze Worte, o Kontakt-Maestro Thorndyke. Wenn du das andere Ufer hättest sehen können, würdest du dann auch gesagt haben: ›Hol über?‹

Stille senkt sich über die beiden Gefährten, und sie ziehen sich in die eigenen Gedanken zurück. Thorndyke blickt auf die Schnitzereien, die um die Wände rotieren. Sie sind sehr groß, und er fühlt sich wie eine Fliege auf dem Bauch einer chinesischen Vase. Es sind uralte Schnitzereien, stellt er fest. Die Pe-Ellianer haben noch saurierhafte Schwänze, und die Platten ihrer Haut sind Panzerplatten.

›Oder aus einer mittleren Periode‹, überlegt Thorndyke in Erinnerung an seinen Traum, in dem er einen Singenden Mantissa berührte und einen Gesang unterbrach. Die Gestalten scheinen um etwas herumzutanzen, das unzweifelhaft Teil ihrer Königin ist. Ein Mantissa hockt in einer Ecke, und der Bildhauer hat rotes Glas oder Juwelen in seine Augen gesetzt. Thorndyke erkennt, wie wenig er von pe-ellianischer Skulptur gesehen hat. Ein kontakt-linguistischer Kloß schiebt sich vorwurfsvoll in seine Kehle, als er daran denkt, wie viele Bücher er darüber hätte schreiben können, wieviel Freude es ihm gemacht hätte, die Kulturschichten abzulösen, die Bedeutungen zu enthüllen, neue Worte zu prägen, um Ideen ausdrücken zu können, die auf der Erde unbekannt sind, die Monographien vorzubereiten, die Filme, der *Grammaria* ein eigenes Kapitel hinzuzufügen, Tomas oder einen der neuen jungen Gelehrten Variablen der Sprache und ihrer philosophischen Varianten gierig aufnehmen zu sehen. Ah, ja.

Und wer war es, der ich, einst an einem goldenen Tag
Durch Zufall begegnete? Sie auf einer Bank liegend,
Ich, der ich mir die Schuhe auf einem Kiespfad aufschrammte.
Beide Träumer. Beide Wesen, die ihren Weg verloren hatten.
Ich erinnere mich an die Sonne und an die Schatten
Und an die Überraschung und herabfallendes Haar.
Und Augen, die einander ansahen, die grünen, die grauen.
Wenn ich durch mein Teleskop darauf zurückblicke, sage ich:
»Da war eine Begegnung. Da gab es ein Es-hätte-sein-
                                                    Können.«

Professor Marius Thorndyke kennt die Gefahren dieses *terra incognita,* dieses ›Wenn-ich-nur-hätte-Landes.‹

Ein Ruf ertönt – zweifellos. Es ist ein Klingen in der Luft und Thorndyke erhebt sich. Der Raum, in dem er sich befindet, hat eine kleine Tür an einem Ende, und durch diese Tür muß er gehen. Allein. Harlekin ist im Schlaf zusammengezuckt.

Mantissa-Schlaf, denkt Thorndyke, während er spürt, daß seine Füße ihn zur Tür tragen.

Er bewegt sich wie auf Rädern, gleitet auf die Tür zu. Durch die Tür kann er einen Mantissa sehen, der auf ihn wartet. Er tritt durch die Tür, und das Klingen hört schlagartig auf.

Der Mantissa ist kurz und sachlich. Er ist kein Sänger. Es liegen keine abgeworfenen Häute um ihn herum. Seine Domäne ist sauber. Klinisch sauber. Sans sentiment. Er blickt Thorndyke interessiert an. Der einzige Blickfang in dem Raum ist das Silberbecken. Es schimmert wie sonnenbeschienenes Eis.

»Zuerst werden wir reden«, sagt eine Stimme, der Winterwinds nicht unähnlich. »Bitte, machen Sie es sich bequem.«

Absurderweise tragen zwei Mantissa-Mägde ein sehr irdisch aussehendes Bett aus dem Schatten und setzen es neben dem Becken ab.

»Kann ich nicht stehen oder hocken?« fragt Thorndyke, legt sich jedoch auf das Bett, und der Mantissa spricht weiter.

»Die Königin hat mich instruiert, Sie zu schmücken und Ihnen Mutterschoßfähigkeit zu verleihen. Ich bin Gestalt-Manipulator. Ich werde diese Transformation durchführen. Ich habe Ihren Körper studiert, die Operation ist ziemlich kompliziert. Sie haben das Recht, jetzt noch zurückzutreten. Die Operation ist gefährlich. Offen gesagt, Sie werden sie vielleicht nicht überleben. Und wenn Sie sie überleben, werden Sie nicht mehr das *Ich* sein, das Sie jetzt sind. Ich möchte mich entschuldigen, falls ich mich nicht klar ausgedrückt haben sollte.«

»Sehr klar.«

»Wollen Sie es trotzdem tun?«

»Ich will.«

»Es gibt keine Umkehr. Die Lawine rollt hinter Ihnen her.«

»Keine Umkehr.«

»So sei es.«

Die Luft singt ein paar Sekunden lang.

»Bitte legen Sie sich in das Moi-i-ia!«

Er meint das Quecksilberbecken.

Ich hatte Angst, Tomas, ich hatte Angst. Dieser Mantissa hatte nicht die geringste Ähnlichkeit mit irgendeinem der anderen, die ich kennengelernt hatte. Seine Objektivität war eisig. Ich erfuhr später, daß eine seiner Funktionen die Überwachung des Schmelztiegels ist.

Ich konnte jetzt nicht mehr zurück, doch ich haßte seinen Ausdruck, mich ›schmücken‹ zu wollen. Was bedeutete das? War das nicht ein Ausdruck aus der Sprache des Folterers? Und was hatte ich unter einem ›Mutterschoß‹ zu verstehen? Ich weiß, ich rationalierte, daß Karitsas an einem sicheren Ort bewahrt werden mußten, und daß man sprachlich übertreiben und eine warme Höhle, in der Karitsas sich sicher fühlen, einen ›Mutterschoß‹ nennen konnte, doch habe ich nicht ernsthaft geglaubt, daß sie versuchen würden, mir einen zu geben.

320

Das Quecksilberbecken war Thorndyke nun schon vertraut, und er war in der Gefühlstherapie nun schon weit genug fortgeschritten, um die vibrierende Massage des Beckens genießen zu können.

Dunkel brach über ihn herein.

Dies war nicht wie eine normale Bewußtlosigkeit. Die Welt um Thorndyke herum verlor jede Farbe. Sie wurde wie ein alter Schwarzweiß-Film aus dem zwanzigsten Jahrhundert, und das Schwarz überlagerte die Grautöne, bis nichts mehr zu sehen war.

Thorndyke erkannte, daß sein Sehnerv beschlagnahmt worden war.

Er spürte, daß überall an ihm herumgetastet wurde. In seiner Phantasie sah er ein Bild, auf dem Fische an Gestellen hingen. Es verblaßte so rasch, wie es erschienen war, hinterließ in ihm jedoch das bedrückende Gefühl, zur Inspektion aufgehängt worden zu sein.

Der Schmerz kam langsam. Es war wie ein inneres Brennen. Es war kein Schmerz, den man genau lokalisieren konnte, oder den man berühren und kratzen konnte. Es war ein innerer Schmerz – er kam von einer Stelle, wo es keinen Schmerz geben sollte.

Thorndyke war überrascht. Er hatte die anästhesierende Wirkung von Bewußtlosigkeit erwartet. Würden sie ihn in diesem Zustand lassen? Leidend? Allein?

Er versuchte, in Gedanken Harlekin zu sich zu rufen. Der Gedanke blieb ungeboren. Zum ersten Mal in seinem Leben sah Thorndyke einen toten Gedanken. Es war ein Honigklecks, der rasch verdampfte.

Der Schmerz war eine Dornenkugel, die in ihm rotierte.

Das Training des Kontakt-Linguisten half. Er objektivierte das Gefühl. Er prozessierte es auf eine symbolische Ebene empor.

Er dachte an ein Feuer, das in ihm brannte – und goß Wasser darauf.

Er dachte an einen Fleischwolf – und machte seine Schneiden mit Steinen stumpf.

Er dachte an Aasvögel – und vergrub sie bis zum Hals im Sand.

Doch der Schmerz nahm noch andere Formen an. Das Quecksilberbecken wurde zu Lava, und Thorndyke rief OM.

Ich habe es getan, Tomas. Ich habe den letzten Ausweg gewählt. Ich sah keine andere Möglichkeit.

KOMMENTAR

OM ist ein recht düsteres Akronym. Es bedeutet *Überwinde die Sterblichkeit.* Das OM ist eine Technik, die allen Kontakt-Linguisten gelehrt wird. Sie darf nur benutzt werden, wenn jemand fühlt, daß er von einer außerirdischen Spezies überwältigt wird. Dies ist ein Problem, mit dem wir uns beim Institut häufig konfrontiert sehen. Viele außerirdische Lebensformen sind parasitär. Aus irgendeinem Grund sind Gehirn und Metabolismus des Menschen leichter zu durchdringen als die der meisten bekannten Organismen. Wenn ein Kontakt-Linguist das Gefühl hat, die Kontrolle über eine Situation verloren zu haben, kann er das OM anrufen. Es ist ein individualisiertes Programm, das den sofortigen Tod herbeiführt. Es ist auf solch eine Weise ins Gehirn codiert, daß es nicht unabsichtlich ausgelöst werden kann, sondern nur durch ausdrücklichen Wunsch. Nach jedem Einsatz wird die OM-Sequenz entfernt.

THORNDYKES TAGEBUCH:
SECHSUNDDREISSIGSTE EINTRAGUNG
(Fortsetzung)

Es hat nicht funktioniert, Tomas. Das OM hat nicht funktioniert! Ich muß vor Entsetzen ohnmächtig geworden sein. Du weißt, Tomas, daß normalerweise nur ein Zustand äußerster Verzweiflung das OM in Funktion setzen kann. Ich war verzweifelt. Noch nie zuvor war ich so weit unten. Und während ich das Bewußtsein verlor, glaubte ich eine Stimme sagen zu hören: »Schmerz ist der Preis, den man für das Lernen bezahlt.« Meine alte Lehrerin, Miß Olves, pflegte das zu sagen, als ich neun Jahre alt war.

Thorndyke erwachte aus seiner Bewußtlosigkeit mit der Erkenntnis, daß er sich völlig in der Gewalt eines Mantissas befand. So stark war dieses Gefühl in ihm, daß er nicht einmal daran dachte, an seinem Körper hinabzusehen, sondern nur aus dem Moi-i-ira stieg und zu dem Ort ging, an dem die Königin wartete. In seinen Nüstern war Schönheit. Thorndyke schien wie eine Seifenblase zu schweben, während er zur Königin eilte.

Nachdem er die Mantissa-Kammer verlassen hatte, lief er einen Korridor entlang und sah, nur wenige hundert Meter entfernt, ein Segment der Königin. In den Falten ihres Leibes klebten an die hundert Pe-Ellianer. Thorndyke wußte, welcher Platz der seine war, und ging so sicher darauf zu, wie er einst seinen Platz in der Instituts-Bibliothek gefunden hatte. Er erreichte die Königin und starrte an ihrer grau-weißen, zitternden Masse empor.

Eine Erinnerung an die Zeit, als er dem Singenden Mantissa gegenübergestanden hatte, mußte ihn befallen haben, denn er zögerte, ihren Körper zu berühren. Ein Zwang wie ein Schlag ins Kreuz trieb ihn weiter. Er fiel gegen ihren Körper. Er war fest und warm wie der Nacken eines Pferdes. Er begann an ihr emporzuklettern, wobei er die Falten als Stufen benutzte. Er stieg an Pe-Ellianern vorbei, die in Falten und Nischen ihres Körpers schliefen. Er sah die Schläuche, so dick wie ein Arm, die sich aus dem Körper der Königin schoben und in die geöffneten Lendenklappen der Pe-Ellianer eindrangen.

Er gelangte an eine Stelle, und wußte sofort, daß dies sein Platz war. Es roch moschusartig. Ein guter Geruch. Ein Geruch nach Zuhause. Nach seinem eigenen Körper. Nach den Frauen, die er geliebt hatte. Er kroch tief in seine Nische, und sie gab unter ihm nach wie ein weiches Bett. Eine Kabine erster Klasse, dachte er und streckte sich aus.

Über ihm, unter ihm und zu beiden Seiten war die Königin. Er spürte ihr überquellendes Leben, seine Riesenhaftigkeit. Er fühlte das Pulsieren von Blut, das Anspannen und Lösen gigantischer Muskeln. Er spürte ein Tasten an seiner Lende.

Schläfrig wurde ihm bewußt, daß etwas in ihn eindrang und Besitz von ihm ergriff.

Thorndyke erwachte zu Hause. Harlekin starrte ihn an. Jett stand über ihn gebeugt, und Koch hockt am Fußende seines Bettes. Im ersten Moment glaubte er, daß alles ein Traum und sein Besuch bei der Königin nur ein Phantasieprodukt gewesen sei, doch dann spürte er eine Bewegung, als ob eine Katze auf seinem Bauch liege und sich im Schlaf gereckt hätte.

Mit einiger Anstrengung richtete er sich auf und stützte sich auf die Ellbogen. Er erwartete, daß die Katze herunterspringen würde, doch sie reckte sich lediglich noch einmal.

Er blickte an sich hinab.

Wo bisher eine flache Bauchdecke gewesen war, befand sich jetzt ein Hügel. Der Hügel bewegte sich ein wenig, und wieder spürte er eine Bewegung tief in seinem Körper.

Er konnte nicht über den Hügel hinwegsehen, wußte jedoch, daß er entmannt worden war, und dieses Wissen brach fast seine Lebenskraft.

Er spürte den Schrei, bevor er hervorbrach. Sah, wie sich seine Hände hoben, um auf den schwarzen Hügel einzuschlagen. Harlekin packte seine Hände, und Jett seine Füße. Gnadenvolle Dunkelheit hüllte ihn ein.

Während der kommenden Wochen gewöhnte sich Thorndyke – nein, wir müssen ihn jetzt Menopause-Thorndyke nennen – an seinen neuen Körper. Er lernte, so zu stehen, daß er nicht die Karitsas, die in ihm aufbewahrt waren, zu sehr störte. Er entwickelte eine Technik, wie auf Eiern zu gehen und seinen Mutterschoß-Hügel in beiden Händen zu halten. Er verbrachte viele Stunden damit, den Alien, der er geworden war, im Spiegel anzustarren. Seine Haut war jetzt völlig mit schwarzen Sternen bedeckt. Das Haar war ebenso verschwunden wie seine Genitalien. Sein inneres Röhrensystem war neu installiert worden, doch er war an den Methoden nicht besonders interessiert. Interessant fand er, daß er nach wie vor als Thorndyke dachte, obwohl es ihm vorkam, als ob die Kreatur, die ihn aus dem Spiegel anstarrte, eher irgendwelche fremdartige calibanische Gedanken haben sollte, als die freundlichen Erinnerungen an die Erde, an Orchid und an Freunde.

Die Tage vergingen und Menopause-Thorndyke wurde kräftiger. Der Schmerz jedoch blieb. Harlekin blieb bei ihm und teilte sein Leiden. Es amüsierte ihn ein wenig, daß Harlekins Hautmuster sich etwas verändert hatten und nun ein Sternmuster in jedem der Wirbel zeigten.

Er aß ein Karitsa pro Tag. Am Morgen.

Er überwand den Horror davor, eine Hand in seinen Leib zu stecken und ein zappelndes Karitsa aus dem Ei zu holen.

»Ich bin weder Mann noch Frau noch Pe-Ellianer noch Fisch noch Vogel«, murmelte er leise. Er dachte an Tomas Mnaba und fragte sich, wie Tomas reagieren würde, wenn er Professor Thorndyke jetzt sehen könnte.

Er beschloß, ihm zu schreiben.

THORNDYKES TAGEBUCH: SIEBENUNDDREISSIGSTE EINTRAGUNG

Dies ist mein Tagebuch und ich weiß, daß ich es sehr vernachlässigt habe. Ich habe Tage und Wochen vergehen lassen, ohne irgend etwas aufzuzeichnen. Das Leben ist voller *non-sequiturs*. Doch meine Geschichte muß erzählt werden. Unsere Verantwortung ist immer größer, als wir annehmen. Ich bin zu der Erkenntnis gekommen, daß meine Verantwortung nicht nur gegenüber der Erde und der Menschheit besteht, sondern gegenüber dem Leben selbst.

THORNDYKES TAGEBUCH: ACHTUNDDREISSIGSTE EINTRAGUNG

Harlekin und ich unterhalten uns jetzt häufig nur in Gedanken.

Gestern bin ich beim Schmelztiegel gewesen. Er befindet sich auf einer dicht bewaldeten Insel. Das Meer um die Insel ist gelb, doch ich weiß den Grund dafür nicht und bin zu müde, um danach zu fragen. Die Pe-Ellianer nennen den Schmelztiegel das ›Auge der Königin‹, und die Übersetzung ›Schmelztiegel‹ ist lediglich eine Beschreibung seiner Funktion. Dorthin gehen alle Pe-Ellianer, die keine Symmetrie erreichen konnten, zum Sterben. Als ich mit Harlekin dorthin gereist bin, fühlte ich mich wie Dante. Ich hatte nicht gewußt, daß der Tod so viele forderte.

Die Insel ist schroff und felsig und nur mit wenigen Bäumen und Büschen bewachsen. Hunderte von Pe-Ellianern waren dort, die alle schweigend über die Steinblöcke hinweg zu dem Kraterschlund kletterten, der sich in der Mitte der Insel befand.

Die Pe-Ellianer waren von unterschiedlicher Form und Größe und zeigten die verschiedensten Formen von Makeln der Haut. Ich sah einen, der sich in Menopause befand und offensichtlich die Hoffnung auf Perfektion aufgegeben hatte. Manche von ihnen wirkten perfekt, doch Harlekin zeigte mir, wo auch sie Makel aufwiesen, manchmal solche, die kaum zu erkennen waren.

Niemand schenkte uns irgendwelche Beachtung, obwohl wir sicher von allen am Seltsamsten aussahen. Ich mit meinem Bauch wie eine Kanonenkugel, und Harlekin wie eine Farbpalette. Doch das macht nichts. Ich kümmere mich ohnehin nicht mehr um die Blicke anderer.

Wir halfen einander, während wir über Felsblöcke und durch Schründe kletterten. Wir stiegen Steilwände hinauf, glitten Geröllhalden hinab, und dann waren wir dort, standen auf dem Kraterrand und blickten in das ›Auge der Königin‹. Es ist kein schönes Auge. Es ist ein Loch, ein Krater. Die Tiefe des Loches verliert sich in Nebel und Dunkelheit. Es ist jedoch keine gewöhnliche Dunkelheit. Gewöhnliche Dunkelheit ist das Fehlen von Licht. Diese Dunkelheit ist die *Verweigerung* von Licht. Während ich hinabblickte, spürte ich, daß selbst eine Fackel, die ich dort hinabnehmen möchte, erlöschen würde.

Hin und wieder glaubte ich Bewegung wie Reflexe auf Wellen in dem Loch zu bemerken, doch das konnten auch ziehende Nebelschwaden gewesen sein.

Während wir dort standen und hinabblickten, sahen wir Hunderte von Pe-Ellianern an der inneren Kraterwand hinabkriechen und im Nebel verschwinden. Ich kann nicht sagen, daß sie traurig wirkten, lediglich ernst und nachdenklich.

»Warum sollten sie auch traurig sein?« beantwortete Harlekin meinen Gedanken.

»Es ist traurig, sein Leben zu verlieren.«

»Nein, ohne Hoffnung zu sterben ist traurig.«
»Und haben sie Hoffnung?«
»Sie werden zur Perfektion wiedergeboren.«
Pause.
»Ist dies, wohin auch wir gehen werden?«
»Ja.«
»Zur gleichen Zeit?«
»Ja.«
»Was wird geschehen?«
»Wir werden die andere Seite der Königin kennenlernen. Wir werden unterirdisch auf alten Spuren wandeln. Unsere einzige Nahrung werden Karitsas sein. Und schließlich werden wir auf die andere Seite der Königin gelangen.«
»Wie ist es dort?«
»Genauso wie auf der Seite, die Sie bereits kennen. Sie werden an ihr emporklettern. Sie werden Ihre Nische finden. Alles wird so sein, wie es war, wie es ist, wie es sein wird ...«
»Werde ich ...?«
»Sie werden sich hinlegen. Ich werde in Ihrer Nähe sein. Wir werden uns voneinander verabschieden, und ich werde mir meine Stelle suchen. Dann kommen Träume von Liebe ...«
»Die habe ich bereits.«
»Diese werden noch schöner sein. Und die Königin wird Sie in sich aufnehmen. Ihr Geist und Ihr Körper werden in ihr aufgehen, Sie werden zu ihr werden, zum Teil von ihr im großen Strom. Sie werden ausgestreut werden. Dasselbe wird mir geschehen. Und irgendwann werden Karitsas, die Ihre Essenz in sich tragen, an Pe-Ellianer gegeben werden.«
»Werde ich dabei bei Bewußtsein bleiben?«
»Das weiß ich nicht.«
Damit war unser Gespräch beendet, und wir traten vom Rand des Schmelztiegels zurück. Noch war unsere Zeit nicht gekommen. Wir kehrten zu dem Haus auf der Lichtung zurück, das du so gut kennst.

Dies ist meine letzte Eintragung. Von jetzt an werde ich die mir verbleibende Zeit darauf verwenden, meine Dinge zu ordnen, meine Aufzeichnungen zu sortieren und meine Studien abzuschließen. Es gibt noch so viel zu tun, und meine Zeit geht so rasch zur Neige, und ich habe kaum noch die nötige Energie. Doch ich bin vollständig mit mir im Frieden.

Ave atque vale. Ich werde dir noch einen letzten Brief schreiben, bevor ich den Fluß überquere.

KOMMENTAR

So endet Thorndykes Tagebuch.

Während der zwei Tage, die Jett und Koch bei mir waren, habe ich die Eintragungen mehrmals gelesen und Fragen gestellt. Die Pe-Ellianer haben mir manchmal offen und ehrlich geantwortet, waren jedoch bei anderen Gelegenheiten äußerst zurückhaltend und wollten nicht mit der Sprache herausrücken.

Über die tatsächlichen Umstände von Thorndykes Tod konnten sie mir nichts sagen. Jett, der über Verbindungen an hoher Stelle zu verfügen scheint, erklärte mir, daß er am Tag, nachdem sowohl Thorndyke als auch Harlekin in den Schmelztiegel gegangen waren, von einem Diener der Königin gehört habe, daß alles reibungslos verlaufen sei. ›Nahtlos‹ war der Ausdruck, den Jett verwandte, wie ich mich erinnere.

Meine wichtigsten Fragen betrafen die zukünftigen Beziehungen zwischen Pe-Ellia und der Erde, und bei diesem Thema war es, wo die Pe-Ellianer ziemlich vage wurden.

Das Folgende sind die Hauptpunkte, die sich aus unseren Diskussionen ergaben. Sowohl Thorndyke, als auch ich, wie überhaupt unsere ganze Kontakt-Mission waren Teil eines Generalplans, den irgendein hoher Mantissa aufgestellt hatte. Jett erklärte ihn mit diesen Worten:

»Was ist unser Hauptanliegen auf Pe-Ellia? Du kennst die Antwort: unser Überleben. Unsere Geschichte. Unser Wachstum. Das ist der Inhalt all unserer Gedanken und all unserer Lieder. Geschichte ist unsere einzige Wissenschaft.

Klar, als Volk haben wir unsere Aufgabe in der Galaxis. Alles Leben, das die Bewußtseinsstufe erreicht hat und nicht Balacas ist, hat eine Aufgabe. Wir sind eine Art Geschäftsträger. Du mußt entschuldigen, wenn ich etwas unklar und unsicher bin, doch du mußt wissen, daß nur die höchsten Mantissae einen wirklichen Überblick haben und wir ihnen einfach vertrauen müssen. Ich bin kein Mantissa, also kann ich nur raten.

Da ich jedoch Historiker bin, möchte ich einige deiner Fragen mit Schlußfolgerungen beantworten. Seit dem Zeitpunkt, wo das Leben unseres Planeten in den Raum vordrang und anderes Leben kennenlernte, sind wir in eine große Debatte verwickelt. Jetzt ist Pe-Ellia an einem Kreuzweg angelangt. Deshalb kann diese Debatte nicht länger als höfliche geistige Übung geführt werden.

Um was es bei dieser Debatte geht? Auf der Erde gibt es zwei sehr gute Begriffe: ›Synthese‹ und ›Isolierung‹. Da hast du eine Kurzfassung des pe-ellianischen Dilemmas.

Diejenigen, die für die Synthese eintreten, wollen, daß Pe-Ellia andere Kulturen kennenlernt und, was noch wichtiger ist, von ihnen beeinflußt wird, sind der Ansicht, daß Pe-Ellia zu sehr Inzucht betreibt, daß es sich ständig aus sich selbst heraus vermehrt, und daß wir als Spezies am Ende sind. Einer unserer Sänger sagte im letzten Vers seines Gesangs, daß wir eine Rasse seien, die auf die Spitze eines Kegels zusteure. Das hat einen schönen Aufruhr gegeben, kann ich dir sagen. Noch niemand hatte es so klar ausgedrückt. Die Anhänger der Synthese sind auf der Suche nach einem Einfluß, der Pe-Ellia aufbrechen kann. Selbst jetzt befinden sich Ausleger an den Grenzen unseres Raums – vielleicht haben sie übersehen, was direkt vor unserer Haustür liegt.

Die Leute im anderen Lager, die Isolationisten, sind der Überzeugung, daß Pe-Ellia auf dem bisherigen Kurs bleiben und so weitermachen müsse wie bisher. Sie glauben, daß Pe-Ellia sich allmählich dem ihm vorbestimmten Ziel nähert und daß es eines Tages keine Pe-Ellianer wie Koch und mich mehr geben wird, sondern nur noch Mantissae. Die Isolationisten glauben, daß unsere kulturelle Reinheit von der Reinerhaltung mehrerer Rassen abhängig ist und daß die Pe-Ellianer als Rasse das Potential allen Denkens in sich tragen. Du siehst jetzt, warum die Erde sich in Gefahr befindet.

Was mich selbst betrifft, so weiß ich nicht, wo ich stehe. Wohl eher auf der Grenze zwischen beiden.

Dies jedoch mußt du mir glauben: weder Winterwind noch Harlekin kannten alles von dem Spiel, in das wir verstrickt sind.

Nur ich, der Zuschauer, sah, wie die Dinge sich entwickelten und erriet, daß du und Thorndyke, Winterwind und Harlekin alle Teile eines Mantissa-Gesanges waren.

Ich möchte sagen, daß es einer der höchsten Mantissae war – vielleicht der alleräleste, der nach Synthese gedrängt hat – der auf den Gedanken gekommen ist, Thorndyke dazu zu benutzen, die Gedanken-Atmosphäre von Pe-Ellia zu kontaminieren. Erinnere dich daran, daß der Gedanke etwas Lebendiges ist und daß ein Gedanke, sobald er von einem so Hochstehenden geboren wurde, zum Schicksal wird. Thorndyke hat ihn im Norden kennengelernt.«

Ich fragte, was mit Pe-Ellia geschehen würde, nachdem es nun mit Thorndyke infiziert worden war. Wieder war es Jett, der antwortete.

»Das ist schwer zu sagen. Wir müssen warten, vielleicht viele Generationen lang. Bereits jetzt, während wir hier reden, wird das, was Thorndyke war, auseinandergeteilt, polarisiert, gesträhnt und neu zusammengesetzt. Wenn er den Prozeß durchlaufen hat, wird er den Karitsas ein gewisses neues Aroma verleihen. Nur die Königin kann darüber entscheiden, ob Thorndyke wirklich im besten Interesse Pe-Ellias liegt – und in ihrem eigenen. Sie war jedenfalls sehr enthusiastisch über ihn. Wenn sie entscheidet, daß Thorndyke für Pe-Ellia gut ist, wird es zu einer Beziehung zwischen unseren beiden Welten kommen. Doch das werden wir erst nach vielen Wechseln wissen. Vielleicht nach tausend von euren Jahren. Währenddessen befindet sich wieder ein Ausleger-Mantissa in eurem Sonnensystem. Er überwacht euch und hält euch innerhalb eurer Grenzen fest. Es schmerzt mich, das sagen zu müssen.

Im Lauf der Zeit wird Thorndyke in uns eintreten, und die durch ihn hervorgerufenen Veränderungen werden bewertet. Als Spezies werden wir stärker werden. Vielleicht sind wir eines Tages stark genug, um der rohen Gewalt der Erde ohne den Schutz unserer komplizierten Filter und Schilde gegenüberzutreten zu können.«

»Was geschieht, wenn die Königin Thorndyke schließlich doch ablehnen sollte?«

»Laß uns nicht einmal daran denken.«

»Aber wenn ...«

»Ah, ich befinde mich ja in eurer Psychosphäre. Spekulationen sind hier harmlos. Du hast den Gedanken bereits geboren. Falls unsere Königin Thorndyke ablehnen sollte, sieht es schlecht aus für die Erde. Wir wollen den Tatsachen ins Auge sehen. Die Isolationisten werden dann die Oberhand haben, und sie werden die Erde vernichten. Das wäre das Ende. Ich werde nichts weiter dazu sagen. Doch es wird nicht zu deinen Lebzeiten passieren.«

Es war spät geworden an diesem zweiten Tag ihres Besuches. Jett war sichtlich ermüdet. Koch hatte zumeist geschwiegen. Er bewegte sich auf seine eigene Nemesis zu. Ich wußte, daß die Zeit ihres Aufbruchs gekommen war.

»Lebe wohl, Tomas Mnaba«, sagte Koch. »Wir werden uns nicht wiedersehen. Ich habe hier ein Andenken für dich.« Er übergab mir ein kleines Päckchen.

»Als feststand, daß wir dich aufsuchen würden, bat ich Taucher-Thorndyke, etwas für dich komponieren und aufzeichnen zu dürfen. Dies sind ein paar kleine Spielereien auf der Schwebe-Harfe von mir. Sie sind harmlos, können jedoch Depressionen lindern und können auch – ich hoffe, daß sie es können – die Erde freundlich an Pe-Ellia denken lassen. Thorndyke hat sie gehört und sagte, daß du dich darüber freuen würdest.«

In dem kleinen Päckchen befanden sich Encoder-Spulen.

Ich dankte ihm mit meinem Denken und meiner Stimme. Ich bat ihn, bei uns auf Camellia zu bleiben. Ich sagte ihm, daß sein Eintritt in den Schmelztiegel ein Verlust für beide unserer Welten sein würde.

Ich hatte gehofft, Koch mit meinem Geschenk eine kleine Überraschung zu bereiten: einer Auswahl verschiedener Käsesorten. Er lächelte, als er sie entgegennahm, duckte sich unter der Tür hindurch und trat in den dunklen Garten. Zwischen den Bäumen wartete bereits ein pe-ellianisches Raumschiff.

Jett schenkte mir Glüh-Kugeln, und ich gab ihm ein Exemplar der Erstausgabe der *Seliica,* von Thorndyke signiert. Wir trennten uns als enge Freunde. Um 01.00 Uhr betraten sie das pe-ellianische Schiff, winkten noch einmal und waren verschwunden.

Seit jenem Tag hat es keinen weiteren Kontakt mehr gegeben. Und ich weiß nicht, ob es in der Zukunft einen Kontakt geben wird.

Wir von der Erde müssen unsere Grenzen erkennen und mit ihnen leben. Thorndyke hatte recht, als er sagte, daß die Zukunft der Erde und Pe-Ellias miteinander verbunden seien. Durch Pe-Ellia mag die Erde in die größere Raum-Familie aufgenommen werden.

Sekunden vor dem Start beugte Jett sich aus dem fahlgrünen Schiff heraus und umspannte meinen Arm.

»Denk an uns, Tomas Mnaba«, sagte er. »Denk an uns! Sorg dafür, daß alle an uns denken! Diese Gedanken werden zu uns durchdringen. Auf ihre eigene Art beherrscht die Erde auch Pe-Ellia. Du könntest den Schlüssel zu eurer Zukunft in deiner Hand halten. Vielleicht sind wir eure Mägde. In unserem miteinander verbundenen Schicksal sind *wir* vielleicht dazu geboren, *euch* weiterzubringen.

Denk daran!«

HEYNE SCIENCE FICTION

25 JAHRE Heyne Science Fiction und Fantasy

Romane und Erzählungen internationaler SF-Autoren im Heyne-Taschenbuch.

MÁRIA SZEPES — Der Rote Löwe (FANTASY)
06/4043 - DM 9,80

JOHN BRUNNER — Von diesem Tage an
06/4125 - DM 6,80

BRIAN W. ALDISS — Der entfesselte Frankenstein
06/4103 - DM 6,80

VONDA N. McINTYRE — Star Trek III - Auf der Suche nach Mr. Spock
06/4181 - DM 7,80

ADAM HOLLANEK — Noch ein bißchen Leben
06/4075 - DM 5,80

ARTHUR C. CLARKE — Geschichten aus dem Weißen Hirschen
06/4055 - DM 5,80

DIE LABYRINTHE DER ZUKUNFT — Italienische Science Fiction Stories, herausgegeben von LINO ALDANI
06/4059 - DM 8,80

ROBERT A. HEINLEIN — Freitag
06/4030 - DM 12,80

HEYNE SCIENCE FICTION

25 JAHRE Heyne Science Fiction und Fantasy

Romane und Erzählungen internationaler SF-Autoren im Heyne-Taschenbuch.

DAVID BISCHOFF — **Mandala**
06/4129 - DM 7,80

PIERS ANTHONY — **Tausendstern**
06/4115 - DM 7,80

CHRISTOPHER PRIEST — **Der weiße Raum**
06/4073 - DM 6,80

D. G. COMPTON — **Scudders Spiel**
06/4128 - DM 6,80

KATE WILHELM — **Margaret und ich**
06/4114 - DM 6,80

FRANK HERBERT — **Die Ketzer des Wüstenplaneten**
06/4141 - DM 12,80

MICHAEL MOORCOCK — **Der Stahlzar**
06/4122 - DM 5,80

LOTHAR STREBLOW — **Sundera**
06/4139 - DM 6,80

HEYNE SCIENCE FICTION

25 JAHRE Heyne Science Fiction und Fantasy

Romane und Erzählungen internationaler SF-Autoren im Heyne-Taschenbuch.

JEANNE & SPIDER ROBINSON — Sternentanz
06/4082 - DM 7,80

HARRY HARRISON — Macht Stahlratte zum Präsidenten! 4. Band des Steel Rat-Zyklus
06/4096 - DM 6,80

C. J. CHERRYH — Pells Stern
06/4038 - DM 9,80

C. J. CHERRYH — Das Schiff der Chanur
06/4039 - DM 7,80

C. J. CHERRYH — Kauffahrers Glück
06/4040 - DM 6,80

FRANK HERBERT — Die weiße Pest
06/4120 - DM 12,80

Mythen der nahen Zukunft — Die besten Stories aus THE MAGAZINE OF FANTASY AND SCIENCE FICTION
06/4062 - DM 6,80

KINGSLEY AMIS — Das Auge des Basilisken
06/4042 - DM 6,80

HEYNE SCIENCE FICTION

25 JAHRE Heyne Science Fiction und Fantasy

Romane und Erzählungen deutscher SF-Autoren im Heyne-Taschenbuch.

MICHAEL LORENZ — Die nackten Wilden
06/3917 - DM 4,80

DIE GEBEINE DES BERTRAND RUSSELL (Wolfgang Jeschke)
06/4057 - DM 9,80

CHRISTOF SCHADE — Das Paulus Projekt
06/4044 - DM 5,80

DER TUNNEL — Bernhard Kellermann
06/3111 - DM 6,80

CARL AMERY — Der Untergang der Stadt Passau
06/3461 - DM 4,80

WOLFGANG ALTENDORF — Das Stahlmolekül
06/3967 - DM 5,80

DAVID CHIPPERS — Die Botschaft
06/4003 - DM 5,80

HELMUT WENSKE / WOLFGANG JESCHKE — Arcane
06/3970 - DM 7,80